A PEDRA DA LUZ

Nefer, o Silencioso

Séries

RAMSÉS

O Filho da Luz (Vol. 1)
O Templo de Milhões de Anos (Vol. 2)
A Batalha de Kadesh (Vol. 3)
A Dama de Abu-Simbel (Vol. 4)
Sob a Acácia do Ocidente (Vol. 5)

A PEDRA DA LUZ

Nefer, o Silencioso (Vol. 1)
A Mulher Sábia (Vol. 2)
Paneb, o Ardoroso (Vol. 3)
O Lugar da Verdade (Vol. 4)

A RAINHA LIBER-DADE

O Império das Trevas (Vol. 1)
A Guerra das Coroas (Vol. 2)
A Espada Flamejante (Vol. 3)

MOZART

O Grande Mago (Vol. 1)
O Filho da Luz (Vol. 2)
O Irmão do Fogo (Vol. 3)
O Amado de Ísis (Vol. 4)

As Egípcias
A Rainha Sol
A Sabedoria Viva do Antigo Egito
Mundo Mágico do Antigo Egito
Nefertiti e Akhenaton
O Egito dos Grandes Faraós
Filae – O Último Templo Pagão
Tutancâmon – O Último Segredo
O Faraó Negro

Título original: Néfer le Silencieux

Capa: Raul Fernandes

Editoração: DFL

2024
Impresso no Brasil
Printed in Brazil

Cip-Brasil. Catalogação na fonte
Sindicato Nacional dos Editores de Livros – RJ

J19n
9ª ed.
	Jacq, Christian, 1947-
	  Nefer, o Silencioso / Christian Jacq; tradução Maria Alice Araripe de Sampaio Doria. – 9ª ed. – Rio de Janeiro: Bertrand Brasil, 2024.
	  462p. – (A pedra da luz; v. 1)
	
	  Trdução de: Néfer, le silencieux
	  ISBN 978-85-286-0754-3
	
	  1. Ramsés II, Rei do Egito – Ficção. 2. Egito – História – Até 322 a.C. – Ficção. 3. Romance francês. I. Doria, Maria Alice Araripe de Sampaio. II. Título. III. Série.

	CDD: 843
00-0137	CDU: 840-3

Todos os direitos reservados pela:
EDITORA BERTRAND BRASIL LTDA.
Rua Argentina, 171 – 3º andar – São Cristóvão
20921-380 – Rio de Janeiro – RJ
Tel.: (21) 2585-2000

Atendimento e venda direta ao leitor:
sac@record.com.br

CHRISTIAN JACQ

A PEDRA DA LUZ

Nefer, o Silencioso

9ª EDIÇÃO

Tradução
Maria Alice Araripe de Sampaio Doria

BERTRAND BRASIL

Rio de Janeiro | 2024

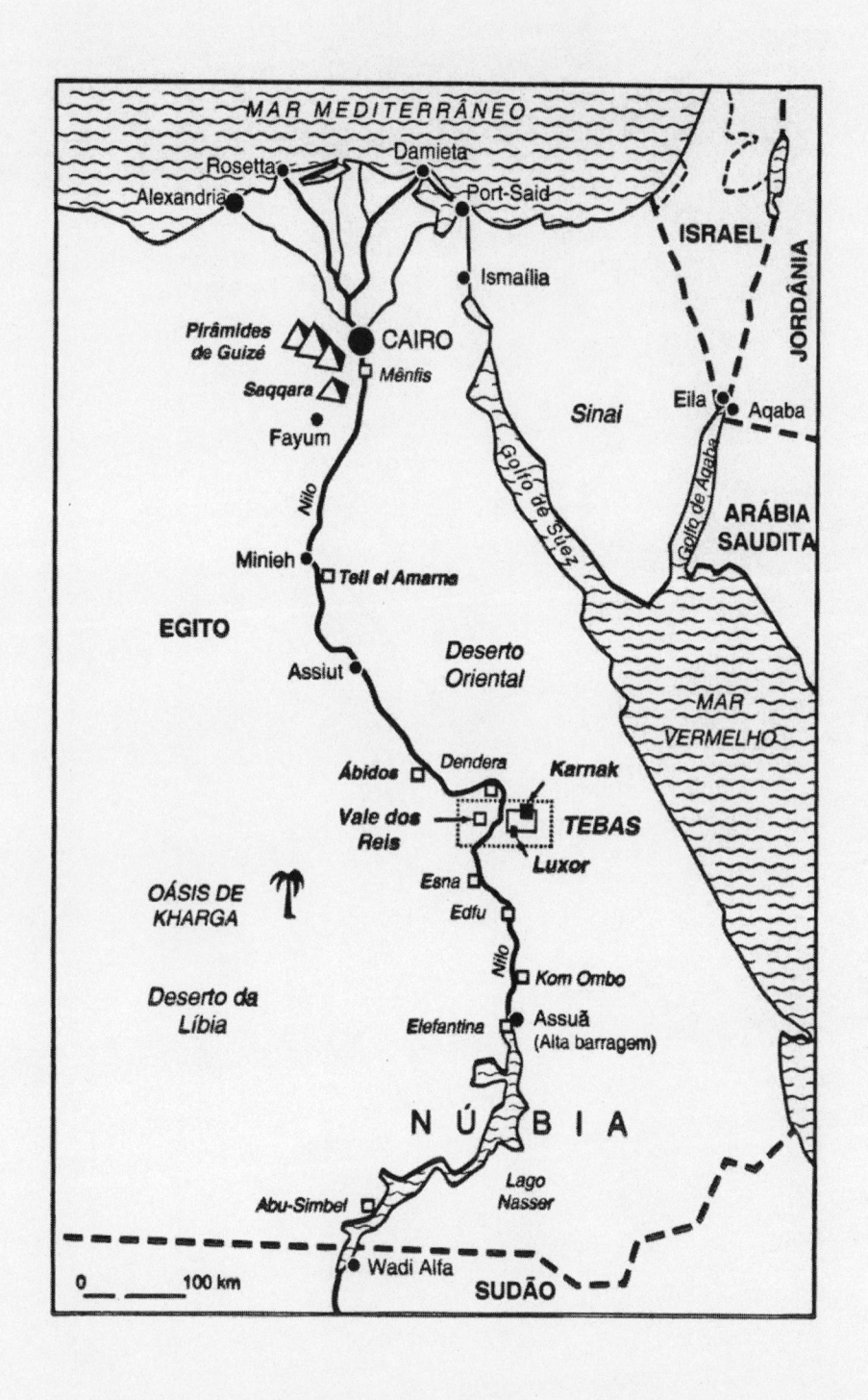

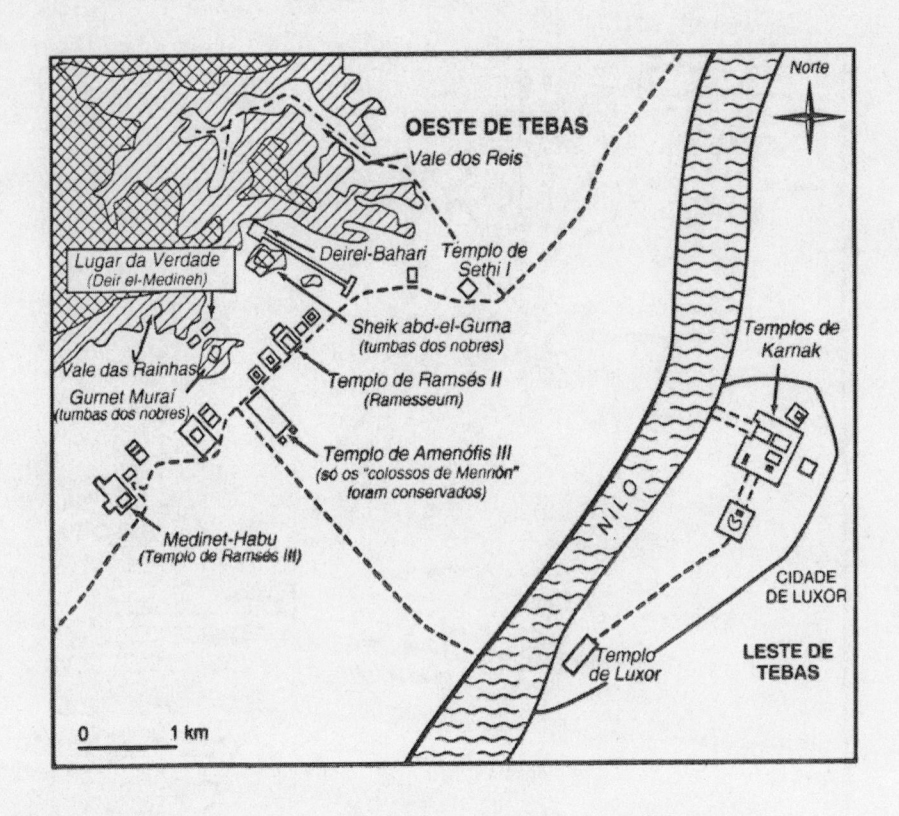

PREFÁCIO

O mundo inteiro admira as obras-primas da arte egípcia, sejam elas as pirâmides, os templos, as tumbas, as esculturas ou as pinturas. Mas, quem criou essas maravilhas cuja força espiritual e mágica nos toca o coração?

Não foram, de forma alguma, as hordas de escravos com a exploração de mão-de-obra, e sim as confrarias, cujos membros, em número restrito, eram sacerdotes e artesãos, ao mesmo tempo. Unindo o espiritual com a habilidade manual, eles formavam uma verdadeira elite que dependia diretamente do Faraó.

Por sorte, possuímos uma abundante documentação sobre uma dessas confrarias que, durante uns cinco séculos, de 1550 a 1070 a.C., viveu num pequeno povoado do Alto Egito, interditada aos profanos.

Esse povoado tinha um nome fora do comum: o Lugar da Verdade, em egípcio *set Maât*, ou seja, o lugar onde a deusa Maât se revelava na retidão, na exatidão e na harmonia das obras que várias gerações de "Servos do Lugar da Verdade" executaram.

Plantado no deserto, não muito longe da civilização, o povoado era cercado por altos muros, possuía tribunal, templo e necrópole próprios; os artesãos viviam em família e gozavam de um *status* privilegiado devido à importância da sua missão principal: criar as moradas eternas dos faraós no Vale dos Reis.

Ainda hoje, encontramos vestígios do Lugar da Verdade quando visitamos a localidade de Deir el-Medineh, na margem oeste de Tebas: as partes baixas das casas estão intactas e pode-se andar pelas ruelas que foram percorridas pelos mestres-de-obras, pintores, escultores e sacerdotisas da deusa Hathor. Santuários, locais de reunião da confraria e tumbas admiravelmente decoradas indicam o caráter sagrado do lugar, que possuía, inclusive, reservatórios de água, celeiros, ateliês e até uma escola.

Procurei ressuscitar esses seres excepcionais, suas aventuras, sua vida cotidiana, sua busca do belo e da espiritualidade, num mundo que, às vezes, mostrava-se hostil e invejoso. Proteger o Lugar da Verdade nem sempre foi muito fácil, pois não faltaram emboscadas, as mais variadas, sobretudo no período agitado em que se desenrola essa narrativa.

Este romance é dedicado a todos os artesãos do Lugar da Verdade, depositários dos segredos da "Morada do Ouro" e que conseguiram transmiti-los em suas obras.

PRÓLOGO

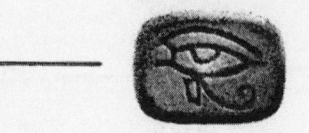

Por volta da meia-noite, nove artesãos, guiados pelo chefe da equipe, saíram do Lugar da Verdade e começaram a subir por um estreito caminho, que a lua cheia iluminava.

Escondido atrás de um bloco de calcário, no alto de uma colina que dominava o Lugar da Verdade, o povoado dos construtores do Faraó, instalado no deserto e cercado de muros para preservar seus segredos, Mehy conteve um grito de alegria.

Há muitos meses, o tenente da divisão de carros de guerra tentava reunir informações sobre a confraria, encarregada de escavar e ornamentar as tumbas do Vale dos Reis e das Rainhas.

Porém, ninguém sabia nada, com exceção de Ramsés, o Grande, protetor do Lugar da Verdade, onde mestres-de-obras, talhadores de pedra, escultores e pintores eram iniciados nas funções essenciais à sobrevivência do Estado. O povoado dos artesãos tinha seu próprio governo, sua própria justiça e dependia diretamente do rei e do primeiro ministro, o vizir.

A única preocupação de Mehy deveria ser a carreira militar que se prenunciava brilhante; mas, como esquecer que pedira sua admissão na confraria e que sua candidatura fora rejeitada? Não se podia escarnecer assim de um nobre da sua posição. Despeitado,

Mehy se dirigira para a arma de elite, a divisão de carros de guerra, onde, por seu talento, distinguira-se de maneira especial. Por essa razão, não tardaria a ocupar uma posição importante na hierarquia.

Seu coração estava cheio de ódio, um ódio que crescia a cada dia e que era dirigido a essa maldita confraria que o humilhara e cuja existência impedia-o de alcançar a felicidade completa.

Por isso, o oficial tomara uma decisão: descobriria todos os segredos do Lugar da Verdade e os usaria a seu favor ou destruiria essa ilhota aparentemente inacessível e tão orgulhosa de seus privilégios.

Para consegui-lo, Mehy não podia dar nenhum passo em falso, nem despertar qualquer suspeita. Contudo, nos últimos dias, haviam-lhe surgido algumas dúvidas. "Os Servos do Lugar da Verdade", segundo o nome oficial, não seriam apenas desprezíveis fanfarrões cujos pretensos poderes não passavam de miragens e de ilusões? E será que o Vale dos Reis, tão bem vigiado, guardaria algo mais, além de cadáveres de monarcas, estáticos na imobilidade da morte?

Ao esconder-se nas colinas que dominavam o povoado proibido, Mehy esperava surpreender os ritos de que ninguém falava; até então a decepção fora proporcional aos esforços despendidos.

Mas, nessa noite, finalmente, o acontecimento tão esperado!

Os dez homens, em fila indiana, subiram pela crista da colina, a oeste, e caminharam lentamente ao longo da falésia até o desfiladeiro onde haviam sido construídos abrigos de pedra, que eles ocupavam em certos períodos do ano. Dali, só precisavam seguir pelo caminho que descia para o Vale dos Reis.

No auge da excitação, o tenente da divisão de carros de guerra cuidava para não deslocar nenhum pedrisco e trair, assim, sua presença. Mesmo conhecendo a localização dos postos de observação ocupados pelos guardas encarregados de garantir a segurança do vale proibido, Mehy, ainda assim, arriscava a vida. Armados com um arco, os cérberos tinham ordem de atirar em qualquer coisa estranha, sem qualquer aviso.

Na entrada desse lugar sagrado onde, desde o início do Novo Império, repousavam as múmias dos faraós, os guardas afastaram-se para dar passagem aos dez Servos do Lugar da Verdade.

Com o coração acelerado, Mehy escalou uma íngreme vertente de onde podia ver sem ser visto. Deitado numa rocha plana, não perdia nada do incrível espetáculo.

O chefe de equipe afastou-se do grupo e depositou no chão, em frente à entrada da tumba de Ramsés, o Grande, o fardo que carregara desde a saída do povoado. Em seguida tirou o véu branco que o cobria.

Uma pedra.

Uma simples pedra talhada em forma de cubo. Dela brotou uma luz tão forte que iluminou todo o grandioso pórtico da morada eterna do faraó reinante. O sol brilhava em plena noite, as trevas haviam desaparecido.

Os dez artesãos ficaram recolhidos por um longo tempo diante da pedra; em seguida o chefe de equipe ergueu-a enquanto dois de seus subordinados abriam a porta da tumba. Ele entrou na frente, seguido dos outros artesãos, e o cortejo penetrou nas profundezas do monumento iluminado pela pedra.

Mehy ficou em estado de choque por alguns minutos. Não, não havia sonhado! A confraria possuía muitos tesouros fabulosos, conhecia o segredo da luz. E ele vira a pedra de onde provinha a luz, uma pedra que não era nem ilusão, nem lenda! Seres humanos, e não deuses, haviam sido capazes de talhá-la e sabiam como usá-la...

E o que era feito das pilhas de ouro produzidas nos laboratórios, segundo os persistentes boatos?

Horizontes nunca imaginados abriam-se diante do tenente da divisão de carros de guerra. Agora, ele sabia que a prodigiosa fortuna de Ramsés, o Grande, estava ali, no Lugar da Verdade. É por isso que a confraria vivia afastada do mundo, escondida atrás dos muros do povoado.

— O que faz aqui, amigo?

Mehy virou-se, lentamente, deparando-se com um guarda núbio armado de uma clava e de um punhal.

— Eu... Eu me perdi.

— Esta zona é proibida — declarou o guarda negro. — Qual é seu nome?

— Pertenço à guarda particular do rei e estou em missão especial — afirmou Mehy com atrevimento.

— Não fui avisado sobre isso.

— É normal... Ninguém deveria ser informado.

— E por quê?

— Porque devo verificar se as regras de segurança estão sendo aplicadas com o rigor necessário para que nenhum intruso penetre no Vale dos Reis. Congratulações, guarda. Acabou de provar que o dispositivo em vigor é eficaz.

O núbio estava perplexo.

— Mesmo assim o chefe devia ter-me prevenido.

— Você não entende que não era possível?

— Vamos juntos ver o chefe. Não posso deixá-lo partir assim.

— Seu trabalho é perfeito.

Sob o brilho da lua cheia, o sorriso conciliador de Mehy tranqüilizou o núbio, que enfiou o bastão no cinto.

Tão rápido quanto uma serpente do deserto, o tenente da divisão de carros de guerra atacou com violência, atingindo o guarda no meio do peito.

O infeliz cambaleou para trás e despencou pela encosta até uma plataforma que se projetava sobre o Vale.

Arriscando-se a quebrar o pescoço, Mehy foi até ele e constatou que, apesar de uma profunda ferida na têmpora, o guarda ainda vivia. Sem dar atenção ao olhar suplicante da vítima, desferiu o último golpe com uma pedra pontuda, quebrando-lhe a cabeça.

Friamente, o assassino aguardou por um longo tempo. Depois de ter certeza de que não fora notado, Mehy subiu ao topo da colina com movimentos cuidadosos. Redobrando as precauções, afastou-se do lugar proibido.

Por causa dessa noite maravilhosa, ele só tinha um pensamento: desvendar o mistério do Lugar da Verdade.

Como conseguir sozinho? Já que não podia entrar no povoado, necessitava encontrar um meio de obter informações confiáveis.

O homicida via um futuro brilhante pela frente: os segredos e os tesouros da confraria seriam seus, só seus!

1

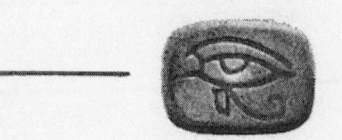

Arar a terra logo depois da inundação, semear, ceifar e colher, encher os celeiros, preocupar-se com os gafanhotos, roedores e hipopótamos que devastavam as culturas, irrigar, fazer a manutenção das ferramentas, trançar cordas durante a noite em vez de dormir, vigiar os rebanhos e os animais de tração, preocupar-se constantemente com suas terras e não pensar em outra coisa além da qualidade do trigo e da boa saúde das vacas... Ardoroso não suportava mais essa vida monótona.

Sentado à sombra de um sicômoro, na divisa entre as plantações e o deserto, o rapaz não podia cochilar e gozar o merecido repouso antes de ir ao pasto que pertencia à família para cuidar dos bois. Com dezesseis anos, Ardoroso, que media um metro e noventa e tinha a estatura de um colosso, não queria levar a vida de um camponês como seu pai, seu avô e seu bisavô.

Diariamente, ele vinha a esse lugar tranqüilo e, com um pequeno pedaço de madeira que ele mesmo talhara, desenhava animais na areia. Desenhar... É isso o que gostaria de fazer durante horas e, depois, usar as cores para dar vida a um burro, a um cachorro e a mil outras criaturas!

Ardoroso era muito observador. Sua visão entrava pelo coração que, em seguida, dava ordens a sua mão para agir com total liberdade e traçar os contornos de uma imagem mais viva do que a realidade cotidiana. O rapaz precisava de papiro, estiletes, pigmentos... Mas o pai era agricultor e não o levara a sério quando o adolescente fizera suas exigências.

Só havia um lugar, um único lugar, onde Ardoroso poderia obter o que desejava: o Lugar da Verdade. Ninguém sabia nada do que se passava no interior das muralhas do povoado, mas ali estavam reunidos os maiores pintores e desenhistas do reino, encarregados de ornamentar a tumba do Faraó.

Não havia possibilidade de um filho de camponês entrar nessa confraria fabulosa. Mesmo assim, o rapaz não conseguia deixar de pensar na felicidade daqueles que se podiam consagrar totalmente à vocação, esquecendo-se das mesquinharias do cotidiano.

— E então, Ardoroso, está se divertindo?

Aquele que se exprimia nesse tom irônico chamava-se Rústico, e tinha uns vinte anos. Grande, musculoso, vestia apenas uma tanga de junco trançado. Ao seu lado estava o irmão menor, Jarrete Grosso, de sorriso estúpido. Com quinze anos, pesava dez quilos a mais que o irmão por causa dos inúmeros bolos que devorava diariamente.

— Vocês dois, deixem-me sossegado.

— Este lugar não é seu... Temos o direito de vir aqui.

— Não quero ver vocês.

— Nós, sim. E você tem de se explicar.

— Explicar o quê?

— Como se não soubesse... Onde esteve na noite passada?

— Você por acaso é da polícia?

— Nati... Esse nome lhe diz alguma coisa?

Ardoroso sorriu.

— Uma excelente lembrança.

Rústico deu um passo na direção de Ardoroso.

— Seu desgraçado! Essa moça vai se casar comigo... E, na noite passada, você ousou...

— Foi ela quem veio procurar-me.

— Mentira!

Ardoroso levantou-se.

— Não permito que me chamem de mentiroso.

— Por sua causa não me casarei com uma virgem.

— E daí? Se Nati tiver um pouco de inteligência, não se casará com você.

Rústico e Jarrete Grosso exibiram um chicote de couro. Era uma arma simples mas perigosa.

— Vamos parar por aqui — propôs Ardoroso. — Nati e eu passamos juntos momentos agradáveis, é verdade, faz parte da natureza. Para deixá-lo satisfeito prometo não voltar a vê-la. E, para ser franco, não sentirei falta dela.

— Vamos deixá-lo desfigurado — anunciou Rústico. — Com a nova cara, nunca mais seduzirá uma moça.

— Não me incomodaria em dar um corretivo em dois imbecis, mas está quente, e prefiro continuar a minha sesta.

Jarrete Grosso avançou para cima de Ardoroso, com o braço direito erguido. Inesperadamente, o alvo desapareceu da sua frente. Ele foi levantado, projetado no ar e jogado de cabeça no tronco do sicômoro. Aniquilado, não se mexeu mais.

Saindo da sua estupefação, Rústico reagiu. Chicoteando o ar, tentou dilacerar o rosto de Ardoroso, mas o jovem colosso segurou-lhe o braço, impedindo o movimento. Um estalido sinistro pôs fim à curta luta. Com o ombro deslocado, Rústico soltou o chicote e foi embora, gritando.

Nem uma gota de suor perlara a fronte de Ardoroso. Acostumado a lutar desde os cinco anos, apanhara muito, antes de aprender os golpes decisivos. Conhecendo a própria força, não provocava briga, mas nunca recuava. A vida era impiedosa, e ele também.

A idéia de passar a tarde no pasto e voltar obedientemente para casa, levando o leite e a madeira seca, provocou náuseas em Ardoroso.

O amanhã se anunciava pior do que hoje, mais sem graça, mais tedioso, e o rapaz estava cada vez mais desanimado, como se o sangue escoasse lentamente pelas veias. Que importância tinha para ele a pequena propriedade agrícola da família? Seu pai só pensava no trigo maduro e nas vacas de leite, os vizinhos invejavam seu êxito, as moças enxergavam Ardoroso como um herdeiro satisfeito que, graças à força física, dobraria a produção e ficaria rico. Sonhavam em se casar com um camponês afortunado a quem numerosos rebentos assegurariam uma velhice tranqüila.

Milhares de pessoas ficariam satisfeitas com esse destino, mas não Ardoroso. Ao contrário, parecia-lhe mais sufocante do que os muros de uma prisão. Esquecendo os bovídeos que sobreviveriam sem ele, o rapaz caminhou pelo deserto, sem tirar os olhos do cume do morro que dominava a margem ocidental, do outro lado de Tebas, a riquíssima localidade do deus Amon, onde havia sido construída a cidade santa de Karnak, povoada de inúmeros santuários.

Na margem oeste, estavam os Vales dos Reis, das Rainhas e dos nobres que abrigavam as moradas eternas desses ilustres personagens e, também, os templos de milhões de anos dos faraós, entre eles o Ramesseum, de Ramsés, o Grande. Os artesãos do Lugar da

Verdade haviam criado essas maravilhas... Não se dizia que eles trabalhavam de mãos dadas com os deuses e que eram por eles protegidos?

Tanto no coração secreto de Karnak, como no oratório mais modesto, as divindades falavam. Porém, quem compreendia verdadeiramente suas mensagens? Ardoroso interpretava o mundo desenhando na areia, mas faltavam-lhe muitos conhecimentos para progredir.

Ele não aceitava essa injustiça. Por que a deusa oculta no topo do Ocidente falava com os artesãos do Lugar da Verdade e por que permanecia muda quando ele lhe implorava para responder ao seu apelo? A montanha, subjugada pelo sol, abandonava-o na solidão e não seriam as jovens amantes, ávidas de prazer, que compreenderiam suas aspirações.

Para se vingar, gravou o contorno da montanha na areia com toda a precisão de que era capaz, depois apagou-o raivosamente com o pé, como se destruísse essa deusa muda e, ao mesmo tempo, sua insatisfação.

Porém, o topo do Ocidente continuou intacto, grandioso e impenetrável. E, apesar da força física, Ardoroso sentiu-se insignificante. Não, isso não podia continuar.

Desta vez, seu pai haveria de escutá-lo.

2

Originário da longínqua Núbia, Sobek entrara para a polícia aos dezessete anos. Grande, atlético, excelente no manejo da clava, o negro de porte imponente havia sido notado por seus superiores. Um estágio na polícia do deserto permitira-lhe comprovar suas qualidades, pois havia prendido nada menos do que vinte beduínos, três deles particularmente perigosos, especialistas em atacar caravanas.

A promoção de Sobek havia sido rápida: aos vinte e três anos, fora nomeado chefe das forças de segurança encarregadas de proteger o Lugar da Verdade. Na realidade, o posto não era nada cobiçado, em razão das responsabilidades que pesavam sobre o titular, que não podia cometer erros. Nenhum profano devia entrar no Vale dos Reis, nenhum curioso devia perturbar a serenidade do povoado dos artesãos: cabia a Sobek evitar qualquer incidente, sob pena de ser imediatamente punido pelo vizir.

O núbio ocupava uma pequena sala situada num dos fortins que impediam o acesso ao Lugar da Verdade. Embora soubesse ler e escrever, não gostava de cuidar da papelada e da classificação dos relatórios, e deixava essa tarefa para seus subordinados. Uma mesa baixa e três banquetas compunham o mobiliário indispensável fornecido pela administração, que garantia a limpeza e a manutenção do lugar.

Sobek passava a maior parte do tempo em seu posto, percorrendo as colinas que dominavam os lugares proibidos, mesmo com sol forte. Conhecia todos os caminhos, todas as saliências, todas as encostas, e explorava-os continuamente. Qualquer um que fosse surpreendido em situação irregular era preso e interrogado sem nenhuma condescendência e, em seguida, transferido para a margem leste onde o tribunal do vizir decretava uma severa condenação.

A partir das sete horas da manhã, o núbio recebia os guardas que haviam ficado de sentinela à noite. À pergunta, "nada a assinalar?", eles respondiam, "nada, chefe", e iam dormir. Porém, naquela manhã, a primeira sentinela não conseguiu disfarçar sua perturbação.

— Há um problema, chefe.

— Explique-se.

— Um dos homens foi morto essa noite.

— Uma agressão? — inquietou-se Sobek.

— Certamente não... Do contrário teríamos localizado o culpado. O senhor quer ver o cadáver?

Sobek saiu da sala para examinar os despojos do infeliz.

— Cabeça quebrada, ferida na têmpora — constatou.

— Depois de uma queda dessas, não é nada surpreendente — avaliou a sentinela. — Era a sua primeira noite de guarda e ele não conhecia bem o terreno. Escorregou no cascalho e despencou pela encosta. Não é a primeira vez que isso acontece, e não será a última.

Sobek interrogou as outras sentinelas: nenhum deles havia notado a presença de um intruso. Evidentemente, tratava-se de um horrível acidente.

— O que faz aqui, Ardoroso? Devia estar no pasto!

— Acabou, pai.

— O que quer dizer?

— Não serei seu sucessor.

Sentado numa esteira, o fazendeiro pusera diante de si as fibras de papiro com as quais fabricava uma corda. Incrédulo, levantou os olhos na direção do filho.

— Você ficou louco?

— Ser camponês aborrece-me.

— Você já disse isso mais de cem vezes... Não se pode passar todo o tempo em divertimentos! Essas suas idéias estranhas nunca me ocorreram. Contentei-me em trabalhar duro para alimentar a família. Fiz sua mãe feliz, criei quatro filhos, suas três irmãs e você, e tornei-me proprietário dessa fazenda e de um grande terreno... Não é um belo resultado? Se eu morrer você não passará necessidade e vai-me agradecer pelo resto da vida. Sabe que o ano foi excelente e que os céus estão favoráveis? A colheita será abundante e não pagaremos muitos impostos, pois o fisco concedeu-me algumas facilidades. Você não está pensando em destruir tudo isso, está?

— Quero construir a minha vida.

— Esqueça as frases de impacto. Você acha que as vacas se alimentam disso?

— Elas pastarão sem mim e não será difícil encontrar alguém que me substitua.

A angústia fez a voz do fazendeiro vacilar.

— O que está acontecendo com você, Ardoroso?

— Quero desenhar e pintar.

— Mas, você é um camponês, filho de camponês! Por que procurar o impossível?

— Porque é o meu destino.

— Preste atenção, meu filho: um fogo mau arde em você. Se não o apagar, ele destruirá você.

Ardoroso sorriu com tristeza.

— Está enganado, meu pai.

O fazendeiro agarrou uma cebola e mordeu-a.

— O que deseja, realmente?

— Entrar para a confraria do Lugar da Verdade.

— Você ficou louco, Ardoroso!

— Acha que sou incapaz?

— Incapaz, incapaz, não sei de nada! Mesmo assim é loucura... Você não tem a menor idéia da existência horrível desses artesãos! Eles vivem em segredo, privados de liberdade, obrigados a obedecer a superiores impiedosos... Os talhadores de pedra têm os braços alquebrados pela fadiga, as pernas e as costas doloridas, morrem de esgotamento! E o que dizer dos escultores? Manejar o cinzel é muito mais cansativo do que cavar o solo com a enxada. Também trabalham durante a noite, à luz dos candeeiros, e nunca têm um só dia de descanso!

— Você parece estar bem-informado sobre o Lugar da Verdade.

— É o que contam... por que não acreditar?

— Porque todo boato é sempre falso.

— Não cabe ao meu filho dar-me lição de moral! Escute meus conselhos e você se dará bem. Com seu caráter difícil, como vai suportar um regulamento? Revoltar-se-ia no primeiro minuto! Seja um camponês, como eu, como seus ancestrais, e será feliz. Com a idade, vai acalmar-se e acabará rindo da revolta de adolescente.

— Você não me compreende, pai. É inútil continuar essa conversa.

O fazendeiro atirou longe a cebola.

— Agora, basta. Você é meu filho, deve-me obediência.

— Adeus.

Ardoroso deu as costas ao pai, que se apoderou de um cabo de ferramenta de madeira e bateu-lhe nas costas.

O rapaz virou-se lentamente.

O que o fazendeiro viu nos olhos do jovem colosso aterrorizou-o e ele recuou até a parede.

Uma mulher baixa e enrugada surgiu do depósito onde se escondera e agarrou-se ao braço direito do filho.

— Não agrida seu pai, eu lhe suplico!

Ardoroso beijou-a na fronte.

— Você também, mãe, nunca me compreendeu, mas gosto de você. Fique certa, vou embora e não voltarei.

— Se sair dessa casa — preveniu-o o pai — será deserdado!

— Está no seu direito.

— Você acabará na miséria!

— Pouco me importa.

Ao transpor os limites da casa, Ardoroso soube que nunca mais voltaria.

Seguindo pelo caminho que ladeava um campo de trigo, o rapaz respirou profundamente. Um mundo novo abria-se diante dele.

3

Ardoroso saiu da zona cultivada e dirigiu-se ao Lugar da Verdade. O calor do sol e a aridez do deserto não o assustavam. O rapaz tinha certeza do que fazia: se batesse na porta do povoado talvez ela se abrisse.

Nesse fim de tarde, não havia ninguém no caminho batido pelos cascos dos burros que, diariamente, levavam para a confraria água, alimentos e tudo o mais de que ela precisava para trabalhar "longe dos olhos e dos ouvidos".

Ardoroso amava o deserto. Apreciava seu poder implacável, sentia a alma desse lugar vibrar em uníssono com a sua e podia caminhar por ele dias inteiros sem se cansar, saboreando o contato dos pés descalços com a areia quente.

Porém, desta vez, o rapaz não foi muito longe. O primeiro dos cinco fortins que protegiam o Lugar da Verdade barrou-lhe o caminho. Como Ardoroso notara que os sentinelas não lhe tiravam os olhos de cima, foi direto para a barreira. Seria melhor enfrentar os guardas e saber o que podia esperar.

Dois arqueiros saíram do pequeno forte. Ardoroso continuou a avançar, com o braço ao longo do corpo, para mostrar que não estava armado.

— Alto!

O rapaz imobilizou-se.

O mais velho dos dois arqueiros, um núbio, veio na sua direção. O outro colocou-se de lado e distendeu o arco, apontando-lhe
a arma.

— Quem é você?

— Eu me chamo Ardoroso e quero pedir ajuda à confraria do
Lugar da Verdade.

— Tem um salvo-conduto?

— Não.

— Quem o recomendou?

— Ninguém.

— Está zombando de mim, rapaz?

— Sei desenhar e quero trabalhar no Lugar da Verdade.

— Essa zona é proibida, você devia saber.

— Quero encontrar-me com um mestre artesão e provar-lhe
minhas qualificações.

— Sigo ordens. Se você não se retirar imediatamente, eu o
prenderei por desacato à força pública.

— Não tenho más intenções... Permita-me tentar a sorte!

— Retire-se!

Ardoroso deu uma olhada nas colinas em volta.

— Não pense em penetrar por ali — advertiu o arqueiro
núbio. — Você seria morto.

Ardoroso poderia derrubar o policial com um soco, atirar-se
ao chão para evitar a flecha do outro e, depois, tentar forçar a passagem. Mas, quantos arqueiros precisaria afastar para chegar à porta do povoado?

Despeitado, pegou o caminho de volta.

Quando saiu do campo de visão dos sentinelas, sentou-se numa rocha, decidido a observar o que acontecia nesse caminho. Assim, certamente teria alguma idéia de como conseguir o que queria.

A mãe de Ardoroso chorou por muitas horas, sem que as filhas conseguissem consolá-la. O pai fora obrigado a contratar três jovens camponeses para substituir o jovem colosso. Furioso, sem poder aplacar a raiva que sentia do filho indigno, compareceu perante o escrivão público para ditar-lhe uma carta dirigida ao escritório do vizir. Comunicando sua decisão em termos implacáveis e definitivos, o fazendeiro decretou, como permitia a lei, que deserdava Ardoroso e que todos os bens dele iriam para a esposa, que os usaria de acordo com a sua conveniência. Se ela morresse antes dele, as três filhas seriam as herdeiras, recebendo partes iguais.

Contudo, esse dispositivo testamentário não bastava para o fazendeiro desdenhado e humilhado. Ardoroso enlouquecera e cabia a ele fazê-lo voltar à razão. Não existia melhor forma do que a coerção exercida por uma autoridade incontestável.

Por isso, o pai do rebelde apresentou-se ao responsável pela corvéia, um escriba esmiuçador, desbocado e cada vez mais ranzinza. Titular de um posto difícil e pouco gratificante, armava intrigas, em vão, tentando obter uma promoção para trabalhar na cidade, na margem leste. Nos meses que precediam a inundação, ele era encarregado de contratar pessoal para limpar os canais e reparar os diques, pagando o mínimo possível. Como os voluntários estavam ficando raros, foi preciso decretar a corvéia obrigatória e convencer os senhores das propriedades a ceder-lhe alguns empregados agrícolas, cuja ausência era compensada por uma diminuição dos impostos. As discussões eram longas, difíceis e cansativas.

Por isso, quando o escriba viu o pai de Ardoroso entrar no escritório, ficou esperando pela cantilena de lamentações, que seriam rejeitadas, como de costume.

— Não vim importunar — afirmou o fazendeiro — e sim pedir ajuda.

— Fora de questão — retorquiu o funcionário. — Lei é lei, e não posso conceder-lhe privilégios, embora nos conheçamos há muitos anos. Se um único proprietário de terras começar a negar a característica obrigatória da corvéia, os benefícios da cheia se perderão e o Egito ficará arruinado!

— Não vou fazer nenhuma contestação, desejo falar-lhe sobre meu filho.

— Seu filho? Mas, ele está isento da corvéia!

— Ele acabou de deixar a fazenda.

— Para ir aonde?

— Não sei... Ele acha que é desenhista. O coitado perdeu a razão.

— Não está querendo dizer que ele não cuida mais da fazenda e dos pastos, está?

— Infelizmente, sim.

— É loucura!

— A mãe dele e eu estamos arrasados, mas não pudemos impedi-lo, e ele partiu.

— Algumas bastonadas, e o caso teria sido resolvido!

O fazendeiro baixou a cabeça.

— Eu tentei, mas Ardoroso é quase um gigante... E o diabrete tornou-se violento! Cheguei a pensar que me bateria.

— Um filho bater no pai! — exclamou o escriba. — É preciso arrastá-lo a um tribunal e condená-lo.

— Tenho outra idéia.

— Pode falar.

— Já que ele não é mais meu filho e já que deixou minha casa, por que continuar a isentá-lo da corvéia?

— Vou convocá-lo, conte comigo.

— Podíamos fazer melhor ainda.

— Não compreendo.

O fazendeiro falou em voz baixa.

— Esse bandido precisa de uma boa lição, não acha? Se o castigarmos severamente, a advertência evitará que cometa besteiras maiores. Se não interviermos, você e eu poderemos ser responsabilizados.

O escriba levou o argumento a sério.

— O que propõe?

— Suponha que você convoque Ardoroso para a corvéia e que ele não compareça... Seria considerado um desertor. Você poderia aprisioná-lo junto com alguns brutamontes que lhe dariam um corretivo salutar.

— Isso pode ser feito... Porém, o que me dá em troca?

— Uma vaca de leite.

O escriba já vibrava de contentamento. Uma pequena fortuna em troca de uma tarefa tão fácil.

— Acordo feito.

— Vou acrescentar alguns sacos de grãos, é claro. Não maltrate demais Ardoroso... Ele precisa voltar para a fazenda.

4

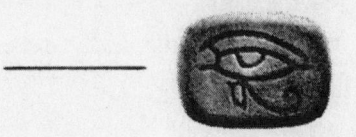

Um focinho úmido encostou na fronte de Ardoroso, que abriu imediatamente os olhos.

Uma cadela de pelagem ocre farejava o intruso, sem agressividade. O sol ainda não havia nascido, e um vento fresco varria a margem ocidental, a oeste de Tebas, e a estrada que levava ao Lugar da Verdade.

O rapaz acariciou-a até que, alertada por um barulho de cascos, a cadela afastou-se. Guiados por um jumento, num passo cadenciado, uma centena de burros carregados de alimentos caminhava em direção ao povoado dos artesãos. Conhecendo perfeitamente o itinerário, o chefe dos quadrúpedes andava rápido.

Ardoroso olhou-os passar, admirado. Como ele, os burros sabiam aonde deviam ir, só que conseguiriam passar pelo obstáculo dos fortins.

Um pouco atrás dos burros, vinham uns cinqüenta carregadores de água. Na mão direita traziam um bastão para ritmar a marcha e afastar as cobras; no ombro esquerdo, um comprido e sólido pedaço de pau, em cuja extremidade estava preso um grande odre, com muitos litros de água.

A cadela de pelagem ocre deixou Ardoroso para acompanhar

seu dono, um homem idoso, já cansado. O rapaz aproximou-se dele.

— Posso ajudá-lo?

— Esse é o meu trabalho, moço... Não por muito tempo, mas dá-me o suficiente para viver até eu voltar para casa, no Delta. Se ajudar-me, não poderei pagá-lo.

— Não tem importância.

No ombro de Ardoroso a carga parecia leve como uma pena do ganso sagrado do deus Amon.

— Todos os dias é a mesma coisa?

— É, rapaz. Não pode faltar nada aos artesãos do Lugar da Verdade, principalmente água! Depois da primeira entrega da manhã, a mais importante, há muitas outras ao longo do dia. Se, por qualquer razão, a necessidade aumentar, aumenta-se também o número de carregadores. Não somos os únicos auxiliares a trabalhar para o Lugar da Verdade; há lavadeiros, padeiros, cervejeiros, açougueiros, caldeireiros, cortadores de lenha, tecelões, curtidores de couro e muitos mais! O Faraó exige que os artesãos gozem do mais perfeito bem-estar.

— Você já entrou no povoado?

— Não. Como carregador de água, só posso derramar o conteúdo de meu odre na grande cratera, diante da entrada norte; há uma segunda perto do muro, ao sul. Os habitantes do Lugar da Verdade ali vão encher seus cântaros.

— Quem pode ultrapassar os muros?

— Só os membros da confraria. Os auxiliares ficam do lado de fora. Mas, por que faz tantas perguntas?

— Quero entrar para a confraria e tornar-me um desenhista.

— Não é como carregador de água que vai conseguir.

— Preciso pedir ajuda, encontrar um artesão, explicar-lhe que...

— Não conte com isso! Essas pessoas não gostam de falar, nem são acolhedoras, e um comportamento como o seu certamente não vai lhes agradar. Na melhor das hipóteses, você passaria alguns meses na prisão. E não se esqueça de que os guardas conhecem todos os carregadores de água...

— Já conversou com algum adepto?

— Uma palavra aqui, outra acolá, sobre o tempo ou a família.

— Eles não falaram sobre o trabalho?

— Essas pessoas estão isoladas do mundo, moço, e nenhum deles trai o juramento. Quem tem língua comprida é imediatamente excluído.

— Mesmo assim há novos recrutamentos!

— Raramente. Devia me escutar e esquecer esses sonhos... Há coisa melhor para fazer do que se fechar no Lugar da Verdade e trabalhar dia e noite para a glória do Faraó. Se pensar bem, não é uma vida de que se tenha inveja. Com este físico, você deve agradar às moças. Divirta-se durante alguns anos, case-se jovem, faça filhos bonitos e encontre um bom trabalho, menos penoso do que carregar água.

— Não há mulheres no povoado?

— Há sim, mas são submetidas ao regulamento do Lugar da Verdade, como os homens. O mais surpreendente é que não falam demais.

— Você já as viu?

— Algumas.

— São bonitas?

— Tem de tudo... Mas, por que tanta obstinação?

— Então, elas podem sair do povoado?

— Todos os habitantes têm esse direito. Circulam livremente entre o Lugar da Verdade e o primeiro fortim. Dizem até que, às vezes, chegam à margem leste, mas isso não é da minha conta.

— Então, posso encontrar um artesão!

— Primeiro é preciso ter certeza de que ele realmente pertence à confraria, porque fanfarrão é o que não falta. Depois, nunca aceitarão falar.

— Quantos fortins existem?

— Cinco. Também são chamados de "os cinco muros", que é o número de postos de guarda, de onde as sentinelas vêem qualquer um que se aproxime do povoado. O dispositivo é eficaz, acredite, e até as colinas são rigorosamente vigiadas, principalmente depois da nomeação do novo chefe de segurança, Sobek. Ele é um núbio bem vingativo e decidido a provar seu valor. A maioria dos homens sob suas ordens pertence à sua tribo e obedece-lhe de olhos fechados. Ou seja, é inútil tentar corrompê-los. Eles têm tanto medo de Sobek que denunciariam o corruptor na mesma hora.

Ardoroso já tomara uma decisão: deveria passar a qualquer custo o primeiro fortim e falar com alguém do lado de dentro.

— Se você dissesse que está doente e que sou um dos seus primos que veio ajudá-lo a carregar a água, os guardas aceitariam?

— Podemos tentar, mas você não irá muito longe.

Quando avistou os guardas do primeiro fortim, Ardoroso soube que a sorte estava a seu favor: as sentinelas haviam sido rendidas, os arqueiros não eram os mesmos e ele não corria o risco de ser reconhecido.

— Você não parece nada bem — disse o guarda negro ao carregador de água, que se apoiava, com todo o peso, no braço do jovem agigantado.

— Não tenho mais forças... Por isso apelei para esse rapaz que aceitou ajudar-me.

— Ele é da sua família?

— É um dos meus primos.

— Você responde por ele?

— Logo vou parar de trabalhar e ele está disposto a substituir-me.

— Vá ao segundo posto de controle.

Primeira vitória! Ardoroso tivera razão em perseverar. Se as circunstâncias continuassem a ajudá-lo, veria o povoado de perto e encontraria um artesão que compreenderia a sua vocação.

O segundo controle foi mais minucioso do que o primeiro, e o terceiro mais ainda. Os guardas constataram que a fraqueza do carregador de água não era simulação. Como a entrega precisava ser feita e nenhum funcionário da guarda aceitaria deixar o posto para executar essa tarefa penosa, deixaram passar os dois homens.

O quarto controle foi uma simples formalidade. Diante do quinto e último fortim, reinava uma intensa animação. Carregadores que pertenciam à equipe de auxiliares descarregavam os burros e faziam a triagem de cestos e jarros cheios de legumes, peixes secos, carne, frutas, óleo e ungüentos.

Eles se insultavam, criticavam uns aos outros pela lentidão, riam, gracejavam... Um guarda fez sinal aos carregadores de água para avançar e derramar o conteúdo dos odres num cântaro enorme que causou admiração a Ardoroso. Que ceramista seria bastante hábil para criar recipiente tão gigantesco?

Esse foi o primeiro milagre do Lugar da Verdade que o rapaz viu.

5

Um homem atarracado interpelou Ardoroso.

— Parece surpreso, meu jovem.

— Quem fabricou essa jarra gigante?

— Um ceramista que trabalha para o Lugar da Verdade.

— Como ele fez isso?

— Você é bem curioso.

O rosto de Ardoroso iluminou-se. Sem dúvida, estava diante de um dos artesãos do povoado!

— Não, não é curiosidade! Quero ser desenhista e entrar para a confraria.

— Ah, bom... Venha explicar-me isso.

O homem atarracado levou Ardoroso para além do quinto e último bastião, ao lado de uma fileira de ateliês, onde trabalhavam sapateiros, tecelões e caldeireiros. Ele convidou-o para sentar num dos blocos, ao pé de uma colina pedregosa.

— O que você sabe sobre o Lugar da Verdade, meu jovem?

— Nada, ou muito pouco... Mas, tenho certeza de que quero viver aqui.

— Por quê?

— Minha única paixão é o desenho. Quer que eu lhe mostre?

— Poderia reproduzir meu rosto na areia?

Sem tirar os olhos do modelo, Ardoroso usou um sílex pontudo para traçar, rapidamente, formas precisas.

— Pronto... O que acha?

— Parece que você tem jeito. Onde aprendeu?

— Em lugar nenhum! Sou filho de fazendeiro e sempre passei horas desenhando o que via. Mas faltam-me os segredos que se ensinam aqui, tenho certeza disso. E quero pintar, dar vida aos desenhos com as cores!

— Não lhe faltam ambição, nem talento... No entanto, isso não é suficiente para entrar no Lugar da Verdade.

— O que precisa mais?

— Vou levá-lo até alguém que deve resolver todos os seus problemas.

Ardoroso não acreditava no que ouvia. Como tivera razão em ousar! Em algumas horas, trocava de mundo, ia realizar o seu sonho.

Ladeando os ateliês externos do povoado, cujos muros altos pareciam intransponíveis, o rapaz percebeu edificações feitas com uma madeira muito leve, tão fáceis de montar quanto de desmontar.

O gordote percebeu que ele estava interessado.

— Alguns auxiliares não vêm até aqui todos os dias... Só em caso de necessidade.

— Você é um deles?

— Sou lavadeiro. Um trabalho sujo, pode acreditar! Cuido da roupa suja das mulheres. Quer vivam neste povoado ou em outro qualquer, é tudo igual.

O gorducho caminhava na direção do quinto fortim.

— Mas... aonde está me levando?

— Não estava pensando em entrar no Lugar da Verdade sem um rigoroso interrogatório, estava? Siga-me, não se decepcionará.

O rapaz atravessou o limiar do posto de guarda sob o olhar malicioso de um arqueiro núbio, seguiu por um corredor escuro que desembocava numa sala onde se pavoneava um negro grande, tão atlético quanto ele.

— Bom-dia, Sobek — disse o lavadeiro. — Estou lhe entregando um espião que conseguiu passar pelos cinco muros como ajudante de um carregador de água. Espero que a recompensa esteja à altura do serviço prestado.

Ardoroso deu meia-volta e tentou fugir.

Dois arqueiros núbios agarraram o rapaz, que deu uma cotovelada no rosto de um deles e atingiu os testículos do outro com uma joelhada. Ardoroso poderia ter-se eclipsado, no entanto preferiu pegar o lavadeiro, levantando-o pelas axilas.

— Você me traiu e vai se arrepender!

— Não me mate, só obedeci a ordens!

Ardoroso sentiu a ponta de um punhal espetar seus rins.

— Basta — ordenou Sobek. — Solte-o e fique quieto, senão perderá a vida.

O rapaz viu que o núbio não estava brincando e pôs no chão o lavadeiro, que escapuliu, saindo sem falar mais nada.

— Ponham-lhe as algemas de madeira — exigiu o chefe da guarda local.

Algemado, com as pernas amarradas, Ardoroso foi jogado num canto da sala. Sua cabeça bateu violentamente na parede, mas ele não soltou um só gemido.

— Você é resistente — observou Sobek. — Quem o mandou aqui?

— Ninguém. Quero ser desenhista e entrar para a confraria.

— Interessante... Não achou nada melhor para dizer?

— É a verdade!

— Ah, a verdade! Tantas pessoas acham isso... Aqui, nesta sala, muitos já mudaram de opinião e admitiram que mentiam. Uma atitude razoável, na minha opinião... Não acha?

— Não estou mentindo.

— Você mostrou que é bem ágil, admito, e meus homens, lamentáveis. Eles serão castigados e você vai me dizer quem lhe está pagando, de onde vem e por que está aqui.

— Sou filho de um fazendeiro e quero falar com um artesão do Lugar da Verdade.

— Para dizer o quê?

— A vontade que tenho de tornar-me desenhista.

— Você é teimoso... Isso não me desagrada, porém não devia abusar da minha paciência.

— Não posso dizer-lhe mais nada, pois essa é a verdade!

Sobek passou a mão no queixo.

— É preciso entender, meu jovem: meu papel consiste em garantir a segurança absoluta do Lugar da Verdade, independente dos meios usados. No alto escalão, consideram-me competente e sério. Acontece que faço questão absoluta da minha reputação.

— Por que me impede de falar com um artesão? — perguntou Ardoroso.

— Porque não acredito na sua história, meu jovem. Ela é tocante, concordo, mas completamente impossível. Nunca vi um candidato apresentar-se assim à porta do povoado, para solicitar sua admissão.

— Não tenho nenhum relacionamento, nenhum protetor, ninguém para me recomendar, e estou pouco ligando para tudo isso porque só sei do meu desejo. Permita-me encontrar um desenhista e eu o convencerei.

Por um momento, Sobek pareceu abalado.

— Audácia é o que não lhe falta, mas comigo isso não adianta nada. Muitos curiosos gostariam de conhecer os segredos dos artesãos do Lugar da Verdade e pagariam qualquer preço para consegui-lo. Você é o emissário de um desses curiosos... Um curioso cujo nome você vai dizer-me.

Mesmo ferido, Ardoroso tentou levantar-se, mas suas amarras eram sólidas.

— Está enganado, juro que está enganado!

— Por enquanto não vou nem perguntar seu nome porque tenho certeza de que vai mentir. Você é bem resistente, e a missão que lhe confiaram deve ser de suma importância. Até agora, eu só havia pescado peixe pequeno... Com você a coisa é séria. Se falar agora, evitará muitos dissabores.

— Desenhar, pintar, encontrar os mestres... É essa a minha intenção.

— Parabéns, amigo, você não parece ter medo. Em geral, ninguém resiste por tanto tempo. De qualquer jeito, você vai acabar falando, mesmo que sua pele seja dura como o couro. Poderia cuidar de você agora, mas acho preferível deixá-lo um pouco mais dócil para facilitar meu trabalho. Depois de quinze dias no cárcere, estará bem menos teimoso e muito mais falante.

6

Silencioso voltava de uma longa viagem à Núbia, onde visitara as minas de ouro, as pedreiras e os inúmeros santuários edificados por Ramsés, o Grande, inclusive os dois templos de Abu-Simbel que celebravam a luz divina, a deusa das estrelas e o amor eterno pela grande esposa real Nefertari, prematuramente desaparecida. Silencioso ficara semanas no oásis, sozinho no deserto, sem temer a companhia das feras selvagens.

Herdeiro de uma dinastia familiar do Lugar da Verdade, Silencioso, cujo destino já estava traçado, deveria esculpir estátuas de divindades, de homens ilustres e de artesãos da confraria, continuando com a tradição fielmente transmitida desde o tempo das pirâmides. Com a idade, receberia mais e mais responsabilidades, e, por sua vez, passaria seus conhecimentos a um sucessor.

Entretanto, faltava uma condição ainda não preenchida: ouvir o chamado. Não bastava ter um pai artesão nem possuir uma boa técnica para que a porta da confraria se abrisse; todos os seus membros tinham por título "aquele que ouviu o chamado",* e todos sabiam o que isso significava, sem nunca dizê-lo.

---

* Em egípcio: *sedjem âsh.*

O rapaz não ignorava que só sendo honesto é que iria dar-se bem no trabalho, e era incapaz de mentir: não ouvira o indispensável chamado. Ele, cuja palavra era tão rara que o haviam apelidado de "Silencioso", sofria de um mutismo que nenhum eco quebrara.

Seu pai e os altos responsáveis pela confraria haviam reconhecido que a decisão de Silencioso era a única aceitável: explorar o mundo lá fora e, se os deuses favorecessem, ouvir, enfim, o chamado.

Porém, o rapaz não suportava viver longe do Lugar da Verdade, do lugar único onde nascera, crescera e fora educado, com um rigor que não lamentava. Como não podia retornar, experimentava a dolorosa sensação de se perder cada dia mais e de ser apenas uma sombra solitária.

Silencioso tinha esperança de que a viagem e as majestosas paisagens da Núbia criassem as condições necessárias para que ecoassem as vozes misteriosas; mas nada acontecera e só lhe restava andar sem destino, trocando de um emprego para o outro.

Na Núbia, tentara esquecer o Lugar da Verdade e os mestres que venerava; seus esforços foram em vão. Por isso, voltara a Tebas para fazer parte de uma equipe de operários que construíam casas, não muito longe do templo de Karnak.

O dono da empresa de construção já passara dos cinqüenta anos e mancava em conseqüência de uma queda do telhado. Viúvo e pai de uma filha única, não gostava dos tagarelas e pretensiosos. O comportamento de Silencioso satisfazia-o além das expectativas. Sem ostentação, o rapaz dava exemplo aos colegas que, no entanto, olhavam-no com desconfiança: consciencioso demais, trabalhador demais, ensimesmado demais. Sem querer, sua simples presença trazia à tona os defeitos dos outros.

Graças ao novo operário, o patrão terminara uma casa de dois andares um mês antes da data prevista. Muito satisfeito, o comprador não poupara elogios ao construtor e conseguira-lhe duas novas obras.

Os colegas já haviam voltado para casa, mas Silencioso ficara limpando as ferramentas, como lhe havia ensinado um escultor do Lugar da Verdade.

— Acabei de receber uma jarra de cerveja fresca — disse-lhe o patrão. — Tomaria uma taça comigo?

— Não quero incomodá-lo.

— Estou convidando.

Patrão e empregado sentaram-se em esteiras, na palhoça que servia de abrigo aos operários na hora da sesta. A cerveja estava excelente.

— Você não se parece com os outros, Silencioso. De onde você é?

— Da região.

— Tem família?

— Alguma.

— Mas não quer falar sobre ela... Como queira. Qual a sua idade?

— Vinte e seis anos.

— Já é mais do que tempo de se fixar, não acha? Sei julgar os homens: seu trabalho é excepcional e continuará a ser aperfeiçoado. Você tem uma qualidade rara: amor ao trabalho. Isso faz com que esqueça todo o resto, o que não é razoável... Precisa pensar no futuro. Estou ficando velho, as articulações me doem e cada vez arrasto mais a perna. Antes de contratá-lo, eu já havia decidido procurar por um contramestre que, aos poucos, me substituísse nos canteiros de obras; no entanto, não há nada mais difícil do que encontrar alguém de confiança. Quer ser meu contramestre?

— Não, patrão. Não nasci para comandar.

— Engana-se, Silencioso. Estou convencido de que você daria um bom contramestre. Mas deixei-o perturbado... Aceite, ao menos, refletir na minha proposta.

Silencioso concordou com a cabeça.

— Vou pedir-lhe um pequeno favor. Minha filha cuida de um jardim a uma hora de marcha daqui, à margem do Nilo, e ela precisa de cerâmicas para proteger os novos brotos. Poderia colocá-las nas costas de um burro e entregar-lhe?

— Evidentemente.

— Você receberá uma gratificação.

— Devo ir agora?

— Se não for incômodo... Minha filha chama-se Clara.*

O patrão descreveu o trajeto em detalhes, Silencioso não poderia errar.

O burro pôs-se em marcha, avançando com um passo tranqüilo e seguro. Silencioso certificara-se de que o peso não era excessivo e caminhava ao lado do animal. Primeiro, seguiu por uma ruela e, depois, por um caminho de terra ladeado de pequenas casas brancas, separadas por hortas.

O brando vento do norte começara a soprar, prenunciando uma noite agradável, quando as famílias se reuniriam para falar sobre os pequenos fatos do dia ou, então, escutar um contador de histórias que as faria rir e sonhar.

Silencioso refletia na oferta do patrão, sabendo, de antemão, que não aceitaria. Só havia um lugar onde gostaria de fixar-se; mas, sem ouvir o chamado, não seria possível. Em algumas semanas partiria para o Norte, continuando sua vida errante.

---

* Tradução do nome egípcio *Oubekhet.*

Às vezes tinha vontade de mentir a si mesmo, de correr até o povoado e afirmar que, finalmente, recebera o chamado que lhe abriria as portas da confraria. Mas o Lugar da Verdade não tinha esse nome por acaso... Maât reinava ali, sua lei era o alimento cotidiano dos corações e dos espíritos, e os trapaceiros acabavam sempre por ser desmascarados. "Você deve odiar a mentira em qualquer circunstância, porque ela destrói a palavra, haviam-lhe ensinado. Deus abomina-a. Quando a mentira atravessa nosso caminho, a pessoa se perde, faz a travessia de balsa, mas a viagem não é boa. Aquele que navega com a mentira não acostará, e seu barco não chegará ao porto de origem."

Não, Silencioso não transigiria. Mesmo que não pudesse entrar no Lugar da Verdade, respeitaria o compromisso que lhe haviam ensinado. Um magro consolo, com certeza, mas que, talvez, lhe permitisse sobreviver.

Uma forte corrente agitava o Nilo, azul como o céu. Não diziam que os afogados tinham as faltas perdoadas pelo tribunal de Osíris e ressuscitariam no paraíso do outro mundo?

Despencar pela margem, afundar, recusar-se a nadar e agradecer à morte por vir depressa, esquecendo uma existência sem esperança... Esse era o único chamado que Silencioso ouvia. Contudo, um pormenor impedia-o de se oferecer ao Nilo: haviam-lhe confiado uma tarefa e ele devia mostrar-se digno dessa confiança. Cumprida a missão, libertar-se-ia, enfim, dos grilhões, graças à generosidade do rio que levaria sua alma para o além.

O burro saiu do caminho principal, passou à esquerda de um poço e foi na direção de um jardim cercado por muretas. Não devia ser a primeira vez que o quadrúpede ia até lá e provavelmente guardou o percurso na memória.

Uma romãzeira, uma alfarrobeira e uma árvore que Silencioso não conhecia espalhavam uma sombra benfazeja no jardim, onde desabrochavam centáureas, narcisos e calêndulas. Mas a beleza das flores não era nada em comparação à da jovem vestida com uma túnica imaculadamente branca. Ela plantava, de joelhos.

Tendendo para o louro, o cabelo estava solto e caía em volutas sobre os ombros. O perfil tinha a perfeição do rosto da deusa Hathor, que Silencioso vira esculpida por um artesão do Lugar da Verdade, e o corpo era tão flexível quanto uma palma ondulando ao vento.

O burro comeu alguns cardos. Silencioso achou que ia desmaiar quando a jovem se virou e contemplou-o com seus olhos azuis como um céu de verão.

7

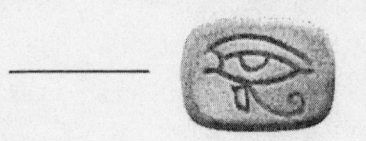

— Estou reconhecendo o burro, mas é a primeira vez que vejo você.

— Eu... Eu vim trazer as cerâmicas que seu pai mandou.

Silencioso era um homem esbelto, mas de estatura mediana e cabelos castanhos que deixavam à mostra uma testa larga. Bem constituído, tinha os olhos cinza-esverdeados que davam vida a um rosto sincero e grave, ao mesmo tempo.

— Obrigada pela sua gentileza, mas... você parece preocupado.

O rapaz correu na direção do burro, que continuava a se fartar, e, febril, retirou as cerâmicas das alcofas.

Nunca ousaria fitá-la uma segunda vez. Que mágica poderia deixar uma mulher tão bonita? Os traços puros, a pele ligeiramente bronzeada, os membros finos e ágeis, e a luz que emanava da sua pessoa faziam dela uma aparição, um sonho encantado demais para durar. Se a tocasse, ela desapareceria.

— Está tudo intacto? — ela perguntou.

Que voz fascinante! Frutada, doce, melodiosa mas não desprovida de firmeza, límpida e viva como a água da fonte.

— Acho...

— Quer que eu o ajude?

— Não, não... Eu levo as cerâmicas.

Quando Silencioso entrou no jardim, um cachorro preto latiu, apoiou-se nas patas traseiras e pôs as patas dianteiras nos ombros do recém-chegado. Em seguida, lambeu-lhe, sem machucar, os olhos e as orelhas.

Com os braços ocupados, o rapaz não podia fazer nada.

— Moreno adotou-o — comentou Clara, encantada. — Em geral, ele é desconfiado e só concede esses privilégios a amigos de longa data.

— Estou lisonjeado.

— Qual é o seu nome?

— Silencioso.

— Estranho...

— Uma brincadeira sem graça.

— Mesmo assim, conte-me.

— Tenho medo de aborrecê-la.

— Venha sentar-se no fundo do jardim.

Moreno baixou as patas, e Silencioso pôde satisfazer a jovem. De cabeça alongada e grande, pelagem curta e sedosa, rabo comprido e peludo, olhos cor de avelã muito vivos, o cachorro acompanhou o hóspede.

— Com ele — disse Clara — não tenho medo de nada. Ele é tão rápido quanto corajoso.

Silencioso pôs as cerâmicas na relva e sentou-se ao lado de um maciço de flores cuja cor era semelhante à do ouro.

— Nunca vi flores iguais — confessou ele.

— São crisântemos e só se aclimataram aqui. Além da elegância, essas flores magníficas também são muito úteis; graças às substâncias que elas contêm, é possível curar inflamações, problemas circulatórios e dores lombares.

— Você é médica?

— Não, mas tive a oportunidade de ser tratada por Neferet, uma médica extraordinária. Depois da morte de minha mãe, ela cuidou de mim, apesar das suas muitas responsabilidades. Antes de se retirar para Karnak com o marido Pazair, ex-vizir, ela me transmitiu uma grande parte de sua ciência. Agora, uso-a para aliviar o sofrimento das pessoas a minha volta. É aqui, neste jardim, que gosto de meditar e de falar com as árvores. Talvez você me julgue louca, mas acho que as plantas têm uma linguagem. É preciso mostrar-se humilde diante delas para poder ouvi-las.

— Os feiticeiros da Núbia pensam como você.

— Você esteve lá?

— Durante alguns meses. Como se chama essa árvore de casca marrom-acinzentada e de folhas ovais, verdes e brancas?

— Estoraque. Ela dá um fruto carnudo e, sobretudo, um bálsamo precioso que escorre como uma goma amarelada quando fazemos um corte no tronco da árvore.

— Prefiro a alfarrobeira, com sua folhagem densa e frutos com sabor de mel. Não acha que ela é a personificação da doçura da vida, ela que suporta tão bem a seca e os ventos quentes?

Moreno deitara em cima dos pés do rapaz, que não podia se mexer sem importunar o cachorro.

— Você ainda não me explicou por que usa o nome de "Silencioso".

— Se fizesse jus ao meu nome, não lhe contaria nada.

— É um segredo tão grande assim? — perguntou Clara enterrando uma cerâmica de cabeça para baixo, na terra solta, para proteger a plantação. Com o crescimento das raízes, o recipiente seria estilhaçado, e os pedaços de cerâmica misturados à terra.

O rapaz nunca tivera vontade de se abrir com ninguém, mas como resistir a Clara?

— Fui criado num povoado de artesãos, o Lugar da Verdade, onde meu pai era escultor. Quando nasci, minha mãe e ele me deram um nome secreto que me seria revelado quando eu também me tornasse escultor. Até então, eu devia ficar em silêncio, observar, ouvir e entender.

— Quando será esse grande momento?

— Nunca.

— Mas... por quê?

— Porque não serei escultor: o destino não quis assim.

— E então... O que vai fazer?

— Não sei.

Clara fez uma cercadura de terra úmida em volta da alfarrobeira para conservar por mais tempo a água da próxima rega.

— Pensa em trabalhar muito tempo na empresa do meu pai?

— Ele quer que eu seja o contramestre.

— Contou-lhe sobre o Lugar da Verdade?

— Não... Você é a única a conhecer o meu passado. Agora, ele está morto e bem morto. Não conheço nenhum dos segredos dos artesãos e não passo de um operário como os outros.

— Está sofrendo, não é?

— Não pense que sou ambicioso. Eu queria simplesmente... Não tem importância. Revoltar-se contra a vida é inútil, é preciso aceitar o que ela nos dá.

— Você não é muito jovem para falar assim?

— Eu... eu receio importuná-la.

— E o posto de contramestre?

— Seu pai foi muito generoso, mas sou incapaz de exercer tal responsabilidade e ficaria consternado por decepcioná-lo.

— Estou convencida de que você se subestima. Por que não tentar? Enquanto isso, ajude-me.

A jovem olhou para o cachorro: imediatamente, ele abriu os olhos e levantou-se. Moreno percebia a menor intenção de Clara que, na maior parte do tempo, nem precisava falar com ele.

Liberado, Silencioso levantou-se também, para tomar parte nos trabalhos de jardinagem, imitando os gestos de Clara. Há muito tempo não desfrutava de uma paz como essa, distante de qualquer angústia. Olhar a jovem deixava-o tão feliz que esquecia suas dúvidas e sofrimentos.

Depois de conseguir uma boa quantidade de carícias na cabeça e no pescoço, Moreno voltou a se deitar na sombra.

— Todas as noites — disse Clara — as trevas tentam devorar a luz. Como luta com valentia, a luz consegue expulsá-las. Quem contempla o nascer do sol, na direção da montanha do Oriente, distingue ali uma acácia-turquesa que marca o triunfo da luz ressuscitada. Essa árvore se mostra para todos. Para perceber sua beleza, basta saber olhá-la. Foi esse pensamento que me guiou quando passei por duras provações. A beleza da vida não depende de nós, mas reside na nossa capacidade de percebê-la.

Silencioso admirava a maneira de Clara trabalhar, sem nenhuma pressa, mas com gestos eficazes, precisos e graciosos.

Infelizmente, o plantio estava terminando e ele precisava retomar o caminho da cidade.

— Vamos lavar as mãos no pequeno canal — ela propôs.

Os agrimensores do Estado, os especialistas em irrigação e os homens da corvéia haviam feito um bom trabalho; culturas e jardins eram quadriculados por veias e artérias onde circulava a água da vida.

Ajoelhado ao lado de Clara, Silencioso aspirou seu perfume no qual se harmonizavam jasmim e lótus. E como não podia mentir a si mesmo, conscientizou-se de que estava perdidamente apaixonado.

8

Sobek detestava recepções, mas era obrigado a comparecer à festa anual, em Tebas, da guarda da margem oeste, quando eram anunciadas as promoções, as mudanças de postos e as reformas. Matavam-se alguns porcos para essa ocasião e bebia-se vinho tinto, oferecido pelo vizir.

O núbio, cuja estatura não passava despercebida, foi objeto de todas as atenções. O fato de ser guarda não significa ser menos curioso, e muitos de seus colegas perguntaram-lhe se havia descoberto alguns dos segredos do Lugar da Verdade. Inevitavelmente, fizeram ironias sobre as supostas ligações que ele teria com as mulheres do povoado, que não podiam deixar de sucumbir ao charme do magnífico negro.

Sobek bebeu, comeu e deixou-os falar.

— Parece que o novo posto é do seu agrado — sussurrou-lhe o escriba da corvéia, um ranzinza que Sobek detestava.

— Não me queixo.

— Comenta-se que houve uma morte entre seus homens...

— Um novato que caiu nas colinas, à noite. A investigação já está encerrada.

— Pobre sujeito... Não vai aproveitar os prazeres de Tebas.

Todos têm seus problemas... Eu, por exemplo, não consigo pôr a mão em cima do filho de um fazendeiro que tentou escapar da corvéia.

— Esse caso não deve ser raro.

— Está enganado, Sobek. Essa obrigação é aceita por todos, e as penalidades são pesadas para os delinqüentes. Além disso, diante da envergadura do rapazinho que, no entanto, só tem dezesseis anos, a interpelação corre o risco de ser movimentada.

O escriba da corvéia fez uma descrição que correspondia exatamente à do espião encarcerado por Sobek.

— Esse jovem cometeu outros delitos? — perguntou o núbio.

— Ardoroso desentendeu-se com o pai, que lhe quer dar uma boa lição para que retorne à fazenda. O problema é que há delito de fuga... Provavelmente o tribunal pronunciará uma sentença rigorosa.

— Não conseguiu nenhuma informação útil com os irmãos?

— Ardoroso só tem irmãs.

— Curioso... Como único homem da família, ele não estava isento da corvéia?

— Tem razão, precisei adulterar um pouco o processo só para dar satisfação ao pai, um velho amigo. Todos nós fazemos isso, uma vez ou outra.

Alguns dias de prisão não diminuíram a altivez de Ardoroso, que se mantinha ereto na frente de Sobek.

— Então, meu jovem, decidiu dizer-me a verdade?

— Ela não mudou.

— Você é uma espécie de obra-prima do gênero obstinado! Normalmente, eu o deveria interrogar a minha maneira, mas você tem sorte, muita sorte.

— Acredita em mim, finalmente?

— Fiquei sabendo a verdade a seu respeito: você se chama Ardoroso e é um fugitivo que tenta escapar da corvéia.

— Mas... é impossível! Meu pai é fazendeiro e sou o único filho homem!

— Também fiquei sabendo disso. Você tem problemas, meu jovem, graves problemas. Acontece que o escriba da corvéia não é um amigo e o seu caso não é da minha competência. Só tenho um conselho a lhe dar: saia da região o mais rápido possível e faça com que se esqueçam de você.

Depois da refeição, era a hora da sesta no canteiro de obras. Como de costume, Silencioso isolara-se, deixando a cabana para os quatro companheiros de trabalho, um sírio e três egípcios.

— Sabe da última? — perguntou o sírio.

— Vamos ser aumentados! — sugeriu o mais velho dos egípcios, um qüinquagenário com a barriga dilatada pelo excesso de cerveja forte.

— O novato fez a entrega das cerâmicas para a filha do patrão.

— Está brincando! É sempre o patrão, em pessoa, que se ocupa disso. Ninguém pode aproximar-se da filha dele, uma verdadeira beldade. Com vinte e três anos, ainda não se casou. Dizem que é meio maga e que conhece o segredo das plantas.

— Não estou brincando, foi mesmo o novato quem entregou as cerâmicas.

— Então, isso quer dizer que o patrão o admira muito.

— Esse cara não abre a boca, trabalha mais rápido e melhor do que nós e subjuga o patrão... Ele será nomeado contramestre, ouça o que digo!

O egípcio barrigudo fez uma cara feia.

— Eu é que deveria obter esse posto, por antigüidade.

— Finalmente você compreendeu! Esse intrigante vai roubá-lo debaixo do seu nariz, e será ele quem dará as ordens.

— Seremos obrigados a acompanhar seu ritmo... Ele vai nos deixar esgotados, tenho certeza! Não podemos deixá-lo fazer isso. O que você propõe, sírio?

— Vamos livrar-nos dele.

— De que maneira?

— Amanhã, quando ele sair do mercado, vamos falar-lhe numa linguagem que ele compreenderá.

Silencioso terminou de moldar uma centena de grossos tijolos que colocaria sobre a camada de pedra, formando o soco de uma casa destinada à família de um militar. Para um filho de escultor do Lugar da Verdade, isso era a infância da arte. Durante a adolescência, Silencioso divertira-se fazendo tijolos de todas as dimensões, e até terminara por fabricar os moldes.

— Sua técnica é excepcional — avaliou o patrão.

— Tenho jeito e faço com calma.

— Você sabe muito mais do que mostra, não é?

— Não acredite nisso.

— Não importa... Pensou na minha proposta?

— Preciso de mais tempo.

— Está bem, meu jovem. Espero que outro empreiteiro não tente conquistá-lo...

— Fique sossegado.

— Confio em você.

Silencioso havia percebido a estratégia do patrão: ele o manda-ra encontrar-se com a filha para que fosse seduzido, pedisse-a em casamento, aceitasse o posto de contramestre e fundasse um lar. Desse modo, seria obrigado a assumir a empresa da família.

O patrão era um homem bom, e achava estar agindo no inte-resse da filha. Silencioso não estava ressentido. A manobra poderia ter sido um fiasco, porém o rapaz ficara loucamente apaixonado por Clara. Mesmo que o destino traçado pelo futuro sogro fosse seme-lhante a uma prisão aonde não queria entrar, não podia imaginar a vida sem a jovem.

Graças a ela, ao seu rosto e à sua luz, ele não se atirou no Nilo para pôr fim à vida errante. Mas não havia provas de que a jovem partilhava dos seus sentimentos e não ia obrigá-la a casar-se com ele só para satisfazer o pai dela.

Como confessar a uma mulher um amor que de tão intenso poderia assustá-la? Silencioso imaginara mil e uma maneiras para abordá-la, mas cada uma delas parecia-lhe mais ridícula do que a outra. Precisava render-se à evidência: seria melhor enterrar a pai-xão no mais profundo do seu ser e partir para o Norte, como previ-ra, sonhando com a felicidade impossível.

No cubículo onde o patrão o alojara, Silencioso não conseguia pegar no sono. Achava que havia tomado a decisão certa, mas não conseguia encontrar a paz. O povoado, as estradas sem fim, os olhos azuis de Clara, o rio... Tudo se misturava na sua cabeça, como se estivesse embriagado.

Viver para ela, tornar-se seu servo, permanecer sempre ao seu lado sem nada pedir... Talvez fosse a solução. Porém, a jovem, cansada, acabaria casando-se. A dor da separação seria ainda mais dilacerante.

Silencioso não tinha escolha.

No dia seguinte, pela manhã, terminaria o trabalho começado, iria ao mercado comprar provisões e deixaria Tebas para sempre.

9

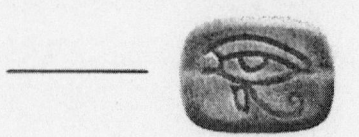

Ardoroso pedira a balsa emprestada, achando melhor afastar-se, por algum tempo, da margem oeste, sem perder de vista seu objetivo: convencer um artesão do Lugar da Verdade a apadrinhá-lo. Depois de ficar por uma semana na margem leste, o rapaz voltaria a atravessar o Nilo, a nado, e tentaria aproximar-se do povoado passando pelas colinas mais altas.

A balsa atracou no mercado situado à beira do rio onde se podia comprar carne, vinho, óleo, legumes, pães, bolos, frutas, especiarias, peixe, roupas e sandálias. A maior parte dos vendedores era constituída de mulheres, peritas na arte de manejar a balança. Confortavelmente instaladas em bancos dobráveis, negociavam sem condescendência e bebiam cerveja doce, com um canudo, quando sentiam a garganta muito seca.

Ao ver tantos víveres, Ardoroso teve uma repentina sensação de fome. Eles eram diferentes do passadio do cárcere que o havia alimentado. Estava com vontade de comer cebolas frescas, um pedaço de carne-seca e um bolo macio. Mas, com o que poderia trocá-los? O rapaz não tinha nada para trocar.

Só lhe restava roubar um pão grande sem ser notado pela padeira, ludibriando a vigilância do babuíno que ficava de guarda e corria atrás dos ladrões para morder-lhes a perna, impedindo que fugissem.

Uma viúva queria trocar uma peça de tecido por um saco de trigo, mas o vendedor achava a qualidade do tecido muito inferior e começaram uma negociação que tão cedo não terminaria. Uma bonita morena que segurava o filho apertado contra o peito queria um pequeno cântaro em troca de peixe fresco; um vendedor de alho-poró vangloriava-se de seus bonitos legumes.

Ardoroso misturou-se à multidão para se aproximar das tendas por trás e aproveitar um momento de distração de uma comerciante de bolos; mas havia um segundo babuíno de vigia, sentado sobre o traseiro, cujo olhar seguia aqueles que ficavam olhando embasbacados.

— Você está contente, perfumista, e eu também! — exclamou o intendente de um nobre que adquirira um vaso cônico cheio de mirra.

Ardoroso afastou-se do macaco que tinha um maxilar impressionante e estava atento demais para ser enganado. Com um buraco no estômago, saiu do mercado atrás de um rapaz mais velho e menos atlético do que ele. Levando um saco cheio de legumes e de frutas, esse rapaz enveredou por um beco cheio de palmeiras.

Intrigado com a atitude de três homens que começaram a caminhar atrás do comprador, Ardoroso seguiu-os.

No fim do beco, os três comparsas se atiraram, ao mesmo tempo, sobre a presa. O sírio acertou Silencioso nos rins, os dois outros imobilizaram-lhe o braço, obrigando-o a deitar-se com o rosto no chão.

O sírio apoiou o pé na nuca da vítima.

— Vamos dar-lhe uma boa lição, meu rapaz, depois você vai deixar a cidade. Não precisamos de você por aqui.

Silencioso tentou virar de lado, mas um pontapé na ilharga arrancou-lhe um grito de dor.

— Se você se defender, bateremos mais forte.

— Não querem tentar comigo, bando de covardes? — perguntou Ardoroso.

Ele pulou sobre o sírio, agarrou-o pelo pescoço e jogou-o contra a parede. Os aliados tentaram repelir o jovem atleta, porém ele atingiu violentamente o primeiro, aparou o ataque do segundo e deu-lhe uma cotovelada no estômago.

Silencioso tentou levantar-se, mas viu estrelas e voltou a cair de joelhos, enquanto Ardoroso espancava o sírio com as mãos juntas. Os cúmplices escapuliram, mas foram interceptados pelos guardas e por um babuíno que mostrava os dentes afiados.

— Ninguém se mexa! — ordenou um deles. — Estão presos.

Quando Silencioso acordou, o sol já ia alto no céu. Deitado de barriga para baixo, braços pendurados nos dois lados da estreita cama, percebeu uma deliciosa sensação de calor na altura dos rins. Uma mão suave passava um bálsamo sobre seu corpo dolorido. Subitamente, o rapaz conscientizou-se de que estava nu e que Clara o massageava.

— Fique quieto — ela mandou. — Para surtir efeito, o bálsamo precisa penetrar bem nas contusões.

— Onde estou?

— Na casa do meu pai. Você foi agredido por três operários que lhe deram uma surra e depois você desmaiou. Os bandidos foram presos e você trazido para cá. Você dormiu mais de vinte horas porque eu lhe dei algumas poções calmantes. O bálsamo é composto de meimendro, cicuta e mirra; graças a ele suas feridas serão curadas rapidamente.

— Alguém veio em meu auxílio...

— Um rapaz, que também foi preso.

— É injusto! Ele arriscou a vida por mim, ele...

— Segundo os guardas, ele está em situação irregular.

— Preciso levantar-me e testemunhar a seu favor.

— O caso será julgado amanhã, no tribunal do vizir. Meu pai deu queixa, que foi aceita, diante da gravidade do caso. O mais urgente é você se restabelecer, ficar curado. Faça o favor de virar de costas.

— Mas eu...

— Não estamos mais na idade de falsos pudores.

Silencioso fechou os olhos. Clara untou-o com o bálsamo, na fronte, no ombro esquerdo e no joelho direito.

— Meus agressores queriam que eu saísse da cidade.

— Não se preocupe: eles serão condenados a uma pena rigorosa e meu pai vai contratar outros operários. Mais do que nunca, ele quer que você aceite o cargo de contramestre.

— Temo não ser muito popular...

— Meu pai está maravilhado com a sua competência. Ele não sabe que você foi educado no Lugar da Verdade e eu não traí seu segredo.

— Obrigado, Clara.

— Peço-lhe um favor... Quando tomar sua decisão, gostaria de ser a primeira a conhecê-la.

Ela cobriu o ferido com um lençol de linho que recendia como o ar perfumado do campo tebano.

Silencioso retesou-se.

— Clara, queria dizer...

Os olhos azuis e luminosos olharam-no com uma doçura infinita, porém ele não ousou segurar a mão da jovem, nem exprimir seus sentimentos.

— Sempre trabalhei sob as ordens de alguém mais qualificado do que eu e tenho certeza de que não sou capaz de dirigir o trabalho de outro... Precisa entender-me.

— Isso significa que não aceita?

— Só devo pensar em ajudar o rapaz que me socorreu. Sem ele talvez eu estivesse morto.

— Tem razão — concordou ela com uma voz tingida de tristeza. — É ele quem deve ser o centro de seus pensamentos.

— Clara...

— Com licença, tenho muito trabalho.

Ligeira, inacessível, ela saiu do quarto.

Silencioso queria retê-la, explicar-lhe que havia sido estúpido, incapaz de abrir o coração para ela. Sem dúvida, a porta que se acabara de fechar nunca mais seria aberta. Ele devia ter tomado Clara nos braços, cobrindo-a de beijos, mas ela o deixava muito abalado.

O bálsamo era eficaz; pouco a pouco as dores foram desaparecendo. No entanto, ele lamentava que os agressores não tivessem concluído o funesto serviço. De que lhe adiantaria viver, uma vez que não ouvira o chamado e que não se casaria com a mulher amada?

Quando seu salvador fosse inocentado, Silencioso desapareceria.

10

O juiz designado pelo vizir para a audiência do dia era um homem maduro, com sólida experiência. Vestindo uma ampla túnica presa por duas largas tiras amarradas atrás do pescoço, usava um colar de ouro com uma estatueta pendurada que representava a deusa Maât.

A imagem de Maât era a de uma mulher sentada segurando a chave da vida. Sobre sua cabeça, uma retriz, a pena que permite às aves orientarem o vôo, sem errar. Verdade, justiça e retidão aliadas, ela era a verdadeira padroeira do tribunal.

Aos pés do juiz, um pano vermelho onde haviam sido dispostos quarenta bastões de comando, símbolo de um autêntico Estado de Direito.

— Sob a proteção de Maât e em nome do Faraó — declarou o juiz — a audiência está aberta. Que a verdade seja o sopro da vida nas narinas dos homens e que ela expulse o mal de seus corpos. Julgarei o humilde da mesma maneira que o poderoso, protegerei o fraco do forte e afastarei de todos a fúria do ser mau. Que sejam trazidos os protagonistas da rixa desenrolada no beco do mercado.

O sírio e seus dois acólitos não negaram os fatos e imploraram clemência ao tribunal. Composto por quatro escribas, uma mulher de negócios, uma tecelã, um oficial da reserva e um intérprete, o júri condenou o trio a cinco anos de trabalhos de utilidade pública. Em caso de recidiva, a pena seria triplicada.

Quando compareceu diante do magistrado, Ardoroso não baixou a cabeça. O ambiente austero e as fisionomias sérias dos jurados não pareciam impressioná-lo.

— Seu nome é Ardoroso e você diz ter socorrido a vítima.

— É a verdade.

Os guardas confirmaram as declarações de Ardoroso, em seguida Silencioso fez seu depoimento.

— Fui atingido pelas costas, os agressores obrigaram-me a deitar com o rosto no chão. Só pude oferecer uma leve resistência e talvez estivesse morto se este rapaz não tivesse vindo em meu socorro. Sendo um contra três, ele teve uma coragem excepcional.

— O tribunal admite o fato de bom grado — reconheceu o juiz — mas o escriba da corvéia, aqui presente, apresentou queixa contra Ardoroso pelo delito de fuga.

Na primeira fila, o funcionário sorriu de satisfação.

— A bravura de Ardoroso devia merecer a indulgência do júri — defendeu Silencioso. — Não lhe podemos perdoar esse erro de juventude?

— Lei é lei, e a corvéia é um trabalho essencial para o bem-estar coletivo.

Sobek, o núbio, adiantou-se.

— Como chefe da guarda do setor do Lugar da Verdade, sou da mesma opinião de Silencioso.

O magistrado franziu o cenho.

— Qual a justificativa para essa intervenção?

— O respeito pela lei de Maât, à qual todos nos atemos. Sendo filho único de um fazendeiro, Ardoroso está legalmente isento da corvéia.

— O relatório do escriba não especifica esse ponto capital — observou o juiz.

— Logo, esse texto é enganoso, e seu autor deveria ser severamente castigado.

O escriba já não sorria.

Ardoroso observava o núbio, surpreso. Nunca teria acreditado que um guarda pudesse ajudá-lo.

— Que o funcionário desonesto seja preso — ordenou o juiz — e que se solte Ardoroso sem perda de tempo.

Silencioso mal ouviu a decisão porque, há algum tempo, seus olhos estavam voltados para a pequena estátua de Maât que ornamentava o peito do juiz.

O Lugar da Verdade, o lugar de Maât, o local mais privilegiado de todos, onde a precisão era revelada, onde seu segredo era ensinado pelo gesto dos artesãos iniciados na Morada do Ouro... Eis o que Silencioso só percebera naquele dia.

Ao fixar o olhar na deusa, seu coração abriu-se.

A pequena estátua aumentou de tamanho, tornou-se imensa, encheu a sala do tribunal e perfurou o teto atingindo o céu. Maât era maior do que a humanidade, era tão grande quanto o universo e vivia da luz.

Silencioso reviu as casas do povoado, os ateliês e o templo. E ele ouviu o chamado, a voz de Maât que lhe pedia para voltar ao Lugar da Verdade e realizar a obra à qual estava destinado.

— Não vou repetir — disse o juiz irritado. — Estou lhe perguntando se está satisfeito, Silencioso. Você ouviu?

— Ouvi, ah sim, ouvi!

Silencioso saiu lentamente do tribunal, o olhar voltado na direção do pico do Ocidente, protetor do Lugar da Verdade.

— Gostaria de lhe falar — disse Ardoroso — porém você parece bem estranho.

Ainda deslumbrado com o chamado que o invadira, Silencioso demorou para reconhecer seu salvador.

— Desculpe-me, queria agradecer-lhe. Se estou vivo, é graças a você.

— Não se preocupe. Gostei de interferir.

— Você gosta de brigar, Ardoroso?

— No campo, é preciso saber defender-se. Muitas vezes as pessoas se exaltam, e briga-se por nada.

— Onde você mora?

— Na margem oeste, mas abandonei definitivamente a fazenda da família. Estou morto de sede, e você?

— Oferecer-lhe cerveja fresca é o mínimo que posso fazer.

Silencioso foi atrás de uma jarra de cerveja, e os dois amigos sentaram-se na margem, à sombra de uma palmeira.

— Por que deixou sua família?

— Porque não quero ser fazendeiro e suceder a meu pai.

— Como imagina seu futuro?

— Só tenho uma paixão: o desenho. E só existe um único lugar onde poderia demonstrar meus dons e aprender o que me falta: o Lugar da Verdade. Tentei aproximar-me desse lugar, com a esperança de poder entrar, mas parece impossível. No entanto, não desistirei do meu projeto... Ele é a razão da minha vida.

— Você é muito jovem, Ardoroso, e pode mudar de opinião.

— Isso não vai acontecer, pode ter certeza! Desde criança observo a natureza, os animais, os camponeses, os escribas... E eu os desenho. Quer que lhe mostre?

— Fique à vontade.

Quebrando a extremidade de uma palma seca, Ardoroso traçou na terra, com uma notável precisão, o rosto do juiz, o colar e a estatueta que representava a deusa Maât.

Pela primeira vez, estava ansioso. Ele, que estava convencido de seu talento e pouco ligava para a crítica dos outros, aguardava com angústia o julgamento do rapaz mais velho, tão calmo e ponderado.

Silencioso não se apressou.

— Está ótimo — considerou Silencioso. — Você possui um sentido inato das proporções e sua mão é bem firme.

— Então... Acha que sou verdadeiramente dotado?

— É o que acho.

— Fabuloso! Sou um homem livre e sei desenhar!

— Mesmo assim, você tem muito o que aprender.

— Não preciso de ninguém! — exclamou Ardoroso. — Até agora eu me arrumei sozinho e continuarei a fazê-lo!

— Nesse caso, por que quer ser admitido na confraria dos Servos do Lugar da Verdade?

— Porque... ela vai permitir que eu desenhe e pinte o dia inteiro, sem fazer nada mais.

— Acredita que ela precisa de você?

— Provarei que sou o melhor!

— A vaidade não é o melhor meio de passar pela porta.

— Não é vaidade e sim um desejo mais ardente do que o fogo! Sei que devo ir até lá e irei, quaisquer que sejam os obstáculos.

— A impetuosidade talvez não seja suficiente

Ardoroso levantou os olhos para o céu.

— Não é só impetuosidade, mas uma espécie de chamado que ouvi, um chamado tão forte, tão imperioso, que não vou descansar enquanto não o responder. O Lugar da Verdade é a minha verdadeira pátria, é lá que devo viver e não em qualquer outro lugar... porém, você não pode me entender.

— Acho que sim.

Ardoroso arregalou os olhos, surpreso.

— Está dizendo isso por simpatia, você é muito senhor de si e de suas emoções para entender minha paixão.

— O Lugar da Verdade — revelou Silencioso — é o meu povoado.

11

Ardoroso pegou Silencioso pelos ombros com tanta impetuosidade que ele achou que ia ser esmagado.

— Não é verdade, não é possível... Você está zombando de mim!

— Quando me conhecer melhor, saberá que isso não faz parte do meu caráter.

— E então... Você sabe como entrar no Lugar da Verdade!

— É bem mais difícil do que você imagina. Para contratar um novo artesão é preciso a concordância de todos os membros da confraria, do faraó e do vizir. E dá-se preferência a quem pertença a uma linhagem de escultores ou de desenhistas.

— Não se recruta ninguém de fora?

— Unicamente os que são bem observados por muito tempo nos canteiros de obras de templos, como Karnak.

— Você está tentando dizer-me que não tenho nenhuma possibilidade... Mas não vou desistir.

— Para se apresentar ao tribunal de admissão, também não se pode ter dívidas, é preciso possuir um saco de couro, um banco dobrável e madeira para fabricar uma cadeira.

— Uma pequena fortuna!

— Por volta de sete meses de salário de um iniciante. É uma prova de que ele sabe trabalhar.

— Sou desenhista, não marceneiro!

— O Lugar da Verdade tem suas exigências e não é você quem vai modificá-las.

— E o que mais?

— Isso é tudo.

— E por que você deixou o povoado?

— Todos são livres para sair quando quiserem... Na verdade, eu ainda nem havia entrado.

— O que quer dizer?

— Fui criado lá, cruzava com seres extraordinários e minha família esperava que me tornasse escultor.

— Você recusou?

— Não — respondeu Silencioso — mas não trapaceei. Havia preenchido as condições necessárias, desejava continuar a viver lá, mas faltava-me o essencial: não tinha ouvido o chamado. Por isso decidi viajar, com a esperança de que, algum dia, meus ouvidos fossem abertos.

— E... eles se abriram?

— Só hoje, no tribunal, depois de muitos anos de vida errante. Eu lhe devo muito, Ardoroso, não sei como agradecer. Sem a sua intervenção no beco, não seria levado em presença do juiz e não teria ouvido o chamado. Infelizmente, não posso ajudá-lo. Cada candidato deve vencer sozinho as dificuldades. Se receber alguma ajuda, o pedido será rejeitado.

— E você... Tem certeza de que será aceito?

— De jeito nenhum. Aqueles que me conhecem talvez deponham a meu favor, mas a opinião deles não pesará muito na balança.

— Conte-me tudo o que você sabe sobre o Lugar da Verdade — exigiu Ardoroso.

— Para mim é um povoado como qualquer outro. Não fui iniciado em nenhum dos segredos.

— Quando vai para lá?

— Amanhã.

— Mas... e o saco, o banco dobrável e a madeira?

— Deixei meu pecúlio para que alguém o guardasse.

— Você não vai precisar de salvo-conduto!

— É verdade, poderei passar pelos cinco fortins e apresentar-me diante do tribunal de admissão. Mas, provavelmente, não irei muito além.

— Você já é um homem maduro, parece ser paciente como a pedra e tranqüilo como a montanha... A confraria deve apreciar candidatos do seu tipo e um caráter como o seu.

— O essencial é ouvir o chamado e convencer os artesãos escolhidos para juízes de admissão.

— Nesse caso, conseguirei.

Silencioso pôs as mãos nos ombros de Ardoroso.

— É o que desejo de todo o meu coração. Mesmo que o destino nos separe, nunca esquecerei o quanto lhe devo.

Graças ao burro que carregava as cerâmicas, Silencioso encontrou o caminho do jardim de Clara. Soprava um vento do sul, ondas enraivecidas agitavam o Nilo. A areia esvoaçava agredindo animais, homens e casas.

Silencioso deixou o burro protegido num estábulo, em companhia de duas vacas leiteiras, e retomou o caminho, sereno e aflito, ao mesmo tempo. Sereno, porque o fato de ouvir o chamado liberara forças que não suspeitava possuir; como Ardoroso, estava determinado a atravessar a porta do Lugar da Verdade e conhecer seus segredos. Aflito, porque, se conseguisse convencer o tribunal de admissão, perderia a mulher que amava.

Varrido por fortes ventos, o jardim estava vazio. Silencioso voltou a ver, emocionado, as recentes plantações de Clara, das quais ele havia participado. Gostaria de vê-las crescer ao lado de Clara, cuidar delas dia após dia, envelhecer ao ritmo do seu desabrochar. Todavia, o chamado de Maât e do Lugar da Verdade era tão imperioso, que ele não tinha escolha: queria encontrar a pátria perdida e desvendar seus mistérios.

Fim dos anos vazios, dúvidas esquecidas... Silencioso tinha a sensação de que atravessara uma noite profunda da qual imaginava não poder sair. E não podia fracassar no limiar de uma aventura que pressentia ser fabulosa.

— Procurava por mim?

Com os ombros cobertos por um xale de lã, Clara surgiu, preocupada.

— Procurei abrigo numa cabana — explicou ela. — Esperava que você viesse.

— Você queria ser a primeira a conhecer a minha resposta definitiva, e estou cumprindo minha promessa.

— Vai recusar o lugar de contramestre, não é?

— Vou, mas por uma razão muito particular que lhe desejo revelar.

Os olhos azuis da jovem estavam tristes.

— Não é preciso...

— Escute-me, suplico-lhe.

Ele se aproximou da jovem, ela não se afastou.

— Posso... tomá-la nos braços?

Clara não respondeu, permanecendo imóvel. Silencioso enla-
çou-a ternamente, como se ela fosse frágil a ponto de se quebrar.
Sentiu o coração da jovem bater tão forte quanto o seu.

— Eu a amo com todo o meu ser, Clara. Você é a primeira
mulher da minha vida e não haverá nenhuma outra depois de você.
E é porque a amo tanto que não posso torná-la infeliz.

Ela se entregou ao abraço, saboreando o momento de felicidade.

— O que tenho a temer de você, Silencioso?

— Ouvi o chamado do Lugar da Verdade e preciso respondê-
lo. Se a admissão me for recusada, serei um homem despedaçado,
sem poder viver. Se ela me for concedida, minha existência trans-
correrá no povoado dos artesãos, longe deste mundo.

— Sua decisão é irrevogável?

— Ouvi o chamado, Clara, e ele tem tanta força quanto meu
amor por você. Se fosse possível esquecê-lo, eu o faria. Mas não
quero mentir, nem mentir a mim mesmo.

— Você se casará com uma mulher do povoado?

— Nunca me casarei e vou morar numa casa de solteiro, pensando em você todos os dias.

— Ficará enclausurado?

— Poderia sair do Lugar da Verdade de vez em quando para
encontrá-la, mas não seria uma tortura maior?

— Beije-me.

Seus corpos se uniram com ímpeto e ternura. Enlaçados, deitaram-se sob a alfarrobeira de folhagem densa que os protegia do vento sul.

Enquanto se amavam, banhados pelos raios do sol poente, Moreno ficou de guarda, atento.

12

Havia três maneiras fáceis de Ardoroso conseguir o banco dobrável, a madeira e o saco de couro. A primeira consistia em comprá-los, mas não tinha nada para propor em troca; a segunda seria pedi-los ao pai, porém nunca mais queria voltar a ver aquele homem pelo qual não sentia nenhuma afeição; a terceira seria roubá-los com o risco de ser preso. Uma sentença de prisão, porém, afastá-lo-ia definitivamente do Lugar da Verdade. Além do mais, durante o interrogatório dos artesãos, indagariam a origem do pecúlio e ele seria obrigado a mentir. Supondo que fosse desmascarado, a porta do povoado seria fechada para sempre.

Só havia uma solução: Ardoroso deveria trabalhar para conseguir o que era exigido. Sete meses de luta... Tempo demais! Ficaria sem dormir para diminuir esse prazo e comparecer o mais cedo possível diante da confraria.

Ardoroso percebeu um ancião sentado numa banqueta, prestes a cochilar.

— Desculpe-me por acordá-lo, avô... Poderia me indicar o caminho do bairro dos curtidores de couro?

— O que vai fazer lá, filho?

— Procurar trabalho.

— Não é um ofício muito agradável... Não tem uma idéia melhor?

— O problema é meu.

— Como queira, filho... Vá na direção norte, saia da cidade, o pequeno palmeiral deve ficar à sua esquerda, em seguida vá sempre em frente e siga o cheiro.

Graças às indicações do ancião, Ardoroso não teve nenhuma dificuldade para encontrar o bairro dos curtidores de couro. Das grandes cubas contendo urina, esterco e tanino para amaciar as peles desprendia-se um odor pavoroso que agrediu as narinas do rapaz. Nos depósitos acumulavam-se peles de carneiros, de cabras, de bovídeos, de gazelas e de outros animais do deserto. Sobre os balcões estavam dispostos cintos, correias, sandálias e odres destinados ao mercado.

Ardoroso olhava fixo para um magnífico saco de couro.

— Está procurando alguma coisa? — perguntou-lhe um qüinquagenário malbarbeado.

— Trabalho.

— Tem experiência?

— Eu era fazendeiro.

— Por que deixou o campo?

— Não é da sua conta.

— Você não é nada amável!

— Você é o patrão?

— É possível... E não gosto nada do modo como você olha para o meu saco de couro. Na minha opinião, não está procurando trabalho, e bem que gostaria de roubar algumas belas peças.

Ardoroso sorriu.

— Está enganado... Infelizmente sou obrigado a ser seu empregado.

— Vou lhe dar algo bem melhor.

O curtidor estalou os dedos.

Dois operários saíram do ateliê onde amaciavam as peles com sal e óleo. Tinham a testa baixa e o peito largo.

— Rapazes, dêem um corretivo nesse fedelho... Não creio que ele vá queixar-se a alguém, e nunca mais tentará roubar-nos.

Um ricto de satisfação animou o rosto maciço dos dois operários. Enquanto trocavam olhares, congratulando-se pela diversão que o patrão lhes oferecia, Ardoroso já saltava sobre o primeiro e, com um violento chute no queixo, mandou-o sonhar com um mundo melhor. Estupefato, o colega tentou reagir, mas era muito lento e o soco atingiu o vazio. O soco de Ardoroso, por sua vez, caiu sobre a nuca do adversário, que desabou, aniquilado.

Muito pálido, o patrão recuou até encostar no balcão.

— Pegue o que quiser e vá embora!

— Quero trabalhar só para poder comprar um saco de couro. Depois, irei embora.

— O que você quer é um produto de luxo... Proponho algo menos dispendioso.

— Prefiro o luxo. Uma condição, patrão: não quero dias de descanso, nem limite de horas de trabalho. Não tenho tempo a perder, preciso desse saco o mais rápido possível. Onde posso me instalar?

— Siga-me.

O curtidor de couro ficou surpreso com a força de trabalho de Ardoroso. Sem nunca se cansar, levantava-se de madrugada, não reclamava de nada e executava o trabalho de muitos aprendizes. Não demorou a aprender o ofício e revelava-se muito eficiente ao esticar e amaciar o couro no cavalete de madeira de três pés.

Diante da facilidade do rapaz para aprender o ofício, o patrão ensinou-lhe como untar e azeitar uma pele de boa qualidade, de modo a evitar um ressecamento fatal.

Uma tarde, quando os outros empregados já haviam deixado o ateliê, o patrão aproximou-se de Ardoroso.

— Você não se relaciona com seus colegas.

— Cada um no seu lugar. Não tenho intenção de passar a vida aqui e de fazer amigos.

— Talvez esteja enganado... Esse ofício é menos desprezível do que imagina. Olhe isso...

— São vagens de acácia.

— Elas têm um alto teor de tanino, igual à casca dessa mesma árvore, e esse produto possibilita uma verdadeira curtidura, indispensável para as peças de boa qualidade. Um magnífico saco de couro, por exemplo, ou, melhor ainda...

— Interesso-me apenas pelo saco.

— Recebi a encomenda de um estojo para que um preposto aos segredos do templo de Karnak guarde seus papiros. Uma pequena maravilha que eu próprio fabricarei... Se estiver interessado, posso fazer uma réplica para pagar-lhe pelo seu trabalho.

— Além do saco?

— É claro.

— Por que me faz essa proposta?

— Se deseja tanto esse saco, deve ser para impressionar alguém. Com o estojo, o golpe será mais seguro. Além disso, você me surpreendeu. Nunca encontrei alguém da sua espécie. Poderá ter um belo futuro se eu fizer de você o meu braço direito. Só tenho filhas e vou precisar de um sucessor.

— O saco interessa-me. Um estojo a mais, não posso recusar. Quanto ao resto, não pretendo envelhecer aqui.

— Vai mudar de opinião.

— Não conte com isso.

— Veremos, meu jovem, veremos...

Ardoroso só precisava de três a quatro horas de sono para recuperar-se. Era o primeiro a chegar ao curtume e o último a sair. Estava alojado numa palhoça de juncos que ele mesmo fizera. Como a estação do calor estava próxima e o patrão cedera-lhe uma cobertura de linho grosseiro, o rapaz suportava a falta de conforto.

A noite já ia alta quando ele entrou no seu reduto. No mesmo instante, notou a presença de alguém.

— Quem está aí?

Ele viu um movimento sob a coberta.

Ardoroso levantou-a e descobriu uma moça nua que, desajeitadamente, tentava cobrir o sexo e os seios com as mãos. Ela não era bonita nem feia e devia ter uns vinte anos.

— Quem é você?

— Prima do seu patrão... Já o havia notado no ateliê. Como você me agrada muito, não tive paciência para esperar mais.

— Muito bem, beleza.

Ela se deitou de costas e estendeu os braços para o rapaz, que tirara a tanga.

— Já estava sentindo falta — ele confessou. — Você chegou em boa hora.

Ela acolheu o corpo do atleta, rosnando como uma gata.

Um bom trabalho, um futuro pela frente, um patrão conve-niente, uma amante atenciosa e meio selvagem... Ardoroso poderia querer algo mais?

13

Quando Silencioso anunciou a partida ao pai de Clara, este foi tomado de violenta cólera e ameaçou arrastá-lo a um tribunal se não terminasse a construção da casa que lhe fora confiada.

Cioso de seus deveres, Silencioso concordou em não sair de Tebas antes de terminar a obrigação moral.

O empreiteiro acalmou-se e pediu que se sentasse.

— Eu me excedi, peço desculpas.

— Com razão: nem que precise trabalhar sozinho na obra, vou terminá-la.

— Por que não aceita ser meu contramestre e se casar com minha filha?

— Ela não lhe falou?

— Não, mas percebo que ela está triste. Quem, senão você, poderia ser a causa?

— É verdade, amo sua filha.

— Então, não entendo mais nada! Se é ela que se está recusando, posso convencê-la.

— Acha-a tão submissa?

— Deverá sê-lo!

— Não a atormente, minha decisão é irrevogável.

— Por que tanta obstinação?

— Porque tenho a intenção de entrar para a confraria do Lugar da Verdade.

— Mas... é impossível! De que ajuda dispõe?

— Fui criado no povoado dos artesãos.

— Então é isso... É essa a razão por que seu trabalho é diferente dos outros! Suponho que nenhum argumento mudará sua decisão.

— De fato, nenhum.

— Também estou triste... Poderíamos viver dias felizes, os três. Termine a casa, Silencioso, e poderá partir.

Em menos de quinze dias, Ardoroso dera cabo de três meses normais de trabalho. Nenhum operário curtia o couro melhor do que ele, e suas peles eram vendidas mais rapidamente e por um preço melhor. Consciencioso, ele realizava cada gesto com cuidado e raspava a pele o tempo necessário, antes de curti-la. Rejeitando os óleos que estavam na iminência de rançar, o rapaz voltara-se espontaneamente para a qualidade, e acabara de fazer um par de sandálias que só um proprietário de terras poderia comprar.

Com um trinchete de lâmina semicircular, Ardoroso recortava correias numa pele de cabra bem amaciada para serem colocadas no escudo de um tenente da divisão de carros de guerra, consolidado por bordas de metal.

— Você é o novato?

O tom de voz era cortante e autoritário. Ardoroso não se virou, mantendo-se concentrado no trabalho.

— Sou o tenente Mehy, estou falando com você, e não gosto que me dêem as costas.

— Não atendo os clientes... Procure o patrão.

— É você que me interessa. Você é forte como um touro selvagem e dizem que aniquilou dois sujeitos rudes e acostumados a lutar.

— Não fiz nenhum esforço... Eles se chocaram.

Mehy pegou Ardoroso pelo braço e obrigou-o a olhar para ele.

— Tenho horror de que zombem de mim, meu rapaz!

— Solte-me, já.

Havia tanta violência nos olhos negros do jovem atleta que Mehy soltou-o e deu um passo atrás.

Ardoroso viu um homem baixo, de rosto redondo e cabelos muito pretos achatados na cabeça. Os lábios eram grossos, as mãos e os pés rechonchudos, o torso largo e forte. O oficial parecia seguro de si, e os olhos castanhos-escuros demonstravam arrogância.

— Ousaria agredir-me?

— Só peço que me respeite.

— Combinado, meu jovem. Onde está meu escudo?

— Estou trabalhando nele.

— Mostre-me.

Ardoroso resolveu atendê-lo.

— Será preciso acrescentar pregos e placas de metal. Exijo um escudo bem sólido, que resista aos melhores soldados.

— Farei o melhor possível.

— Não tem vontade de trocar o curtume pelo exército? Com a sua envergadura, seria imediatamente engajado.

— Não sinto nenhuma atração pela vida militar.

— Está errado, ela oferece inúmeras vantagens.

— Melhor para você, pior para mim.

— Você é jovem e impetuoso demais, amigo! Se servisse sob minhas ordens aprenderia a ser maleável.

— Maleabilidade é o que dou ao couro.

— Se resolver ser mais inteligente, vá à caserna principal de Tebas e diga que foi recomendado pelo tenente Mehy. Enquanto isso, termine o escudo o mais rápido possível. Enviarei um soldado para buscá-lo amanhã.

Logo após a saída do oficial, o patrão surgiu no ateliê.

— Está tudo bem, Ardoroso?

— Não ficamos amigos.

— Esse Mehy é um homem influente... Tem muita ambição e dizem que logo obterá uma grande promoção. Terminou o escudo?

— Se quiser, posso terminá-lo à noite.

— É melhor não contrariar Mehy.

— Amanhã à tarde, terei concluído as tarefas necessárias para a compra do saco de couro.

— Eu sei, eu sei... Depois falaremos sobre isso.

Quando Ardoroso acordou, a prima do patrão dormia de bruços. Ele admirou por alguns instantes os quadris magníficos que tanto prazer lhe haviam dado, e seu olhar foi atraído pelos primeiros raios de sol. Eles atravessavam o tapume de junco e iluminavam dois objetos no chão: um saco e um estojo de couro.

Ardoroso levantou-se para tocá-los: eram de excelente qualidade.

— Gosta deles? — perguntou a voz azeda da prima, meio acordada.

— Duas pequenas maravilhas.

— Como meus seios?

— Pode ser.

— O patrão deu-os a você.

— Errado, minha linda: eu os consegui com o meu trabalho.

— Quando vamos nos casar?

— Você pensa nisso?

— Inevitavelmente, pois o curtume seria seu.

Ardoroso gratificou-a com uma palmada nas nádegas.

— O dia está começando bem!

— Vá rápido falar com o patrão e volte mais rápido ainda — ela implorou, lânguida.

Silencioso deixara o canteiro de obras, ao alvorecer, depois de terminar a casa de Tebas que acolheria um confeiteiro, sua segunda esposa e os dois filhos. Cumprira o contrato e já podia deixar a margem leste, pegar a balsa e tomar o caminho para o Lugar da Verdade.

Cem vezes desejara correr até o jardim para ver Clara uma última vez. Mas isso não acentuaria ainda mais a ferida e aumentaria a dor da separação?

Silencioso mergulhara fundo no trabalho para não pensar mais nela, porém seu rosto não o deixava. Desistir de falar-lhe fora uma prova quase insuperável e já era tempo de sair da cidade. Alguns dias mais e talvez não tivesse coragem de ir embora.

A brisa do início da manhã era perfumada e deliciosa. Carregada de mercadorias, a balsa atravessou o Nilo, de viés, para aproveitar o vento e a corrente. Sonolentos, os viajantes começavam um novo dia.

Silencioso, que foi o primeiro a saltar para a margem, escalou o curto declive e parou.

Clara lá estava, sentada sob uma palmeira.

Correu para ela e deu-lhe a mão para ajudá-la a levantar-se.

— Vou com você — ela declarou.

14

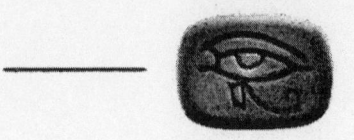

O curtidor soltou o pedaço de pão e correu na direção de Ardoroso.

— Aonde vai?

— Trabalhei bem, recebi o pagamento, vou embora.

— Isso não tem sentido! Minha prima não lhe agrada?

— Ela tem nádegas esplêndidas e miolo de passarinho.

— Não quer ser meu sucessor?

— Na sua idade, os ouvidos deviam servir para escutar. Consegui o que vim procurar e, como já havia comunicado, vou continuar meu caminho.

— Reflita bem, Ardoroso!

— Adeus, patrão.

Esquecendo-se do curtume, o rapaz já pensava em conseguir a madeira necessária para fabricar a cadeira. Poderia trocar pelo estojo de couro, mas não queria separar-se dele. Não poderia ser um trunfo a mais para apresentar na entrada do Lugar da Verdade?

No momento, precisava encontrar trabalho junto a um marceneiro e não perder mais tempo do que no curtume.

Quando a manhã já ia pela metade, o rapaz apresentou-se ao dono de um ateliê que empregava bem uns vinte aprendizes e outros tantos profissionais aguerridos e que produzia móveis simples, mas sólidos. Com uns sessenta anos, robusto, lábio superior encimado por um pequeno bigode, o patrão não parecia indulgente.

— Seu nome?

— Ardoroso.

— Experiência profissional?

— Fazendeiro e curtidor de couro.

— Você foi mandado embora?

— Não, saí por vontade própria.

— Qual a razão?

— Isso é da minha conta.

— Também é da minha, meu jovem. Se você se recusar a responder, pode procurar outro lugar.

O tom agressivo do marceneiro não agradou a Ardoroso; sentiu vontade de brigar.

— Meu pai é um homem limitado e fraco; o curtidor para quem trabalhei, um oportunista sem competência. Eu poderia suceder aos dois, mas procuro por um mestre melhor.

O marceneiro não disfarçou a surpresa.

— Quantos anos você tem?

— Dezesseis. Em geral me dão mais, por causa do meu tamanho. Estou contratado ou devo procurar outro lugar?

— O que você quer, exatamente?

— Executar o mais rápido possível as jornadas de trabalho que me permitam adquirir a quantidade de madeira necessária para fabricar uma cadeira e para comprar um banco dobrável.

— Sabe o preço?

— Para um preguiçoso, cinco meses de trabalho sem se cansar. Para mim, não mais de um mês.

— Não dorme nunca?

— O menos possível, quando tenho um trabalho para terminar.

— E depois?

— Quando conseguir o que desejo, vou embora.

— Aprender a profissão a fundo não lhe interessa?

— Não tenho mais nada a dizer. A decisão é sua.

— Você é um rapazinho esquisito... Aqui, sou eu quem manda e não gosto de teimosos. Se você aceitar obedecer, podemos experimentar.

— Começo agora?

— Já que precisa de madeira, vá cortá-la você mesmo. Meu lenhador pode ensinar-lhe manejar o machado.

Clara e Silencioso andavam lentamente na direção do Lugar da Verdade, passando ao lado de campos de trigo entrecortados por palmeirais e pequenos bosques de sicômoros.

— Não é um povoado como os outros — ele explicou-lhe. — Você não poderá entrar.

— A não ser que moremos sob o mesmo teto e nos tornemos marido e mulher.

Ele parou e tomou-a nos braços.

— Você quer... Você quer, de verdade?

— Ainda duvida?

O ar nunca parecera tão vivificante, o céu tão puro, o sol tão luminoso. Porém, Silencioso sabia que essa felicidade seria de curta duração.

— As outras mulheres vão tornar sua existência intolerável e você será forçada a partir. Tentarei fazer com que seja aceita, convencê-las de que você não só é minha esposa, mas também não é indiferente à obra realizada no Lugar da Verdade, porém...

— Não será necessário.

Ele achou que Clara estava desistindo. Compreendera que seu desejo era utópico.

— Não será necessário — ela voltou a falar, tão tranqüila quanto determinada — porque também ouvi o chamado.

— De que maneira?

— Ao contemplar o cume do Ocidente onde reside a deusa do silêncio. Ela não protege os vales proibidos onde residem as almas imortais dos faraós e de suas esposas? Não é a padroeira secreta dos artesãos do Lugar da Verdade? Sua voz misturou-se no vento e abriu meu coração. Agora, sei que passarei minha vida descobrindo-a, conhecendo-a e servindo-a. E só há um lugar onde posso realizar essa tarefa.

— Vou ajudá-la com todas as minhas forças, Clara, e não passarei sem você pela porta do povoado.

De mãos dadas, o olhar fixo no pico do Ocidente, eles continuaram a caminhar na direção do Lugar da Verdade. O amor que os unia tornava-os, doravante, inseparáveis. Queriam viver a mesma vida, em todas as suas dimensões, da mais material à mais espiritual. Quaisquer que fossem as provações que tivessem de suportar, não se queixariam, nem lamentariam; e se fosse preciso enfrentar o espectro do fracasso, não recuariam.

Dois caminhos levavam ao povoado. O primeiro começava próximo ao Ramesseum, o templo de milhões de anos de Ramsés, o Grande, porém ele era controlado por soldados que só deixavam passar os artesãos que vinham do Lugar da Verdade. O segundo era a única via autorizada para quem desejasse tentar chegar ao povoado.

Clara e Silencioso deixaram, à direita, o templo de Amenhotep, filho de Hapu, o grande sábio que servira fielmente ao faraó Amenhotep III, cujo santuário, imenso, fora erigido nas proximidades; e à esquerda, o outeiro Djeme, onde estavam enterrados os deuses primordiais. Deixando a zona cultivada, eles entraram no deserto.

O primeiro dos cinco fortes marcava o limite do campo sagrado, composto pela "grande e nobre Tumba de milhões de anos no Ocidente de Tebas". Conhecida pela abreviação de "a Tumba", a instituição agrupava os artesãos encarregados de cavar e decorar as moradas eternas dos faraós e de suas esposas, e seu território abrangia, além do próprio Lugar da Verdade, os Vales dos Reis e das Rainhas.

Clara conscientizou-se de que se aventurava num outro mundo, tão próximo e, ao mesmo tempo, tão longínquo, um mundo onde os seres humanos continuavam a amar, a sofrer e a lutar com o cotidiano, mas cujo trabalho deles consistia em fabricar a eternidade como se fosse um material.

Depois que ouvira o chamado, Clara percebia Silencioso de uma maneira diferente. Ele emanava um desejo de criação que a fascinava, mas ainda precisava dispor das ferramentas necessárias para concretizá-lo.

Os guardas não pareciam mais amáveis do que de costume.

— Os salvo-condutos.

— Não temos.

— Então, voltem para o lugar de onde vieram.

— Sou Silencioso, filho de Neb, o Realizado, chefe de equipe do Lugar da Verdade. Mande avisar a meu pai que a minha viagem terminou e que desejo voltar para o povoado com minha esposa.

— Ah... Preciso informar o chefe. Por enquanto, fiquem aqui.

O guarda transmitiu o pedido a um colega, que foi ao segundo forte, e a mesma cena se repetiu de forte em forte, até a sala do chefe Sobek, que autorizou o casal a transpor "os cinco muros" para comparecer diante dele.

Pelo seu olhar agressivo, Clara e Silencioso sentiram que a partida estava longe de ser vencida.

— Sua história parece-me suspeita — declarou Sobek, num tom arrogante. — Se estiver mentindo, vai pagar caro.

15

O chefe Sobek não convidou os visitantes para sentar. Dormira mal, digerira mal um prato de favas ao molho, praguejava contra o calor e não suportava ser contrariado.

— Conhece bem o chefe de equipe Neb, o Realizado? — perguntou Silencioso calmamente.

— Está achando que sou ignorante? É você que eu não conheço! E Neb, o Realizado, não tem filhos.

— No sentido profano da palavra, está certo.

— Do que está falando...?

— Meus pais morreram, e Neb, o Realizado, adotou-me. Aos olhos dos artesãos do Lugar da Verdade tornei-me seu filho. E como você deve ter assumido o posto há pouco tempo, é a primeira vez que ouve falar de mim.

Sobek bateu na testa com a palma da mão direita.

— Todas essas histórias, todos esses mistérios... Como vou verificar? Não posso entrar no povoado!

— Deixe-me falar com o guarda da grande porta. Ele avisará meu pai.

— Pode ser... E essa aí, quem é?

— Clara, minha esposa.

— Ela é filha de quem?

— De um empreiteiro da margem leste.

— Ah... Ela não mora no povoado!

— Ainda não, mas vai morar aqui, comigo.

Sobek apontou um dedo acusador na direção de Silencioso.

— O que prova que vocês são casados?

— Sabe muito bem que não é preciso nenhum documento administrativo.

— Sei também que vocês deverão morar sob o mesmo teto... E onde está esse teto?

— Se nos autorizar a sair daqui e ir ao bairro dos auxiliares, eu lhe mostro.

— Vamos.

Do lado de fora do povoado, alguns artesãos, que faziam parte do pessoal auxiliar da confraria, receberam autorização para ali construírem casas modestas. Esse era o caso de Obed, o ferreiro, um sírio quadragenário de braços enormes, pernas curtas e barbudo. Ele fabricava e consertava as ferramentas de metal.

Quando divisou Silencioso, Obed saiu da forja e correu na direção dele para dar-lhe um abraço que quase derrubou o rapaz.

— Enfim, de volta! Sabia que você não havia desaparecido. O escriba Ramosé está sofrendo e seu pai começando a ficar desesperado.

Irritado, Sobek interveio.

— Você está zombando de mim! Esta é a casa de Obed e não a sua.

O ferreiro se interpôs.

— Qual é o problema, chefe?

— Este homem disse que é casado com esta mulher, mas eles não têm um teto.

Obed olhou para Clara.

— Por todos os deuses do céu e da terra, como é bonita! Se me quisesse como marido, eu não hesitaria um segundo. Você está mal-informado, chefe. Acabo de ceder meu quarto para o jovem casal que entrará na casa diante de todos. Estarão, portanto, em sua própria morada onde consumarão sua união.

Furioso, Sobek tentou argumentar.

— E se a moça não der seu consentimento, e se esses dois forem irmão e irmã, e se...

— Pegue-me no colo — pediu Clara a Silencioso, que carregou-a para transpor a soleira da casa.

— Felicito-o pela sua consciência profissional, chefe Sobek — declarou o filho espiritual de Neb, o Realizado. Nós nos amamos, Clara e eu, somos marido e mulher, e vamos venerar Hathor, deusa do amor, pela felicidade que ela nos deu.

— Não quer assistir à cena e redigir um relato circunstanciado? — perguntou o ferreiro para o guarda.

Seguido pela gargalhada de Obed, Sobek voltou ao escritório. Queria saber tudo sobre Silencioso. Se houvesse cometido a menor falta, não o pouparia.

Como fora suave a noite de amor no pequeno quarto mobiliado com um velho leito cambaio! Seus corpos haviam sido feitos um para o outro, e os gestos mostravam espontaneamente a magia do desejo e da ternura.

— Como essa hora é alegre — disse Silencioso quando o sol nasceu. — Que deusa poderia torná-la eterna?

— Dormi ao seu lado, meu amor, sua mão pousou sobre mim

e tornei-me sua esposa. Não se afaste mais de mim; que nada, nem ninguém nos separe.

Silencioso enlaçava-a quando um barulho alertou-o.

— Se os recém-casados estiverem acordados — anunciou a grossa voz do ferreiro — trago-lhes alguma coisa para comer.

Leite, bolos ainda quentes, queijo fresco e figos... um verdadeiro banquete!

— Sua mulher é tão bonita quanto uma deusa, Silencioso, e deve possuir inúmeras qualidades, mas... preveniu-a bem de que não a está levando para nenhum paraíso? O povoado é um mundo fechado, hostil a qualquer rosto novo, sobretudo quando pode eclipsar os outros.

— Meu marido não me escondeu nada — falou Clara.

— Ah... E você não tem medo?

— Como ele, ouvi o chamado.

— Bom... Nesse caso, meus avisos são inúteis. Eu, no lugar de vocês, esqueceria o Lugar da Verdade e iria morar na margem leste para aproveitar a vida. Na idade de vocês, enclausurar-se nesse povoado e não ter outro horizonte além de uma obra misteriosa... Enfim, cada um tem seu destino.

— Minha tanga está muito gasta — deplorou Silencioso. — Com sua túnica nova, você causará melhor impressão.

— Espero que o tribunal de admissão não se pronuncie apenas sobre a aparência.

— Para ser franco, desconheço os critérios que ele adota e nem mesmo sei quem são os componentes.

— Está ansioso?

— Tenho medo de não ser aprovado, de decepcioná-la, de não ser digno de meu pai...

— Também estou apreensiva. E sei que não temos escolha, que deveremos ser sinceros e mostrar-nos como somos.

— Um outro detalhe me preocupa: cumpri as condições materiais para apresentar-me, mas o que será exigido de você?

— Logo veremos.

O ferreiro chamou Silencioso.

— Eis o que você me entregou antes de partir, há muitos anos — disse Obed, devolvendo-lhe um saco de couro, pedaços de madeira de boa qualidade para confeccionar uma cadeira e um banco dobrável de madeira. — Queria, mesmo assim, compreender... Por que você não se apresentou ao tribunal, já que havia preenchido as condições impostas, você que é o filho espiritual de um artesão renomado?

— Porque não havia escutado o chamado.

— E foi para ouvi-lo que viajou tanto tempo?

— Foi, e percebi que ele estava muito perto, tão perto que sua força deixara-me surdo.

O ferreiro soltou um suspiro.

— Obrigado pela sua franqueza, mas na verdade não entendo nada... De qualquer jeito, boa sorte.

A manhã estava magnífica; o calor, insuportável. O casal se dirigiu ao posto principal da guarda, onde um Sobek, de melhor humor, degustava o café da manhã.

— Não tenho nenhuma razão para prendê-los — lamentou. — Saiam daqui e apresentem-se na porta norte.

Silencioso e Clara obedeceram ao guarda. Os muros que cercavam o povoado pareciam intransponíveis.

À esquerda da porta fechada, estava um dos dois guardas, que ficavam de sentinela, das quatro horas da manhã às quatro da tarde.

Segurando uma grande clava, ele dispunha de um abrigo para se proteger do sol e não tinha autorização para passar pela porta. Como o seu colega, ele morava na zona cultivada, longe do Lugar da Verdade.

De cabeça quadrada, ombros largos, acostumado a todos os tipos de luta, o guarda recebia um modesto salário, completado com gratificações quando servia de testemunha nas transações comerciais.

— Eu me chamo Silencioso e sou filho de Neb, o Realizado. Minha esposa Clara ouviu o chamado, como eu, e pedimos que abra a porta do povoado.

— Vocês não têm autorização para entrar.

16

O lenhador tinha a pele curtida como o couro e mascava, sem parar, folhas de alfena. À frente dele e de Ardoroso marchava uma dezena de cabras guiadas pela mais velha delas, que parecia saber aonde ia.

— Cortamos madeira ou guardamos rebanhos?

— Não seja tão impaciente, meu jovem; pelo que vejo, não conhece o ofício. Graças às minhas cabras, ganho tempo e não gasto energia.

A cabra mais velha percebeu uma acácia no limite do deserto e começou a comer as folhas mais acessíveis. Não podendo resistir à guloseima, suas congêneres também se lançaram ao ataque.

— Vamos sentar-nos à sombra daquela palmeira e deixar as cabras trabalharem. Trouxe pão, cebolas e um odre de água fresca.

— Não quero descansar e sim cortar madeira, muita madeira.

— Para fazer o quê?

— Preciso de quantidade suficiente para fazer uma cadeira.

— Tem uma casa para mobiliar?

— Preciso dessa madeira.

— Você tem seus segredinhos, está certo. Se falamos pouco, as pessoas nos respeitam. Sou divorciado duas vezes porque confiava demais nas minhas esposas. Elas me deixaram na pobreza e terminarei meus dias como lenhador, a serviço de um marceneiro.

— Quando começamos?

— Olhe esses bravos animais e agradeça-lhes.

Apoiando-se nas patas traseiras, as cabras desnudavam a árvore com entusiasmo. Quando já haviam devorado as folhas que conseguiam alcançar, o lenhador socorreu-as. Prendeu uma corda nos galhos mais altos e puxou-os para que ficassem ao alcance dos quadrúpedes, felizes por continuarem o banquete.

— Admire o trabalho delas, meu jovem! A acácia está completamente limpa. Agora é a nossa vez de entrar em ação.

Ardoroso recebeu um machado com cabo de madeira e uma lâmina curva de bronze. Ele desgastou o tronco com pequenos golpes precisos, depois, sem tomar fôlego, cortou-o, deixando o lenhador estupefato com a sua força. O rapaz não só parecia infatigável, mas também agia como um profissional experiente.

— Você vai rápido demais para mim... Nesse ritmo, desvaloriza o trabalho.

— Fique tranqüilo, não pretendo seguir carreira. Quando eu terminar, peça às cabras para escolherem outra árvore.

— O patrão disse que...

— Sou eu quem trabalha com o machado e não o patrão.

O lenhador achou melhor evitar aborrecimentos imediatos. As cabras partiram para a conquista de um novo banquete, enquanto ele desfrutava de um repouso bem merecido e Ardoroso atacava a segunda acácia.

Silencioso e Clara já esperavam há três dias. Obed, o ferreiro, trazia-lhes refeições frugais, sem falar uma só palavra, como se houvesse recebido ordens para manter um mutismo inquebrável. O chefe Sobek passava diante deles, sem dirigir-lhes a palavra.

Eles assistiam à chegada do cortejo dos burros carregados de víveres e de materiais diversos, observavam o descarregamento que era vigiado pelos guardas da porta e viam o trabalho dos auxiliares que garantia o conforto dos habitantes do Lugar da Verdade.

— Esse procedimento é normal? — perguntou Clara.

— Não sei. Os que vivem lá dentro agem como bem lhes aprouver.

— Esperar ao seu lado não é uma provação, e esse lugar é tão mágico que o tempo escoa como mel.

Silencioso partilhava da serenidade da sua companheira. Com ela, e graças a ela, não temia nenhum golpe do destino. Se o tribunal de admissão contava dobrá-los com o peso da angústia, estava no caminho errado. Ficar ali, no deserto, no coração das colinas selvagens dominadas pelo majestoso pico do Ocidente, bem perto do lugar onde seres humanos trabalhavam para a eternidade, vivendo o segredo da matéria, já não era a felicidade?

Quando completava o terceiro dia e o sol desaparecia no horizonte, o guarda da porta veio ao encontro deles.

— Silencioso, você insiste em pedir sua admissão na confraria do Lugar da Verdade?

— Minhas intenções não mudaram.

— E você, Clara?

— As minhas também não.

— Com meu colega, faço o serviço do correio. Vocês querem endereçar uma carta a algum parente, antes de se apresentarem ao tribunal de admissão?

Silencioso balançou negativamente a cabeça, e sua esposa imitou o, não sem pensar no pai que não compreendia sua decisão.

— Então, sigam-me.

A noite caía depressa. Os auxiliares já haviam partido para dormir em suas casas na planície, e podia-se jurar que o povoado, mergulhado na escuridão, havia sido abandonado.

Apesar de decidida, Clara ficou com o coração apertado. A doce magia do lugar desaparecera com os últimos raios do pôr-do-sol e só restara um medo difuso e opressor.

Seguindo o guarda, o casal chegou a um metro da porta norte, acesso principal ao Lugar da Verdade.

— Esperem aqui.

Silencioso apertou a mão da esposa.

O guarda agachou-se, acendeu uma tocha e não se preocupou mais com o casal. Falcões peregrinos dançavam no céu onde morriam os últimos clarões alaranjados.

A porta foi entreaberta.

Usando uma pesada cabeleira preta, uma comprida tanga e segurando um bordão nodoso na mão direita, um homem idoso parou na soleira da porta. Silencioso reconheceu o talhador de pedra, de caráter difícil, que seria de bom alvitre não irritar.

— Quem são vocês que ousam perturbar a serenidade do Lugar da Verdade?

— Silencioso, filho de Neb, o Realizado, e minha esposa, Clara.

— Vocês são conhecidos do tribunal de admissão?

— Desejamos apresentar-lhe nossa petição.

— Qual é?

— Pertencer à confraria dos artesãos e viver no Lugar da Verdade.

— Já satisfez as condições exigidas?

Silencioso apresentou o saco de couro, o banco dobrável e a madeira destinada à fabricação da cadeira. O homem examinou-os, mas não fez nenhum comentário.

— E você, Clara?

— Ouvi o chamado do pico do Ocidente.

O homem do bordão refletiu por um longo tempo, como se avaliasse a resposta.

— Em nome do Faraó, jurem que não revelarão a ninguém, em nenhuma circunstância, o que verão e ouvirão.

O casal prestou juramento.

— Que os demônios do inferno os atormentem por toda a eternidade, se traírem a palavra dada! Sigam-me.

Seguindo o homem com o bordão, Silencioso e Clara penetraram pela porta entreaberta. Do outro lado, divisaram uma ruela guarnecida de casas, mas não tiveram tempo de deixar o olhar vagar por aquele universo misterioso, porque foram obrigados a virar à esquerda onde esbarraram com um pórtico diante do qual estavam dois artesãos.

A escuridão impedia que se distinguissem os rostos.

Um deles avançou e pegou Clara pelo punho. Silencioso reagiu na mesma hora.

— Aonde a estão levando?

— Se você se recusar a obedecer às nossas leis, pode deixar o povoado imediatamente.

— Tenha confiança — disse Clara.

O artesão afastou-se com a jovem.

Silencioso sentiu o rigor da solidão e medo das provações que viriam. Esperava que não fossem separados, para juntarem as forças diante do júri, porém seria preciso enfrentá-lo sozinho.

— Chegou a hora — anunciou o homem com o bordão.

17

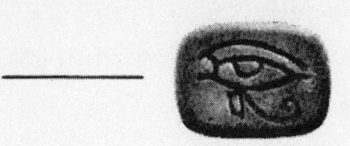

Quatro acácias.

Ardoroso cortara quatro acácias, em tempo recorde, sob o olhar assombrado do lenhador, que fizera, balbuciando, um relatório confuso ao marceneiro, obrigado a acreditar nas suas palavras ao ver a madeira empilhada diante de seu ateliê. O rapaz aprendera a fazer uso da serra, cortando, no comprimento, os melhores troncos, para obter pranchas que não teriam desagradado a um profissional exigente.

Indiferente à discussão entre o lenhador e o marceneiro, Ardoroso interessava-se pelos objetos prontos a serem entregues: cabos de abanador, pentes, copelas e pequenos móveis, arcas e banquetas.

O marceneiro aproximou-se do rapaz.

— Dei ordens precisas e você não as levou a sério. Sabia que para abater uma árvore é preciso autorização? Vou ter de justificar esse excesso junto à administração!

— O problema é seu, patrão. Eu só antecipei e, além do mais, economizou os salários. Quantas árvores ainda preciso cortar, para conseguir a quantidade de madeira que eu quero?

— Sua experiência como lenhador acabou.

— Está despedindo-me?

— Sem dúvida seria a melhor solução, mas você precisa aprender a fazer uma cadeira e um banco dobrável, se me lembro bem.

— Tem uma boa memória.

— Não se entra num ateliê como um touro numa arena.
Emprego técnicos minuciosos que trabalham aqui há muitos anos, e
os aprendizes sabem que devem obedecer e se comportar de maneira correta. Tenho medo de que você não consiga.

— Mesmo assim, vamos tentar.

— Estou avisando: na primeira extravagância será despedido.
Patrão e empregado chegaram a um acordo.

— Posso começar agora?

— Espere até amanhã, você...

— Não tenho tempo a perder.

Quando o marceneiro apresentou Ardoroso aos operários do
ateliê, o ambiente ficou pesado. Fisionomias carregadas viraram-se
na direção do recém-chegado para mostrar-lhe que não era bem-
vindo.

— Peço que aceitem Ardoroso como aprendiz — declarou o
patrão. — Ele ajudará a terminar o trabalho atrasado e ficará à disposição de quem precisar.

— O que sabe fazer? — perguntou o decano do ateliê.

— Aprender — respondeu o rapaz. — Quem quer começar a
ensinar-me?

— Pegue isto.

O decano estendeu a Ardoroso uma enxó, uma pequena ferramenta com cabo de madeira sendo que uma das faces, achatada, era
feita quase em ângulo reto; uma lâmina de bronze havia sido fixada
com uma correia de couro.

— Mostre-nos sua capacidade — ordenou ele, com ironia.

Ardoroso examinou a lâmina, passou o dedo no gume, em seguida explorou demoradamente o ateliê como se quisesse tomar posse do local. Demorou-se alguns instantes diante de um cepo, antes de escolher uma prancha cuja superfície aplainou com a enxó.

— Quem lhe ensinou? — surpreendeu-se o decano.

— Uma ferramenta é forçosamente adaptada ao material que ela deve trabalhar. Essa aqui foi feita para aplainar, não é?

— Você não é um novato...

— Não precisei de ninguém até agora e me pergunto se não será sempre assim. Não tem outra coisa para mostrar-me?

O patrão fez sinal para os operários levantarem acampamento.

— Na verdade, quem é você, meu jovem?

— Alguém que deseja aprender a fabricar um banco dobrável.

— É meu lugar que está cobiçando?

— Quanto a isso fique tranqüilo! Conseguindo o que quero, irei embora.

— Bom... Observe-me.

O marceneiro sentou-se num banco, com a mão direita pegou um malho e com a esquerda um formão. Numa prancha não muito larga que calçou entre os joelhos cavou umas fendas com notável regularidade.

— É a sua vez.

Ardoroso sentou no lugar do patrão e imitou-o com perfeição.

— Não posso acreditar que você nunca trabalhou a madeira!

— Acredite no que quiser e continuemos.

No ateliê havia diferentes tipos de machados, serras, cutelos e formões. Ardoroso experimentou-os sem muita hesitação. Sua mão era firme; seus gestos, precisos.

Atônito, o marceneiro mostrou ao rapaz como utilizar as pranchas cuidadosamente recortadas que ele uniu com espiga, reforçando-as com pinos e grampos. Revelou-lhe a técnica dos cantos com remate, a das cavilhas de madeira, a arte de unir macho e fêmea, o das fechaduras das arcas para evitar que o conteúdo derrame em caso de queda, e o método de ajuste perfeito que permite fabricar caixas e assentos.

A mão de Ardoroso aprendia tudo e não esquecia nada. Às vezes, mostrava-se mais hábil do que a do professor maravilhoso.

— Você nasceu para ser marceneiro, meu jovem. Para você não há nada difícil, e poderá fazer fortuna.

— Quantas banquetas devo produzir para ganhar o banco dobrável?

— Uma dezena será o bastante... Mas estou certo de que vai tomar gosto pelo trabalho!

Mostre-me como se empalha um assento.

— Amanhã veremos isso.

— Está muito cansado?

Atingido no seu amor-próprio, o patrão utilizou fibras vegetais trançadas para empalhar um escabelo capaz de suportar um bom peso.

A noite passou rapidamente, com o mestre testando, mais e mais, a surpreendente capacidade do aluno que não o decepcionou uma única vez.

Quando o marceneiro caiu de sono, Ardoroso terminava sua primeira banqueta.

Era dia de descanso. Os operários repousavam, com exceção de Ardoroso, que trabalhava sob um sicômoro. Agradava-lhe manejar o malho e o formão, e vencia sem dificuldades os ardis que a madeira lhe apresentava. Com uma pedra polida deixou completamente lisa a superfície de uma banqueta. Com experiência, conseguiria fazer um móvel bonito e sólido.

— Ardoroso, é você? — perguntou uma jovem longilínea, de cabelos negros e curtos.

— Sou eu.

— Posso sentar-me?

— À vontade.

Usava uma blusa de mangas curtas e uma saia que parava acima do joelho.

— Sabe o que contam, Ardoroso? Que o murmúrio das folhas do sicômoro é semelhante ao odor do mel, a folhagem lembra a turquesa, a casca é similar à faiança e os frutos são mais vermelhos do que o jaspe. Sua sombra refresca, mas estou com calor, muito calor... Ajuda-me a tirar a blusa?

— Estou ocupado.

Ela tirou sozinha a vestimenta leve, desnudando duas maçãs do amor, e apoiando-se contra a forte coxa do jovem atleta.

— Não gostou da minha descrição do sicômoro?

— Qual é o seu grau de parentesco com o patrão?

O rostinho fresco se retraiu.

— Sou... sou sobrinha.

— Isso está começando a virar um hábito: meus sucessivos patrões enviam-me meninas bonitas para que eu me torne um homem falante e, ao mesmo tempo, para me prenderem a eles.

— Está enganado, eu...

— Não continue mentindo. Pode confirmar para o seu tio que eu lhe disse a verdade e que não tenho a menor intenção de tornar-me marceneiro. Graças a ele progredi rapidamente e logo serei proprietário de um bonito banco dobrável.

— Não vai ficar aqui?

— Tenho coisa melhor a fazer.

— No entanto, seu futuro...

— Deixe que eu me preocupo com ele. E meu futuro imediato é uma jovem magnífica que deseja fazer amor.

18

Toda a cidade de Tebas estava em polvorosa porque o rumor se confirmara: Ramsés, o Grande, chegava da capital do Delta, Pi-Ramsés, para residir por várias semanas no palácio de Karnak. Alguns cortesãos achavam que se tratava de uma simples vilegiatura, até mesmo de um retiro no templo fechado, outros supunham que o velho monarca anunciaria decisões importantes.

Ramsés, o Grande, reinava no Egito há cinqüenta e sete anos, e aproximava-se do seu octogésimo aniversário. No ano vinte e um, ele assinara um tratado com os hititas para começar uma era de paz e prosperidade que deixaria marcas na memória da humanidade. Mas, por várias vezes, o infortúnio batera à sua porta, quando o pai, Sethi, a mãe, Touya, e a esposa adorada, a grande esposa real, Nefertari, desapareceram. Amigos íntimos também haviam deixado a terra dos vivos e, dois anos antes, Kha, o filho erudito e sábio que deveria suceder-lhe, também fora ao encontro do paraíso no além. Caberia a Merneptah assumir a árdua tarefa.

Por causa da idade e de dolorosos reumatismos, Ramsés já deixava a Merneptah a função de gerir as Duas Terras, o Alto e o Baixo Egito. Porém, ainda era ele quem assinava os decretos reais redigidos pelo fiel escriba Ameni, cada vez mais rabugento, mas sempre trabalhador.

Graças ao faraó, afirmava o povo egípcio, a verdade dominava a mentira, os malfeitores eram desmascarados, a inundação se dava na hora certa, as trevas cediam diante da luz. Não possuía o rei milhões de ouvidos que lhe permitiam ouvir as palavras de todos os seres, mesmo escondidos no fundo de uma caverna, e não eram seus olhos mais luminosos do que as estrelas? Canal que regulava a vazão do rio, grande sala onde todos podiam repousar, defesa com muralhas de ferro celeste, água fresca no forte calor, abrigo seco e aquecido durante o inverno, o Faraó era honrado em todos os corações, pois tornara o Egito mais verde e mais próspero do que um grande Nilo.

Sentado numa liteira, Ramsés, o Grande, chegou ao palácio de Karnak, onde o acolheram o grande sacerdote de Amon, o vizir, o prefeito de Tebas e alguns outros oficiais, atônitos com a idéia de ver, frente a frente, o ilustre monarca cuja reputação há muito tempo atravessara as fronteiras do Egito. A segurança era garantida pelo tenente da divisão dos carros de guerra, Mehy, que fizera de tudo para que seus bons e leais serviços fossem notados.

Apesar da idade avançada, Ramsés, o Grande, causava a mesma impressão da época da coroação. Nariz longo e um pouco curvo, orelhas redondas e bem feitas, maxilar autoritário e olhar penetrante compunham o rosto do monarca, habituado ao comando.

O palácio encantava o olhar. O pavimento e as paredes da sala de recepção com colunas eram decorados com representações de lótus, de papiro, de peixes e de pássaros que se espalhavam em magníficas paisagens. Formando uma linha elíptica que simbolizava o circuito do sol, o nome de Ramsés havia sido pintado em azul sobre fundo branco. Frisos de acianos e de papoulas decoravam o alto das paredes.

Quando o faraó, usando uma túnica branca, uma tanga branca e dourada, pulseiras de ouro nos punhos e sandálias brancas, tomou seu lugar no trono de madeira dourada, todas as pessoas admitidas nesse conselho excepcional sentiram que Ramsés, o Grande, ainda segurava firmemente o timão do navio do Estado.

— Majestade — disse o prefeito de Tebas —, a cidade do deus Amon alegra-se com a vossa presença. Graças às vossas diretrizes, ela vive feliz, vós que sois o pai e a mãe de todos os seres humanos. Que a vossa palavra continue a alimentar nossos corações. Vós sois o senhor da alegria, e aquele que se revolta contra o faraó destrói a si mesmo.

— Durante a viagem, examinei os relatórios sobre a gestão da minha cara cidade de Tebas. Você é um bom prefeito, mas é preciso cuidar mais do bem-estar dos habitantes do bairro novo. Alguns trabalhos das vias de comunicação estão muito atrasados.

— Será feito segundo a vossa vontade, Majestade, e o atraso será recuperado. Posso propor-vos incluir na ordem do colar de ouro o tenente da divisão dos carros de guerra, Mehy, que garante vossa segurança em Tebas e que sobressai na liderança de seu destacamento de elite?

Ramsés aprovou com um gesto irritado. Há muito tempo não se interessava pela entrega de condecorações e pelo jogo pueril das honrarias, no qual tantos dignitários corrompiam a alma.

Para Mehy, era o começo de uma fantástica carreira. Ao receber o fino colar de ouro das mãos do vizir, que reconhecia assim seus méritos em nome do Faraó, o oficial não só seria elevado à graduação de capitão, como passaria a pertencer à alta administração da rica cidade tebana. Com os grossos lábios entreabertos de satisfação, Mehy, entretanto, ficara decepcionado por Ramsés não lhe ter dado maiores atenções e pelo fato de a cerimônia ter sido tão breve.

— Recebi uma carta do administrador-chefe da margem ocidental — revelou o rei — e seu teor é a verdadeira razão da minha presença. Que o autor do documento exponha os motivos de sua queixa.

Alto funcionário, bem-nutrido, Abry apresentou-se diante do monarca, inclinando-se.

— Majestade, faço questão de alertar-vos a propósito de uma situação anormal. Os artesãos do Lugar da Verdade formam uma comunidade à parte, desde o reinado de vosso glorioso ancestral Tutmés I. Portanto, há mais de três séculos que ela existe e escava as moradas eternas no Vale dos Reis... Não seria oportuno reformar essa instituição?

— O que condena nessa instituição?

A pergunta direta deixou o escriba embaraçado.

— Majestade, não é exatamente uma condenação, mas essa confraria exige receber cotidianamente uma certa quantidade de víveres que onera o orçamento. Muitos auxiliares são designados para esse serviço, e, como os residentes do Lugar da Verdade vivem sob segredo, é impossível controlar o trabalho deles e, conseqüentemente, fazer imposições. Muitos funcionários questionam sobre o papel exato dessa corporação que usufrui de privilégios que alguns julgam exorbitantes.

— E o que você propõe?

O administrador-chefe sentiu-se encorajado a prosseguir. O monarca apreciara visivelmente a sua argumentação.

— Proponho suprimir o Lugar da Verdade e dispersar os artesãos que o compõem. O povoado, que não ocupa uma área muito grande, seria transformado em entreposto. Faríamos, assim, economias substanciais, sem contar os impostos, que caberiam às famílias e a indivíduos até então isentos. O desaparecimento dessa instituição arcaica seria, portanto, um benefício para o Estado.

A Ramsés só faltava instituir o decreto que transformaria esse projeto em realidade.

— Você conhece a missão do Lugar da Verdade? — perguntou o monarca.

O alto funcionário irritou-se.

— Conheço, majestade... Como já citei, é escavar as moradas eternas do faraó reinante, da grande esposa real e de seus parentes.

— Minha própria tumba foi iniciada no ano dois do meu reinado e, sem dúvida, você pensa que os artesãos da confraria estão inativos porque a tarefa deles está terminada há muito tempo devido a minha longevidade.

— Oh não, majestade, sei muito bem que eles têm outras atividades e não quis dizer que...

— O Faraó constrói na terra a cidade de Deus conforme seu dever, e ele se mostra útil pelos trabalhos que empreende para os deuses ao edificar os templos e fazer suas imagens. Em Bubastis, em Athribis, em Pi-Ramsés, em Mênfis, em Heliópolis, em Hermópolis, em Ábidos, em Tebas, em Edfu, em Elefantina, no Baixo como no Alto Egito, a obra está sendo feita e prossegue de diversas formas. No coração dessa obra, está a morada eterna do faraó que criou o Lugar da Verdade. Por isso, meu pai, Sethi, decretou a ampliação do povoado, porque o mistério essencial de onde tudo procede é o nascimento daquilo que mentes limitadas como a sua consideram uma tumba e que, na realidade, é um centro de luz. Os artesãos trabalham, todos os dias, para vencer a morte, constroem para o *ka* essa energia imaterial que anima qualquer forma viva, sem, no entanto, nela se fixar e com ela desaparecer. E é pelo *ka* real, que passa de faraó para faraó sem nunca ser propriedade de nenhum deles, que eles continuam a aperfeiçoar minha última morada. Porém, o que você pode compreender espontaneamente desse segredo, escriba de coração fechado e inteligência estreita? Saiba que o único objetivo de minha estada em Tebas é embelezar o povoado dos construtores, oferecer-lhes outros meios para agir e reforçar a sua estabilidade. Consagrarei os últimos anos de minha vida na Terra a essa tarefa, porque não há nada mais essencial do que o Lugar da Verdade.

19

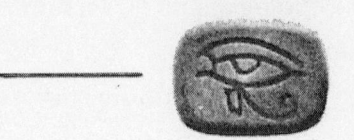

Ramsés, o Grande, repousava no jardim do palácio sombreado por palmeiras, jujubeiras e um salgueiro plantado à beira do lago. Guarnecidas de ranúnculos, de acianos e de papoulas, as aléias arenosas haviam sido traçadas de maneira simétrica e regular, e recebiam uma manutenção constante. Sentado numa cadeira confortável, a cabeça apoiada por uma almofada, o soberano estava instalado sob uma cobertura de finas colunetas de madeira pintadas de verde. Sobre uma mesa baixa, perto dele, havia cerveja fresca e leve, uvas, figos e maçãs. O rei desfrutava do suave vento norte que começara a soprar, observando as poupas e as andorinhas que brincavam à luz do sol poente.

A chegada do seu convidado arrancou o monarca de suas lembranças. O homem que se inclinava diante dele havia sido um de seus dignitários mais discretos, porém um dos mais importantes de seu longo reinado, pois Ramosé, filho de um entregador, fora designado como "escriba da Tumba e do Lugar da Verdade" no ano cinco de Ramsés, no terceiro mês da inundação, no décimo dia. O rei em pessoa escolhera Ramosé para exercer a difícil função, depois de uma carreira bem realizada: educação numa Casa da Vida, formação como assistente de escriba, posto de escriba contador do gado do templo de Amon, de Karnak, depois, da correspondência, dos arquivos reais e do Tesouro do Faraó antes de dar o grande passo e se tornar um "homem do interior".

O soberano deixara a opção para Ramosé porque, para o escriba, tratava-se de uma mudança radical de vida. Depois de freqüentar o imenso Karnak e os templos de Tutmés IV e do sábio Amenhotep, filho de Hapu, o dignitário teria de abandonar uma existência fácil e luxuosa para gerir, de dentro dos muros, o povoado secreto dos artesãos.

Ramosé não hesitara por muito tempo: a aventura era por demais extraordinária e devia ser tentada. Depois da nomeação, ele solicitara aos Servos do Lugar da Verdade, conforme as ordens do rei, que construíssem uma residência para Ramsés no terreno reservado para isso e aumentassem o templo de Hathor, protetora da comunidade, continuando a trabalhar na morada eterna do soberano.

Com oitenta e sete anos, Ramosé já se aposentara, permanecendo no povoado onde era amado por todos. Nenhuma decisão importante era tomada sem o seu parecer.

Para ir ao encontro do rei, Ramosé vestira-se com suas roupas de gala: camisa de mangas compridas plissadas, avental com pregas verticais e sandálias de couro. Graças a Ramsés, ele tivera uma existência grandiosa, zelando pela prosperidade do Lugar da Verdade, e estava feliz em poder agradecer ao monarca antes de morrer.

— Lembra-se, Ramosé, do texto famoso que você gostava de ler para os aprendizes de escriba: "Imite seus pais que viveram antes de você, o sucesso depende da sua capacidade de conhecimento. Os sábios transmitiram os ensinamentos nos seus escritos: consulte-os, estude-os, leia-os e releia-os sempre"?

— Apesar de meus olhos estarem fracos, Majestade, continuo a observar esse preceito.

— Lembra-se também da grande festa do décimo sétimo ano que você organizou com Pazair, o melhor de todos os meus vizires? Éramos jovens, então, e nossa energia parecia inesgotável. Hoje em dia, você é um velho, como eu, mas também é o homem mais venerado do Lugar da Verdade e o único dignitário autorizado a usar o título de "escriba de Maât".

— Fostes vós que me destes a possibilidade de servir Maât durante toda a minha vida, no coração da confraria que dela vive todos os dias, mas a hora da grande viagem está próxima.

— Você mandou preparar três tumbas próximas ao povoado como havia projetado?

— Mandei, Majestade. Na primeira, presto homenagem às divindades e a vossos ancestrais que tanto fizeram pela confraria, Amenhotep I e sua mãe, Horemheb, e Tutmés IV; lá está a estela onde apareceis. Na segunda evoco minhas duas vacas, Ocidente e Bela Onda, bem como o vaqueiro que cuidou delas. Na terceira estão presentes os seres humanos mais caros para mim.*

— Silencioso está entre elas?

— Ele é a maior alegria de meus últimos dias, Majestade. Sabeis que minha esposa Mut e eu nunca pudemos ter filhos, apesar das estátuas, das estelas e das outras oferendas a Hathor, a Tueris, a grande mãe, e mesmo às outras divindades. Por isso, preparei minha ida para o além cuidadosamente, sem esquecer de formar meu sucessor, o escriba Kenhir. Mas a pessoa pela qual tenho mais estima e afeição é Silencioso. Quando ele deixou o povoado para fazer

---

* Tumbas tebanas, 7, 212 e 250.

uma grande viagem pelo mundo, fiquei com medo de morrer antes do seu retorno, do qual nunca duvidei. Por felicidade, o tribunal de admissão da confraria acabou de admiti-lo entre aqueles que ouviram o chamado. Eis que ele é um Servo do Lugar da Verdade, e estou persuadido de que desempenhará um papel essencial, não só como talhador de pedra e escultor.

— Que nome de iniciação lhe deu?

— Nefer-hotep, Majestade.

— *Nefer*, "realização, beleza, bondade", e *hotep*, "paz, plenitude, oferenda"... Você lhe prescreve um duro programa!

— A plenitude da paz interior, o *hotep*, talvez só lhe seja dada no fim da vida, com a condição de que, efetivamente, ele seja "Nefer" como artesão. Preciso avisar-vos que Silencioso não se apresentou sozinho à porta do povoado.

— Quem o acompanhava?

— Sua esposa, Clara, cujo nome, *oubekhet*, também significa "luminosa". Ela impressionou o tribunal com sua determinação e brilho. Ela é bela, inteligente, desprovida de ambição, e não imagina, nem por um minuto, a extensão de sua capacidade. O casal é sólido, as rudes provas que o aguardam não o destruirão. O tribunal manteve Clara como nome de iniciação da esposa de Nefer. Para mim, eles representam a esperança da confraria.

— Qual a origem da jovem?

— É tebana, filha espiritual de Neferet, a médica-chefe do reino, já morta.

— Neferet... Ela tratou-me admiravelmente. Se Clara herdou seus dons, a confraria está com muita sorte. Mas, diga-me francamente, Ramosé: tem alguma dúvida sobre as qualidades do seu sucessor Kenhir?

— Não, Majestade, embora ele não tenha um temperamento fácil e execute sua função com rigidez às vezes excessiva. Não lamento tê-lo escolhido, nem lhe ter legado meus móveis, minha biblioteca, meus campos e minhas vacas. Além disso, ele é apenas o escriba da Tumba... Os chefes de equipe, os talhadores de pedra, os escultores e os pintores não são menos considerados do que ele. Talvez ele ainda não tenha compreendido isso, mas o tempo fará sua obra.

— Nos últimos anos, muitos artesãos não tiveram sucessores — lembrou Ramsés que, como chefe supremo da confraria, acompanhava atentamente sua evolução. — A equipe completa já chegou a quarenta membros e, atualmente, não há mais do que trinta.

— Trinta e um com Nefer, Majestade.

— Esse número é suficiente para terminar todos os trabalhos em andamento?

— Tenho uma única lição a transmitir: a qualidade é mais importante do que a quantidade. O essencial, sabeis perfeitamente, é o bom funcionamento da Morada do Ouro e sua capacidade de criação. Nesse aspecto, nenhuma preocupação. Estou até persuadido de que a chegada de Nefer é sinônimo de um futuro radioso.

— Seus propósitos são um bálsamo, Ramosé, porque a hostilidade em relação ao Lugar da Verdade não cessa de aumentar. Os altos funcionários só pensam em enriquecer e formam uma casta cada vez mais perniciosa, preocupada com o próprio futuro e não com o futuro do país. Para eles, a confraria dos artesãos é uma anomalia administrativa que desejam extinguir.

— Mas sois vós quem reinais, Majestade!

— Enquanto eu viver, o Lugar da Verdade não tem nada a temer dos invejosos e caluniadores. Espero que meu filho Merneptah siga meus passos e compreenda que, sem a atividade dessa confraria, a grande luz do Egito estará condenada a diminuir e, em seguida, a apagar-se. No entanto, quem pode prever o comportamento de uma pessoa depois de assumir o poder supremo?

— Tenho confiança, Majestade.

Ramsés, o Grande, sabia que Ramosé sempre fora a generosidade em pessoa e que a clareza de sua alma iluminara a confraria, mas também sabia que a instituição estava em perigo. Ao silenciar as armas em todo o Oriente Médio, o monarca não aniquilara os ódios nem as ambições, e tinha consciência de que só a frágil deusa Maât, encarnação da justiça, poderia impedir a espécie humana de seguir sua inclinação natural que a levava à corrupção, à injustiça e à destruição.

Desde os tempos das pirâmides, a instituição faraônica se havia apoiado numa confraria de artesãos iniciados nos mistérios da Morada do Ouro e que eram capazes de inscrever a eternidade na pedra. Quando os fundadores do Novo Império elevaram Tebas à categoria de capital, a comunidade do Lugar da Verdade recuperara sua chama.

E essa chama era vital para a sobrevivência da civilização.

— Esqueci de contar-vos uma passagem interessante, Majestade. Registramos uma candidatura um tanto quanto inesperada, mas hesito importunar-vos com um incidente sem importância.

20

— Pode falar, Ramosé.

— Quase todos os pedidos de admissão na confraria são rejeitados, mesmo quando procedem de artesãos experientes que deram provas de suas qualidades. Nesse caso, trata-se de um jovem colosso de dezesseis anos sem nenhuma referência importante. Um filho de fazendeiro que passou por ateliês de curtidores de couro e de marceneiros... Mas é tão obstinado, que Sobek, o chefe da segurança, foi obrigado a aprisioná-lo por duas vezes!

— Ele preencheu as condições necessárias para apresentar-se diante do tribunal de admissão?

— Sim, Majestade, mas...

— Muitos daqueles que compõem hoje em dia a confraria vieram de fora, começando por você, Ramosé. Deixe o rapaz enfrentar os juízes do Lugar da Verdade.

Ramsés, o Grande, enxergava longe.

O velho escriba da Tumba sentiu que participava de um daqueles momentos privilegiados, quando a visão do rei ultrapassava a dos outros homens. Muitas vezes, durante sua longa vida, Ramsés tivera intuições que atravessaram as paredes do futuro, permitindo-lhe caminhar por vias não convencionais.

— Majestade, acreditais que esse jovem...

— Que ele compareça diante dos artesãos e que eles não tomem decisões irrefletidas. Se conseguir passar pelas provas, esse rapaz talvez desempenhe um papel decisivo na história do Lugar da Verdade.

— Vou intervir junto a Sobek. Pensais em examinar vossa morada eterna, Majestade?

— Certamente. Mas outra verdade me foi revelada: é preciso aumentar o santuário do *ka* real. Você zelou por essa construção, agora decidirá sobre a data dos trabalhos e sobre o plano da obra.

Ramosé sentiu uma alegria intensa.

— É uma imensa honra para o povoado! Escolheremos o momento certo com a mulher sábia.

Ramsés lembrava-se de que, na juventude, também escutara o chamado. Gostaria de ter participado da existência desses homens cujo pensamento se transformava em obra luminosa, mas seu pai, Sethi, escolhera-o como sucessor para manter o Egito no caminho de Maât e preservar os vínculos da Terra com o Céu. Nem um único dia ele pudera esquivar-se de seus deveres. Mas foi bom que assim fosse.

Sobek abriu a porta da cela.

— Parou de fazer barulho?

— Tenho intenção de abrir um buraco na parede dessa prisão e vou consegui-lo — respondeu Ardoroso.

Usando somente os punhos, o rapaz já conseguira destruir seriamente uma parte da parede de tijolos.

— Se não parar imediatamente, mandarei acorrentá-lo!

— Você não tem nenhum motivo para prender-me, já que eu trouxe o necessário para apresentar-me à porta do povoado.

— Você acha que conhece a lei melhor do que eu?

— No caso presente, acho.

O chefe Sobek coçou a cicatriz embaixo do olho esquerdo, lembrança de uma luta mortal com um leopardo na savana da Núbia.

— Está começando a irritar-me de verdade, rapaz. Vou ocupar-me pessoalmente do seu caso e prometo que você não vai mais querer abrir a boca diante de um guarda.

Ardoroso queria reagir.

Ele tinha uma constituição tão forte quanto a de Sobek, mas este era um pouco maior e, além de tudo, brandia uma clava na mão direita.

Um guarda chegou correndo, ofegante.

— Chefe, chefe! Preciso falar-lhe, imediatamente!

— Não tenho tempo.

— É sobre o prisioneiro.

A aflição do subordinado convenceu Sobek a escutá-lo. Por isso, fechou a porta da cela.

Ardoroso pensava em como o algoz usaria a clava. Se a levantasse bem alto, ele bloquearia seu braço e acertar-lhe-ia o peito com uma cabeçada. Mas Sobek era um profissional e não lutaria como um inexperiente. A luta não seria fácil para o rapaz e talvez ele não conseguisse sair vencedor, mas o núbio não sairia ileso do duelo porque Ardoroso usaria todas as suas forças na batalha.

A porta foi aberta.

— Saia daqui — ordenou Sobek, ainda armado com a clava.

— Você quer bater-me pelas costas?

— Vontade é o que não me falta, mas recebi ordens. Um guarda vai acompanhá-lo até a porta principal do povoado.

Ardoroso empertigou-se.

— Então, existe uma lei neste país!

— Saia daqui, ou não respondo pelos meus nervos!

— Se tivermos oportunidade de nos reencontrarmos, Sobek, acertaremos nossa diferença, de homem para homem.

— Suma!

— Não sem o que me pertence.

Com o maxilar contraído, Sobek devolveu a Ardoroso o saco de couro, o estojo para papiro, os pedaços de madeira bem amarrados e o banco dobrável confeccionado pelo aprendiz de marceneiro. Equipado com o precioso pecúlio, o rapaz saiu do fortim de cabeça erguida, como um general vitorioso avançando pelo país conquistado.

O núbio que o acompanhava era um homem sólido, mas, ao lado de Ardoroso, ele parecia franzino.

— Você não devia querer Sobek como inimigo — recomendou. — Ele é rancoroso e, na primeira oportunidade, vai vingar-se.

— Melhor para ele... Senão serei eu que baterei nele.

— Ele é o chefe da guarda local!

— O importante é o valor de um homem, não os seus títulos. Se esse Sobek vier atrás de mim, vai achar-me.

O guarda não mais tentou chamar Ardoroso à razão, cuja exaltação aumentava à medida que se aproximava do objetivo. Desta vez um guarda não iria impedi-lo de passar pela porta do povoado proibido.

Ele ignorava o que aconteceria a seguir, mas pouco lhe importava. Saberia convencer os juízes de que ouvira o chamado e que, conseqüentemente, todas as portas lhe deveriam ser abertas.

O sol brilhava generoso e seu calor dava mais dinamismo ao rapaz, que não temia nem as pessoas mais impiedosas. O fato de o povoado estar situado no deserto era, para ele, um trunfo a mais.

— Eu fico aqui — disse o guarda. — Continue sozinho.

Ardoroso não hesitou. Com um andar decidido, atravessou o espaço que separava o quinto e último fortim das cercanias do povoado.

Naquele fim da manhã, os auxiliares haviam saído de seus ateliês para almoçar à sombra de um alpendre. Ficaram curiosos ao verem o rapaz passar.

O guarda da grande porta levantou-se e barrou-lhe a passagem.

— Aonde pensa que vai?

— Chamo-me Ardoroso, quero entrar no Lugar da Verdade e trago o equipamento necessário.

— Tem certeza disso?

— Certeza absoluta.

— Se estiver enganado, vai passar por momentos difíceis. No seu lugar, eu não correria esse risco e voltaria para o lugar de onde saí.

— Fique no seu lugar, guarda, e não se preocupe com o meu.

— Eu avisei.

— Pare de tagarelar e abra a porta do povoado.

O guarda resolveu abrir, lentamente.

Durante alguns minutos, Ardoroso ficou sem fôlego. Enfim, seu sonho se realizava!

21

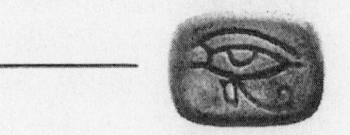

Dois artesãos saíram do povoado. Um deles colocou-se atrás de Ardoroso e o outro na frente.

— Siga-me — ordenou este último.

— Mas... Não vou entrar?

— Se continuar a fazer perguntas inúteis, não o conduziremos à presença do tribunal de admissão.

Irritado, Ardoroso conseguiu dominar-se. Desse lugar misterioso ele ainda não conhecia as regras do jogo e devia evitar dar um passo em falso. Isso o condenaria.

O trio deu as costas para a porta principal do povoado e caminhou na direção do maior templo do Lugar da Verdade, perto do qual fora erguida uma capela dedicada à deusa Hathor. Altos muros escondiam o prédio dos olhares profanos.

Diante do portal fechado, nove homens estavam sentados em bancos de madeira, dispostos em semicírculo. Vestiam uma simples tanga, com exceção de um ancião, que usava uma longa túnica branca.

— Sou o escriba Ramosé e você está no território sagrado da grande e nobre Tumba de milhões de anos a oeste de Tebas. Aqui reina a deusa Maât na sua região luminosa. Seja sincero, não minta e fale com o coração; senão ela o afastará do Lugar da Verdade.

Os membros do tribunal de admissão não pareciam amáveis, e o rapaz preferiu continuar olhando para o velho escriba Ramosé, cuja fisionomia era marcada pela bondade.

— Quem é você e o que deseja?

— Eu me chamo Ardoroso e quero passar a vida desenhando.

— Seu pai é artesão? — perguntou um dos juízes.

— Não, fazendeiro. Estamos brigados, definitivamente.

— Que ofícios você praticou?

— O curtimento e a marcenaria, para satisfazer as exigências.

Sem ter sido autorizado, Ardoroso depositou sua bagagem no chão.

— Eis o saco de couro — declarou orgulhoso. — Estou juntando um estojo para papiro, de boa qualidade.

Os dois objetos passaram de mão em mão.

Um juiz resmungão tomou a palavra.

— Exigimos um saco de couro e não o estojo.

— É um erro fazer mais do que o pedido?

— É, esse é um deles.

— Não para mim! — insurgiu-se o rapaz. — Só os preguiçosos e os medíocres restringem-se às ordens porque têm medo do próximo e de si mesmos. À força de nos submetermos e de não tomarmos nenhuma iniciativa, tornamo-nos mais inertes do que uma pedra.

— Você, que fala com tanta segurança, por que só nos apresentou o banco dobrável e não a cadeira que deveria acompanhá-lo? Já que gosta de ir além do que lhe é imposto, por que se contentou em nos apresentar pedaços de madeira em vez da obra já feita?

— Os senhores pregaram-me uma peça — constatou Ardoroso, furioso contra os juízes e contra si próprio — e não fui capaz de perceber... Tenho direito a uma segunda chance?

— Sente-se no banco dobrável — ordenou o artesão resmungando.

Quando apoiou o traseiro no assento, Ardoroso ouviu estalidos sinistros. Sem dúvida alguma, o banco dobrável não suportaria seu peso.

— Prefiro ficar de pé.

— Quer dizer que você nem mesmo verificou a qualidade desse objeto. À sua arrogância podem-se acrescentar a negligência e a incompetência.

— O exigido é um banco dobrável, aqui o têm!

— Resposta insignificante, rapaz. Será que você não passa de um fanfarrão e de um covarde?

Ardoroso cerrou os punhos.

— Estão enganados! Tentei satisfazê-los, mas meu objetivo não é fabricar móveis. Sei desenhar e posso prová-lo.

Um outro artesão colocou diante de Ardoroso um pincel, um pedaço de papiro usado e um godê de tinta preta.

— Bom, prove-o.

O rapaz ajoelhou-se. Com os olhos fixos no velho escriba Ramosé, começou a fazer seu retrato. Sua mão não tremia, mas não estava habituado a esse material cuja utilização pareceu-lhe das mais delicadas.

— Posso fazer bem melhor — afirmou — mas é a primeira vez que manejo um pincel e desenho num papiro, fazendo uso de tinta... Em geral, contentava-me com a areia.

Nervoso, precipitado, Ardoroso não fez a parte de cima da testa, nem as orelhas. O retrato de Ramosé estava horroroso.

— Deixem-me recomeçar.

O desenho circulou. Nenhum comentário foi feito.

— O que você sabe sobre o Lugar da Verdade? — perguntou Ramosé.

— Ele guarda os segredos do desenho e quero conhecê-los.

— O que vai fazer com eles?

— Decifrar a vida... e essa viagem não tem fim.

— Não precisamos de pensadores e sim de especialistas — desferiu um artesão.

— Ensinem-me a desenhar e a pintar — insistiu Ardoroso — e verão do que sou capaz.

— Você está noivo?

— Não, mas já conheci muitas moças. Para mim, elas fazem parte dos prazeres da vida, nada mais.

— Não pretende casar-se?

— Claro que não! Não quero ficar sobrecarregado com uma dona-de-casa e um chorrilho de moleques. Quantas vezes mais preciso dizer-lhes que meu único objetivo é desenhar a criação e pintar a vida?

— A exigência de segredo não o incomoda?

— Pior para aqueles que não o conseguirem desvendar.

— Sabe que vai ter de submeter-se a regras muito severas?

— Se não me impedirem de progredir, tratarei de suportá-las. Mas não me submeterei a ordens estúpidas.

— Será que você é tão inteligente que pode avaliá-las?

— Ninguém me traçará um caminho. Eu o farei.

O juiz resmungão voltou ao ataque.

— Com esses propósitos, você se acha digno de pertencer à nossa confraria?

— Os senhores decidem... Pediram-me para ser sincero, estou sendo.

— Você é paciente?

— Não, e não pretendo sê-lo.

— Acha que seu caráter é tão perfeito que nenhum de seus aspectos precisa ser modificado?

— Nunca me perguntei. É com o desejo que atingimos nossos objetivos e não com o caráter. Ter inimigos é normal: ou eles me vencerão porque sou um fraco ou arrasá-los-ei. De qualquer maneira haverá uma luta; por isso é que estou sempre pronto a lutar.

— Não ouviu dizer que o Lugar da Verdade é uma enseada de paz de onde as brigas foram banidas?

— Se há homens e mulheres, isso é impossível. A paz não existe em parte alguma da Terra.

— Tem certeza de que precisa de nós?

— Os senhores são os únicos a possuírem os conhecimentos que não posso conseguir por mim mesmo.

— O que mais você tem a dizer para convencer-nos?

— Nada.

— Então, vamos deliberar, e você deve esperar por nosso veredicto. Não há apelação.

O velho escriba fez sinal aos dois artesãos que trouxeram Ardoroso, para que o conduzissem à porta norte do povoado.

— Vai demorar?

Ninguém lhe respondeu.

22

Ramosé estava em estado de choque. Muitas vezes já presidira o tribunal de admissão, mas era a primeira vez que se defrontava com um candidato como esse. Era evidente que Ardoroso desagradara profundamente aos artesãos chamados para jurados, aos quais se juntara Kenhir, o resmungão, sucessor de Ramosé e escriba da Tumba, em exercício.

Pelo menos a deliberação não duraria muito e não seria semelhante ao debate que se seguira ao depoimento de Silencioso. Kenhir mostrara-se, então, particularmente agressivo: alegava que o rapaz, dotado de inúmeras qualidades, tinha diversas carreiras ao seu alcance e que o Lugar da Verdade seria um espaço muito restrito para ele. Essa não havia sido a opinião da maioria dos artesãos, impressionados com a forte personalidade do postulante.

Ramosé empregara toda a sua autoridade para impedir dois artesãos de passarem para o lado de Kenhir, rejeitando, assim, o pedido de admissão do filho espiritual de Neb, o Realizado. Como a unanimidade era indispensável, o velho escriba travara um longo e difícil combate para conseguir modificar a visão negativa de Kenhir.

Em relação a Clara, as deliberações haviam sido breves. Quando ela evocou o chamado do topo do Ocidente, o tribunal, composto pelas sacerdotisas de Hathor que habitavam o povoado, emocionou-se profundamente. E a presidente do júri, conhecida por "mulher sábia", acolhera alegremente a esposa de Nefer, o Silencioso.

— Quem quer ter a palavra? — perguntou Ramosé.

Um escultor levantou a mão.

— Esse Ardoroso é vaidoso, agressivo e não tem nenhum senso de diplomacia, mas estou convencido de que realmente ouviu o chamado. É sobre esse ponto, e só sobre esse ponto, que nos devemos pronunciar.

Um pintor foi autorizado a se manifestar.

— Não concordo com você. Que o postulante tenha ouvido o chamado eu não contesto, mas qual é a natureza desse chamado? Ele deseja a própria realização e não uma completa integração na confraria. Nós lhe daríamos uma técnica, mas ele não nos daria nada. Esse jovem deve seguir seu próprio caminho, que está muito longe do nosso.

Kenhir, o resmungão, interveio com veemência.

— Um fogo estranho move esse rapaz e ele os incomoda, pois vocês só gostam dos tíbios! Ah, esse não é um artesão comum, submisso ao contramestre, incapaz de refletir e tão apagado que ninguém o nota! Admiti-lo entre nós é correr o risco de ver uma tempestade atravessar o povoado e alterar muitos hábitos. Será que os artesãos do Lugar da Verdade ficaram tão medrosos a ponto de recusar um talento extraordinário? E ele possui esse talento, como vocês viram! Um desenho ruim, concordo, em razão da sua inexperiência, mas que retrato extraordinário! Citem-me um só desenhista que, antes de haver recebido um ensinamento correto, tenha mostrado igual capacidade.

— Mesmo assim — objetou o escultor — pode ficar certo de

que esse rapaz cheio de vida se recusará a obedecer e desprezará nosso regulamento.

— Se isso acontecer, será expulso do povoado; mas estou convencido de que ele se dobrará para atingir suas metas.

— Vamos falar de suas metas! Será que ele não é um simples curioso que quer desvendar os segredos da nossa confraria?

— Não será o primeiro! E vocês todos sabem que os curiosos não têm nenhuma chance de permanecer muito tempo entre nós.

Ramosé estava estupefato com a atitude do colega Kenhir, que refutava, uma a uma, as objeções formuladas contra Ardoroso. Em geral, o escriba da Tumba não tomava partido com tanta impetuosidade.

Os artesãos mais hostis a Ardoroso começavam a vacilar.

— Precisamos de pessoas equilibradas e tranqüilas como Nefer — prosseguiu Kenhir — mas também de corações inflamados como esse futuro pintor. Se conseguir perceber o sentido da obra que se realiza aqui, que figuras esplêndidas não traçará sobre as paredes das moradas eternas! Acreditem-me, devemos tentar a aventura.

O chefe de equipe, Neb, o Realizado, interveio.

— Nossa confraria não tem por vocação tentar aventuras e sim perpetuar as tradições da Morada do Ouro e preservar os segredos do Lugar da Verdade. Esse jovem não participará das nossas preocupações e vai se comportar como um saqueador.

Ramosé sentiu que a oposição do chefe era irredutível e por isso não podia mais ficar calado.

— Tive o privilégio de conversar com Sua Majestade — revelou o velho escriba — e falamos sobre o caso desse jovem. Se entendi bem o pensamento de Ramsés, o Grande, Ardoroso parecia-lhe possuído de uma energia particular que não devemos negligenciar, no interesse supremo da confraria.

— Seria... a energia de Seth? — perguntou o chefe de equipe.

— Sua Majestade não especificou.

— Mas é ela mesmo, não é?

Os juízes se arrepiaram. Assassino de Osíris, encarnado numa criatura sobrenatural que alguns comparavam a um canídeo, outros a um ocapi, o deus Seth era detentor do poder do cosmo que a humanidade ora sentia como benéfico, ora como destruidor. Sem ele, seria impossível lutar contra as trevas e fazer renascer a luz a cada manhã. E era preciso ser um faraó da estatura do pai de Ramsés para ousar carregar o nome de Sethi. Nenhum monarca antes dele suportara um tal fardo simbólico, e isso o levara a mandar construir, em Ábidos, o maior e mais esplendoroso dos santuários de Osíris.

Em geral, as pessoas com a energia de Seth estavam sujeitas a excessos e à violência, que só uma sociedade firmemente construída sobre o pedestal de Maât poderia canalizar. Um indivíduo desse tipo não devia ser excluído de uma comunidade de artesãos destinada a criar a beleza e a harmonia?

— Sua Majestade deu-lhe alguma ordem em relação a Ardoroso? — perguntou o chefe de equipe a Ramosé.

— Não, mas ele apela para a nossa clarividência.

— Precisa dizer mais? — acrescentou Kenhir. — Saibamos interpretar a vontade do Faraó, que é o mestre supremo do Lugar da Verdade.

Os mais céticos foram convencidos, mas Neb, o Realizado, não desistiu.

— Minha nomeação como chefe de equipe foi aprovada pelo

Faraó. Portanto, ele confia em mim para julgar as qualidades daqueles que desejam entrar para a confraria. Por isso, qualquer fraqueza de minha parte seria condenável. Por que exigir menos desse jovem do que dos outros artesãos?

— Você é o único juiz a se opor à admissão de Ardoroso — constatou Kenhir — e precisamos de unanimidade. Esse isolamento não deveria fazê-lo reconsiderar sua posição?

— Nossa confraria não deve correr nenhum risco.

— O risco faz parte da vida, e se recuarmos diante dele seremos levados à imobilidade e depois à morte.

Habitualmente muito calmo, o chefe de equipe estava a ponto de enfurecer-se.

— Constato que esse jovem conseguiu dividir-nos! Esse resultado não deveria incitar-nos a uma maior desconfiança?

— Não exagere, Neb! Já tivemos discussões acaloradas sobre alguns candidatos.

— Com certeza, mas sempre obtivemos unanimidade.

— É preciso sair dessa situação — decidiu Ramosé. — Você está convencido?

— Não — respondeu Neb, o Realizado. — Temo que esse rapaz perturbe a harmonia do povoado e dificulte nosso trabalho.

— Você não tem pulso suficiente para impedir um desastre como esse? — perguntou Kenhir.

— Não superestimo minha capacidade.

Ramosé compreendeu que a disputa não abalaria a determinação do chefe de equipe.

— Opor-se não é uma atitude construtiva, Neb. O que propõe para sairmos do impasse?

— Vamos testar Ardoroso. Se, realmente, ele escutou o chamado e se possui a força necessária para criar seu próprio caminho, a porta ser-lhe-á aberta.

O chefe de equipe expôs seu plano.

Todos aderiram, inclusive Kenhir, que, resmungando, afirmou que tomavam precauções inúteis.

23

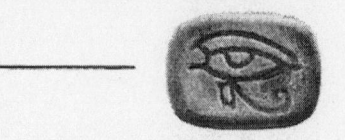

— Será que ainda vai demorar muito? — perguntou Ardoroso a um dos dois artesãos que se sentara ao seu lado.

— Não sei.

— Mas eles não podem deliberar por muitos dias!

— Isso já aconteceu.

— Quando demora, é bom ou mau sinal?

— Depende.

— Quantos candidatos vocês aceitam por ano?

— Não existe uma norma.

— Há um limite?

— Você não precisa saber.

— Quantos vocês são no momento?

— Pergunte ao faraó.

— Há grandes desenhistas entre vocês?

— Cada um faz seu trabalho.

Ardoroso viu que seria inútil interrogar o artesão; e o colega dele parecia ser mudo. Mesmo assim, o rapaz não desanimou. Se os juízes que ele enfrentara fossem homens sensatos, compreenderiam a intensidade do seu desejo.

Alguém passou pelo lado oeste da muralha. Ardoroso reconheceu-o imediatamente, levantou-se e deu-lhe um abraço.

— Silencioso! Eles admitiram você?

— Tive essa sorte.

— Pelo menos você me falará sobre o povoado!

— Impossível, Ardoroso. Jurei manter segredo e não há nada mais importante do que a palavra dada.

— Então você não é mais meu amigo!

— Claro que sou e estou convencido de que você vai conseguir.

— Você pode falar a meu favor?

— Infelizmente não. É o tribunal de admissão que decide, e só ele.

— É o que eu pensava, você não é mais meu amigo de verdade... No entanto, salvei sua vida.

— Nunca esquecerei.

— Já esqueceu, agora que pertence a um outro mundo... E recusa-se a ajudar-me.

— Não posso. Você precisa enfrentar essa prova sozinho.

— Obrigado pelo conselho, Silencioso.

— A confraria me deu um nome novo: Nefer. E preciso contar-lhe que me casei.

— Ah... Ela é bonita?

— Clara é uma mulher sublime. O tribunal admitiu-a no Lugar da Verdade.

— Você teve muita sorte! As sete fadas de Hathor deviam estar presentes em volta do seu berço, e não foram mesquinhas com os presentes. Que trabalho lhe deram?

— Isso também não posso falar.

— Ah, é, tinha esquecido... Para você eu não existo mais.

— Ardoroso...

— Pode ir embora, Nefer, o Silencioso. Prefiro ficar sozinho com os guardas. Eles não falam mais do que você, mas não se dizem meus amigos.

— Tenha confiança. Você escutou o chamado, os juízes não o dispensarão.

Nefer pousou a mão no ombro de Ardoroso.

— Tenho fé em você, meu amigo. Sei que o fogo que arde no seu peito queimará todos os obstáculos.

Quando Nefer se afastou, Ardoroso teve vontade de segui-lo e de entrar com ele no povoado; mas seria expulso para sempre.

Pouco antes do fim do dia, um dos juízes do tribunal apareceu. Todos os músculos de Ardoroso se retesaram, como se ele fosse entrar num último combate.

— Tomamos uma decisão — anunciou o juiz. — Nós o admitimos na equipe externa, sob a responsabilidade de ceramista Beken, chefe dos auxiliares. Procure-o para saber o trabalho que deverá fazer.

— Equipe externa... Mas o que isso significa?

O juiz foi embora, seguido dos dois artesãos.

— Espere... Exijo mais explicações!

O guarda da porta interpôs-se.

— Calma! Você já sabe a decisão e deve aceitá-la. Ou, então, desapareça e nunca mais volte aqui. Ficar na equipe externa não é tão ruim. Você vai achar um lugar como ceramista, cortador de madeira, lavadeiro, carregador de água, jardineiro, pescador, padeiro, açougueiro, cervejeiro ou sapateiro. Essas pessoas trabalham para garantir o bem-estar dos artesãos do Lugar da Verdade e fazem um bom serviço. Eu mesmo e o outro guarda da porta somos homens da parte externa.

— Você não citou os desenhistas nem os pintores.

— Esses aí conhecem o segredo... Mas, para quê? Eles não são nem mais felizes nem mais ricos e passam a maior parte da vida exaustos. Você saiu-se melhor, pode acreditar. Trate de aprender com Beken, o ceramista, e terá uma boa vida.

— Onde ele mora?

— No limite das terras cultivadas, numa pequena casa com estábulo. Não tem do que se queixar, mas é um tinhoso, persuadido de que todos os auxiliares cobiçam o seu lugar. Aliás, talvez tenha razão... Cuidado com a brutalidade dele. Beken é malicioso; ele não chegou aonde está, por acaso. Se desagradá-lo, ele acaba com você.

— Quando se pertence à equipe externa, ainda é possível entrar para a confraria?

— Externo é externo. Não procure mais nada e contente-se com o que lhe foi oferecido. Por ora, você pode dormir num dos ateliês dos auxiliares. Daqui a algum tempo, morará numa casa na zona cultivada, casará com uma bela moça que dar-lhe-á belos filhos. Evite os lavadeiros... O trabalho deles é duro. O melhor é ser pescador ou padeiro. Se for sabido, venderá os peixes ou os pães sem declará-los ao escriba do fisco.

— Vou procurar Beken imediatamente.

— Não o aconselho.

— Por quê?

— Depois do dia de trabalho, ele gosta de sossego. Ver um desconhecido aparecer na sua casa vai deixá-lo com um humor massacrante e ele implicará com você. Vá dormir, poderá procurá-lo amanhã de manhã.

Ardoroso teve vontade de avançar para cima do guarda e, em seguida, destruir o muro do povoado proibido. Silencioso, esse medroso, tornara-se Nefer, e ele, cujo chamado era tão intenso, fora mandado para a equipe externa onde apodreceria como um incapaz!

Humilhado, teria outra opção além de destruir o que nunca obteria?

O guarda sentara-se na esteira, olhos baixos. Ardoroso ouviu o riso das crianças, as vozes das mulheres, os ecos de conversas. A vida recomeçava no interior do povoado, uma vida que ele não podia ver.

Quem seriam as pessoas admitidas para conhecer os segredos do Lugar da Verdade? Que qualidades demonstraram para convencer o tribunal a admiti-las? Ardoroso só conhecia Nefer, o Silencioso, e não se parecia com ele.

Teria de lutar com suas próprias armas. Ninguém viria ajudá-lo, e os conselhos não passavam de veneno. Mas não desistiria.

Dirigiu-se aos ateliês despovoados dos auxiliares, sabendo que o guarda observava-o com o canto do olho. Fingiu entrar num dos ateliês, mas contornou-o para ficar fora do campo de visão da sentinela. Em seguida, ladeou a colina, tomando cuidado para andar tão silenciosamente quanto uma raposa do deserto.

Já que a confraria relegara-o para os auxiliares, mostraria do que era capaz.

24

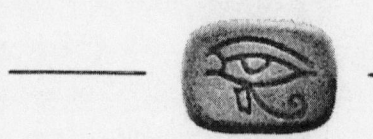

O capitão da divisão de carros de guerra, Mehy, não cessava de esfregar entre os dedos rechonchudos o fino colar de ouro que o tornava um dos personagens de destaque da melhor sociedade tebana. Graças a essa condecoração, de agora em diante seria convidado para as festas mais pomposas e ouviria as confidências daqueles que realmente importavam. Pouco a pouco, Mehy teceria sua teia para tornar-se o senhor oculto da riquíssima cidade do deus Amon.

Uma primeira atitude precisava ser tomada: manter no cargo o prefeito de Tebas, um pequeno tirano doméstico comprometido numa luta de facções, que não possuía nenhuma visão a longo prazo. Enquanto o prefeito desgastava-se num combate estéril pavoneando-se na frente de cena, Mehy arrumaria colocação para seus amigos e, pouco a pouco, controlaria os diversos setores da administração.

Na verdade eram ótimas perspectivas, mas que não o satisfaziam. O que mais lhe importava era o segredo do Lugar da Verdade, segredo esse que lhe fora dado contemplar e que ele queria possuir. Quando a Pedra da Luz estivesse nas mãos de Mehy, ele seria mais poderoso do que o próprio Faraó e poderia governar o Egito à sua maneira.

Há muito tempo Mehy suspeitava que os artesãos do Lugar da Verdade escondiam algumas descobertas científicas, reservadas para uso exclusivo do monarca. Tais privilégios deviam desaparecer. O Egito seria dotado de novas armas, esmagaria os adversários e empreenderia, finalmente, uma política de expansão que Ramsés não soubera conduzir.

No lugar dele, Mehy não teria firmado a paz com os hititas. Aproveitaria a fraqueza deles para esmagá-los e formar um exército moderno e poderoso, capaz de dominar o Oriente Médio e a Ásia. Em vez de uma grandiosa política de conquista, o faraó aquietou-se na paz, e os oficiais superiores só pensavam na reforma, que usufruiriam numa propriedade no campo, cedida pelo monarca. Tanto desperdício deixava-o desesperado.

— Deseja tomar alguma coisa para refrescar? — perguntou o escanção de Mehy.

— Vinho branco do oásis.

Um servo ofereceu-se para abanar o capitão da divisão de carros de guerra enquanto ele saboreava a dispendiosa bebida. Não havia sido fácil conseguir o vinho; porém, sem qualquer dificuldade, Mehy subornara um fabricante de vinho que entregava sua produção no palácio e que passou a desviar uma pequena parte para ele.

A arte suprema não consistia em acumular dossiês comprometedores de qualquer pessoa e tirar proveito disso no momento certo, acrescentando algumas mentiras plausíveis? Foi assim que Mehy conseguiu afastar alguns jovens oficiais mais qualificados do que ele, porém bem menos hábeis.

— A senhora Serketa deseja vê-lo — anunciou o porteiro da bela casa que Mehy possuía no centro de Tebas.

Serketa era sua noiva, meio estúpida, mas que ele se sentia na obrigação de desposar por causa da fortuna e da posição social do pai dela, tesoureiro-chefe de Tebas... Mas ele aguardava uma pessoa.

Desceu até a sala de recepção do primeiro andar, que o deixava especialmente orgulhoso devido às altas janelas pintadas de amarelo e à luxuosa mobília de madeira de ébano.

— Mehy, meu querido! Estava com medo de que não estivesse em casa... Como estou?

"Gorda demais", teve vontade de responder o capitão da divisão de carros de guerra, mas conteve-se e não disse o que pensava porque a senhora Serketa era obcecada com o seu peso que o consumo diário de doces não ajudava a diminuir.

— Está mais encantadora do que nunca, minha querida. Essa túnica verde lhe cai admiravelmente.

— Sabia que o agradaria — disse ela, bamboleando-se.

— Só que tenho um pequeno problema: vou receber uma pessoa importante, de temperamento um pouco difícil. Você pode esperar e depois jantamos juntos?

Ela deu um sorriso ingênuo, mas cheio de promessas.

— Não esperava tanto, querido.

Ele puxou-a para si com brutalidade. Serketa não protestou.

Com seios opulentos, cabelos abundantes e alourados por uma tintura, olhos de um azul desbotado, ela gostava de fazer trejeitos e bancar a meninota.

Na verdade, ela se entediava. Graças ao pai, um viúvo que apreciava moças cada vez mais jovens, ela podia satisfazer seus caprichos e comprar tudo o que lhe agradava. Com o passar do tempo, sua vida tornou-se tão enfadonha que ela ia atrás de qualquer prazer que pudesse pôr fim à sua neurastenia. O vinho distraíra-a por algum tempo, sem quebrar a solidão. Serketa queria ser um bebê, mimada pela mãe e pela ama, protegida do mundo exterior.

Quando encontrou Mehy pela primeira vez, achara-o grosseiro, vulgar e pretensioso, mas ele lhe despertara uma sensação inédita: o medo. Havia nele uma bestialidade malcontida que a fascinava e da qual tinha necessidade.

Como esse indivíduo dificilmente escondia suas ambições e parecia prestes a esmagar sob as rodas do seu carro qualquer um que atravessasse o seu caminho, Serketa resolvera desposá-lo. Talvez Mehy provocasse nela sensações desconhecidas que pudessem curá-la da lassidão.

— Quanto tempo vai durar nosso noivado?

— Só depende de você, querido. Depois que você foi condecorado com o colar de ouro na presença de Ramsés, o Grande, meu pai considera-o como um dos futuros altos dignitários de Tebas.

— Não pretendo decepcioná-lo.

Serketa mordiscou a orelha direita de Mehy.

— Diga, tesouro, também não vai decepcionar-me, vai?

— Não precisa ter medo.

Embaraçado com a atitude do casal, o intendente assinalou sua presença batendo na porta que ficara aberta.

— O que foi? — perguntou Mehy.

— A visita chegou.

— Peça-lhe para esperar e feche essa porta!

Serketa devorava o oficial com os olhos.

— Então, e o casamento?

— O mais cedo possível, só o tempo de organizar uma grande recepção na qual a nobreza de Tebas invejará nossa felicidade.

— Quer que eu cuide disso?

— Você fará maravilhas, minha querida.

O oficial apertou os seios da futura mulher, que emitiu um gemido de prazer.

— Para o nosso contrato de casamento, papai é bastante exigente.

— Que contrato? — perguntou Mehy, surpreso.

— Papai acha melhor assim, por causa da fortuna dele. Está convencido de que seremos muito felizes e de que teremos muitos filhos, porém acha necessário um contrato de separação de bens. Que importância tem, meu amor? Não vamos misturar o direito com os sentimentos... Acaricie-me de novo.

Mehy recomeçou a acariciá-la, porém com menos entusiasmo. Essa novidade era um verdadeiro desastre, porque meter a mão na fortuna do pai de Serketa era uma das etapas mais importantes na conquista do poder.

— Você parece contrariado, meu leão aterrorizador... Não é por causa desse detalhe jurídico, é?

— Não, claro que não... Você virá morar aqui, não é?

— Quando estivermos em Tebas, evidentemente. Esta casa é magnífica e bem-situada, e meu pai decidiu quitar imediatamente seu débito, tornando-o, assim, proprietário.

— Ele é muito generoso... Como posso mostrar meu reconhecimento?

— Deixando a filha dele enlouquecida de amor!

Ele beijou-a na boca.

— Teremos também uma vila no campo tibetano, outra no Médio Egito e uma casa em Mênfis... Essas propriedades ficarão em meu nome, mas é só mais um detalhe.

Mehy a teria violentado de boa vontade como um grosseirão

que era. Esse era o desejo dela, mas ele precisava receber seu visitante. Já se recuperara do golpe baixo que acabara de receber. Há muito o oficial compreendera que a hipocrisia e a mentira eram armas temíveis, e graças a elas seria possível mudar as situações perigosas a seu favor. Fingiria aceitar e ter sido derrotado para melhor preparar um contra-ataque decisivo. O pai de Serketa cometera um erro ao pensar que podia deter um homem da sua têmpera.

— Desculpe-me, delícia dos meus sentidos, mas esse encontro é realmente importante.

— Eu entendo... Vou cuidar dos preparativos do nosso casamento. Até a noite, para o jantar.

25

Mehy orgulhava-se da sua espaçosa casa. Para comprá-la, ele conseguiu convencer um velho nobre tebano, abalado pela viuvez, a vendê-la por um preço baixo. Como a administração militar concedera-lhe um empréstimo bem vantajoso, o oficial saíra ganhando dos dois lados. E graças à pretensa generosidade do futuro sogro, ele se tornaria proprietário, mais cedo do que o previsto! Na realidade, o pai de Serketa queria apresentar à alta sociedade um genro aparentemente rico, livre de problemas financeiros, sem demonstrar que era ele, alto dignitário, e só ele, que controlava a situação. Mehy o faria pagar caro por essa humilhação.

Os dois andares da casa haviam sido construídos sobre uma plataforma elevada, para evitar a umidade. No térreo ficavam as acomodações reservadas aos empregados comandados por um intendente; Mehy só comia pão fabricado pelo seu próprio padeiro e fazia absoluta questão de roupas asseadas, cuidadosamente lavadas e limpas pelo seu lavadeiro. Nos degraus da escada que levava aos andares superiores, havia vasos com buquês combinados, substituídos quando as flores ameaçavam murchar.

No primeiro andar estavam os cômodos destinados a receber as visitas; no segundo, o escritório do dono da casa, os quartos, as salas de banho e as latrinas. O oficial instalara um sistema de encanamento para evacuação da água usada e gozava de um conforto que não estava longe de igualar ao do palácio do Faraó.

Mehy detestava jardins e tudo o que se relacionasse à terra; havia camponeses suficientes para cuidar dela. Os homens do seu nível mereciam mais, e só o centro de uma grande cidade como Tebas podia abrigar uma residência digna desse nome.

Quando entrou na sala para recepções, de teto elevado, Mehy saboreou o frescor do lugar, que persistia, mesmo durante o verão, graças a um hábil sistema de ventilação. Havia algo mais detestável do que o calor?

O homem que ele tanto desejara encontrar estava sentado numa cadeira coberta por um tecido multicor. Numa jarra azul, ele se servira da água perfumada para lavar as mãos e os pés.

— Seja bem-vindo, Dakter. O que achou da minha casa?

— Admirável, capitão Mehy! Não conheço nenhuma mais bonita do que essa.

Dakter era pequeno, gordo e barbudo. Os olhos negros iluminavam o rosto astucioso escondido por uma espessa barba ruiva. As pernas muito curtas davam-lhe uma aparência pesadona, mas sabia ser tão ágil quanto uma cobra quando precisava dar o bote num adversário.

Filho de um matemático grego e de uma química persa, Dakter nascera em Mênfis onde, muito jovem, já se destacara em razão do seu gosto pronunciado pela pesquisa científica. Sem nenhuma moral, o estudante logo compreendera que roubar as idéias do próximo lhe permitiria progredir a passos largos com um mínimo de esforço. Mas isso era só uma estratégia a serviço do seu grande destino: eleger o Egito como a Terra da ciência pura, desembaraçada de qualquer superstição, uma ciência que permitiria ao homem dominar a natureza.

Graças aos seus dons de técnico e de inventor, Dakter tornou-se indispensável ao prefeito de Mênfis antes de vir a ser o protegido do prefeito de Tebas, por tentar decifrar os arcanos da antiga sabedoria. Seus cálculos de previsão das enchentes do Nilo haviam sido notáveis e ele aperfeiçoara o método de observação dos planetas. Entretanto, tudo isso não passava de bagatelas; no futuro, estabeleceria uma nova visão do mundo, que tiraria o Egito da letargia, libertando-o das tradições caducas para entrar no caminho do progresso. Do que não seria capaz um país tão rico e tão poderoso quando renunciasse às velhas crenças?

— Parabéns pelo colar de ouro, capitão. Uma merecida recompensa que o torna um homem importante, cujas opiniões serão cada vez mais ouvidas.

— Não tanto quanto as suas, Dakter. Ouvi dizer que o prefeito de Tebas não vive mais sem os seus conselhos.

— Exagero. No entanto, ele é um homem sensato que, como eu, se preocupa mais com o futuro do que com o passado.

— Também ouvi dizer que suas idéias chocam altas personalidades.

Dakter apalpou a espessa barba.

— É difícil negá-lo, capitão. O grande sacerdote de Karnak e os especialistas colocados sob as ordens dele não apreciam minhas investigações, mas não os temo.

— Você parece bem seguro de si!

— Meus adversários logo serão levados por um rio mais possante do que o Nilo: a curiosidade natural do ser humano. Todos nós sentimos necessidade de aumentar nossos conhecimentos e é essa necessidade que ajudo a satisfazer. Num país tão tradicional como este, a estrada pode ser muito longa. No entanto, seria possível ganhar tempo, muito tempo...

— De que maneira?

— Apossando-nos dos segredos do Lugar da Verdade.

Mehy tomou um gole de vinho branco para disfarçar a emoção. Estaria conseguindo um aliado de envergadura?

— Não estou entendendo... Não se trata de uma simples corporação de construtores?

Dakter umedeceu a fronte com um pano perfumado.

— Por um longo tempo também pensei que assim fosse... Mas estava enganado. Esse lugar não só reúne artesãos excepcionalmente competentes, mas ainda detém segredos de vital importância.

— Segredos... de que tipo?

— Se não temesse estar sendo grandiloqüente, diria que se referem à vida eterna. A confraria do Lugar da Verdade não está encarregada de preparar a morada da ressurreição do faraó? Segundo penso, alguns de seus membros conhecem o processo alquímico que permite transformar cevada em ouro,* sem falar de outros prodígios.

— Você tentou descobrir esses mistérios?

— Mais de uma vez, capitão, porém sem nenhum sucesso. O Lugar da Verdade é subordinado ao faraó e ao vizir. A todos os meus pedidos de visita, a administração respondeu com negativas. E olhe que conto com inúmeros amigos nos altos postos administrativos. Mas esse povoado continua inacessível.

---

* "Transformar cevada em ouro" é a mais antiga expressão da obra alquímica, que será mudada para "transformar chumbo em ouro".

— Sua posição não é... imprudente?

— Já fiz muitas vezes esse discurso, e riram na minha cara.

— Foi isso que me contaram, mas queria ouvi-lo da sua boca. Eu o levo a sério.

Dakter ficou assombrado.

— Estou lisonjeado, capitão, mas como conseguir convencê-lo?

— Porque o Lugar da Verdade também é uma das minhas maiores preocupações. Como você, tentei saber o que está por trás dos muros desse povoado, mas não consegui nada. Um segredo tão bem guardado deve ser muito importante.

— Excelente dedução, capitão!

Mehy fitou o convidado.

— Não se trata de uma dedução.

— O que... o que quer dizer?

— Eu vi o segredo do Lugar da Verdade.

O cientista levantou-se, suas mãos tremiam.

— Qual é?

— Não seja impaciente. Afirmo que ele existe, e sua ajuda é indispensável para conseguirmos tê-lo e explorá-lo. Está preparado para fazer um acordo?

26

Dakter lançou um olhar penetrante com os olhos pequenos e pretos, como se eles fossem capazes de descobrir as intenções ocultas do capitão Mehy.

— Um acordo... você diz. Mas que tipo de acordo?

— Você é um cientista brilhante, mas suas pesquisas esbarram em muros intransponíveis, os do Lugar da Verdade. Por razões pessoais decidi fazer tudo para acabar com essa instituição arcaica, mas não antes de conseguir seus tesouros e conhecimentos secretos. Vamos unir esforços para consegui-lo.

O cientista estava perplexo.

— Você tem a inteligência e a competência — prosseguiu Mehy — mas não os meios materiais. Em breve, poderei dispor de uma das maiores fortunas de Tebas e conto utilizá-la para aumentar minha influência.

— Está visando a um alto posto no exército, suponho.

— Evidentemente, mas é só uma etapa. O Egito está velho e doente, Dakter. Há muito tempo é governado por Ramsés, o Grande, que não passa de um déspota senil, incapaz de perceber o futuro e de tomar as decisões certas. Esse reinado comprido demais condena o país a um imobilismo perigoso.

O visitante do capitão Mehy estava lívido.

— Isso... isso que está dizendo não é o que você pensa!

— Estou lúcido e essa é uma qualidade indispensável quando se pretende chegar às altas funções.

— Ramsés, o Grande, é um monumento! Nunca ouvi a menor crítica a respeito dele... Não é graças a ele que iniciamos uma era de paz?

— Uma era que é o prelúdio de novos conflitos, para os quais o Egito não está preparado. Ramsés, o Grande, não tardará a morrer, e não há ninguém que possa substituí-lo. Com ele, desaparecerá uma forma de civilização caduca. Percebi isso. E você também, Dakter. Desenvolva essa idéia; eu me encarrego das instituições. Essa é a base do nosso acordo. Para que ele se torne realidade, precisamos dominar os elementos mais importantes que constituem o poder do Egito. O primeiro de todos é o Lugar da Verdade.

— Você se esquece do exército, da guarda, da...

— Eu cuido deles, repito. A fortuna do Faraó não depende de suas tropas de elite que conseguirei controlar, mas da ciência misteriosa de seus artesãos, que sabem criar uma morada eterna e, ao mesmo tempo, dar-lhe ouro em profusão.

Dakter estava animado.

— Você sabe muito sobre o Lugar da Verdade...

— O que vi provou que nem você, nem eu, estávamos enganados sobre a extensão da ciência que esse lugar possui.

— Você não pretende me contar mais, não é?

— Aceita tornar-se meu aliado?

— É perigoso, capitão, muito perigoso...

— Exato. Devemos avançar com prudência e determinação. Se não tem coragem, desista.

Se Dakter não aceitasse, Mehy iria suprimi-lo. Não podia deixar com vida um homem a quem revelara uma parte de seus planos.

O cientista hesitava. Mehy oferecia-lhe a oportunidade de realizar seus sonhos mais loucos, porém enveredando por um caminho perigoso. Ao conceber a supremacia da ciência, Dakter esquecera-se de que o Estado faraônico e seu exército não ficariam indiferentes a uma tal mudança. Por trás do sorriso e das boas maneiras, Mehy tinha alma de assassino. No fundo, não havia opção: ou colaborava totalmente, ou desapareceria de forma brutal.

— Aceito, capitão, vamos unir nossas forças e nossas vontades.

O rosto de lua do oficial abriu-se num sorriso.

— É um grande momento, Dakter! Graças a nós, o Egito terá um futuro. Vamos selar nosso pacto, bebendo um grande vinho que data do ano cinco de Ramsés.

— Sinto muito; só bebo água.

— Mesmo nesta ocasião excepcional?

— Prefiro manter a mente clara em qualquer circunstância.

— Aprecio os homens de caráter. A partir de amanhã, farei uma série de visitas oficiais para propor um plano de melhoria do funcionamento das forças armadas tebanas. Não terei nenhuma dificuldade para impô-lo e receberei uma promoção. Depois do meu casamento, vou ter o respeito de altos dignitários e vou insinuar-me pouco a pouco entre as autoridades dirigentes, a ponto de me tornar indispensável.

— Do meu lado — precisou Dakter — tenho grandes esperanças de ser nomeado adjunto ao chefe do laboratório central de Tebas.

— Basta uma palavra do meu futuro sogro, e você o será. Com o passar do tempo você assumirá sozinho o controle.

— Será uma etapa importante que me permitirá encetar pesquisas até agora desaconselhadas e utilizar novos recursos técnicos.

Mehy pensou imediatamente na fabricação de novas armas que tornariam invencíveis as tropas sob suas ordens.

— Precisamos nos centrar no Lugar da Verdade — exigiu o oficial — para distinguir fabulação da certeza. Sabemos que um escriba experiente, nomeado pelo Faraó, é encarregado da administração do povoado. Durante muitos anos, Ramosé ocupou essa função sobre a qual ninguém conseguiu arrancar-lhe nenhuma palavra. Só sei o nome do sucessor, pois ele assina os documentos oficiais: Kenhir. Precisamos do máximo de informações sobre essa pessoa. Se ele for manipulável poderemos tirar algum proveito.

— Desde que ele seja o verdadeiro chefe da confraria — objetou o cientista.

— Inevitavelmente deve haver um mestre-de-obras, ou mesmo vários, e toda uma hierarquia... Conhecer o nome e o papel exato dos dirigentes é essencial.

— Os artesãos, com certeza, não falarão, mas o mesmo não acontece com os auxiliares.

— Se não me engano, eles não podem entrar no povoado.

— É verdade, capitão, mas eles assistem a certos eventos.

— Entrega de água, de alimentos, de roupas, sei disso... Que utilidade tem isso?

Dakter deu um sorriso satisfeito.

— O exame detalhado dos diferentes produtos pode nos ajudar a conhecer o nível de vida da confraria e o número aproximado de seus membros.

— Interessante — reconheceu Mehy. — Você já tem informantes?

— Um só, um lavadeiro a quem ofereci um pó miraculoso que facilita a lavagem de roupa. É só um começo... Se aumentarmos o prêmio, obteremos outros apoios. O lavadeiro falou-me de um episódio incomum na vida da confraria.

Dakter deixou Mehy em suspense por alguns minutos.

— Há muito tempo que um novo artesão não era admitido — prosseguiu. — Acontece que um rapaz, Nefer, o Silencioso, foi declarado como digno de confiança pelo tribunal do Lugar da Verdade. Sua caminhada foi um tanto quanto surpreendente, pois ele deixou o povoado onde havia sido criado e viajou durante muitos anos antes de voltar para lá.

Curioso, de fato... Será que tinha alguma coisa errada?

— Vamos descobrir. Além disso, ele estava acompanhado de uma mulher que vinha da cidade, provavelmente filha de um tebano bem de vida.

— São casados?

— Outro ponto a verificar.

Mehy já imaginava inúmeras estratégias para colocar o Lugar da Verdade numa situação delicada, obrigando seus dirigentes a saírem do seu espaço protegido. Uma vez rachados, os muros do povoado não tardariam a desmoronar.

— Nunca pensei, meu caro Dakter, que nosso primeiro encontro daria tantos frutos.

— Nem eu, capitão.

— Nossa tarefa não vai ser fácil, e a paciência não é uma das minhas maiores virtudes. No entanto, precisarei cultivá-la. Agora, ao trabalho.

27

Beken, o ceramista, orgulhava-se de si mesmo. Como chefe dos auxiliares do Lugar da Verdade, mentia habilmente sobre suas horas fixas e se aproveitava da sua posição para obter certas vantagens capazes de amenizar sua vida. E por isso é que conseguia levar para a sua cama a filha de um sapateiro, mais preocupado em manter o emprego do que com a virtude da sua progenitura. Ela não era bonita nem inteligente, mas tinha vinte e cinco anos menos do que ele.

— Venha mais para perto, minha pombinha... Eu não mordo.

A moça continuava encolhida, perto da porta de entrada.

— Sou um homem bom e generoso. Se você for gentil, eu lhe darei uma refeição excelente, e seu pai continuará a exercer o ofício dele sem nenhuma preocupação.

Com o coração na boca, a jovem deu um passo.

— Mais um esforço, pombinha caprichosa, e você não vai lamentar. Comece tirando a túnica...

Com extrema lentidão, a filha do sapateiro obedeceu.

No momento em que Beken estendia os braços para se apoderar da presa, a porta da casa foi aberta apressadamente, batendo violentamente no ombro dele e jogando-o ao chão.

Assustada, a moça viu surgir um jovem colosso parecendo um

touro furioso e tentou desajeitadamente esconder suas formas com a túnica.

— Saia daqui — ele ordenou.

Ela fugiu, soltando gritos estridentes, enquanto o colosso levantava sua vítima, puxando-a pelo cabelo.

— Você é Beken, o ceramista, chefe dos auxiliares do Lugar da Verdade?

— Sou, sou, mas... o que quer de mim?

— Meu nome é Ardoroso e precisava vê-lo o mais rápido possível para que me dê um trabalho.

— Solte-me, está me machucando!

O rapaz jogou o ceramista na cama.

— Vamos nos dar bem, Beken, mas vou avisando: a paciência não é meu forte.

Furioso, o chefe dos auxiliares levantou-se.

— Sabe com quem está falando? Sem minha ajuda, você não conseguirá nada!

Ardoroso prensou Beken contra a parede.

— Se me causar problemas, vai me deixar com raiva. E quando fico assim, sou incapaz de controlar-me.

Beken levou a sério a fúria refletida no olhar do colosso.

— Está bem, está bem, mas acalme-se!

— Não gosto de que um tipo como você me dê ordens.

O ceramista recobrou um pouco o amor-próprio.

— Mesmo assim, vai ter de me obedecer. Sou o chefe dos auxiliares e gosto de que o trabalho seja bem-feito.

— Bom, serei seu braço direito e você não ficará decepcionado. Como o seu trabalho é excessivo, você precisa de um ajudante eficiente.

— Não é tão fácil...

— Não me venha com histórias. Como o negócio está fechado vou instalar-me aqui. O lugar agrada-me e estou com sono.

— Mas... essa é minha casa!

— Detesto repetir, Beken. Não se esqueça de trazer-me bolinhos quentes, queijo e leite fresco, um pouco antes do alvorecer. O dia vai ser duro.

Ardoroso só precisou de três horas de sono e levantou-se quando havia determinado, muito antes do nascer do sol. Alimentou-se com pão amanhecido e tâmaras, e saiu da casa de Beken para esconder-se no estábulo onde uma vaca bem gorda observava-o com seu olhar tranqüilo. Todos sabiam que o dócil quadrúpede era uma das encarnações de Hathor, deusa do amor, e que seu olhar possuía uma beleza sem igual.

O que Ardoroso previra, aconteceu: o ceramista chegava, acompanhado de dois homens corpulentos, cada um deles segurando uma clava. Beken não tinha intenção de ceder, e achava que um severo corretivo dissuadiria o agitador de importuná-lo novamente.

Ardoroso viu o trio desaparecer dentro da casa e saiu do estábulo para ouvir os golpes de clava desferidos na cama onde deveria estar deitado. Ele entrou, por sua vez, no momento em que os cúmplices de Beken terminavam o serviço.

— É a mim que procuram?

Apavorado, o ceramista colocou-se atrás de seus acólitos. O primeiro investiu para cima de Ardoroso, que pegou uma banqueta e jogou sobre ele, derrubando-o. O segundo conseguiu bater no jovem colosso no ombro esquerdo, mas recebeu um soco violento que lhe quebrou o nariz, deixando-o desmaiado, com os braços em cruz.

— Só sobrou você, Beken.

O ceramista parecia que ia desmaiar.

— Estou decepcionado. Você não é somente um covarde, mas também estúpido. Se fizer isso de novo, quebro-lhe os braços... E adeus cerâmica. Estamos entendidos agora?

Beken concordou com a cabeça, rapidamente.

— Livre-se desses dois franzinos e traga-me o que comer. Estou com fome.

Foi com uma altivez ostensiva que Ardoroso passou pelos cinco fortins na companhia de Beken, que o apresentou aos guardas como seu assistente. Kenhir, o escriba da Tumba, avisara-os do engajamento do rapaz, mas ninguém esperava uma promoção tão rápida.

Há muito tempo que o ceramista não chegava tão cedo no local reservado aos auxiliares. Até Obed, o ferreiro, bem madrugador, ainda dormia.

— De pé, todo mundo! — ordenou Ardoroso com uma voz de trovão que acordou os poucos auxiliares autorizados a dormir perto do povoado.

Eles se levantaram, estonteados e preocupados. Que catástrofe teria vitimado o Lugar da Verdade?

— Beken constatou que todos vocês são preguiçosos — declarou Ardoroso — e ele não suporta mais isso. Todos se isolam, cada um no seu trabalho, e não se preocupam com o próximo. Isso precisa mudar. A partir de hoje, vamos participar do descarregamento dos víveres, até agora muito lento e muito caótico. Em seguida, passarei para ver cada um de vocês, verificando o andamento do trabalho e certificando-me de que não estão atrasados.

Meio adormecido, o ferreiro protestou.

— Que história é essa?... Não são ordens de Beken!

— São as ordens que ele me deu e elas serão executadas zelosamente.

O ceramista empertigou-se. No final das contas, a intervenção de Ardoroso restaurava sua autoridade, às vezes meio falha.

— Constatei o relaxamento — afirmou. — Por isso tomei novas disposições e contratei um assistente para que elas sejam cumpridas rigorosamente.

Ardoroso apontou o dedo para um tipo de pernas musculosas.

— Corra até a planície e reúna todos que já deveriam estar aqui. Não somos funcionários pagos para dormir nos escritórios, mas auxiliares do Lugar da Verdade. Se a rotina tomar conta de nós, logo seremos despedidos.

O argumento deu certo, ninguém reclamou.

— Beken será o primeiro a dar exemplo — especificou Ardoroso. — Ele vai fabricar mais vasos num dia do que durante os dois últimos meses.

— Vou, vou... Assumo o compromisso.

— Se tivermos consciência da importância do nosso trabalho, ele será mais bem-feito. Vou começar examinando o seu, ferreiro.

— Acha que é capaz?

— Você me ensinará.

28

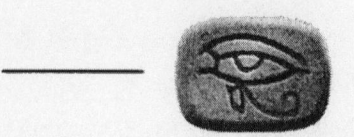

O casamento de Mehy e Serketa foi suntuoso. Quinhentos convidados, a fina flor da nobreza tebana, todos os altos dignitários... Só Ramsés, o Grande, não comparecera, mas o velho monarca não saía do palácio de Karnak onde trabalhava com o fiel Ameni, que reduzia ao mínimo as audiências.

Embriagada, Serketa caíra sobre as almofadas. Os convidados já se haviam retirado da imensa vila de seu pai. Mosé, o tesoureiro-chefe de Tebas, tomava um caldo de legumes para acabar com a enxaqueca, enquanto Mehy, estranhamente calmo, contemplava o lago de lótus.

Qüinquagenário bem-nutrido, mas ágil, Mosé parecia estar sempre preocupado. Uma calvície precoce tornava-o parecido com os "sacerdotes puros" dos templos, com os quais, no entanto, não tinha nenhuma afinidade. Desde a infância, Mosé fazia malabarismos com os números e se interessava pela administração; deixando para os outros o serviço dos deuses, ele continuara a enriquecer, e a viuvez aumentara sua sede pelos bens. Ele reconhecera essa mesma sede em Mehy, e por essa razão deixara-se convencer pela filha a aceitá-lo como genro.

— Está feliz, Mehy?

— Foi uma recepção inesquecível. Serketa é uma dona-de-casa maravilhosa.

— Agora você pertence à alta sociedade... E se falássemos sobre seu futuro?

— Sem dúvida... mas o exército está meio adormecido.

— É normal — avaliou Mosé. — Graças a Ramsés, o Grande, uma paz durável foi estabelecida, e os oficiais superiores preocupam-se mais em fazer carreira na administração do que em combater inimigos inexistentes. Você tem alguma ambição específica?

— Desejo reorganizar as tropas de elite de modo que a segurança da cidade esteja totalmente garantida.

— É um trabalho louvável, mas você deve enxergar mais longe. O que acharia de um posto de tesoureiro-chefe adjunto da província de Tebas? Você teria vários escribas assistentes que resolveriam os problemas tediosos, e eu lhe daria os conselhos necessários para tirar o máximo proveito pessoal da sua gestão, na maior legalidade.

— É muita generosidade, mas não sei se teria competência...

— Nada de falsa modéstia. Você é um homem de números, como eu, e seu desempenho será maravilhoso.

— Não gostaria de abandonar o exército.

— Quem pediu isso? Você logo será promovido e poderá jogar dos dois lados, civil e militar, como tantos outros altos oficiais. Ramsés está muito velho, ele preparou sua sucessão, mas quem pode saber como se comportará Merneptah, o filho que ele gostaria de ver reinando?

— Tem intimidade com ele?

— Não o suficiente. É um homem direito, quase inflexível, de caráter pouco indulgente como o pai e hostil às inovações. Devemos nos preparar para um reinado conservador, de pouca envergadura, durante o qual nossa querida Tebas manterá um lugar preeminente. Porém, a longevidade de Ramsés, o Grande, ainda pode surpreender-nos... Se Merneptah morresse antes dele, quem seria indicado para o trono?

— Tem algum candidato?

— Obviamente não! Eu cuido das finanças e não do perigoso jogo do poder do qual meu genro não deve ser vítima. Por isso, você ocupará uma posição estratégica para enfrentar qualquer eventualidade: você será necessário como soldado ou, então, como administrador. No caso de haver perturbações, minha filha e seu marido não correrão nenhum risco.

— Encontrei um homem estranho, um cientista estrangeiro, chamado Dakter.

— O prefeito de Tebas afeiçoou-se cegamente a ele. É uma espécie de inventor cujo cérebro não pára de trabalhar.

— Ele me pareceu simpático e gostaria de prestar-lhe algum serviço. Poderíamos ajudá-lo a se tornar um dos responsáveis pelo laboratório central de Tebas?

— Sem nenhuma dificuldade e é até uma excelente idéia. Esse estrangeiro vai sacudir alguns pesquisadores adormecidos e ficará em débito conosco pela promoção. Talvez algum dia ele nos seja útil. Saiba se cercar de pessoas gratas, Mehy, junte dossiês sobre elas. Será detestado, mas essas pessoas serão obrigadas a obedecer-lhe cegamente.

— Um detalhe deixa-me contrariado, caro sogro.

— Qual?

— Por que não confia em mim?

— Sua pergunta surpreende-me, depois de tantas perspectivas para o futuro!

— Se realmente confiasse em mim, por que exigiria um contrato de separação de bens?

Mosé esvaziou a tigela do caldo.

— Você não sabe o que é fortuna, Mehy, e não sei como se comportará com minha filha. Talvez seja infiel, pode querer se divorciar... O menor erro e você perderá tudo. É assim que pretendo proteger Serketa, e ninguém me fará mudar de idéia. Resolvido esse problema, vou ajudá-lo a se tornar um homem importante, porque meu genro não poderia ser um medíocre. Você usufruirá de todos os prazeres da vida, os nobres vão invejá-lo... O que quer além disso? Saiba aproveitar a oportunidade, Mehy, e não exija mais.

— Sábios conselhos, caro sogro.

Um par de íbis desdobrou as asas no céu alaranjado pelo pôr-do-sol. No Nilo navegavam embarcações de tamanhos diversos, que brincavam com as correntes, graças ao vento do norte. Na parte traseira de um barco de seis remadores, equipado com uma vela branca nova, o capitão Mehy e Dakter aproveitavam o ar fresco.

— O prefeito de Tebas nomeou-me adjunto do diretor do laboratório central — revelou Dakter. — Suponho que sua intervenção é a causa dessa promoção.

— Meu sogro aprecia-o e não tem a menor idéia da sua verdadeira personalidade. Como o diretor acolheu a novidade?

— Bem mal. É um homem experiente, educado em Karnak por cientistas da velha escola, e contenta-se com os conhecimentos adquiridos. Pediu, com firmeza, que eu me restrinja às experiências autorizadas e não tome nenhuma iniciativa. Estou sendo vigiado e não terei liberdade para agir.

— Paciência, Dakter. Seu superior não é eterno.

— Ele me parece ter saúde excelente!

— Não existem inúmeras maneiras de afastar um obstáculo?

— Não estou entendendo, capitão...

— Não banque o ingênuo, Dakter. Por enquanto, nada de confusão; limite-se a obedecer às ordens. Por que desejava ver-me com tanta urgência?

— Graças aos meus contatos no palácio, fiquei sabendo que Ramsés, o Grande, concedeu uma longa entrevista a Ramosé, o ex-escriba da Tumba, que não saía do povoado há vários anos. Ramosé não é um homem desconfiado; ele contou a um cortesão, um amigo de longa data, que o rei tem grandes projetos para o Lugar da Verdade.

— Isso não é novidade! Por ocasião do seu comparecimento oficial em Tebas, Ramsés repreendeu vigorosamente o administrador da margem oeste que pediu o fechamento do povoado e a dispersão dos artesãos.

— Não quero lutar contra Ramsés... O combate seria muito desigual!

— Ele não passa de um velho.

— Será que cabe a mim lembrar-lhe que ele é o faraó e o mestre do Lugar da Verdade? Não estamos à altura, Mehy; vamos desistir antes que seja tarde demais.

— Esqueceu-se dos segredos vitais que tanto queria conhecer?

— Não, é claro, mas eles estão fora de alcance.

— Está enganado, Dakter, e vou prová-lo. Lembre-se de que entrou por um caminho sem volta. O que mais ficou sabendo?

— O escriba Ramosé está feliz com a admissão de Nefer, o Silencioso, porque convenceu-se de que ele preservará o prestígio da confraria.

— Dito de outro modo, ele o considera um dos futuros dirigentes.

— É só o parecer de Ramosé — objetou o cientista — mas ele carrega o título de "escriba de Maât" e tem a estima geral. Outro rumor plausível: Nefer casou-se com Clara, admitida na confraria junto com ele.

Pensativo, Mehy olhava o Nilo.

— Para enfraquecer o Lugar da Verdade — ele calculou — é preciso, em primeiro lugar, desprestigiá-lo. Quando sua reputação for definitivamente alterada, nem mesmo o rei poderá defendê-lo. E temos uma boa oportunidade para consegui-lo.

29

— Você vai ceder, Ardoroso, você precisa ceder!

— Continue falando, Obed.

O ferreiro e o novo assistente do ceramista estavam entregues a uma luta de queda-de-braço na forja, longe dos olhares dos outros auxiliares.

— Sou o homem mais forte do Lugar da Verdade e vou continuar a sê-lo — afirmou Obed.

— Está desperdiçando sua energia.

O braço de Ardoroso era tão duro quanto um bloco de pedra; Obed não conseguia abalá-lo. Lentamente, muito lentamente, o braço do ferreiro começou a se inclinar. Valendo-se das últimas reservas, ele conseguiu, por alguns minutos, frear a inexorável descida. Mas a pressão foi muito intensa e, soltando um grito de fera ferida, cedeu.

Com as costas da mão esquerda, Obed enxugou a fronte molhada de suor. Nem uma gota perlava a fronte do jovem colosso

— Até hoje, ninguém me havia vencido. Que energia corre nas suas veias?

— Faltou-lhe concentração — avaliou Ardoroso. — A força de que preciso eu a produzo de acordo com as minhas necessidades.

— Por ora você me dá medo!

— Enquanto você for meu amigo, não terá nada a temer.

Ardoroso passava uma boa parte do dia na forja, onde Obed ensinava-lhe fabricar e consertar as ferramentas de metal. O técnico não ficava contando as horas como a maioria dos auxiliares que o rapaz não cessava de espicaçar.

— Você não tem muitos amigos — notou Obed. — Em geral, o chefe dos auxiliares manobra a susceptibilidade de uns e outros e se esforça para reduzir ao máximo a incidência. Beken, o ceramista saía-se muito bem... Depois da sua nomeação, esse lugar se assemelha a uma colmeia!, mas parece que o escriba da Tumba, esse ranheta do Kenhir, está bem satisfeito.

— Então, ele me apoiará.

— Claro que não! É um homenzinho pavoroso, intratável e autoritário. Evite-o ao máximo.

— Por que foi nomeado para esse posto?

— Não sei... Foi por vontade do Faraó. Todos nós preferíamos Ramosé, mais humano e mais generoso! Ele nos deixou aproveitar sua liberalidade sem nada pedir em troca, e a felicidade reinava sem restrições na época em que ele ocupava a função de escriba da Tumba. Com Kenhir a atmosfera mudou muito.

— Por que você não pede sua admissão na confraria?

— Sou velho demais e gosto do meu ofício. Um ferreiro só pode pertencer ao grupo de auxiliares.

— Não é uma injustiça?

— São as leis do Lugar da Verdade, e estou satisfeito com a minha sorte. Se você fosse razoável, faria o mesmo.

Ardoroso saiu da forja para verificar se as instruções de Beken, o ceramista, estavam sendo respeitadas. Isso acontecia há várias semanas, e o rapaz tomara gosto por essa tarefa ingrata que o obrigava a controlar a qualidade da água, dos peixes, da carne, dos legumes, da lenha, da roupa lavada pelos lavadeiros e das cerâmicas.

Segundo a tradição, as diferentes atividades dos auxiliares eram mais ou menos intensas, em função das fases da lua, e "os do exterior", também chamados de "aqueles que carregam", haviam compreendido que o rapaz não demonstraria nenhuma indulgência com os inúteis e os trapaceiros. As mulheres encarregadas de colher os frutos perdiam menos tempo com tagarelices, e os carregadores paravam menos freqüentemente no caminho do povoado para beber e parlamentar. Ardoroso exigia mais dos pescadores e dos jardineiros, inclinados a se satisfazerem com pouco, e provava, ele mesmo, os pães do padeiro. Inicialmente, rejeitara os produtos ruins, devido à farinha medíocre; depois dessa intervenção, o auxiliar nunca mais cometeu esse tipo de erro, e chegou até a fornecer bolos de mel com a massa feita de amêndoas, muito apreciados pelos artesãos.

Ardoroso havia acompanhado os pastores pelas terras encharcadas, à beira dos pântanos, onde a vegetação crescia em abundância e o rebanho podia se fartar. Deleitando-se com a companhia desses homens rudes, ele dormira numa cabana de juncos, escutara suas queixas, compreendera o medo de crocodilos e de mosquitos, mas se mostrara intratável. A despeito das dificuldades, eles não deviam passar o dia a tocar flauta e a cochilar ao lado dos cachorros, e sim abastecer o Lugar da Verdade, como estava no contrato. Depois dos primeiros contatos mais para ásperos, a simpatia prevaleceu e Ardoroso se fez entender.

Entretanto, ao se dirigir para o matadouro, ao ar livre, o rapaz sabia que provavelmente não teria êxito.

De cabelo curto, vestindo uma tanga de couro à qual estavam presos um cutelo e uma pedra de amolar, o chefe açougueiro Dés parara ostensivamente de trabalhar, enquanto os ajudantes depenavam gansos e patos antes de esvaziá-los, salgá-los e pendurá-los numa comprida vara, ou então colocá-los em conserva, em grandes jarros.

— Olá, Dés. Está doente?

— Estou descansando. Algum problema?

— Hoje de manhã entregaram-lhe uma gazela e um boi. As panelas estão prontas, só esperam pelos pedaços de carne que você deveria cortar.

— Minhas mãos estão doendo.

— Mostre-me.

— Você é médico?

— Mesmo assim, mostre-me.

— Se quiser carne, corte-a você mesmo.

Ardoroso pegou o cutelo de sílex de um assistente e trinchou a parte anterior esquerda do boi, conforme as prescrições rituais. Era assim que o animal sacrificado fornecia toda sua energia àqueles que o consumiam.

O sangue recolhido numa vasilha estava em bom estado. Ardoroso inseriu a lâmina nas articulações, cortou os tendões, selecionou os melhores pedaços e entregou-os aos cozinheiros. O fígado do boi também era uma prato apreciado.

— Não sou tão hábil quanto você, Dés, mas a mesa dos artesãos estará bem guarnecida.

— Melhor para eles.

O açougueiro estava comendo carne crua.

— Uma pergunta: para que você serve?

Um olhar de ódio fitou Ardoroso.

— Acha que me impressiona, moleque? Sou o chefe dos açougueiros e vou continuar a sê-lo. Estou pouco ligando para suas ordens ou para as do ceramista.

— Por que você teria direito a um tratamento especial, Dés? Há muitos anos que você faz o que quer. Beken me contou que você era o líder dos auxiliares. Você vai fazer como eles e servir corretamente o Lugar da Verdade.

Os ajudantes e os cozinheiros levantaram acampamento. Conhecendo o temperamento do chefe açougueiro, temiam pelo pior e não queriam ser testemunhas do drama inevitável. Depois, tomariam o partido de Dés.

O açougueiro se levantou. Ele era menor e menos corpulento do que Ardoroso, mas seus antebraços e seus bíceps assustavam qualquer adversário. Ele brandiu o cutelo.

— Vamos resolver isso lealmente, rapaz. Vou cortar alguns de seus tendões e você não poderá mais andar. Um impotente não vai mais criar caso.

Ardoroso jogou longe seu cutelo.

— Acha que pode se defender de mãos vazias, pobre louco!

Encolerizado, o açougueiro investiu contra Ardoroso, com a lâmina apontada para a barriga do pobre rapaz, que se esquivou do ataque no último momento. Encontrando o vazio, Dés foi levado pelo impulso e não teve tempo de se virar antes da arremetida do adversário, que lhe deu uma chave de braço, obrigando-o a soltar a arma, e apertou-lhe o pescoço a ponto de deixá-lo sem ar.

— Você pode escolher, Dés: ou respeita as ordens como os outros, ou quebro-lhe o pescoço. Um simples acidente de trabalho pelo qual você será o único responsável.

— Você... Você não ousaria!

O torno se apertou.

— Concordo, concordo!

— Tenho sua palavra?

— Tem!

Liberado, o açougueiro caiu de joelhos e aspirou avidamente o ar que lhe faltava.

— Tenho fome — gritou Ardoroso na direção dos cozinheiros. — Sirvam-me um belo pedaço de carne.

30

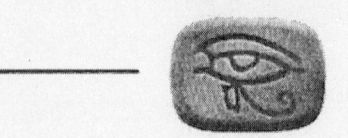

Abry deu um tapa na filha, que se pôs a gritar e correu para se refugiar no quarto da mãe. Depois de ter sido severamente repreendido por Ramsés, o Grande, durante uma audiência pública, o administrador-chefe da margem oeste de Tebas estava num estado de nervos que se deteriorava dia a dia. Não suportava mais os funcionários, nem os empregados, nem mesmo a família. A menor contrariedade desencadéava sua cólera, e ele esperava, angustiado, o decreto de demissão que o devolveria à simples condição de escriba, sem a vila funcional, sem liteira, sem servos zelosos. E ainda teria de suportar o olhar irônico e vingativo daqueles que havia afastado, muitas vezes sem consideração, para obter o posto. Furiosa com a redução do padrão de vida, sua mulher pediria o divórcio e obteria a guarda dos dois filhos.

Abry não tinha coragem de cometer suicídio. A melhor solução seria fugir e refazer a carreira no estrangeiro, mas deixar o paraíso tebano estava além de suas forças. Só lhe restava sofrer a inexorável decadência.

— Mestre, o capitão Mehy deseja vê-lo — preveniu o intendente.

— Não recebo ninguém.

— Ele insiste.

Enraivecido, Abry cedeu.

— Vou recebê-lo na sala de visitas.

O administrador da margem oeste tinha intenção de mandar pintar a sala, mas renunciara a fazer novas despesas. Com as pálpebras agitadas por um tique, andava de um lado para o outro.

Vestido na última moda, os pulsos enfeitados com pulseiras, excessivamente perfumado, o capitão Mehy entrou, altivo.

— Obrigado pela acolhida, Abry. O conforto da sua casa é notável.

— Você vem, qual um abutre, alimentar-se dos meus despojos?

— Confidencialmente, não concordo com a repreensão do rei.

Abry ficou embasbacado.

— Você não quer dizer... que aprova minha posição?

— Sim, meu caro. Seus argumentos pareceram-me muito pertinentes.

Passada a surpresa, o administrador ficou desconfiado. Esse jovem oficial não seria um provocador?

— A palavra de Ramsés tem força de lei, devemos todos nos submeter a ela!

— É claro — reconheceu Mehy — mas nenhum homem é infalível, e nosso soberano bem-amado é atualmente um velho preso às coisas do passado. Mesmo venerando sua grandeza, não devemos ter um mínimo de espírito crítico para melhor preparar o futuro?

Abry imobilizou-se.

— Suas palavras são de extrema gravidade, capitão.

— Como oficial, preciso ser lúcido. Em caso de conflito, os corpos do exército não estariam preparados para combater, e o Egito correria o risco de ser esmagado. Por isso é que proponho reformas que meus superiores estudam com benevolência. Você pode ver que não procuro destruir.

Um pouco mais calmo, Abry sentou-se numa banqueta de pedra.

— Gosta de vinho de tâmara com anis?

— Certamente.

O alto funcionário mandou servir a visita, que sentou-se na sua frente.

— Por que deveria conceder-lhe minha confiança, Mehy?

— Porque sou o único a apoiá-lo nessa situação difícil. Você sabe que acabei de desposar a filha do tesoureiro-chefe de Tebas e que minha influência vai aumentar. Por que me interessaria por alguém em decadência se não partilhasse de suas opiniões?

Abry tinha o hábito de golpear duramente os adversários. Agora, era sua vez de ser golpeado.

— Meus dias estão contados... Não posso mais ser útil a ninguém.

— Está enganado, Abry. Meu sogro lhe é muito favorável e, sabiamente, ele soltou algumas mensagens preconizando sua manutenção como administrador da margem esquerda. Os ecos são bem reconfortantes.

— É Ramsés, e só ele, quem toma as decisões!

— Uma vez que ele conhece suas opiniões, por que o substituiria por um dignitário com idéias incertas? Tendo o rei se oposto firmemente ao seu programa, você não poderia aplicá-lo e se contentará em gerir seu setor como no passado, sem tocar nos privilégios dos artesãos.

— Você... você está falando sério?

— Ramsés é um homem muito hábil cuja autoridade ninguém

contesta. A ordem que ele deu não poderia ser transgredida e, como teme pelo seu cargo, você será o primeiro a velar pela sua estrita obediência. No momento, Abry, você não é o mais eficaz defensor do Lugar da Verdade?

No íntimo, o administrador teve de reconhecer que Mehy tinha razão.

— Você vai permanecer no posto — prometeu o capitão — e vou ajudá-lo a reforçar sua posição.

— Não se obtém nada gratuitamente... O que deseja em troca?

— O mesmo que você: o aniquilamento do Lugar da Verdade.

— Não estou entendendo... Do meu ponto de vista, é preciso taxar toda a população e não permitir que ninguém escape ao imposto. Mas, você... Quais são as suas queixas?

— Diante do necessário processo de modernização do país, essa confraria é uma anormalidade que deve desaparecer.

Abry sentiu que o interlocutor escondia-lhe seus verdadeiros motivos, mas, no fundo, pouco importava. Mehy não era um mensageiro de bom augúrio? Ele lhe trazia a esperança e oferecia-lhe um futuro.

— Não vejo como ajudá-lo. Você acabou de explicar que meu papel consistia em salvaguardar o povoado dos artesãos de qualquer agressão!

— Aparentemente, meu caro, só aparentemente! Nada de taxação, nem de imposto específico por enquanto; uma atitude de fingida benevolência, uma adesão declarada à vontade do rei, eis a sua linha de conduta oficial.

— E... qual será a outra?

— Demolir aos poucos as bases da confraria.

— Isso seria assumir riscos consideráveis!

— Menos do que você imagina, Abry. Tranqüilize-se: sou um homem muito prudente que sabe agir na sombra. Você mesmo já aprendeu que é recomendável acertar o inimigo pelas costas e não enfrentá-lo com o rosto descoberto. Minhas exigências, no momento, são simples: aceita contar-me o que sabe sobre o Lugar da Verdade?

— Pouca coisa, mas trata-se de informações estritamente confidenciais. Se passá-las para você, torno-me seu cúmplice.

— Nada de cúmplice, mas meu aliado.

— Até onde tenciona chegar, Mehy?

— Deseja realmente saber?

O aparecimento da esposa do administrador interrompeu a conversa. Grande, morena, ela estava muito agitada.

— Por que bateu na menina?

— Apresento-lhe o capitão Mehy. Não devemos envolvê-lo nos assuntos da família.

— Contou para ele que você está tornando nossa vida impossível, com seus ataques de raiva cada vez mais freqüentes?

— Contenha-se, querida!

— Já estou farta de conter-me! Por que devo continuar a suportar suas mudanças bruscas de humor? O capitão Mehy que engaje você no regimento dele e nos livre da sua presença!

— A situação vai melhorar, prometo.

— É um oficial que vai salvá-lo?

— Por que não? — perguntou Mehy.

A esposa de Abry olhou para a visita com desprezo.

— Quem você acha que é? Volte para a sua caserna!

O administrador pegou a mulher pelo braço e arrastou-a na direção da porta.

— Vá acalmar sua filha e não nos perturbe mais.

Irritada, ela desapareceu.

— Por causa de Ramsés, o Grande — confessou o alto funcionário —, minha vida tornou-se um inferno. Eu não merecia isso.

— Um homem da sua condição não deveria suportar uma tal injustiça sem reagir — avaliou Mehy.

Abry recomeçou a andar de um lado para o outro, dominado por intensa reflexão, que o capitão evitou interromper.

— Não quero saber aonde você realmente quer chegar, Mehy, e não tenho outro objetivo além de conservar meu cargo. Na medida do possível, aceito dar-lhe informações. Mas não me peça mais nada.

31

O capitão estava radiante. Com Abry ele dava o primeiro passo; os outros viriam em seguida.

— Temo que se decepcione — declarou o administrador da margem oeste. — Embora eu seja o alto funcionário mais bem-informado sobre o Lugar da Verdade, sou incapaz de dizer-lhe o que realmente acontece por lá.

— Quem o dirige?

— No que me diz respeito, é o escriba da Tumba, Kenhir, sucessor de Ramosé, que decidiu ficar até o fim da vida no povoado.

— Por que você diz "no que me diz respeito"?

— Porque eu me situo no plano administrativo. Em caso de necessidade, é para o escriba da Tumba que escrevo e é ele quem me responde. Porém, necessariamente, deve existir uma hierarquia secreta que os próprios artesãos controlam, sem dúvida sob a autoridade de um mestre-de-obras.

— E você não sabe o nome dele?

— Só o Faraó e o vizir o conhecem. Apesar de várias tentativas, nunca consegui sabê-lo.

— Com quantos artesãos conta a confraria?

— Para sabê-lo, seria preciso entrar no povoado ou conseguir uma resposta confiável do escriba da Tumba.

— O que você sabe exatamente sobre as atividades do Lugar da Verdade?

— A missão oficial consiste em escavar e em decorar a morada da eternidade do faraó reinante. Por ordem dele, um ou vários artesãos podem ser solicitados em diferentes canteiros de obras para executar missões específicas.

— Isso é freqüente?

— Uma vez mais, só o escriba da Tumba poderia responder.

— Dizem que o Lugar da Verdade é capaz de produzir ouro...

— É uma antiga lenda, de fato, mas não lhe dê nenhum crédito. Na verdade, essa confraria goza de privilégios inaceitáveis. Ela possui todo um povoado, só presta contas de seus trabalhos ao faraó e ao vizir, dispõe de seu próprio tribunal e é servida por uma legião de auxiliares! Essa situação é intolerável. Como não canso de explicar, uma boa gestão consiste em aumentar os impostos todos os anos!

Mehy estava decepcionado. Alto funcionário medroso, Abry só se preocupava com as vantagens adquiridas e não tomava nenhuma iniciativa. No entanto, ainda restava uma pista a ser explorada.

— O que você sabe sobre Kenhir?

— Ramosé não pôde ter filhos, a despeito das suas múltiplas oferendas às divindades. Quando admitiu o infortúnio, decidiu adotar um filho que seria seu sucessor e a quem legaria seus bens. A escolha caiu sobre Kenhir, que Ramsés designou como escriba no ano trinta e oito de seu reinado. Para muitos, foi uma má escolha. Ramosé é um homem generoso, amável, firme mas risonho; Kenhir é uma pessoa odiosa, fala mais do que age, é imbuído de superioridade intelectual, mas tem muita competência. Depois da sua nomeação, nenhuma reprimenda séria lhe foi dirigida.

— Que idade ele tem?

— Cinqüenta e dois anos.

— Então, está no fim da carreira... Suponho que não achará ruim se sua aposentadoria for substancialmente aumentada.

— Duvido! Como Ramosé, vai se contentar com um fim de vida tranqüilo no povoado.

— Nenhum homem é igual a outro, meu caro Abry; Kenhir pode ter desejos inconfessáveis que poderíamos satisfazer. Ele é casado?

— Não que eu saiba.

— Antes de entrar para o Lugar da Verdade, onde trabalhava?

— Num obscuro ateliê da margem oeste onde foi observado por Ramosé.

— Poderia se aproximar dele?

— Não é nada fácil... Kenhir sai pouco do povoado.

— Você pode encontrar um pretexto para ter uma entrevista com ele.

— O que lhe devo dizer?

— Conquiste a amizade dele e proponha que se associe à sua gestão em troca de uma gratificação vultosa, por exemplo, duas vacas de leite, algumas peças de linho fino e uma dezena de jarros de vinho, de primeira qualidade. Em seguida, dê um jeito de oferecer-lhe algo mais, extorquindo o máximo de informações.

— Está exigindo demais!

— Você não corre o menor risco, Abry. Ou Kenhir é incorruptível ou, então, morderá a isca.

O administrador fez uma careta.

— Os presentes de que você falou... É-me difícil consegui-los por meus próprios meios.

— Tranqüilize-se, meu caro; eu me encarrego deles.

Abry ficou aliviado.

— Nessas condições, tentarei a manobra, mas sem garantia de sucesso.

O capitão teve um breve acesso de desânimo. Com aliados tão medíocres, não seria fácil desvendar os segredos do Lugar da Verdade; mas ele estava no início do caminho e, pouco a pouco, eliminaria os incapazes. Pelo menos, Abry era fácil de ser manipulado.

— Você tem controle sobre os trabalhos que os artesãos do Lugar da Verdade fazem do lado de fora?

— Nenhum — deplorou Abry. — Já fiz diversos protestos, mas o vizir continuou sem ouvi-los.

— Conhece a natureza e a quantidade de gêneros alimentícios entregues no povoado?

— Aos artesãos não falta nada! Água em abundância todos os dias, carne, legumes, óleo, ungüentos, roupas e nem sei mais o quê! O escriba da Tumba apresenta queixa quando há atrasos ou se a qualidade dos produtos não lhe parece muito boa. Há alguns meses, por felicidade, Kenhir reclama menos.

— Qual a razão?

— O chefe dos auxiliares contratou como assistente um jovem colosso, Ardoroso, que deu uma sacudida na equipe externa encarregada de velar pelo bem-estar da confraria. O rapaz tem pulso, é o que parece, e sabe fazer-se obedecer.

— Ele não trabalhou num curtume?

— De fato. Segundo o que me contou Sobek, chefe da segurança, esse Ardoroso apresentou-se diante do tribunal do Lugar da

Verdade, mas foi recusado. No entanto, foi admitido como auxiliar e tenho a impressão de que se vinga nos colegas.

O capitão se lembrou do rapaz que lhe fez o sólido escudo. Esse insubordinado não se apresentou na caserna para se alistar. Agora, deve estar bem ressentido e decepcionado.

— Quem nomeia os auxiliares?

— Teoricamente, o escriba da Tumba, mas ele não toma conta de cada carregador de água, diferentemente do chefe Sobek e de seus guardas, que só deixam passar as caras conhecidas.

— Esse Sobek... Que tipo de homem ele é?

— Reprovam sua propensão à violência e sua falta de diplomacia, mas ele dá provas de tanta eficiência, que deve ficar no cargo por muito tempo.

— Uma promoção poderia afastá-lo do Lugar da Verdade...

— O vizir gosta muito dele.

— Consiga-me um dossiê completo sobre esse Sobek; inevitavelmente, ele deve ter suas fraquezas.

— Um procedimento muito perigoso, capitão!

— Você será beneficiado, meu caro. Estou convencido de que uns vasos cretenses de muito valor embelezariam sua casa encantadora.

— Há muito tempo sonho com isso...

— Eis um sonho que está se tornando realidade; e haverá outros se sua colaboração for eficiente. Ainda uma pergunta: quando não estão em missão oficial, os artesãos são obrigados a permanecer enclausurados no povoado?

— Não, eles podem sair quando querem e ir aonde bem entendem. Alguns deles têm família na margem leste e visitam-na.

— Quando um deles sair, avise-me.

— Não vai ser fácil! Quando viajam, os membros da confraria não preenchem nenhum formulário administrativo. Mas farei o melhor possível.

32

Quando o padeiro viu Ardoroso chegar, apressou-se a oferecer-lhe um pão redondo, macio, com a casca dourada.

— Excelente — reconheceu o rapaz. — Você está fazendo progressos. O que preparou para hoje?

— Alguns pães compridos, outros triangulares, docinhos e biscoitos.

— A farinha está boa?

— Nunca esteve tão fina!

Satisfeito com o exame, Ardoroso afastou-se, deixando atrás de si um auxiliar aliviado. Em seguida, entrou na cervejaria, onde uma grande quantidade de cevada semicozida macerava no licor de tâmaras. O líquido obtido seria coado numa peneira, transformando-se numa cerveja forte para os dias de festa.

— O caldeirão que encomendei finalmente foi entregue? — perguntou Ardoroso ao cervejeiro.

O homem pareceu constrangido. Repugnava-lhe denunciar outro auxiliar que sofreria a fúria de Ardoroso.

— Sim... ou, melhor, quase. Só um pequeno atraso, nada sério.

Com um passo enfurecido, o rapaz passou diante do ateliê do sapateiro, que abaixou a cabeça; enveredou por um estreito caminho pedregoso e dirigiu-se ao fundo do vale isolado onde trabalhava o caldeireiro, agachado diante de uma fornalha de pequenas pedras, alimentada com carvão vegetal.

A pele dura como a de um crocodilo, fétido como peixe podre, o auxiliar manejava um fole de pele de cabra cuja ponta aproximava do fogo.

— Esqueceu minha encomenda? — perguntou Ardoroso.

— Aqui você não é o patrão. Avisei a Beken, o ceramista, que eu tinha dois caldeirões para desamassar e outro para estanhar. Meu ajudante está doente, não posso fazer mais do que isso.

— Olha só o fogo, há muito tempo você não o acendia. Está se aproveitando do isolamento para vadiar.

— Vá amolar outro! Estou pouco ligando para as suas repreensões.

Ardoroso ergueu um caldeirão furado e atirou-o no chão de cascalho. O caldeireiro deu um pulo.

— Ficou louco? Quanto tempo vou levar para consertá-lo?

— Se você se recusar a cumprir as ordens, não deixarei intacto nenhum dos seus caldeirões e vai ter de se matar dia e noite para arrumá-los.

Enfurecido, o auxiliar atacou Ardoroso, brandindo o fole. O rapaz desarmou-o facilmente e jogou-o na areia.

O caldeireiro levantou-se com dificuldade.

— Finalmente, está resolvido a obedecer?

— Tudo bem, Ardoroso... Você venceu.

— Parabéns, Ardoroso.

Sobek mediu de alto a baixo o jovem colosso, que degustava um prato de favas condimentadas.

— Você não é muito popular entre os auxiliares, mas eles aprenderam a respeitá-lo.

— É Beken, o ceramista, quem dá as ordens.

— Vá contar essa história para outro, Ardoroso! Ele não passa de um joguete nas suas mãos. Na sua idade... Você promete. Como guarda seria excelente.

— Nada disso, Sobek. Ser carcereiro causa-me horror.

— Ora, vamos... E o que você acha que é? Você ordena, controla, pune... Os auxiliares nunca viram tanta autoridade! O escriba da Tumba está eufórico e eu também. Vou até esquecer nossa pequena desavença. Não se maltrata um sujeito da sua espécie... Você passou a ser precioso demais. Bem que eu gostaria de ser o primeiro a lhe dar um bom corretivo, mas é preciso saber adaptar-se às circunstâncias. Você não tardará a ser chefe dos auxiliares e seremos colaboradores. Sinceras felicitações; você tomou o bom caminho.

Sobek afastou-se, Ardoroso deu o resto do prato para o sapateiro.

— É... é para mim?

— Coma, não tenho mais fome.

— Tem alguma coisa para recriminar?

— Nada.

— Os dois pares de sandálias prometidos estarão terminados no fim da tarde!

— Melhor assim.

Ardoroso entrou no ateliê de Beken, o ceramista, que acordou, sobressaltado.

— Estava cansado — explicou ele. — Agora, estou melhor... Recomeçarei a trabalhar.

— Se estiver exausto, descanse.

— O que está dizendo?

— Você é o chefe dos auxiliares e é você quem decide.

Beken não acreditava no que ouvia.

— Está zombando de mim?

— Estou simplesmente dizendo a verdade. Cumpra a função que lhe foi atribuída, e tudo irá bem. Sobretudo, não me peça mais nada.

— Não quer mais cuidar dos auxiliares?

— Cada um no seu papel.

— Mas... O que vai fazer?

Ardoroso saiu do ateliê sem responder. O chefe Sobek colocara-o diante da realidade: para provar seu valor ao tribunal do Lugar da Verdade, caíra numa armadilha. Desde que se consagrara à organização do trabalho dos auxiliares, Ardoroso parara de desenhar e perdera-se em tarefas secundárias que satisfaziam apenas sua vaidade. Transformado num pequeno tirano, condenara-se a si mesmo à esterilidade. Se continuasse nesse regime por mais algumas semanas, sua mão morreria.

Beken veio em seu socorro.

— Está com raiva de alguém?

— Só de mim mesmo.

— Não fique nervoso... Vou falar com o escriba da Tumba e propor que você seja o chefe dos auxiliares. É isso o que quer?

— Agora não é mais.

— Não estou entendendo...

— Volte para o ateliê, Beken. Não tem mais nada a temer da minha parte.

— Vai... vai me deixar em paz?

— Retome suas prerrogativas.

Bem feliz, o ceramista não insistiu.

De cabeça quente, Ardoroso dirigiu-se para a porta do povoado. Não fizera nenhum progresso depois que se evadira da prisão familiar. Ao se dobrar às exigências do Lugar da Verdade, perdera-se numa via sem saída e não explorara seu próprio caminho. Como um homem de fora dos muros, a única aspiração permitida seria reinar entre os auxiliares sem jamais descobrir os segredos do desenho e da pintura.

Ardoroso não aceitava esse destino medíocre.

Quando o guarda da porta norte viu-o aproximar-se, brandiu sua clava. Será que o jovem colosso ia tentar forçar a passagem?

No entanto, Ardoroso sentou-se a uns dez metros da porta e, meticulosamente, limpou o chão para obter uma superfície plana. Com um sílex, desenhou na areia os muros do povoado e a paisagem em volta. Quando o esboço estava pronto, aperfeiçoou os traços com um pedaço de madeira pontudo e ficou absorvido na obra.

Tranqüilo, o guarda voltou a sentar-se, continuando a observar o desenhista, que trabalhava com uma calma surpreendente. Quando não gostava de algum detalhe, apagava-o e recomeçava.

Na hora da troca da guarda, às quatro horas da tarde, Ardoroso continuava a desenhar. E ainda continuava, na hora da troca seguinte, às quatro da manhã.

Quando os auxiliares descarregaram os burros, deram uma olhada no magnífico desenho, cada vez maior e mais floreado, preciso como uma miniatura. Ninguém ousou aproximar-se do rapaz, indiferente ao mundo exterior.

33

O tribunal reuniu-se diante da porta do templo principal do Lugar da Verdade. Um guarda-sol havia sido instalado para proteger o velho escriba Ramosé do ardor do sol.

— A experiência chegou ao fim — declarou Kenhir, resmungão como sempre — e constatamos o resultado. Neb, o Realizado, achava que Ardoroso não aceitaria ser um auxiliar obediente, terno e dócil, e tinha razão; havia previsto que Ardoroso assumiria o controle de uma maneira ou de outra e, novamente, tinha razão, pois o jovem briguento desentocou um certo número de preguiçosos e incutiu energia nos colegas; porém, Neb, o Realizado, errou ao supor que o postulante esqueceria o chamado e se contentaria em exercer sua autoridade sobre os homens do exterior. Há dois dias e duas noites que ele desenha, sem interrupção, satisfazendo-se com um pouco d'água que o guarda lhe dá. Ele poderia ter tido uma reação violenta, mas, em vez disso, faz questão de nos mostrar seus dons com os parcos meios de que dispõe. Não deveria esta assembléia, desta vez, ouvir o apelo de Ardoroso?

Ramosé aprovou, mas o chefe de equipe não desistiu.

— Nesse último ponto, reconheço que me enganei. No entanto, ficou claro que é o poder de Seth que mora nesse rapaz e que ele não se submeterá a nenhum regulamento. Portanto, ainda o considero um perigo para a confraria e prefiro que vá exercer seus talentos em outro lugar.

— Você propôs um plano e nós o seguimos — objetou Kenhir.

— Ardoroso não caiu na armadilha que você lhe preparou; portanto, precisa ceder. Não se esqueça de que nenhuma admissão é definitiva e que um comportamento indigno leva à retrogradação e até mesmo à expulsão. Ao receber o postulante entre nós, assumiremos riscos mínimos.

— Antes de pronunciar-me de maneira definitiva, peço para este tribunal que ouça Ardoroso mais uma vez.

— Aceita seguir-me? — perguntou o artesão ao rapaz que, pela décima vez, desenhava a porta do povoado procurando sempre traços mais precisos.

Ardoroso levantou-se.

Não sentia o menor cansaço, mas não sabia mais em que mundo estava. O dos auxiliares não o interessava mais, o do Lugar da Verdade permanecia inacessível. Reduzido a si mesmo, ele se consumia na sua própria chama. O que de pior poderia temer?

Sem uma palavra, seguiu o artesão, que o conduziu até o tribunal. Ardoroso sentou-se no chão, de pernas cruzadas, como um escriba, e não olhou para os juízes.

— Você não cometeu abuso de poder ao maltratar os auxiliares? — interrogou Neb, o Realizado.

— Existe alguma desculpa para a preguiça?

— Ninguém sugeriu que tomasse iniciativas tão radicais.

— Se vocês toleram a hipocrisia, não é o meu caso. Não tenho o hábito de agir escondido.

— Foi o ceramista quem lhe deu ordens para se comportar assim? — perguntou Ramosé.

— Ele é um homem fraco que faz questão dos seus privilégios e não tem intenção de importunar os subordinados. Sou o único responsável pelas minhas iniciativas.

— Quer ser o chefe dos auxiliares no lugar do ceramista?

— Seria o pior dos destinos! Estar próximo do Lugar da Verdade, tão próximo, e não poder entrar...

— No entanto, você gostou da função.

— É verdade; enganei a mim mesmo, como qualquer imbecil que exerce um poder. Afundava numa embriaguez mortal, mas acordei.

— Isso significa que você se recusa a trabalhar como auxiliar? — interveio Neb, o Realizado.

— Vim aqui para aprender a desenhar. O resto não me interessa.

— Não acha que o caminho começa pela obediência?

— O importante é que a porta se abra.

— Seu comportamento justificaria nossa indulgência?

Ardoroso deu um sorriso lastimoso.

— Não espero uma coisa dessa, mas vocês não têm o direito de me deixar na incerteza! Ou me rejeitam, ou me acolhem.

— Qual seria sua reação, no caso de recusa?

O rapaz levou muito tempo para responder.

— De qualquer jeito, vocês estão pouco ligando.

— Tem novos argumentos para nos convencer a aceitá-lo entre nós?

— Só existe um argumento: eu ouvi o chamado.

Um artesão levou Ardoroso de volta à porta principal do Lugar da Verdade. Com o pé, o rapaz apagou o desenho gigante. Desta vez seu destino ia ser resolvido. Se a confraria o rejeitasse, não teria mais nenhuma chance de realizar seu ideal. Ele não estava com medo; no entanto, maldizia o destino que o deixava à mercê de um bando de juízes cuja maioria, sem dúvida, tinha a mente estreita. Que eles fossem inflexíveis e desumanos não o incomodava, mas seriam capazes de perceber seu desejo? Depois que conseguira sair da armadilha dos auxiliares, Ardoroso novamente sentia queimar dentro de si o fogo que o conduzira ao limiar do povoado. Era ali, e em nenhum outro lugar, que sua existência floresceria. Se lhe fosse recusado esse futuro, se o impedissem de transpor a cerca atrás da qual estava o segredo que queria desvendar, ele perderia toda a esperança.

Inútil sobrecarregar o espírito com a sombria perspectiva. Só a realidade merecia ser enfrentada, e a do momento era a espera. Uma espera que duraria longas horas, talvez muitos dias, e que não diminuiria sua determinação. Ardoroso estava convencido de que, mesmo a distância, deveria impor sua vontade ao tribunal. Se ela permanecesse intacta e total apesar da provação, certamente os juízes perceberiam sua intensidade.

Lançados por Kenhir, os debates já duravam duas horas. Kenhir exigira que a decisão tomada fosse definitiva e que cada um dos juízes assumisse plena e inteira responsabilidade ao dar os argumentos do seu voto.

— Esse rapaz não me inspira nenhuma confiança — declarou Neb, o Realizado.

— Você está aterrorizado pelo fogo de Seth? — ironizou o escriba da Tumba.

— Quem não o temesse seria um inconsciente. Como chefe de equipe, não tenho o direito de pôr em perigo a harmonia da confraria. Mantenho minha posição: Ardoroso que vá tentar a sorte em outro lugar.

— Não existe outro local além do Lugar da Verdade que lhe permita realizar sua vocação, e você sabe muito bem! Você, que se chama Neb, o Realizado, negaria a alguém que ouviu o chamado a possibilidade de se realizar?

O chefe de equipe pareceu abalado, mas não cedeu.

— Você, que é tão áspero com os membros da confraria, por que demonstra tanta solicitude a respeito de Ardoroso?

Kenhir reagiu vigorosamente.

— Você não entendeu nada, Neb! Não se trata de solicitude, nem de benevolência, mas do interesse maior do Lugar da Verdade! Será que cabe a mim, que não passo de um escriba da Tumba, incitá-lo a aceitar um ser dotado de uma tal força? Você se tornou incapaz de transformá-la em força criadora e de integrá-la à sua obra?

As feições do chefe de equipe ficaram carregadas.

— Você foi longe demais, Kenhir! Os artesãos reconhecem sua autoridade administrativa, mas você não tem competência para se imiscuir no nosso trabalho.

— Não tive essa intenção, Neb. Meu pai e meu mestre, o escriba Ramosé, fez-me compreender a natureza e os limites da minha função. Sem dúvida, você tem razão; eu me excedi. Cabe a você e aos outros artesãos que compõem este tribunal tomar a decisão definitiva. Se ela for negativa, eu me submeterei ao seu parecer.

Ramosé, o escriba de Maât, manifestou-se calmamente.

— O amor que dedico a esta confraria me proíbe de influenciá-la apelando para minha idade e minha experiência; porém, devo lembrar-lhes que Sua Majestade recomendou que examinássemos o caso de Ardoroso com lucidez. Que cada um se manifeste com serenidade.

Os artesãos procederam à votação.

A despeito de inúmeras reservas, todos acharam que se devia dar a Ardoroso a oportunidade de tornar-se desenhista, com a condição de que ele respeitasse escrupulosamente o regulamento da confraria e se dobrasse às exigências da aprendizagem.

Restava ouvir Neb, o Realizado, que escutara os subordinados atentamente.

— Esta assembléia conduziu sua reflexão com sabedoria, fez uma avaliação, e cada um dos juízes abriu seu coração sem se deixar levar pelos próprios sentimentos. Não aprecio o caráter de Ardoroso, não penso que ele esteja apto a perceber a importância do nosso trabalho; contudo, devemos responder ao seu apelo.

34

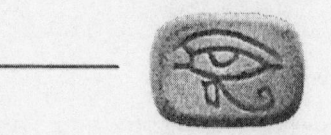

O chefe Sobek tomou três tigelas de leite fresco e devorou uma dezena de bolos mornos. Depois de uma noite passada a inspecionar as colinas que dominavam o Vale dos Reis, sentia-se estafado, mas não ia dormir, antes de ouvir o relatório de seus homens.

Um depois do outro, eles desfilaram diante dele sem assinalar nenhum fato suspeito. Mesmo assim ele ainda estava preocupado. Seu instinto raramente o enganava e, há vários dias, anunciava-lhe um perigo iminente. Por isso, o responsável pela segurança do Lugar da Verdade multiplicara as rondas, com o risco de contrariar seus homens, que não apreciavam esse acréscimo de trabalho.

A ansiedade quase o fazia esquecer o episódio maior que o povoado se preparava para viver: a iniciação de um novo adepto, e não era qualquer um! Por que o tribunal de admissão abrira a porta da confraria para esse Ardoroso que, evidentemente, semearia confusão? Com a energia tempestuosa que o sujeito possuía, ele só poderia ser bandido ou policial. Não ficaria muito tempo enclausurado no povoado e se recusaria a obedecer às ordens dos superiores, que seriam obrigados a mandá-lo de volta para as fileiras dos auxiliares ou a expulsá-lo definitivamente. Ardoroso não teria um bom procedimento, e seu único destino seria uma morte brutal por ocasião de uma rixa ou uma longa pena de prisão.

Um guarda entrou no escritório onde Sobek se preparava para deitar na esteira e gozar do repouso bem merecido.

— É o mensageiro, chefe. Ele quer vê-lo pessoalmente.

O funcionário ia diariamente ao posto da guarda principal do Lugar da Verdade entregar a correspondência destinada à confraria, e levava as cartas dos artesãos e de seus familiares que, desse modo, se comunicavam facilmente com o mundo exterior, sem esquecer os relatórios oficiais do escriba da Tumba endereçados ao vizir. Em caso de necessidade ou de urgência, um serviço especial encaminhava as mensagens mais rapidamente.

— Você não pode cuidar disso?

— Ele quer vê-lo, chefe, e a ninguém mais.

— Bom... Que entre.

Do seu saco cheio de papiros, mais ou menos usados, reutilizados para escrever as cartas, o mensageiro Uputy, um homem longilíneo de uns trinta anos, de pernas e ombros robustos, tirou um caco de cerâmica embrulhado num tecido de linho e colocou-o sobre a mesa do chefe Sobek.

— Segundo o texto escrito com tinta vermelha no tecido, essa mensagem lhe é destinada, Sobek.

— Você a leu?

— Sabe muito bem que não posso fazer isso.

Uputy era um funcionário considerado e bem pago. Detentor do bastão de Thot, que simbolizava a retidão e a precisão do seu trabalho, ele tinha o dever de encaminhar as cartas ao destino em bom estado, garantindo que só o destinatário tomaria conhecimento delas. O ofício era duro, porque o palácio e os serviços do vizir exigiam que suas diretrizes fossem transmitidas rapidamente, e não faltavam períodos de intensa atividade. Uputy tinha consciência da importância da sua missão e sentia-se honrado com a confiança testemunhada pelas mais altas autoridades.

— Devo esperar sua resposta?

— Um instante.

Sobek tirou o linho e leu as poucas linhas inscritas, também com tinta vermelha, no pequeno pedaço de calcário liso, polido com cuidado.

Atordoado, o guarda núbio releu a incrível mensagem. Não, não era possível...

— Então, Sobek?

— Pode ir, Uputy... Não haverá resposta.

O chefe da segurança não tinha mais nenhuma vontade de dormir. Uma vez mais, seu instinto estava certo: uma catástrofe acabava de acontecer, e sua amplidão poderia varrer o povoado dos artesãos com mais violência do que o mais furioso dos ventos de areia.

A felicidade de Nefer, o Silencioso, era tanta que ele estava a ponto de sair voando. Depois de ouvir o chamado, havia sido admitido na confraria do Lugar da Verdade com a mulher que amava, Clara, e a adaptação deles aos costumes do povoado desenrolava-se sem muitas contrariedades, sobretudo por causa da delicadeza inata da moça, que conseguia conter os impulsos de agressividade dirigidos aos recém-chegados.

Além de tudo, dentro de algumas horas Ardoroso ia ver seu sonho realizado! Aquele que lhe salvara a vida, aquele que lhe permitira encontrar Maât e captar sua grandeza, ia tornar-se um irmão com quem ele partilharia a fabulosa aventura, cuja amplidão começava a perceber. Com a sua impetuosidade, seu entusiasmo, sua paixão de criar, Ardoroso mostrar-se-ia à altura da missão que lhe seria confiada.

Uma vida estabelecida sob o signo da Grande Obra, um amor luminoso, uma amizade exaltante... Nefer, o Silencioso, fora de tal forma honrado pelos deuses, que jamais poderia deixar de agradecer. Em troca de tantos benefícios, devia cumprir seu dever com extremo rigor e não se permitir nenhum atraso na realização das suas missões. Porque ouvira o chamado e porque a ele respondera, o céu e a terra lhe haviam dado mil alegrias; cabia a ele saber utilizá-las, mostrando-se digno do caminho a ser percorrido.

Enquanto se preparava para ir para o ateliê de escultura, Clara mostrou-lhe a carta que lhe havia sido entregue. Pelo seu olhar triste, Nefer compreendeu que se tratava de má notícia.

— Meu pai está muito doente — ela revelou. — O médico teme um desfecho fatal. Segundo a mensagem que ele redigiu, papai deseja ver-nos, o mais rápido possível.

Nefer foi imediatamente ao encontro do chefe de equipe para lhe comunicar o motivo da sua ausência, que seria consignado no registro mantido pelo escriba da Tumba.

O casal não pegou nenhuma bagagem, e saiu do povoado pela porta secundária para seguir pelo caminho que terminava nas proximidades do templo de milhões de anos de Ramsés, o Grande.

— Estou percebendo que você está contrariado — disse Clara ao marido. — Você teme não estar de volta a tempo para assistir à iniciação de Ardoroso, não é?

— É verdade.

— Depois de ver meu pai, você deve voltar ao povoado e eu ficarei ao lado dele o tempo que for preciso.

— Eu também ficarei, Clara.

— Não, você precisa estar presente quando seu amigo se tornar Servo do Lugar da Verdade.

No posto da guarda do Ramesseum, os policiais perguntaram os nomes deles e os deixaram passar sem nenhuma formalidade. Nefer e Clara eram conhecidos pelas autoridades como membros da confraria, circulavam livremente no território do Lugar da Verdade e podiam sair à vontade.

O casal andou rapidamente até a zona das culturas, atravessou um campo de alfafa, passou ao lado de um pequeno mercado e se dirigiu para a margem onde uma balsa se preparava para fazer a travessia. Misturados com os outros viajantes, camponeses que iam a Tebas para vender legumes, eles trocaram banalidades sobre a estabilidade dos preços, a prosperidade do país e a generosidade do Nilo. Ninguém podia desconfiar que eles vinham do povoado mais secreto do Egito.

Apesar da preocupação, Clara estava com boa aparência e conseguiu até reconfortar uma mãe de família cuja filha estava com febre.

Quando a balsa encostou na margem leste, Nefer e a esposa saltaram e tomaram a direção do domicílio do construtor. Quando ainda estavam a uma boa distância, Moreno correu na direção deles. Saltando de um para o outro, lambia-lhes o rosto. Em seus olhos de avelã havia uma alegria imensa.

— Venha rápido, Moreno — disse Clara. — Estamos com pressa.

De repente, o cão negro rosnou e mostrou as presas para um grupo de guardas que se aproximava do casal.

Na frente estava Sobek.

— O que está acontecendo? — perguntou a moça.

— Tranqüilize-se, seu pai está bem. A carta que você recebeu foi escrita por mim e não pelo médico.

— Mas... por quê?

— Não tinha outro meio para fazer seu marido sair do povoado. Várias testemunhas afirmarão que ele veio por livre e espontânea vontade para a margem leste.

— Qual o objetivo desse estratagema, Sobek?

— A justiça.

— Explique-se, por favor!

— Nefer está com ordem de prisão. É acusado de ter matado um dos meus homens que pertencia à equipe de sentinelas da noite, no Vale dos Reis.

35

Mehy tornara-se a coqueluche de Tebas. Não havia nenhuma festa mundana para a qual não fosse convidado, nenhuma recepção oficial sem a sua presença, nenhuma reunião importante de trabalho sem a sua participação. Brilhante conversador, nunca lhe faltavam uma reflexão original, um cumprimento apropriado ou uma sugestão digna de interesse.

Todos felicitavam o tesoureiro-chefe Mosé por haver escolhido um genro tão notável cuja carreira se anunciava muito promissora, já que seus projetos de reforma do exército tebano haviam sido muito bem recebidos nos altos escalões.

Por ocasião do seu aniversário, o prefeito de Tebas oferecera uma grandiosa recepção nos jardins de sua vila, onde se espremiam todas as pessoas ilustres da cidade do deus Amon. Alegre, falante, ele saudava os convidados com a segurança de um tático que acabara de eliminar uma perigosa facção.

— Que elegância, meu caro Mehy! Essa camisa plissada de mangas longas, essa túnica de uma brancura imaculada, essas sandálias cortadas com perfeição... Se você não fosse casado, muitas moças tentariam seduzi-lo.

— Eu resistiria à tentação.

— Cá entre nós, Serketa deve saber como satisfazer um homem, não?

— Não poderia mentir ao prefeito de Tebas, cuja experiência é conhecida por todos.

— Gosto de você, Mehy! Suponho que, para você, o exército é uma simples etapa!

— Quando houver terminado a reforma que comecei, gostaria de ficar mais próximo da gestão da nossa magnífica cidade.

— Ambição legítima e louvável — avaliou o prefeito — mas não se esqueça de que Tebas é apenas a terceira cidade do país, ficando atrás de Mênfis e da nossa nova capital Pi-Ramsés. Aqui apreciamos a tranqüilidade e as tradições.

— E não é a mais sábia das políticas?

— Excelente, Mehy! Com essas opiniões, você irá longe.

— Devo muito ao meu caro sogro, minha maior preocupação.

O prefeito ficou surpreso.

— Mosé está com problemas?

— Confidencialmente, sua saúde está declinando.

— Mesmo assim ele parece estar em excelente forma!

— A vitalidade afigura-se intacta, de fato, mas a mente parece afetada... Ultimamente, tenho-lhe pedido, com precaução, para voltar atrás em algumas decisões bem aberrantes. Por enquanto, ele tem consentido e reconhecido os erros, perguntado a si mesmo que demônio o estaria atormentando, mas como será amanhã? Ele tem ausências cada vez mais freqüentes... Não deveria ter tocado nesse assunto com você.

— Ao contrário, Mehy, ao contrário! Mantenha-me sempre a par e continue a intervir para evitar uma catástrofe. Se a situação piorar, avise-me imediatamente. Essa festa está sendo um sucesso, mas é a segunda má notícia do dia.

— Posso ter a audácia de lhe perguntar qual foi a primeira?

— Um caso muito desagradável... Um jovem artesão, Nefer, que acabou de entrar para a confraria do Lugar da Verdade, foi acusado de assassinar um guarda que estava sob as ordens de Sobek. Ele próprio acreditara num acidente, mas novas evidências persuadiram-no de que se tratava de um ato criminoso.

— Esse Nefer será julgado pelo tribunal do Lugar da Verdade?

— Não, porque ele foi preso na margem leste, quando visitava o sogro. Se tivesse ficado no povoado, não poderíamos interrogá-lo. O processo pode provocar um grande alvoroço.

— A reputação dos artesãos não corre o risco de ser maculada?

— A própria sobrevivência do povoado está em jogo! Se essa confraria dá abrigo a criminosos, deve ser dissolvida. A administração da margem oeste ficará eufórica... A condenação de Nefer demonstrará a Ramsés que o Lugar da Verdade é mais perigoso do que útil. É claro que se defenderão com unhas e dentes... E, sem dúvida, serei obrigado a usar o exército, ou seja, você, para realizar uma evacuação em massa.

— Estou às ordens.

— Vou me lembrar disso... Vamos ver-nos em breve. Divirta-se, Mehy.

O prefeito começou a conversar com um rico proprietário de terras, deixando o alto oficial saborear a primeira grande vitória.

A carta anônima que enviara a Sobek para denunciar Nefer produzira o efeito desejado. O assassinato que ele cometera prestava-lhe inestimáveis serviços. Provavelmente, o jovem receberia a pena capital, e a confraria seria dispersada. Mehy ocuparia o povoado durante o tempo necessário para bisbilhotar de alto a baixo e apoderar-se dos tesouros. Agindo com a desculpa de uma missão oficial, atingiria seus objetivos dentro da mais completa legalidade.

Ardoroso estava sentado no chão de terra batida de um cômodo de paredes caiadas. Como não havia janelas, ele não sabia se era dia ou noite. Davam-lhe de beber e de comer, sem dirigir-lhe a palavra.

A porta do pequeno cômodo não estava fechada e ele poderia ter saído. Mas sentia que essa falsa liberdade escondia uma nova armadilha e que a única solução seria esperar o julgamento do tribunal.

Habitualmente tão impetuoso e impaciente, não se revoltava contra essa provação, que sabia ser indispensável. Ela lhe permitia viver um tempo fora do tempo, conhecer o repouso da alma e do corpo, que ele acreditara ser inacessível. Como o destino não mais lhe pertencia, desligou-se dele, alimentando-se do vazio apaziguador em que nada acontecia.

Enquanto a decisão final não lhe fosse anunciada, ele era um morto vivo. Ali, no território secreto do Lugar da Verdade, ele não era mais um profano, mas talvez nunca chegasse a ser um membro da confraria. O passado desaparecera, o futuro ainda não existia.

Desde então, e qualquer que fosse o resultado desse combate sem adversários, Ardoroso descobrira um mundo surpreendente. Os habituais pontos de referência haviam desaparecido, os limites haviam sido apagados e um novo horizonte se delineava. Porém, como ele próprio, esse horizonte não passava de uma sombra sem consistência, pois sua força e seu desejo tornaram-se inúteis.

O rapaz estava convencido de que todos os membros da confraria haviam estado nesse lugar, esperando, como ele, por um veredicto sem apelação. Ninguém fora privilegiado, quaisquer que fossem seus dons e competência, e o fato de passarem pela mesma prova, nas mesmas condições, devia uni-los como irmãos, e fazê-los partilhar o mesmo ideal.

A porta foi aberta.

O artesão não trazia o pão nem o cântaro com água.

— Venha comigo, Ardoroso.

O jovem colosso gostaria de passar dias intermináveis nesse lugar onde nada poderia atingi-lo. Ergueu-se lentamente, como se hesitasse em seguir o guia.

— Você renuncia a pedir sua admissão na confraria? — perguntou o artesão.

— Leve-me aonde devo ir.

Eles tomaram o caminho do templo diante do qual estava o tribunal de admissão. Os rostos dos juízes estavam impassíveis, exceto o do velho escriba Ramosé, que parecia sorrir.

Porém, com o coração disparado, Ardoroso preferiu ignorá-lo e permaneceu imóvel diante de Kenhir, o escriba da Tumba.

Pela primeira vez na vida, a ansiedade impedia-o de respirar. Queria correr até o fim do mundo para não ouvir as palavras que seriam pronunciadas.

— O tribunal tomou uma decisão — disse Kenhir gravemente — e ela é irrevogável. Sua Majestade, o Faraó, mestre supremo do Lugar da Verdade, aprovou-a e ela será registrada no escritório do vizir. Você, Ardoroso, ouviu o chamado e será, portanto, admitido nesta confraria.

Seria mesmo com ele que o escriba falava? Repentinamente,

uma nova chama começou a correr nas suas veias e ele teve vontade de beijar Kenhir, o resmungão.

— Infelizmente — retomou este último — somos obrigados a adiar sua iniciação. Não é você quem está em questão, mas toda a confraria, em razão da desgraça que a atingiu.

— Que desgraça?

— A acusação de assassinato que pesa sobre Nefer, o Silencioso.

— Silencioso, um assassino? É um absurdo!

— Essa também é nossa opinião, mas devemos reunir todas as nossas energias para inocentá-lo. Quando a paz voltar entre nós, você receberá um novo nome e descobrirá os primeiros mistérios do Lugar da Verdade.

36

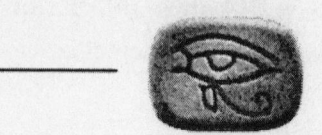

Depois de um estafante dia de trabalho, o capitão Mehy, brutalmente, fez amor com Serketa, com o brio costumeiro. Doravante, ela não poderia mais viver sem ele e permaneceria na única posição que uma mulher devia ocupar: a de serva devotada e obediente. Desde a infância Mehy desprezava as fêmeas e não seria Serketa quem iria modificar sua atitude. Como as outras, ela procurava um senhor de indiscutível autoridade. Ao menos, ela tivera a sorte de encontrá-lo.

Depois da prisão de Nefer, o Silencioso, Mehy contratara dezenas de pessoas para desenvolver uma estratégia cuja eficácia já saboreava: o falso boato. Os de má índole por natureza apossaram-se dele vorazmente, espalhando-o na velocidade do vento; os imbecis o repetiam sem compreendê-lo, e os mexeriqueiros estavam felizes porque se sobressaíam ao propagar a informação, afirmando serem os únicos a possuí-la.

Graças a essa divulgação, Mehy conseguiu moldar o pensamento coletivo como desejava e transformar o boato em realidade. Para a opinião pública, Nefer, o Silencioso, já era considerado um temível criminoso, autor de inúmeros assassinatos, e o Lugar da Verdade surgia como um covil de bandidos que usufruíam de privilégios intoleráveis.

Só Ramsés, o Grande, poderia, com uma simples palavra, mudar a situação. Porém, o Faraó não estava acima de Maât, e não tinha o direito de intervir num processo judiciário. Esse era o preço a ser pago pela preservação da felicidade e da harmonia do Egito. Acusado, Nefer deveria ser julgado.

Os vínculos entre o Lugar da Verdade e o vizir eram muito estreitos, e não seria ele quem estaria à frente da audiência preliminar destinada a formar a acusação, e sim o decano da corte de justiça, um ancião escrupulosamente ligado ao procedimento. Mehy não precisava comprá-lo; pois, diante da gravidade dos fatos, ele decidiria pelo comparecimento de Nefer perante um júri.

Nesse momento é que a intervenção furtiva de Mehy seria decisiva. Em primeiro lugar, precisava impor Abry, o administrador da margem oeste, como jurado e fazer com que ele difundisse novas calúnias sobre a confraria para difamá-la ainda mais e torná-la mais abominável aos olhos da população; em seguida, deveria se certificar do voto da maior parte do júri para obter a condenação de Nefer à morte, apresentado como um assassino de sangue-frio, uma fera selvagem desprovida de qualquer humanidade, educado por artesãos tão cruéis quanto ele.

Desse modo, o alçapão se fecharia sobre o povoado.

Mehy apalpou a anca de Serketa.

— Essa poldra me pertence, não é?

Serketa enroscou-se nele.

— É, eu sou sua... Faça amor comigo, mais uma vez.

— Você é insaciável!

— E não é natural, já que tenho a sorte de possuir um marido infatigável?

— Seu pai deixa-me preocupado, Serketa.

— Ah... e por quê?

— Ele está perdendo o juízo.

— Não percebi nada.

— Porque você não trabalha com ele. Foi o prefeito de Tebas, em pessoa, quem me alertou. Numa importante reunião, seu pai balbuciou palavras incompreensíveis. Enganou-se na apresentação das contas, em seguida ficou prostrado por um longo tempo. Nos últimos dias, também presenciei incidentes da mesma natureza, ainda mais graves. É claro que não disse nada ao prefeito e tentei dissipar seus temores. Infelizmente, seu pai não aceita a realidade. Quando sai das crises, não se lembra de nada e se recusa a admitir as ausências.

— O que se deve fazer?

— Informe ao médico e peça-lhe para pensar num tratamento, se é que existe, sem contrariar seu pai. E se ele só tiver essa angustiante doença...

Serketa sentou-se na beirada da cama.

— O que está acontecendo?

— Não sei se devo contar-lhe.

— Sou sua mulher, Mehy, e quero saber tudo!

— É tão horrível...

— Fale, eu exijo!

— Você pode ficar desiludida e magoada, querida.

Mehy falou em voz baixa, como se temesse ser ouvido.

— Seu pai estava visitando uma propriedade para rever os impostos e levara-me com ele para ensinar-me alguns detalhes téc-

nicos. De repente, ele foi para cima de uma menina e tentou violen-
tá-la. Embora eu seja bem mais forte do que ele, não foi fácil domi-
ná-lo. Felizmente, impedi o pior. Depois, quando voltou a si, ele
não se lembrava dessa cena atroz.

— Houve... alguma testemunha?

— A mãe da menina.

— Ela vai dar queixa!

— Fique tranqüila, consegui dissuadi-la ao explicar a situação
e dei-lhe uma vaca de leite e quatro sacos de espelta para que esque-
cesse a tragédia. Porém, nem sempre estou ao lado do seu pai e
temo que ele faça isso novamente.

Serketa estava à beira de um ataque de nervos.

— Vamos perder nossa reputação, nossos bens...

— Eu a amo pelo que você é, minha querida. Não se preocupe com a saúde do seu pai.

Para Serketa, o caminho estava traçado: ela devia mandar
transferir a fortuna da família para seu cônjuge e não mais permitir
que um doente mental a gerisse. Quando a loucura aumentasse, seu
pai assinaria qualquer documento e dilapidaria sua herança.
Acontece que a jovem não suportava a idéia da pobreza. Felizmente,
desposara Mehy cuja lucidez iria salvá-la desse perigo.

— Você pode mandar alguém vigiar meu pai permanentemente?

— Não, eu...

— Ordene a seus soldados que, discretamente, velem pela
segurança dele. Se ele cometer algum ato censurável, eles devem
intervir imediatamente e só fazer o relatório para você.

— Isso seria ir além das minhas funções, e...

— Faça isso por nós, Mehy! É nosso futuro que está em jogo.

O capitão fingiu refletir, e já propusera essa solução ao prefeito, que a aceitara.

— Se meus superiores souberem, posso sofrer graves sanções
por abuso de poder, mas assumirei esse risco por você, minha
doçura.

Serketa beijou o peito do marido.

— Você não se arrependerá... E eu tomarei uma atitude.

— Sobretudo, fale com o médico.

— É claro... Consultarei também os juristas. Como filha única, devo proteger o patrimônio da família. E minha família, atualmente, é você e nossos futuros filhos.

Ele obrigou-a a deitar de costas e estendeu-se sobre ela, com
todo o seu peso.

— Quantos você quer?

— Quatro, cinco...

— Não é muito, para uma mulher como você?

— Quero muitos meninos. Eles se parecerão com você, e terei
sempre a impressão de tê-lo ao meu lado.

— Você não pode mesmo viver sem Mehy, minha bela...

Incapaz de sentir prazer, Serketa divertia-se com as proezas do
esposo, um amante bem medíocre. No entanto, ele era o marido
ideal, ambicioso e ávido de poder. Graças a ele, Serketa preservaria
sua fortuna e até conseguiria aumentá-la, com a condição de se
desembaraçar de um pai que, de incômodo, tornara-se perigoso.

Para manipular Mehy, bastava lisonjeá-lo e deixar que acredi-
tasse que era seu mestre todo-poderoso. Ao se comportar como
uma fêmea no cio e uma encantadora idiota, na medida exata para

ser exibida nas recepções pelo braço do seu deslumbrante senhor, Serketa corroborava a alta opinião que ele tinha de si mesmo e ela trataria de, às escondidas, acumular o máximo possível de bens. Possuir sempre mais, não era o objetivo da vida?

37

Dakter não desistia.

— Você fez com que eu conseguisse o cargo que desejava, Mehy, mas fiquei reduzido a um papel secundário! O diretor do laboratório central é um velho sacerdote estúpido, incapaz de compreender as perspectivas oferecidas pela ciência. Não aceita nenhuma inovação, nenhuma experimentação, e fiquei reduzido a classificar dossiês!

— Pegue mais um pouco de pato assado, meu caro; meu cozinheiro não é um verdadeiro artista?

— É, mas...

— Pensei que um cientista da sua envergadura fosse bem mais paciente.

— Compreenda-me... Tenho alguns projetos e estou reduzido à impotência!

— Não por muito tempo, Dakter.

O cientista apalpou a barba com a ponta dos dedos.

— Não acho que a situação esteja evoluindo a meu favor.

— Engana-se! Minhas relações com o prefeito de Tebas estão cada vez mais fortes e minha influência aumenta dia a dia. Seu atual diretor não ficará muito tempo no cargo, e você vai sucedê-lo.

Dakter deu uma bela mordida numa coxa assada no ponto certo.

— Esse processo que põe em jogo o Lugar da Verdade... É sério?

— Demais, meu caro! Graças ao crime abominável que Nefer cometeu, ficaremos livres, mais rápido do que o previsto, dessa maldita confraria. Os artesãos serão dispersados e terei procuração para esquadrinhar o povoado de alto a baixo. Evidentemente, como perito, você será meu assessor.

Os olhinhos de Dakter brilharam de excitação.

— Mas... o julgamento ainda não foi pronunciado!

— A justiça egípcia é muito severa e tanto o assassino quanto aqueles que o protegeram receberão penas rigorosas. Essa confraria não é uma associação de malfeitores? Proibi-la será a melhor solução.

Obed, o ferreiro, havia recebido um Ardoroso muito excitado, que trabalhava há oito horas, ininterruptamente. O rapaz sugerira ao escriba da Tumba a formação de um comando com dois ou três artesãos robustos para resgatar Nefer e trazê-lo de volta ao povoado, tirando-o do alcance da polícia, mas Kenhir recusara peremptoriamente. Enquanto aguardava a iniciação, Ardoroso deveria ficar com os auxiliares e procurar ser útil.

— Então, eles o aceitaram? — perguntou o ferreiro, que examinava com satisfação o formão de cobre fabricado pelo seu companheiro de um dia.

— Espero que não voltem atrás na palavra dada.

— Eles não são desse tipo... Esse processo criminal é um golpe sujo contra a confraria.

— Silencioso é inocente!

— Mesmo assim ele será condenado por assassinato. O chefe Sobek certamente possui uma prova.

— Só me pergunto uma coisa: quem odeia tanto meu amigo a ponto de arrastá-lo na lama desse modo, estragando sua vida?

— Você devia esquecer essa história sórdida, Ardoroso, e trabalhar comigo. Você gosta da forja, e tem jeito. Não se isole no povoado que está com os dias contados.

— O que quer dizer?

— Se Nefer for condenado, a confraria também o será. Haverá uma investigação minuciosa sobre cada um dos seus membros para estabelecer eventuais cumplicidades, os trabalhos serão interrompidos e os artesãos dispersados pelos diferentes templos tebanos. É o fim do Lugar da Verdade.

— E minha iniciação?

— Ela nunca acontecerá.

O rapaz cerrou os punhos.

— Tudo isso por causa de um gênio do Mal que se esconde nas trevas...

— Você conhece bem Nefer? — perguntou o ferreiro.

— Ele é meu amigo.

— Isso não basta para inocentá-lo! No fundo, você não sabe quase nada do passado dele. Em que homem ele se transformou durante sua longa viagem? Na Núbia, infalivelmente, foi confrontado com a violência e, certamente, aprendeu a matar. Será que não voltou a Tebas para ficar rico? No povoado, ele ouviu falar das riquezas depositadas nas tumbas dos faraós por ocasião dos funerais. Será que não pensou em se apossar delas?

— Isso seria monstruoso!

— Ele não foi o primeiro a ter essa idéia e não será o último. E estava numa posição melhor do que qualquer outro para executá-la! Essa é a razão pela qual ele ia, à noite, para as colinas que dominam o Vale dos Reis... Só que ele ignorava que Sobek havia se tornado o chefe da segurança e que estabelecera um novo sistema de vigilância. Um guarda surpreendeu-o, Silencioso matou-o e o povoado foi o melhor refúgio que ele poderia encontrar para se esconder da polícia. Ele subestimou o empenho de Sobek, que prosseguiu na investigação e, finalmente, identificou-o.

— Sua fábula é estúpida, Obed!

— Será lembrada no tribunal, você verá. Os fatos se encaixam bem demais para não serem levados em conta.

— No entanto, não é a verdade!

— Esse caso cheira mal: nem Nefer nem a confraria sairão ilesos. Siga meu conselho e fique longe disso.

— Os artesãos estão de pés e mãos atados, mas você e eu não pertencemos à confraria. Se eu tentasse um golpe violento, estaria pronto a me ajudar?

— Claro que não! Não teríamos nenhuma chance, e estou preso ao meu trabalho. Nefer está na prisão e ninguém poderá tirá-lo de lá.

— Os pais de Clara ainda estão vivos?

— Só o pai.

— Sabe qual é a profissão dele?

— Empreiteiro de obras. É um homem competente, de excelente reputação.

Graças às indicações de Obed, o ferreiro, Ardoroso não teve nenhuma dificuldade para encontrar a casa do pai de Clara. Para o rapaz não havia dúvida: ele era o culpado. Não suportando a partida da filha, vingara-se de Nefer, fornecendo provas falsas ao chefe Sobek para acusar o sedutor. Sentindo-se abandonado e traído, o empreiteiro decidira destruir o casal que, ao se retirar para o povoado, o abandonara.

Por bem ou por mal, Ardoroso ia arrastá-lo ao tribunal para que confessasse sua maldade e reabilitasse Nefer, livrando-o de qualquer suspeita. Assim, o caso seria logo resolvido!

A manhã estava no fim, as pessoas voltavam do mercado. O rapaz entrou rapidamente na casa, cuja porta, que dava para a rua, estava aberta.

Um cão preto barrou-lhe o caminho.

— Tranqüilo, amigo... Não quero machucá-lo.

Pronto para atacar, o cão rosnou, mostrando as presas. Se Ardoroso avançasse, ele atacaria.

O colosso podia quebrar-lhe o pescoço, mas o corajoso guardião lhe era simpático, e Ardoroso se pôs de joelhos para olhá-lo bem dentro dos olhos.

— Veja, não sou seu inimigo.

Indeciso, o cão negro inclinou a cabeça como se quisesse examinar o intruso sob outro ângulo.

— Aproxime-se, não vou mordê-lo.

Clara surgiu no alto da escada que levava para o segundo andar.

— Ardoroso... o que você quer?

O rapaz levantou-se.

— Posso acariciá-lo?

— É um amigo, Moreno. Pode deixá-lo entrar, sem medo.

O cachorro parou de rosnar e aceitou uma carícia no alto da cabeça.

— Clara... Sei de tudo. Foi seu pai, não foi?

— Meu pai? Não estou entendendo!

— Ele não aceitou seu casamento e denunciou Silencioso à polícia. Ele deve confessar.

A jovem deu um triste sorriso.

— Está enganado, Ardoroso. A desgraça que nos atingiu deixou meu pai doente, muito doente. Embora meu casamento o tenha entristecido, ele ficou muito orgulhoso ao ver-me casada com um Servo do Lugar da Verdade, onde são revelados os segredos da profissão aos quais ele não teve acesso. Quando lhe contei sobre a prisão de Nefer, seu coração fraquejou.

— Ele está...

— Ainda está vivo, mas sinto que a morte está próxima.

38

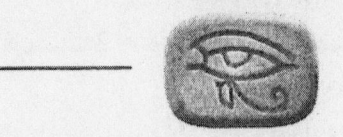

Clara não se enganara.

Uma hora antes do início da audiência preliminar, seu pai entregou a alma a Deus. A filha o tranqüilizara afirmando que Nefer era inocente e que a justiça acabaria triunfando.

— Preciso cuidar dos funerais — ela disse a Ardoroso.

— Não, vá para o tribunal; seu marido precisa da sua presença. Eu a substituirei.

— Não posso aceitar, eu...

— Confie em mim, Clara. Seu lugar é perto do seu marido.

— Você não sabe com quem falar, você...

— Não se preocupe. É na hora de uma provação tão atroz como essa que se reconhecem os verdadeiros amigos. Gostaria de salvar Silencioso derrubando as paredes da prisão, mas é impossível. Só você pode apoiá-lo, e eu devo ajudá-la. Se seu pai foi um justo, não terá nada a temer do tribunal de Osíris, mas seu marido pode sofrer muito por causa do tribunal dos vivos.

As palavras do jovem colosso eram rudes, porém deram coragem a Clara. Não tinha tempo para sentir pena de si mesma, e a única solução era continuar a luta, mesmo que suas armas fossem insignificantes.

— Eu, jurado?

— Meu caro Mehy, sua designação foi aprovada pelo vizir, revelou o prefeito de Tebas. Como havia necessidade de um oficial, pensei imediatamente em você.

— É uma grande responsabilidade.

— Eu sei, eu sei... Porém, não é a última que você terá! Quando esse aborrecido processo estiver terminado, gostaria de confiar-lhe algumas missões importantes. Os oficiais que me ajudam na administração estão ficando velhos, e preciso de sangue novo.

— Como já lhe disse, estou à inteira disposição.

— Perfeito, Mehy. E... seu sogro?

— Sua saúde está se degradando.

— Isso é muito aborrecido... Você estabeleceu um sistema de vigilância?

— Sim, como o combinado. Homens de uma discrição exemplar, que só intervirão em caso de necessidade absoluta.

— Qual é a opinião do médico?

— Uma doença conhecida, mas que ele não pode curar.

— Desagradável, realmente desagradável... Sobre a audiência preliminar, o vizir ordenou que ela aconteça na margem oeste, diante da porta do templo de milhões de anos de Sethi, pai de Ramsés. Ele teme uma grande afluência de observadores aqui, na margem leste. Um cordão de isolamento impedirá os curiosos de se aproximarem e garantirá a serenidade da corte de justiça.

Essa modificação de última hora desagradou Mehy, porém não mudaria o resultado dos debates. Nefer, o Silencioso, serviria de bode expiatório, e a confraria seria arrastada na queda.

A delegação do Lugar da Verdade era formada pelo velho Ramosé, pelo escriba da Tumba, Kenhir, e pelo chefe de equipe Neb, o Realizado. Os habitantes do povoado quiseram se organizar numa procissão para ir ao tribunal, mas Ramosé não aprovou a ação escandalosa que poderia desagradar aos magistrados e prejudicar o acusado.

— Você não pode pedir uma audiência a Ramsés? — perguntou o chefe de equipe a Ramosé.

— Seria inútil; o Faraó deve deixar a justiça agir. Como escriba de Maât, eu garanto a retidão da confraria.

— Poderíamos fazer uma exigência para ver o vizir!

— Também seria inútil. Agora, o destino de Nefer está nas mãos do tribunal.

— E se ele se enganar?

— Se não houver provas ou se elas forem inconsistentes, Kenhir e eu próprio exigiremos a absolvição.

Neb, o Realizado, não compartilhava do otimismo de Ramosé. Ele só confiava no tribunal do Lugar da Verdade, no qual a corrupção não tinha espaço.

— Estou convencido de que Nefer é inocente e de que procuram nos prejudicar — afirmou Kenhir.

— Ramsés, o Grande, é nosso protetor — retorquiu Ramosé. — A obra do Lugar da Verdade é vital para a sobrevivência do Egito.

— Mesmo assim, está acontecendo algo de anormal, como se um monstro escondido nas trevas houvesse tomado a decisão de aparecer e de espalhar o mal.

— Se for esse o caso, saberemos resistir-lhe.

— Ainda é preciso identificá-lo! Se ele nos atingir pelas costas, seremos mortos antes do combate.

O decano dos juízes de Tebas declarou aberta a audiência preliminar referente ao caso de Nefer, Servo do Lugar da Verdade, acusado do assassinato de um guarda que pertencia à equipe noturna encarregada da vigilância do Vale dos Reis.

— Sob a proteção de Maât e em seu nome — declarou o decano — peço à assembléia que considere os fatos, unicamente os fatos.

Estavam presentes os jurados que, por ocasião do processo, teriam de pronunciar um veredicto, a delegação do Lugar da Verdade e Clara, esposa do acusado, que se mantinha à esquerda do decano. Nefer estava ladeado por dois soldados armados com uma clava e um punhal.

Parecia calmo, quase indiferente. Quando seu olhar cruzou o da esposa, sentiu-se preparado para o confronto. A presença dela desprendia uma magia que reforçava sua serenidade.

— Você é Nefer, o Silencioso? — perguntou o presidente do tribunal.

— Sou eu.

— Admite ser o autor de um assassinato?

— Sou inocente do crime que me acusam.

— Teria coragem de jurar?

— Pelo nome do Faraó, eu juro.

Um longo silêncio seguiu-se a esse juramento cuja importância todos perceberam. Mehy estava eufórico; depois de uma declaração como essa, Nefer, reconhecido como perjuro, não escaparia da pena de morte.

— A acusação tem a palavra.

O chefe Sobek adiantou-se e relembrou os fatos. Deplorou a rapidez de sua própria investigação e suas conclusões apressadas, e comunicou ao tribunal a carta anônima, mas perfeitamente inteirada dos fatos, que acusava Nefer. A partir dessa revelação, ele refletira e concluíra que Nefer, de fato, era um culpado plausível, ainda mais porque não dispunha de nenhum álibi para a noite do crime. Criado no povoado dos artesãos, inevitavelmente ouvira falar das riquezas do Vale dos Reis e concebera o insensato projeto de possuí-las. Surpreendido por um guarda quando tentava determinar um itinerário para entrar no terreno proibido, não tivera outra escolha senão matá-lo. Com a mente calculista que o caracterizava, Nefer se refugiara no povoado onde a polícia não podia entrar.

— Essa grave acusação só se baseia num documento anônimo — observou o decano.

— É evidente que ela foi escrita por um artesão tomado de remorsos e que deseja que a verdade seja divulgada. Além disso, os fatos se encaixam de maneira implacável.

O decano dirigiu-se a Nefer.

— Onde estava na noite do crime?

— Não me lembro.

— Por que voltou ao povoado?

— Porque ouvi o chamado.

O administrador da margem oeste pediu a palavra.

— A defesa de Nefer é irrelevante! Esse rapaz é um aventureiro, dotado de um temível sangue-frio e capaz do pior. Que ele compareça diante de um júri que o condenará por assassinato e perjúrio.

— Falta uma prova decisiva — avaliou o decano.

— Talvez não — objetou Sobek. — Um de meus homens

que, naquela noite, fazia a patrulha no lugar do crime, lembra-se de ter percebido alguém rondando.

Fizeram comparecer o guarda que, impressionado com o decano e com os jurados, teve muita dificuldade para se exprimir, mas acabou admitindo que reconhecera o acusado.

O decano não tinha outra escolha.

— Decido, portanto...

— Um momento.

— Quem ousa interromper-me?

Uma mulher idosa, magra, com magníficos cabelos brancos, apresentou-se diante do presidente do tribunal.

— Nefer, o Silencioso, é inocente.

— Quem é você?

— A mulher sábia do Lugar da Verdade.

39

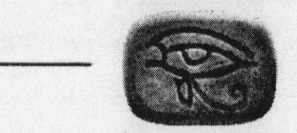

Murmúrios percorreram a assembléia atônita com o aparecimento dessa mulher estranha, com porte de rainha. Para muitos, a mulher sábia do Lugar da Verdade não passava de um personagem lendário, dotado de poderes sobrenaturais. Como nunca saíra do povoado, duvidava-se da sua existência.

O presidente do tribunal demorou para recuperar a fala.

— Como... Como você pode ser tão taxativa?

— Desde que Nefer foi morar no povoado passei a observá-lo. Ele não é um criminoso.

— Seu parecer não é negligenciável — declarou o decano com ponderação — mas só uma prova...

— Se ficar provado que Nefer não poderia estar na margem oeste na noite do drama, ele não seria inocentado?

— Com certeza; entretanto, nem ele próprio é capaz de se lembrar onde estava na ocasião!

A mulher sábia aproximou-se do rapaz, que admirou a bondade e a profundeza do seu olhar.

— Dê-me sua mão esquerda.

Ela segurou a mão dele entre as suas. Um calor agradável e ao mesmo tempo intenso penetrou pela palma da mão de Nefer, subiu ao longo do braço e invadiu-lhe a mente.

— Feche os olhos e lembre-se.

A alma de passarinho de Nefer realizou uma viagem sublime, voando por cima do Nilo e dos barcos impelidos pelo vento. Em seguida, foi irresistivelmente atraída para um palmeiral onde se encaixava um pequeno povoado próximo de Assuã, a Margem Feliz, onde crianças brincavam com um macaquinho verde.

— Sim — ele murmurou — naquela noite dormi à beira desse povoado, enrolado na esteira. Estava cansado e melancólico, prisioneiro da vida nômade, desgostoso do mundo... É, era lá mesmo, a Margem Feliz, e a lua cheia brilhava.

Nefer abriu os olhos, a mulher sábia afastou-se e dirigiu-se novamente ao presidente do tribunal.

— Peça para o chefe Sobek ir imediatamente a esse lugar e interrogar seus habitantes.

Fechado em uma das celas do quinto fortim, Nefer aguardava pacientemente. Por causa da intervenção da mulher sábia a seu favor, os guardas se mostravam particularmente obsequiosos, com medo de serem atingidos por algum sortilégio. Bem-alimentado, autorizado a dar alguns passos do lado de fora pela manhã e à noite, Nefer via Clara todos os dias.

Para tranqüilizá-lo, ela dizia que tudo ia bem no povoado, mas ele estava convencido de que algumas pessoas, duvidando ainda da sua inocência, deviam tornar a vida dela bem dura.

Finalmente, depois de duas semanas de viagem e de investigação, Sobek abriu a porta da cela.

— Você está livre e reabilitado de qualquer suspeita, Nefer. Várias testemunhas deram a certeza de tê-lo visto na Margem Feliz, na noite do crime. Portanto, não foi você quem matou o guarda. A título de indenização pelos danos sofridos, o tribunal oferece-lhe uma arca de madeira para guardar objetos, duas tangas novas e um rolo de papiro de boa qualidade. Quanto a mim, peço-lhe desculpas.

— Você só fez o seu trabalho.

— Mas você não me perdoará jamais...

— Por que acreditou na minha culpa, Sobek?

— Agi duas vezes levianamente: primeiro ao supor que o policial fora vítima de um acidente, em seguida ao pensar que o autor da carta anônima indicava-me a identidade do assassino, dando-me a possibilidade de reparar o erro. Se você exigir pedirei demissão.

— Não vou exigir.

O núbio se retesou.

— Não estou acostumado a que se apiedem do meu destino...

— Não é piedade. De fato, você cometeu dois erros graves e, sem dúvida, eles ensinaram-lhe mais do que todos os seus sucessos. Agora você não será tão crédulo e cuidará da segurança do povoado com maior lucidez.

Sobek teve a sensação de que Nefer, o Silencioso, fora talhado numa madeira diferente da maioria dos artesãos da confraria. Em momento algum ele levantara a voz, e parecia não guardar nenhum ressentimento.

— Ainda subsiste um grave problema — lembrou o policial. — Quem escreveu a carta?

— Você tem alguma pista?

— Nenhuma, mas fui ridicularizado e sou rancoroso. Houve um crime, isso é certo, e o assassino, provavelmente, é o autor desse documento. Mas, por que ele procurou destruí-lo?

— Não tenho a menor idéia.

— Levarei o tempo que for preciso — prometeu Sobek — mas não deixarei esse enigma sem explicação.

— Posso voltar para o povoado e ir ao encontro da minha esposa?

— Está livre, já lhe disse; porém, ouça-me ainda um minuto: não acha que está correndo perigo?

— Você não garante minha proteção?

— Não estou autorizado a entrar no povoado.

— O que há a temer lá?

— Suponha que o autor da carta anônima seja um membro da confraria... Ele não vai sossegar enquanto não conseguir prejudicá-lo, e até mesmo eliminá-lo. E é no povoado que você correrá mais perigo.

— Faça sua investigação, Sobek, e identifique o demônio que se esconde nas trevas.

O núbio sentiu que o artesão não levava a sério suas advertências, porém não o reteve mais, feliz por Nefer não fazer queixa contra ele, o que teria acabado com sua carreira.

Assim que Nefer saiu do fortim, um cachorro preto pulou em cima dele com tanto ímpeto que quase o derrubou. Depois de colocar as patas nos seus ombros e lamber-lhe o rosto, Moreno começou a correr loucamente em torno do dono e, com a língua de fora, finalmente parou para se deixar acariciar.

Clara correu para o marido, que a tomou nos braços.

— Moreno quis ser o primeiro a festejar sua libertação... Que felicidade estar com você!

— Durante esse infortúnio, só pensava em você. Eu via seu rosto, ele acabava com a minha angústia e eliminava as paredes da

cela. Se você não tivesse comparecido à audiência, eu me teria deixado abater.

— Foi a mulher sábia quem o salvou.

— Não, foi você. Quando a vi, soube que as mentiras não me
atingiriam.

— Meu pai morreu — ela confessou — e Ardoroso cuidou
dos funerais para que eu pudesse comparecer à audiência. Esse
rapaz tem um coração de ouro.

— Você viu novamente a mulher sábia?

— Não, e aconselharam-me a não importuná-la. Já era hora
de você voltar.

— Você foi marginalizada, não foi?

— Não quero lembrar-me de nada... Nossa vida no povoado
começa hoje.

Clara tinha razão. Agora, Nefer sabia que a felicidade era frágil
como as asas de uma borboleta e, ao mesmo tempo, dura como
o granito, desde que saboreasse cada instante como se fosse um
milagre.

Acompanhado de Moreno, o casal dirigiu-se para a porta principal.

— Lamento não ter assistido aos funerais do seu pai.

— Ele o admirava muito, e espero tê-lo tranqüilizado antes da
grande partida. Prometi-lhe que se faria justiça, e assim foi.

— Será que você possui poderes estranhos?

— Não, foi seu amor que não me deixou perder a coragem.

O guarda saudou-os calorosamente.

— Estou feliz em revê-lo, Nefer! Eu e meu colega sempre sou-
bemos que você era inocente. Parece que estão preparando uma festa no povoado... Divirtam-se!

A porta se abriu, Nefer e Clara entraram na sua nova terra.

Encabeçados pelos dois chefes de equipe, todos os artesãos estavam reunidos na entrada da rua principal para receber e abraçar o casal. O reencontro foi alegre, e algumas ânforas de cerveja doce foram esvaziadas, enquanto os méritos da mulher sábia eram exaltados.

— Uma vez que Nefer está de volta — disse Neb, o Realizado —, é chegada a hora de se proceder à iniciação de Ardoroso.

40

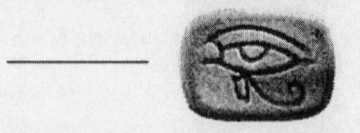

— Acorde — disse Obed, o ferreiro, para Ardoroso.

— O que está acontecendo?

— Seu amigo Nefer foi libertado, e dois artesãos vieram buscar você.

Ardoroso, que havia dormido duas horas, depois de um dia de trabalho intensivo na forja, levantou-se de um pulo.

— Pensou bem? — perguntou Obed.

— Chegou a hora da minha iniciação!

O ferreiro não insistiu. Entretanto, estava convencido de que o jovem colosso caminhava para a desgraça.

— Aonde vamos? — perguntou Ardoroso.

Os dois artesãos pareciam hostis.

— A primeira das virtudes é o silêncio — respondeu um deles. — Se quiser, siga-nos.

Caíra a noite, nenhuma luz brilhava no povoado, nem nos arredores. Com um passo firme, como se conhecessem todas as saliências do terreno, os dois artesãos guiaram Ardoroso até a soleira de uma capela da necrópole escavada na colina que margeava o lado oeste do povoado.

O postulante fez um movimento de recuo. Não era a morte

que ele procurava e sim uma nova vida! Ainda que tivesse vontade de fazer umas dez perguntas, conseguiu segurar a língua.

Os dois artesãos se afastaram e desapareceram na escuridão, deixando Ardoroso sozinho diante da porta de madeira dourada, emoldurada por um alizar de calcário e encimada com uma pequena pirâmide.

Por quanto tempo ainda deveria esperar? Se a confraria acreditava que ia acabar com a sua paciência, estava enganada. Agora que estava diante da primeira porta, Ardoroso não ia desistir.

Estava preparado para lutar contra qualquer adversário, mas o que surgiu das trevas deixou-o arrepiado: um corpo de homem, com uma cabeça de chacal, de focinho longo e agressivo e orelhas pontudas! Na mão esquerda, o monstro segurava um cetro que tinha na ponta superior a cara de canídeo, pronto para morder.

O homem com cabeça de chacal parou a menos de um metro de Ardoroso e estendeu-lhe a mão direita.

Não seria um monstro, por mais aterrorizador que fosse, que atrapalharia seu caminho; por isso Ardoroso não hesitou, se bem que se lembrasse dos contos que diziam que o chacal da noite só aparecia para os mortos.

— Se seguir Anúbis — falou a estranha criatura — ele vai levá-lo ao segredo. Mas, se tiver medo, não irá muito longe.

— Quem quer que você seja, cumpra sua função.

— Essa porta só se abrirá se você pronunciar as palavras da força.

O homem com cabeça de chacal soltou a mão de Ardoroso, que se indagava sobre a conduta a adotar. Não sabia as palavras! Será que precisaria arrombar a porta com socos para saber o que havia do outro lado?

Antes que tomasse uma decisão radical, Anúbis reapareceu, trazendo uma pata de bovídeo de alabastro.

— Apresente-a à porta — ordenou a Ardoroso. — Só ela detém as palavras da força, as palavras da oferenda.

O jovem colosso levantou a escultura.

Lentamente, a porta se abriu. Um homem com cabeça de falcão apareceu, usando um corselete de ouro e segurando uma estatueta de madeira vermelha que representava uma pessoa decapitada, com os pés para cima.

— Preste atenção e não ande de cabeça para baixo, Ardoroso, senão vai perdê-la. Só a retidão evitará essa triste sina. Agora, atravesse a soleira da porta.

Ardoroso entrou numa pequena capela decorada com cenas que mostravam os membros da confraria fazendo oferendas às divindades. No centro da capela, via-se o início de uma escada que mergulhava nas entranhas da colina.

— Vá ao centro da Terra — ordenou o homem com cabeça de falcão — abra o grande jarro que lá está, beba sua água pura para não ser consumido pelo fogo. Ela fará você descobrir a energia da criação.

Ardoroso desceu a escada, de degrau em degrau, para habituar-se à escuridão.

Ele chegou a uma cripta onde havia sido colocado um grande jarro, e ergueu-o, segurando-o pelas asas. A água que ele continha era fresca e anisada.

O rapaz sentiu-se estimulado por um novo vigor, como na abençoada época da inundação, quando era dada a autorização para se beber da água da cheia.

O homem com cabeça de chacal e seu companheiro com cabeça de falcão também desceram à cripta e, com tochas, iluminaram um bloco de prata e uma bacia do mesmo metal, cheia de água. Eles a usaram para lavar os pés de Ardoroso, e colocaram-se de ambos os lados do postulante, derramando o líquido purificador sobre sua cabeça, seus ombros e suas mãos.

— Você está nascendo para uma nova vida — disseram-lhe — e vai percorrer o oceano das energias.

No fundo da cripta, uma passagem levava a um subterrâneo ocupado por um sarcófago em forma de peixe, o mesmo que comera o sexo de Osíris quando as partes do deus assassinado foram dispersas no Nilo. Os dois ritualistas tiraram a tampa e fizeram sinal a Ardoroso para deitar no interior do enorme peixe incrustado de lápis-lazúli.

Ele, então, viveu sua primeira metamorfose ao perceber que não era só um homem, mas que pertencia à criação, unindo-se, desse modo, a todas as formas de existência. Graças ao peixe da luz, ele acreditou, por instantes, ser capaz de buscar a fonte da vida.

Porém, o chacal e o falcão arrancaram-no da meditação para fazê-lo voltar, sair da capela e entrar numa outra, muito maior, onde quatro archotes haviam sido dispostos em retângulo. A seus pés havia quatro bacias de argila misturada com incenso, cheias de leite de novilha branca.

Inúmeros artesãos estavam presentes. O chefe de equipe, Neb, o Realizado, tomou a palavra.

— O olho de Hórus nos permite ver esses mistérios e entrar em comunhão com os bem-aventurados que residem no céu. Se você realmente deseja tornar-se nosso irmão, deverá trabalhar longe dos olhos e dos ouvidos, e respeitar o regulamento que é nosso

pão e nossa cerveja; ele se chama "cabeça e perna",* porque inspira nosso pensamento e, ao mesmo tempo, nossa ação, servindo de
leme para o barco comunitário. O regulamento é a expressão de
Maât, filha da luz divina, princípio de toda harmonia e verbo criador. Insiste em pedir sua admissão entre nós e deseja conhecer a
extensão dos seus deveres?

— Insisto e desejo — respondeu Ardoroso.

— Fique atento para realizar as tarefas que lhe serão confiadas
— disse Neb, o Realizado. — Jamais se mostre negligente. Procure
o que é justo, seja coerente, transmita o que tiver recebido encar-
nando-o na matéria sem trair o espírito. Que o mistério da obra per-
maneça em segredo, mesmo sendo revelado; fique em silêncio e preserve o segredo. Vá ao templo se for chamado, faça oferendas aos
deuses, ao faraó e aos ancestrais, participe das procissões, das festas
e dos funerais de seus irmãos, dê sua quota para nosso fundo de solidariedade, submeta-se às decisões do nosso tribunal, não tolere nenhuma maldade. Não se apresente ao templo se tiver agido contra
Maât, se estiver em situação de impureza ou de mentira. Não exagere no peso nem na medida, não lese o olho da luz, não seja ávido. Está pronto para jurar sobre a pedra que vai respeitar o regulamento?

— Estou pronto.

Nefer, o Silencioso, adiantou-se para descobrir uma pedra
talhada em forma de cubo de onde parecia emanar uma luz suave.

— Pela sua vida e pela vida do faraó, assume o compromisso
de respeitar os deveres que acabei de enunciar?

— Assumo o compromisso — afirmou Ardoroso.

— Hoje — declarou o chefe de equipe — você passa a ser

---

* Em egípcio, *tep-red*.

Servo do Lugar da Verdade, nativo da Tumba, e recebe seu novo nome: Paneb. Que ele possa durar como as estrelas do céu, não ser esquecido pela eternidade, e preservar sua força dia e noite. Que as divindades o tornem estável como a própria verdade. — Segurando na mão esquerda um bastão com a cabeça de carneiro, encarnação do deus Amon, Nefer escreveu, no ombro direito de Ardoroso, o novo nome, com um pincel fino, molhado numa tinta vermelha.

— Você, que passa a ser artesão — tornou a falar o chefe de equipe —, saiba sempre responder ao chamado, trabalhe para ter sucesso nas fórmulas de Thot, resolva as dificuldades que elas apresentam e torne-se perito nos segredos. Assim, você chegará à Terra da luz.

Paneb, o Ardoroso, foi untado com óleos perfumados e ungüentos; em seguida vestiram-no com uma túnica branca e calçaram-no com sandálias brancas. Na língua de Paneb, Nefer traçou simbolicamente a imagem de Maât para que ele nunca mais pronunciasse palavras pervertidas.

O chefe de equipe voltou a cobrir a pedra e apagou as quatro chamas, molhando-as nas bacias de leite. Em seguida, os artesãos saíram da capela para contemplar as estrelas.

41

Quando raiou a alvorada, Paneb, o Ardoroso, e Nefer, o Silencioso, ainda permaneciam sentados diante da porta da capela onde Ardoroso fora iniciado. Ficaram a contemplar as estrelas onde viviam para sempre as almas dos faraós e dos sábios que ajudaram a construir a civilização egípcia, desde a sua origem.

— Você passou pelos mesmos ritos? — perguntou Paneb ao amigo.

— Exatamente os mesmos.

— E sua esposa?

— Ela também, como as outras mulheres que vivem no povoado. Todas elas pertencem à confraria das sacerdotisas de Hathor. Mas a maioria delas não passou do primeiro escalão.

— Há muitos escalões?

— Provavelmente...

— Para os artesãos também?

— É claro; porém, o essencial é que formamos uma equipagem. Qualquer que seja a nossa função, vogamos todos num mesmo barco e, a bordo, cada um tem um papel específico.

— Qual será o meu?

— Primeiro, tornar-se útil.

— Para os outros?

— Útil à obra e, além disso, aos membros da confraria.

— Que obra é essa, realmente, Nefer?

— A construção da tumba real e tudo o que está nisso implicado. Graças a ela, o invisível está presente na Terra, e o processo de ressurreição se realiza. Entretanto, ainda temos muito que aprender antes de participar totalmente da obra.

— Enfim, vou desenhar e pintar!

— O mais urgente para você é aprender a ler e a escrever com as crianças do povoado.

— Eu não sou mais um garoto! — protestou Paneb.

— A escrita é a base da sua arte, e você não tem mais tempo a perder. Kenhir é um professor severo, às vezes minucioso, mas seus alunos são bem-formados.

— Já que é preciso passar por isso... Você sabe o significado do meu novo nome?

— Paneb significa "o mestre". Foi o chefe de equipe Neb, o Realizado, quem o escolheu, fixando para você um objetivo impossível de ser atingido. Ele está convencido de que você insistirá em se tornar um mestre, mas que sua energia será consumida de acordo com seus fracassos. Algum dia, você ficará mais tranqüilo.

— O chefe de equipe vai se decepcionar! Sim, vou me tornar um mestre no meu ofício e merecer o meu nome. Ele acredita que pode dobrar-me sob o peso de um fardo, mas está me oferecendo uma chama que só se apagará com minha morte.

Do outro lado dos muros, os auxiliares executavam suas tarefas. Descarregavam os burros, entregavam a água necessária às abluções matinais.

O sol nasceu no Lugar da Verdade, no território onde Paneb, o Ardoroso ia viver a aventura que tanto sonhara.

Finalmente ele descobria o povoado, bem protegido pelos altos muros. Havia outros, mais baixos, construídos sobre um embasamento de grossos blocos de pedra para criar um obstáculo às torrentes de lama e de cascalho provocadas pelas tempestades, raras mas violentas.

Situado a quinhentos metros acima do limite das cheias mais altas que, portanto, não o ameaçavam, o povoado ocupava todo o pequeno vale desértico, um antigo leito de torrente cercado de colinas que impediam que ele fosse visto, protegendo a sagrada aglomeração do olhar dos curiosos. Igualmente distante do templo de milhões de anos de Ramsés, o Grande, e do outeiro sagrado de Djême onde dormiam os deuses primordiais, "a cidade", como os artesãos às vezes chamavam o povoado, surgia como um lugar fora do mundo, isolado do vale do Nilo. A oeste ficava a falésia da Líbia; ao sul, um contraforte rochoso onde se apoiava o templo principal; na direção norte, a saída do vale e a suave encosta que levava às terras cultivadas.

Duas necrópoles haviam sido construídas, de um lado e do outro do povoado. A do lado leste possuía três andares: o inferior para as crianças, o intermediário para os adolescentes, e o superior para os adultos. A do lado oeste, também disposta em pavimentos, ficava de frente para o sol e encerrava as mais belas capelas.

Ali, a vida, a morte e a eternidade uniam-se estreitamente numa harmonia, a um só tempo, natural e sobrenatural. No território do povoado também havia santuários, capelas da confraria, oratórios, cisternas, celeiros e outras edificações, sagradas e profanas.

— Venha — disse Nefer a Paneb. — Vou levá-lo para casa.

— Você quer dizer... que eu tenho uma casa?

— Uma casa pequena de solteiro... Não espere nada maravilhoso!

— Você também tem uma?

— Tive mais sorte do que você porque a minha está em melhor estado. Ninguém escolhe: o escriba da Tumba é quem nos designa um domicílio, e o chefe de equipe, um lugar na capela da confraria, onde nos reunimos.

— Quem realmente a dirige?

— O escriba da Tumba, Kenhir, e os dois chefes de equipe. Eu devia dizer equipagem, pois a confraria pode ser comparada a um barco. Neb, o Realizado, reina a estibordo, o lado direito, e Kaha a bombordo, o lado esquerdo. Você e eu fomos engajados na equipe do lado direito, como aprendizes. Devemos respeitar os companheiros e os peritos que estão aqui há muitos anos e tiveram acesso às fórmulas do conhecimento.

— Quantos somos?

— Atualmente, trinta e dois artesãos. Dezesseis na equipe da direita, dezesseis na da esquerda. Antigamente, havia mais, uns cinqüenta. Mas alguns morreram e outros partiram atrás de novos horizontes, e o faraó prefere uma equipe menor e coerente. Sua admissão e a minha resultam de um milagre! Como aprendizes, somos mantidos em silêncio para tentar ser, realmente, um "daqueles que ouviram o chamado".

— Em que ofício você foi engajado?

— No dos talhadores de pedra, que têm por missão saber utilizar o grande cinzel, capaz de fender a rocha mais dura e, também, saber esculpir com delicadeza, usando a pequena machadinha curva.

— A escolha foi sua?

— Não possuo seus dons para o desenho — respondeu Nefer — e sempre gostei da intimidade com a pedra.

— Para mim será o desenho e mais nada!

— E se o chefe de equipe lhe der outras tarefas?

O jovem colosso não conseguiu disfarçar o descontentamento.

— Tenho um objetivo específico e ninguém vai me desviar dele!

— Neb, o Realizado, não é fácil — disse Nefer — e não gosta de que suas ordens sejam discutidas. Como você é o último aprendiz, precisará aceitá-las.

— Você, que é meu amigo, sabe que é impossível! Por mais que ele seja um chefe de equipe, não me mete medo e vai ter de explicar o que espera de mim. No Egito não há escravos, e não vou ser o primeiro.

Nefer não insistiu, com medo de pôr mais lenha na fogueira. Os primeiros passos de Paneb seriam difíceis.

Paneb explorou com curiosidade o povoado, cortado por uma rua principal, no sentido norte-sul, e por um segundo eixo perpendicular de menor importância. Dentro das muralhas, havia setenta casas brancas onde viviam os membros da confraria, seus familiares e o escriba da Tumba. Ao norte ficava a parte mais antiga, a primeira a ser habitada, que datava da época de Tutmés I.

Os dois amigos passaram diante da bela morada de Ramosé, onde ele recebera seu sucessor e filho espiritual, Kenhir. A casa dispunha de uma sala com colunas para receber os artesãos, e de um escritório totalmente equipado.

Paneb sentiu pousar sobre ele o olhar dos colegas da equipe da direita que estavam descansando. Uma dezena de crianças, de quatro a doze anos, foi atrás dele, tagarelando e rindo.

A rua principal chegava a uma espécie de cruzamento, e os dois homens viraram à direita, depois voltaram ao eixo principal para chegar à extremidade sul do povoado onde ficava a casa que fora designada a Paneb, o Ardoroso.

Ele contemplou-a por um longo tempo.

— Mas... é uma ruína!

42

As paredes ameaçavam desabar, o madeiramento estava corroído, e a pintura, descascada.

— Essa casa não está em bom estado — reconheceu Nefer — mas tem a vantagem de ter sido construída no povoado.

O argumento não acalmou a raiva de Paneb.

— Quero ver imediatamente o escriba da Tumba.

Sem se preocupar com as conseqüências da sua atitude, o jovem colosso voltou a subir a rua num passo rápido e entrou na sala de audiência de Kenhir que, sentado numa esteira, desenrolava um papiro da contabilidade.

— Foi você quem designou para mim um pardieiro inabitável?

O escriba da Tumba não levantou os olhos e continuou a ler.

— Você é o aprendiz Paneb?

— Sou eu, e exijo ser adequadamente alojado.

— Aqui, meu jovem, um aprendiz não exige nada. Ele escuta e obedece. Diante do seu temperamento, você terá muita dificuldade em adaptar-se, e seu chefe de equipe não tardará a pedir sua exclusão. Serei o primeiro a lhe dar razão.

— Não devo ser tratado como os outros artesãos? Eles dispõem de um alojamento decente!

— Por ora, você não é nada. A confraria iniciou-o nas suas primeiras obrigações, mas o que você compreendeu da cerimônia? Ainda não passou nem um dia no povoado e quer ser instalado como um alto dignitário! Quem você acha que é? Talvez pensasse que, pelos seus belos olhos, receberia uma bela morada, luxuosamente mobiliada, com uma adega cheia dos melhores vinhos... Não sabe que todos os seus colegas construíram ou restauraram suas casas, sem gemer e sem protestar? Ser beneficiado com um local e algumas paredes, mesmo abaladas, já é uma oportunidade extraordinária, sonhada por centenas de candidatos sem sorte. E você ainda ousa reclamar! À vaidade você acrescentou a parvoíce.

Com precaução, Kenhir continuou a desenrolar o papiro, dando uma olhada nos números escritos.

Paneb fervia de raiva; não sabia se pegava o escriba e o jogava para fora do covil ou se destruía seu material.

— Ainda está aí, aprendiz? Seria melhor transformar seu pardieiro numa casa habitável, porque ninguém vai ajudá-lo. Numa confraria como a nossa não há lugar para quem não é autônomo.

Paneb deu meia-volta, Kenhir respirou aliviado. Se o jovem colosso se houvesse deixado dominar pela raiva, como o escriba poderia defender-se?

Os degraus da pequena escada de pedra que ia da rua até a soleira do primeiro cômodo estavam gastos. Com exceção dos alicerces inferiores de pedra que haviam resistido ao tempo, o resto da alvenaria, de tijolo seco, precisava ser reconstruído. As vigas já haviam agüentado tanto, que seria melhor trocá-las. Era evidente que o pardieiro não era habitado há muitos anos e, primeiro, seria preciso limpá-lo de alto a baixo.

O discurso do escriba da Tumba agradara a Paneb, o Ardoroso, que se conscientizara de que a ruína era sua primeira casa. Subitamente, ela lhe pareceu mais bonita do que um palácio.

— Posso ajudá-lo — disse Nefer.

— Segundo Kenhir, é proibido.

— Há o costume, mas também há a amizade.

— Respeitarei o costume e farei sozinho a restauração.

— Alguns aspectos técnicos podem escapar a você.

— Cometerei erros, mas será minha obra. Em compensação, se você me convidasse para almoçar eu não recusaria.

— Você pensou um só minuto que Clara o havia esquecido?

Embora a fachada da moradia designada para Nefer causasse boa impressão, o interior exigia uma restauração completa. Ele só tivera tempo de arrumar uma pequena cozinha, onde Clara preparava carne cozida e lentilhas com cominho. A fumaça saía por um buraco redondo no teto.

Novamente, Paneb ficou impressionado com a extraordinária beleza da jovem, cujo luminoso sorriso obrigava os mais rabugentos a se mostrarem amáveis.

— Mesmo que ainda não tenhamos cadeiras, seja bem-vindo à nossa casa! Estou certa de que sua magnífica propriedade deixou-o entusiasmado.

Paneb deu uma gargalhada.

— Você me conhece bem, Clara! Ontem, eu dormia à luz das estrelas; hoje, corro o risco de ser esmagado sob o peso de velhos tijolos que podem desabar em cima da minha carcaça. Mas, enfim, aqui estou, com vocês... e estou morto de fome!

Paneb, o Ardoroso degustou a melhor refeição da sua curta existência. O pão estava estalando, a carne era saborosa, as lentilhas macias e a cerveja suave. Um queijo de cabra completou o banquete.

— Amanhã de manhã — disse Clara — você vai buscar sua porção de alimento.

— Come-se assim todos os dias?

— Bem melhor por ocasião das festas.

— Agora compreendo por que é tão difícil entrar para a confraria! Alojamento gratuito, comida em profusão, um ofício apaixonante... Descobri o paraíso na terra.

— Mesmo assim, seja prudente — recomendou Nefer. — De fato, é muito difícil entrar para a confraria, mas é muito fácil sair dela. Se o chefe de equipe estiver descontente, Kenhir não apoiará você. E os dois conseguirão que você seja mandado embora, imediatamente.

— Como você se entende com Neb, o Realizado?

— É um homem rude, autoritário, que não tolera nenhuma imperfeição no trabalho. Para ser sincero, ele não gosta muito de você e não vai permitir nenhum desvio de sua parte.

— É possível passar para a outra equipe?

— Não o aconselho a tomar essa atitude. Vai desagradar imensamente aos dois chefes de equipe, e Kaha será ainda mais intransigente do que Neb, o Realizado.

— Entendi; vou entrar na luta.

— Por que ver o relacionamento hierárquico como uma guerra? — perguntou Clara.

A pergunta surpreendeu Ardoroso.

— É preciso lutar todo o tempo, tanto aqui quanto em qualquer outro lugar. O chefe de equipe tentará destruir-me; ele vai fracassar.

— E se a intenção dele consistir em formá-lo para que você realize obras maiores?

— Sou jovem, Clara; porém, não tenho mais nenhuma ilusão. Entre os seres humanos, só existem relacionamentos de força.

— Esqueceu-se do amor?

Paneb olhou fixo para sua tigela.

— Você e Nefer formam um casal excepcional, mas não podem servir de modelo. Você é sacerdotisa de Hathor, não é?

— Desde a minha iniciação — disse a moça — vou ao oratório todos os dias e preparo as oferendas que devem ser depositadas tanto nos altares, no templo e nas capelas das tumbas, como em cada uma das casas. No povoado, a vida é diferente. Há casais, solteiros, crianças, e nossas casas também são santuários. Não há outros sacerdotes e sacerdotisas além dos artesãos e de suas esposas. Nas nossas respectivas funções, o cotidiano não é separado do sagrado, e essa é a razão pela qual senti que um dos corações secretos do Egito bate dentro dos muros desse povoado. A nós foi proposto passar pela experiência desse mistério, de degustar seu sabor, de escutar sua música, e esse destino a nós pertence.

— Com a condição de que os chefes de equipe o queiram...

— Moro aqui há pouco tempo — acrescentou Clara — mas já sei que a perseverança é uma virtude essencial para se perceberem as leis invisíveis do Lugar da Verdade. Ele é como uma mãe generosa que dá sem fazer contas, mas será que nosso coração está bem aberto para acolhê-la?

As palavras da jovem deixaram Paneb, o Ardoroso, transtornado. Elas rasgaram um véu que obscurecia seu olhar e que a iniciação também deixara intacto. Embora houvesse escutado o chamado, ele não imaginava que o modesto povoado fosse um mundo tão grande e que possuísse tantos tesouros cuja verdadeira natureza até então não havia percebido.

— Você vai dormir aqui esta noite? — perguntou Nefer.

— Não, preciso cuidar da minha casa. Senão, Clara e você terão vergonha de mim.

— Repito que minha ajuda está disponível.

— Se não conseguir sozinho, sou eu quem terá vergonha da minha mediocridade. Confesso que, em certas horas, sou idiota. No entanto, compreendi que a restauração desse casebre é a minha primeira prova.

43

O profundo trabalho de Mehy deu resultados prematuros. Em três meses ele conseguiu ser graduado comandante-em-chefe das tropas tebanas cuja reorganização administrativa e militar lhe havia sido entregue. Aos poucos, foi afastando os outros oficiais superiores, usando sua arma favorita, a delação, acrescida de uma ladainha de promessas que encantavam os ouvidos dos soldados: aumento do soldo, possibilidade de reforma antecipada, melhoria da comida e modernização das casernas. Quando as promessas não eram cumpridas, Mehy acusava a hierarquia de negligência e de hipocrisia, e condoía-se pelos infelizes que haviam sido enganados, afirmando que continuaria a defendê-los junto às autoridades competentes. Na realidade, diante dessas autoridades, ele tratava os soldados por gentalha e acusava-os de se beneficiarem de condições de vida por demais favoráveis.

A nomeação do novo comandante-em-chefe fora bem acolhida, tanto pela cúpula quanto pela base, e Mehy mantinha sua excelente reputação, convidando, todas as noites, um alto dignitário de Tebas para jantar, depois de haver cuidadosamente estudado seu dossiê para lisonjeá-lo com um máximo de eficácia. Todos os seus convidados partiam, com a certeza de que eram pessoas excepcionais e que o comandante era um homem dedicado e digno de elogios.

Além disso, Serketa sobressaía-se no papel de perfeita dona-de-casa, encantadora e jovial, bastante superficial para não aborrecer, representando com perfeição o papel de menina, o que enternecia os altos funcionários rabugentos, animados com suas dengui-ces. Comandando uma esquadra de empregados, Serketa mostrava-lhes sua outra face, a de uma patroa agressiva e sem coração.

Mehy e Serketa converteram-se no casal em moda, e as pessoas importantes de Tebas aguardavam, impacientemente, serem convidadas para sua mesa. No entanto, o comandante tomava cuidado para não ofuscar o prefeito de Tebas, que ainda era bem poderoso e ardiloso para cortar sua carreira. Quando se encontravam, Mehy fingia-se de modesto e só mostrava ter ambições razoáveis e limitadas. Aliás, ele não tinha intenção de tomar o lugar do edil, muito comprometedor nas brigas dos clãs. Era melhor manipulá-lo e deixá-lo exibir-se na frente do palco. Só se conquista um poder durável, permanecendo um pouco na sombra e atribuindo a responsabilidade dos fracassos aos imbecis que achavam possuí-lo.

Como de costume, o banquete fora um sucesso; o escriba principal dos celeiros e sua esposa, uma rica tebana, feia e pretensiosa, se haviam empanzinado de carne e de doces, sem esquecer o vinho branco fresco dos oásis que, subindo-lhes à cabeça, soltou-lhes a língua. Assim, Mehy obtivera algumas informações confidenciais sobre a gestão dos estoques de grãos que ele saberia usar na ocasião certa.

— Finalmente eles foram embora! — disse o comandante à esposa, estreitando-a com brutalidade. — Eles foram os piores da semana, mas só vão falar bem de nós.

— Querido, tenho uma grande notícia para lhe dar.

— Um filho meu?

— Adivinhou.

— Um filho... Vou ter um filho! Você fez os exames de urina?

— Ainda não. Se for uma menina você vai se decepcionar?

— Certamente... Mas você vai me dar um filho, tenho certeza!

Repentinamente, Mehy perdeu o entusiasmo, e seu rosto se anuviou.

— Gostaria tanto de que seu pai partilhasse nossa alegria... Que pena! Ele está cada vez pior. Precisei modificar seus últimos relatórios por causa das aberrações que eles continham. O médico prescreveu-lhe um tratamento?

— Recomendado por mim, ele não falou com meu pai sobre a doença que, aliás, é incurável. Trata apenas do coração que ele acha muito fraco. As emoções fortes estão proibidas.

— Estou com medo, Serketa. Estou com medo de que ele cometa uma monstruosidade que arruinaria todos os nossos esforços, principalmente porque vamos ter um herdeiro. É preciso pensar no futuro dele, meu amor.

— Fique tranqüilo, já entrei em contato com um jurista e expus-lhe nosso problema. Em sigilo, é claro.

— Qual a opinião dele?

— Já tomamos algumas disposições legais que proíbem meu pai de dilapidar minha fortuna, no caso de ele perder a cabeça, mas são insuficientes. Só em caso de loucura comprovada é que eu poderia administrar nossos bens.

— Você manteria o contrato de separação de bens?

— Enquanto não tínhamos herdeiros, era a melhor solução. Agora, é diferente... Formamos um casal perfeito, estou esperando um filho seu, e você é um administrador fantástico. Quando meu pai desaparecer, ou se for dado como incapaz anularei o contrato e dividiremos tudo.

Mehy beijou Serketa com sofreguidão.

— Você é maravilhosa! E não vou me contentar com um filho só...

Serketa analisara demoradamente a situação. Seu pai estava envelhecendo, usava métodos ultrapassados e não possuía mais o dinamismo necessário para aumentar a fortuna. Agora, era Mehy quem dava as cartas. Trapaceiro, mentiroso, cruel e hábil, ele progredia e ganhava terreno. Ter filhos com ele ou com qualquer outro, dava na mesma. De qualquer modo, Serketa não iria criá-los, e Mehy teria diante dos olhos a prova da sua virilidade à qual dava extrema importância.

Em caso de divórcio, Serketa ficaria com, pelo menos, um terço da fortuna e combateria o ex-marido na justiça para recuperar o resto. A anulação do contrato de separação de bens iria convencê-lo da confiança cega de uma mulher amorosa, e ele baixaria a guarda. Ver Mehy crescer mais e mais, recolher os frutos de suas manobras, depois devorá-lo como um louva-a-deus... Com a perspectiva de um futuro tão excitante, Serketa não corria o risco de ser dominada pelo tédio.

— Todos os dias — confessou o comandante — rezo aos deuses para que seu pai fique curado. Se lhe acontecesse alguma coisa de mal, eu ficaria arrasado.

— Não duvido, nem por um segundo, meu amor; mas estarei ao seu lado para superarmos esse sofrimento terrível.

O comandante Mehy convidara os subordinados mais próximos e algumas pessoas importantes para uma caçada na floresta de papiro inundada, ao norte de Tebas. O administrador principal da margem oeste, Abry, estava morto de medo. Ele sabia que o lugar era perigoso e que, se lhe acontecesse alguma coisa, as chances de sobrevivência eram mínimas. Um hipopótamo furioso poderia virar um barco com a maior facilidade, um crocodilo podia atacar a presa com uma agilidade inacreditável e não faltavam serpentes d'água!

O alto funcionário sentou-se ao lado de Mehy que, com o bastão de impulso, esmagara a cabeça de um passarinho-do-egito. Matar passarinhos dava-lhe um grande prazer, e ele se vangloriava da sua agilidade inigualável.

— Poderíamos conversar em outro lugar — falou Abry.

— Não confio nos seus colaboradores nem na sua esposa — retorquiu Mehy. — Desde que Nefer foi inocentado, o Lugar da Verdade readquiriu todo o seu esplendor. Atacá-lo pode ser perigoso.

— Essa também é a minha opinião! Por isso, proponho desistir e nos restringirmos às atividades oficiais.

— Fora de questão, meu caro.

— Mas, por que insistir?

— Admire este lugar, Abry. Aqui a natureza se mostra com toda sua selvageria e uma única lei: matar ou ser morto. Vence o mais forte.

— A prática de Maât consiste justamente em lutar contra essa lei.

— Maât não é eterna! — exclamou Mehy, dando um golpe com o bastão de impulso na direção de um martim-pescador.

Errou por alguns centímetros.

— Estou nervoso e me faltou precisão — deplorou. — Na caça, o sangue-frio é a melhor arma. Quer tentar?

— Não, não consigo.

— Vamos continuar, Abry, e você vai me ajudar. Esse pequeno fracasso da justiça não arranhou a minha determinação e tenho muitas razões para acreditar que alcançaremos o sucesso.

— O Lugar da Verdade é mais impenetrável do que uma fortaleza da Núbia!

— Nenhuma fortaleza é impenetrável; basta pôr em ação uma boa estratégia. Atualmente, a confraria acredita que está protegida de qualquer ataque e continua a trabalhar na mais perfeita serenidade. E aí reside seu ponto fraco.

Uma gineta saltou de uma umbrela de papiro para outra, a fim de escapar dos caçadores, enquanto os patos davam o alerta soltando gritos apavorados.

— Paciência, uma diligência sistemática e nenhum deles escapará.

— É essa a sua estratégia contra o Lugar da Verdade?

— Em parte, meu caro... Ainda vou acrescentar outros ingredientes. O que você soube de novo?

— Nada, depois que Nefer, o Silencioso, e Paneb, o Ardoroso, entraram na confraria.

— Paneb, "o mestre"... Os colegas fixaram-lhe um belo destino!

— Não acho que esse tipo de nome tenha alguma importância.

— Você não conhece os artesãos, Abry. Tenho certeza de que eles não deixam nada ao acaso e que devemos levar em conta qualquer indício. Você estabeleceu algum sistema de vigilância para alertá-lo quando um membro da confraria sair do povoado para viajar?

— Isso foi feito, mas sem nenhum resultado, por enquanto.

— Se algo acontecer, avise-me imediatamente.

— Já é tarde... Não é melhor voltar para a cidade?

— Preciso matar mais passarinhos.

44

— O importante é ouvir — dizia o velho sábio Ptah-hotep que viveu no tempo das pirâmides. — Vocês sabem correr, nadar e tagarelar, mas seus últimos exercícios de escrita estavam lamentáveis porque vocês não me escutam!

Como todas as manhãs, o escriba da Tumba, Kenhir, estava de péssimo humor. Muitas vezes ele delegava a função de educador para o melhor desenhista da confraria que, então, ostentava o título de "escriba". No entanto, desde a chegada de Paneb, o próprio Kenhir dava as aulas, para grande desespero dos meninos e das meninas, sobrecarregados de trabalhos e de reprimendas.

— Vocês mal conhecem o alfabeto e desenham-no muito mal! Quanto aos hieróglifos que representam dois sons, vão ter de refazê-los, e não estou nem falando da aparência dos pássaros, especialmente da coruja e do passarinho que bate as asas com enorme dificuldade! Como ensinar a quem não quer escutar? Vocês precisariam de umas cem bastonadas para abrir os ouvidos que têm nas costas.

Paneb, o Ardoroso, interveio.

— Como eu sou o aluno mais velho, sou responsável pelos erros da classe. Tenho as costas bem largas para receber todas as bastonadas.

— Bom, bom... Veremos isso mais tarde. Sentem-se como um escriba, molhem a ponta do junco na tinta preta diluída e escrevam as letras principais nos óstracos.

Os óstracos eram pequenos fragmentos de calcário, fáceis de serem encontrados por aquelas paragens. Alguns deles, mais preciosos, provinham de escavações das tumbas. Eram usados para rascunho pelos escolares e aprendizes de desenhista, reputados como inaptos para fazer uso do papiro, mesmo o já utilizado e de qualidade inferior.

Esse material rudimentar deixava Paneb maravilhado. Finalmente, tinha um suporte e uma ferramenta para praticar sua arte! Sentia prazer em traçar cada hieróglifo com uma precisão e uma elegância que surpreendiam Kenhir. O jovem colosso aprendia muito rápido e até dava a impressão de que sua mão sempre conhecera os signos.

Kenhir examinava os óstracos e constatava que, decididamente, as meninas eram mais dotadas do que os meninos.

— Vocês não passam de paus tortos que tenho vontade de jogar ao chão para ficarem expostos à luz e à sombra! Se um marceneiro passar, dizem os sábios, pode dar alguma atenção a esses paus miseráveis, endireitá-los e fazer deles bengalas para os dignitários. Esse marceneiro sou eu! Qualquer que seja o destino de vocês, sairão dessa escola sabendo ler e escrever.

E o exercício recomeçou até a hora do almoço.

— Amanhã — anunciou Kenhir — desenharemos os peixes. Agora, vão comer e portem-se bem à mesa. O caminho do saber começa com a polidez e com o respeito ao próximo. Paneb, você fica.

Os alunos dispersaram-se, aos gritos.

— Está com fome?

— Estou.

— Eu também, mas há algo mais urgente.

Kenhir entregou a Paneb um pedaço grande de calcário ligeiramente polido e um verdadeiro pincel de escriba. Aos pés dele, colocou uma tigela cheia de tinta, de um preto bem carregado.

O rapaz ficou entusiasmado.

— É... é maravilhoso! Nunca ousaria desenhar sobre isso...

— Ficou medroso?

O insulto deixou Paneb fervendo de raiva; contudo, conseguiu controlar-se.

— Desenhe cinco vezes os dois signos que formam o seu nome: PA, o pato que levanta vôo, e NEB, a cesta pronta para receber as oferendas e que passa a ser dona do que contém.

Sem pressa, Paneb obedeceu. Sua mão não tremia, e surgiram os dois signos, bem executados.

— Está bom, não?

— Não cabe a você julgar. Compreendeu por que lhe foi dado esse nome?

— Porque devo sempre levantar vôo na direção do céu, e o grau da minha habilidade dependerá do que eu conseguir aprender e do que eu receber como ensinamento.

— Habilidade... Você ainda está muito longe! — resmungou Kenhir. — Desenhe um olho, uma cabeça de frente, outra de perfil, cabelos, um chacal e uma barca.

Paneb levou muito tempo para fazê-los, como se vivesse interiormente cada signo antes de traçá-lo, com uma certeza na execução surpreendente para um aprendiz.

— Apague tudo, arranhando o calcário.

Como um espírito motivado pelo fogo de Seth conseguia mostrar-se tão paciente e meticuloso?, perguntava-se Kenhir. Esse sujeito era um autêntico mistério.

— Pronto.

— Copie o texto desse papiro.

Kenhir desenrolou um magnífico documento cuja escrita, pequena e pontiaguda, não era fácil de ser reproduzida.

— Devo copiá-la de maneira idêntica, ou interpretá-la à minha maneira?

— Como quiser.

Paneb escolheu a segunda forma.

O trabalho que executou não tinha nenhum erro, e a legibilidade do texto aumentara de maneira notável. Sem dúvida alguma, o rapaz possuía mão de escriba que, à rapidez, era acrescida a clareza. Como a escrita de Kenhir, que traçava signos o dia inteiro, tornara-se quase ilegível, ele sentiu uma certa irritação.

— Leia-me esse texto.

— "Se o ato de escutar sem cessar penetra aquele que escuta, quem escuta passa a ser aquele que entende. Quando a escuta é boa, a palavra é boa. Deus ama aquele que ouve; quem não ouve é odiado por Deus. Quem gosta de escutar realiza o que foi dito. Quanto ao ignorante que não escuta, ele nada realizará. Ele considera o conhecimento como ignorância, o útil como nocivo, faz tudo o que é detestável, vive do que faz morrer. Não ponha uma coisa no lugar de outra, preste atenção para romper os entraves que você possui, preste atenção no que diz aquele que conhece os ritos."

— Você sabe ler, Paneb, e não vacila em nenhuma palavra. Mas será que compreende o que leu?

— Suponho que este texto não foi escolhido ao acaso... O senhor acha que não escuto os seus ensinamentos?

— Veremos isso mais tarde... Vá comer. E não leve o pedaço de calcário; ele não é seu.

Paneb afastou-se, Kenhir voltou à casa de Ramosé, eleita como seu domicílio. A camponesa que Ramosé contratara como cozinheira havia preparado uma salada, aspargos e rim de vitela.

— Perdoe-me o atraso — disse Kenhir —, minha aula demorou mais do que o previsto.

— Minha esposa está doente — falou Ramosé —, ela não almoçará conosco.

— Alguma coisa grave?

— Estou aguardando o diagnóstico da mulher sábia. Você conseguiu amansar Paneb?

— É um jovem notável e gostaria de transformá-lo num escriba.

— Sabe que a vocação dele é outra.

— Se Paneb se dobrar às exigências da ciência de Thot, tornar-se-á um pintor excepcional. Entretanto, será que tem paciência para aprender e passar por todas as etapas, uma a uma?

— Você tem um fraco por ele, não é?

— Ele é motivado por uma força de que a confraria necessita. Quem pode saber o que ele traz dentro de si?

— Confio em você, Kenhir; você e o chefe de equipe Neb, o Realizado, saberão levá-lo à maturidade.

— Podemos prever inúmeras contrariedades e mesmo um fracasso... Paneb, o Ardoroso, é exigente, excessivo e violento, sempre pronto a se revoltar. O fogo de Seth que habita nele é tão poderoso que talvez não consigamos controlá-lo.

— Ele sabe ler e escrever?

— Tão bem quanto você e eu. Em menos de um ano adquiriu um saber que a maioria leva dez anos para assimilar.

— Como ele se porta com as crianças?

— Como um perfeito irmão mais velho. Protege-as, tranqüi-liza-as e nunca se recusa a brincar com elas. Sua autoridade é natu-ral, não precisa elevar a voz para ser obedecido. O pior é que ajuda os gazeteiros a fazerem os deveres, sem levar em conta minhas admoestações. Seria preciso castigá-lo, ameaçá-lo de expulsão, ele...

— Lembre-se do regulamento dos professores, daqueles que instruem os futuros escribas: "Ser para os alunos um professor paciente e usar palavras afetuosas, conquistar o respeito dos alunos, despertando-lhes a sensibilidade, educar estimulando o amor." Continue a formar o jovem colosso, Kenhir; combata sem fraquejar as imperfeições dele, não tolere nenhum excesso e, aos poucos, mostre-lhe o que é digno de ser admirado e indestrutível.

45

Mosé, o tesoureiro-chefe de Tebas, mandou untar sua cabeça com uma loção de óleo de moringa para deter a calvície. Uma observação descortês da última amante fizera-o compreender que estava envelhecendo e que seu poder de sedução diminuía. Mosé ficara profundamente enraivecido e sentira um mal-estar. Chamado com urgência, o médico aconselhara-o a repousar e a cuidar do coração doente.

Como atender a esses conselhos quando se está curvado sob o peso das responsabilidades? Tebas era apenas a terceira cidade do país, mas transbordava de riquezas, e o vizir exigia uma administração clara e eficiente. Em certas ocasiões, Mosé tinha vontade de se retirar para o campo em companhia da filha, Serketa, e se deleitar com os prazeres da jardinagem, que não tinha mais tempo de praticar.

E eis que ela lhe vem anunciar o nascimento de um filho! Que notícia maravilhosa e que belo casal ela formava com Mehy! Mosé teria uma velhice feliz, rodeada de inúmeros netos a quem ensinaria contabilidade e gestão, esperando que eles fossem tão dotados quanto o pai, para quem os números não tinham mais nenhum segredo. A agilidade mental de Mehy era tão desenvolvida que preocupava Mosé; será que não o deixaria indiferente a tudo o que não se referisse à carreira?

Pensando bem, Mosé devia desconfiar do novo comandante-em-chefe das forças tebanas. Se, às vezes, ele parecia modesto, principalmente perto do prefeito era tudo calculado. Existiam muitos homens assim; porém, à ambição, Mehy acrescentava a crueldade, e não sabia o que era piedade. Embora ele usasse uma densa máscara, Mosé descobriria o que estava por trás. Temia encontrar um arrivista que só se casara com a doce e frágil Serketa para apoderar-se de sua fortuna. Cabia a ele, seu pai, protegê-la, persuadindo-a, sobretudo, a não modificar o contrato de separação de bens e, assim, proteger os filhos.

O último encontro com o prefeito de Tebas, amigo de longa data, deixara Mosé perturbado. O edil parecera distante, quase suspeitoso, e só fizera referências vagas aos projetos imediatos, como se falasse com um estranho. Mosé desconfiava de uma intervenção sutil do genro para abalar sua posição, apresentando-se como seu inevitável sucessor. Se assim fosse, Mehy era um concorrente perigoso e um maquinador da pior espécie que se tinha de impedir de causar danos.

O intendente de Mosé anunciou ao patrão a chegada do casal convidado para almoçar.

Serketa estava elegante, e Mehy seguro de si.

— Como está passando, minha filha querida?

— Minha saúde está excelente! E a sua, pai adorado?

— Não tenho tempo de preocupar-me com ela; o vizir exige que a situação contábil da província de Tebas esteja pronta na próxima semana e, como todos os anos, faltam-me relatórios.

— Se eu puder ajudá-lo... — propôs Mehy.

— Não é necessário, meus técnicos farão horas extras.

Pela primeira vez, Mehy percebeu desconfiança e até mesmo hostilidade na atitude do sogro. Será que Mosé estava mais lúcido do que ele supunha?

— Enfim um momento tranqüilo — ponderou Serketa. — Esta noite, convidamos o superior dos rebanhos de Amon para jantar, uma pessoa cansativa que só fala de vacas e de bois. Você não poderia urdir algum tipo de intriga para que ele fosse substituído por alguém menos tedioso?

Espreitando as reações do genro, Mosé não escutara a filha. Serketa convenceu-se, imediatamente, de que o pai era vítima de uma das assustadoras ausências reveladas por Mehy.

— Pai, está ouvindo?

— Estou... Quero dizer, não. O que houve?

— Não tem importância.

— Todos elogiam a eficácia das suas equipes — disse Mehy, condescendente —, mesmo assim, se houver necessidade, pode contar comigo.

— Vou ver o que o cozinheiro preparou — anunciou Serketa, abalada.

— Excelente idéia! Mehy e eu esperaremos, tomando um copo de vinho, sob a parreira.

O lugar era encantador e propício a uma calma meditação, mas o comandante não se podia permitir uma perda tempo.

— Meu caro sogro, tenho uma informação confidencial a dar-lhe.

— Ela me diz respeito... diretamente?

— Tem relação direta com a sua função. Sem dúvida, sabe

que muitos comerciantes sírios instalaram-se em Tebas, no começo do ano.

— De fato, a autorização foi-lhes concedida. Ninguém se queixou do comportamento deles, e pagam corretamente os impostos que são devidamente contabilizados nas receitas da província.

— São só aparências... A realidade é muito diferente.

— O que descobriu?

— Durante uma fiscalização, um entreposto fechado deixou um de meus homens intrigado. Ele fez uma investigação discreta, e o resultado foi o seguinte: os sírios organizaram um tráfico de grãos com os cidadãos da margem oeste.

— Você tem provas?

— A mais palpável possível: a contabilidade fraudulenta, escondida nesse entreposto.

— Você está com ela?

— Quis reservar-lhe esse privilégio.

O almoço foi abreviado. Serketa voltou para casa a fim de preparar o jantar. Mehy e Mosé dirigiram-se para o bairro dos entrepostos. Mosé ficava cada vez mais nervoso com a idéia de pôr fim a um tráfico dessa importância.

O comandante parecia hesitar.

— Você não sabe onde é?

— Sei, é o prédio em frente à viela, mas estou receoso. Os sírios podem ser perigosos.

— Será que eles estarão lá?

— Vou certificar-me.

— Não assuma tantos riscos, Mehy! Esquece-se de que é marido da minha filha e pai do filho dela? Vá buscar os soldados.

— Combinado, mas não saia daqui e espere-me.

Mosé olhava fixamente para o entreposto que o genro lhe indicara. O controle dos grãos era um dos mais rigorosos, e o tesoureiro-chefe de Tebas não entendia como os sírios haviam conseguido fraudá-lo. Sem dúvida, o exame da contabilidade fraudulenta provaria a existência de cúmplices, e as sanções seriam implacáveis.

O lugar estava deserto, o entreposto parecia abandonado. Um esconderijo perfeito para documentos comprometedores.

A curiosidade e a impaciência tomaram conta de Mosé. Como Mehy demorasse a voltar, ele decidiu explorar o local.

Ninguém.

Com o coração acelerado, empurrou a porta do entreposto, que não estava fechada. Através de uma alta janela, um raio de luz iluminava um baú cheio de papiros. No exato momento em que desenrolava o primeiro, Mosé levou um susto.

Uma moça, bem jovem, avançou na sua direção.

— Quem é você?

Ela soltou o cabelo, rasgou as próprias roupas e, com as unhas, arranhou-se no busto e nos braços.

— Mas... Você está louca!

— Socorro — ela gritou —, estou sendo estuprada!

Mosé pegou-a pelos ombros.

— Cale-se, sua mentirosa!

Os pedidos de socorro dobraram de intensidade.

A porta abriu-se rapidamente, e dois soldados apareceram, com as espadas na mão.

— Solte essa criança, miserável!

Em pânico, Mosé virou-se para os homens armados.

— Estão enganados... Eu... Ela...

Uma dor violenta no meio do peito impediu Mosé de continuar. Ele levou as mãos ao coração, abriu bem a boca para aspirar o ar que lhe faltava, em seguida caiu, batendo com a cabeça no chão. Vestindo-se às pressas, a jovem fugiu por uma abertura oculta na parede dos fundos.

Mehy entrou.

— O que está acontecendo por aqui?

— O tesoureiro-chefe tentou estuprar uma menina, comandante. Ela desapareceu, e ele... acho que está morto.

Mehy inclinou-se sobre o cadáver. Como esperava, o coração do sogro não resistira.

— O infeliz deixou-nos... Vocês assistiram à cena?

— Pelos gritos da garota, não há nenhuma dúvida. Como o senhor nos deu ordens para intervir no caso de um incidente...

— Vocês agiram certo, e devem esquecer essa tragédia. Quero que meu sogro tenha um belo funeral e que sua reputação não seja manchada. Não será feito nenhum relatório, vocês não viram nada e não ouviram nada. Pela obediência, receberão, em troca, tecidos e vinho.

Os dois soldados balançaram a cabeça em sinal de assentimento.

A pequena síria que Mehy pagara para fazer a simulação partiria no mesmo dia para o seu país com um belo pecúlio. Graças à morte de Mosé, o comandante tornava-se um dos homens mais ricos de Tebas.

46

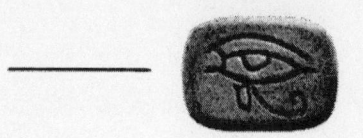

Nefer, o Silencioso, acostumara-se rapidamente ao ritmo do Lugar da Verdade: oito dias de trabalho, seguidos de dois dias de descanso, e mais inúmeras festas do Estado ou festividades locais, tardes livres concedidas pelo chefe de equipe e folgas autorizadas por motivos pessoais aceitos pelo escriba da Tumba. Os artesãos começavam a trabalhar às oito horas, almoçavam entre meio-dia e quatorze horas e retomavam o trabalho até às dezoito horas. Muitos deles usavam as horas livres para executar encomendas feitas por pessoas do lado de fora dos muros, cobrando por elas um bom preço.

O trabalho oficial ocupava a metade do ano, mas a confraria não o encarava como uma penosa obrigação; os membros das equipes da direita e da esquerda tinham plena consciência de que participavam de uma aventura excepcional, de uma obra que o próprio Faraó considerava prioritária.

Nefer partilhava desse sentimento, mas vivia momentos difíceis. Sua integração na equipe da direita chocava-se com a mentalidade de clã dos colegas, que continuavam a observá-lo com desconfiança. Como talhador de pedra, tinha contato diário com seus colegas de ofício: Fened, conhecido por "o nariz" porque sempre tinha intuição do gesto exato; Casá, o Cordame, especialista no deslocamento e na sirga dos materiais; Nakht, o Possante; e Karo, o Brusco. Contudo, os três escultores, o pintor, os três desenhistas, o carpinteiro e o ourives mal lhe dirigiam a palavra, e só para uma troca de banalidades.

Como a equipe da esquerda trabalhava quando a da direita repousava, e vice-versa, elas não tinham nenhuma convivência. Cada um dos dois chefes — Neb, o Realizado, e Kaha — tinha método próprio e uma maneira particular de dirigir, sem nenhum espírito de competição entre eles.

Todas as tardes, Nefer limpava as ferramentas, contava-as e entregava-as ao escriba da Tumba, que as guardava na câmara-forte do povoado para redistribuí-las no dia seguinte, de manhã. Todas as ferramentas pertenciam ao faraó, e nenhum artesão tinha o direito de ficar com nenhuma delas. Em compensação, os Servos do Lugar da Verdade eram estimulados a fabricar suas próprias ferramentas, usadas quando confeccionavam objetos para fora.

Nefer manejava a picareta de pedra, que pesava três quilos e fora talhada em ponta, suficientemente forte para quebrar as rochas mais duras. Muitas vezes, ele era o último a deixar o canteiro de obras do Vale dos Nobres, onde a equipe da direita preparava uma morada eterna destinada a um escriba real.

Observando os colegas, Silencioso aprendera a manejar o malho e o cinzel de lâmina curta facetada, que ele tornava mais eficaz com a ajuda de um arco que fazia a ferramenta girar rapidamente para furar os buracos. Com a mão esquerda, ele firmava o cinzel no lugar com uma calota que possuía uma cavidade onde se encaixava o cabo de madeira. Depois de muitas tentativas pouco satisfatórias, conseguiu usar as duas ferramentas como se fossem instrumentos musicais, sentindo as vibrações como uma melodia, sem fazer nenhum esforço inútil.

Segurar o cutelo de lâmina afiada nos três lados, o punção de cabo curto e de ponta quadrada, e a machadinha curva de cobre para os acabamentos não havia sido muito fácil, mas Nefer mostrara-se paciente e desenvolvera a destreza das mãos.

Karo, o Brusco, interpelou-o.

— Verifique se o bloco que acabei de nivelar pode ser corretamente adaptado na parede que estamos subindo.

A missão era difícil; só um talhador de pedra com experiência poderia executá-la. Karo, o Brusco, não deveria confiá-la a um aprendiz, mas Nefer não protestou e tentou lembrar-se da maneira como o chefe de equipe procedera, na véspera. Por isso, usou três bastões de ajuste de doze centímetros de comprimento, com um buraco chanfrado numa das extremidades. Depois de certificar-se de que eles eram perfeitamente iguais, colocou-os verticalmente na superfície a ser verificada e esticou um barbante entre dois deles, enquanto o terceiro bastão servia de ponto de referência. Não satisfeito com o resultado averiguado, Nefer usou uma lima de calcário para remover as asperezas.

— Com o que se está divertindo? — perguntou Karo, o Brusco, visivelmente enfurecido.

— Você me confiou um trabalho, eu o estou fazendo.

— Só pedi para verificar, e você ultrapassou os limites.

— Deveria contentar-me com o mínimo? Visto que constatei imperfeições, estou eliminando-as. O bloco ficará corretamente nivelado e entrará na construção.

— É o meu bloco e não o seu!

Nefer largou as ferramentas e enfrentou Karo, um homem

atarracado, de braços curtos e musculosos. Espessas sobrancelhas e um nariz quadrado tornavam seu rosto agressivo.

— Você tem mais experiência do que eu, Karo, mas isso não o autoriza a macular a obra que realizamos. Este bloco não é seu nem meu, e sim da morada da eternidade à qual ele é destinado.

— Basta de discursos! Saia da obra e deixe meu bloco.

— Já chega, Karo. Sou um membro dessa equipe e não vou mais suportar esse tipo de ultraje.

— Se nosso comportamento o desagrada, pode voltar lá para fora.

— Estou pouco ligando para a sua atitude, só a pedra me interessa. Provei que sabia nivelá-la e integrá-la na parede. O que quer mais?

Karo, o Brusco, apoderou-se de um cinzel e tornou-se ameaçador.

— Não precisamos de você no povoado.

— O povoado é a minha vida.

— Devia ficar com medo, Nefer... Acredite-me, você não irá muito longe.

— Largue o cinzel e saiba que medo algum vai me impedir de respeitar o juramento.

Os dois homens fitaram-se por um longo tempo, com um olhar desafiador. Karo pôs a ferramenta em cima da pedra.

— Então, nada o assusta?

— Gosto do meu ofício e vou mostrar-me digno da confiança que a confraria depositou em mim, quaisquer que sejam as circunstâncias e os antagonismos.

— Deixo-lhe o bloco... Termine-o.

O artesão afastou-se, Nefer eliminou as últimas asperezas da pedra, sem se preocupar com a hora avançada. Seus gestos regulares eram suaves como a luz do pôr-do-sol.

— Já não é hora de voltar para casa? — perguntou o chefe de equipe.

— Estou quase terminando.

— Problemas com Karo?

— Nenhum. Ele tem o temperamento dele e eu o meu; se fizermos o esforço necessário, nossas relações melhorarão. De qualquer jeito, o trabalho não será prejudicado.

— Venha comigo, Nefer.

Neb, o Realizado, levou o aprendiz a um depósito onde estavam armazenados vários tipos de pedra.

— O que acha daquela ali?

— Um arenito médio, suficientemente mole para ser trabalhado com cinzel de bronze, porém muito poroso. Ele não veio da melhor pedreira, a de Gebel Silsileh, e não merece fazer parte de um monumento real.

— Tem razão, Nefer, a pedreira é essencial: Assuã para o granito rosa, Hatnub para o alabastro, Tura para o calcário, Gebel el-Ahmar para o quartzito. O Lugar da Verdade não tolera nenhuma piora nesse campo e sempre deverá manter o mesmo nível de exigência. Você visitará cada uma dessas pedreiras e deverá gravar na memória o nível de exploração delas. Já pensou sobre a origem da pedra?

— Acho que as pedras são geradas no mundo subterrâneo e crescem no ventre das montanhas, mas também nascem no espaço luminoso, pois algumas caem do céu. Um bloco parece imóvel e, no entanto, a mão do talhador de pedra sabe muito bem que ela está viva e que traz consigo o sinal das metamorfoses que nosso olho não consegue ver, porque o tempo do mineral não é o tempo do homem. A pedra é testemunha de mutações que vão além da nossa existência; ao quebrá-la, não somos também testemunhas da eternidade?

— Esse granito agrada-lhe?

— Uma maravilha... Ele pode ser polido com perfeição e atravessará os séculos.

— Gostaria de ser escultor?

— Aprender a esculpir a pedra pode levar toda uma vida, mas a escultura atrai-me.

— O escultor-chefe Userhat acha que não precisa de ninguém, e não será fácil convencê-lo a ensiná-lo. Porém, se a pedra fala com você, talvez ela lhe abra caminho.

— Eu escuto a pedra e só ela.

Neb, o Realizado, fingiu sair do canteiro de obras; porém, depois de passar um montículo, ficou observando o rapaz. No dia seguinte, falaria com o confrade Kaha sobre a necessidade da promoção de Nefer, o Silencioso, na hierarquia do Lugar da Verdade.

47

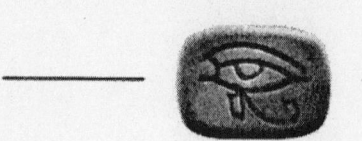

Clara não podia desejar mais nada. Vivia um amor profundo e luminoso num povoado único, cujos costumes e pequenos segredos ia descobrindo aos poucos, e diariamente servia à deusa Hathor, preparando os buquês de flores que seriam depositados nos altares e nos oratórios.

As mulheres iniciadas não eram divididas em duas equipes como os homens; pertencendo à graduação mais baixa da hierarquia, Clara sentia-se bem e realizava alegremente a tarefa que lhe fora confiada. Entretanto, as habitantes do Lugar da Verdade só conversavam com ela sobre assuntos insignificantes, demonstrando-lhe que ainda era uma estrangeira em quem não se tinha nenhuma confiança.

Nefer e Clara, à noite, falavam sobre as respectivas experiências e julgavam bem normal a atitude dos artesãos e de suas esposas. Esse povoado não se parecia com nenhum outro, e a luta seria longa para nele ser aceito sem restrições.

Ao louvar Hathor, a deusa das estrelas que fazia circular no universo a força do amor, única capaz de juntar todos os elementos da vida, as sacerdotisas do Lugar da Verdade contribuíam para manter a harmonia invisível sem a qual nenhuma criação visível, que obedecesse às leis celestes, seria possível. Cabia a toda a confraria, bem como aos ritualistas de todos os templos do Egito, a começar pelo próprio Faraó, manter diariamente essa energia sutil para garantir ao resto da população a proteção dos deuses e a presença de Maât na Terra.

Mesmo em pequena escala, Clara estava feliz por participar dessa obra considerada tão primordial, cada dia mais perceptível, e à qual o povoado devotara sua existência.

A porta da moradia de Casá, o Cordame, estava fechada. Geralmente, pela manhã, sua esposa limpava a soleira e o primeiro cômodo da casa, e pegava, pessoalmente, o buquê das mãos de Clara.

Preocupada, a jovem bateu na porta.

Uma mulher pequena e morena abriu-a.

— Meu marido está doente — disse ela mal-humorada, como se Clara fosse a responsável. — Como a mulher sábia está cuidando da esposa do escriba Ramosé, não sei quando ela virá.

— Talvez eu possa ajudá-la...

— Você tem noção de medicina?

— Alguma.

A esposa de Casá, o Cordame, hesitou.

— Estou avisando: se não conseguir nada, direi a todo mundo que você não passa de uma pretensiosa!

— E terá toda razão.

A calma de Clara desarmou a diminuta morena, que a deixou passar.

Casá estava deitado num banco de pedra, com um travesseiro sob a nuca. De estatura mediana, cabelo muito preto, ele tinha um rosto quadrado, olhos castanhos e panturrilhas enormes.

— Onde é a dor?

— Na barriga... Está ardendo.

Clara examinou o paciente, como lhe ensinara a médica-chefe Neferet, considerando a tez, o odor do corpo, do hálito e, sobretudo, palpando o abdome e tomando o pulso para escutar a voz do coração.

— É grave?

— Acho que não, nenhum mal o ameaça. Você está sofrendo do estômago em conseqüência de algum excesso alimentar. Durante alguns dias, tome mel, coma pão amanhecido e torrado, aipo, figos, e beba cerveja bem doce, em pequena quantidade, mas por diversas vezes. A dor vai parar progressivamente.

O artesão já se sentia melhor.

— Prepare tudo isso — pediu à mulher — e não se esqueça de avisar ao escriba da Tumba que não vou trabalhar hoje.

A morena olhou para Clara com desconfiança.

— Quer que eu ponha as flores no altar para você?

— Eu mesma faço isso. Vá embora, tenho muito o que fazer.

— Que Hathor a proteja e cure seu marido.

Clara tencionava continuar a distribuição de flores, mas ficou paralisada. À distância de um metro, no meio da rua principal, estava a mulher sábia, com a imensa cabeleira branca e olhos inquisidores.

— Quem lhe ensinou curar?

— A médica-chefe Neferet.

Um ligeiro sorriso iluminou o rosto sério da mulher sábia.

— Neferet... Logo, você a conheceu.

— Foi ela quem me criou.

— Por que não se tornou médica?

— Porque Neferet previu que um outro destino aguardava-me e escutei-a.

— Você sabe combater doenças graves?

— Algumas.

— Venha comigo.

Coberta de malvas-rosas, a casa da mulher sábia ficava ao lado da morada de Ramosé. Boquiabertas, as vizinhas viram Clara entrar atrás da proprietária que, há mais de vinte anos, não abria a porta para ninguém.

A jovem encontrou um cômodo grande que exalava um cheiro bom de madressilva. Nas prateleiras, viam-se potes e jarros contendo substâncias medicinais. Ao longo das paredes, baús cheios de papiros.

— Por muito tempo trabalhei com o médico Pahery, autor de um tratado sobre distúrbios do reto e do ânus — revelou a mulher sábia. — Ele impôs aos camponeses uma estrita higiene cotidiana, regra básica para evitar a maior parte das doenças. Nós dispomos de toda a água necessária, e ela é o primeiro dos remédios. Seja intransigente nesse ponto e combata a sujeira, sem descanso; os remédios mais ativos serão inúteis se não houver higiene. Tem medo de escorpiões?

— Tenho receio. Mas Neferet ensinou-me que o veneno deles contém substâncias extraordinárias contra muitos distúrbios.

— O mesmo acontece com as cobras, e vou levá-la ao deserto para capturarmos as espécies mais perigosas e fabricarmos nossos próprios produtos. Um bom médico é "aquele que domina os escorpiões", porque esse animal é capaz de afastar os maus espíritos e atrair energias positivas que o sábio põe nos amuletos. Tratar o corpo imaterial é tão importante quanto curar o corpo aparente. Você conhece a primeira de todas as fórmulas da cura?

— Sou a sacerdotisa pura da leoa Sekhmet, perita nas suas

obrigações, aquela que põe a mão no doente, uma mão sábia na arte de diagnosticar.

— Mostre-me seu procedimento.

Clara pôs a mão na cabeça da mulher sábia, na parte de trás do crânio, nas mãos, nos braços, no coração e nas pernas. Assim, ouviria as palavras do coração em cada um dos canais de energia.

— A senhora sofre de afecções benignas — concluiu.

Por sua vez, a mulher sábia pôs as mãos sobre Clara que, imediatamente, sentiu um calor intenso.

— Tenho mais energia do que você e vou apagar qualquer sinal de cansaço no seu organismo. Quando se sentir fraca, venha procurar-me e devolverei a força que lhe falta.

A sessão de magnetismo durou mais de meia hora. Clara teve a impressão de que um sangue regenerado corria nas suas veias.

— Neferet deve ter-lhe ensinado o uso das plantas medicinais e dos produtos tóxicos.

— Passei dias inteiros no laboratório, e os ensinamentos dela ficaram gravados na minha memória.

— Você terá acesso aos meus baús que contêm as plantas medicinais; além disso, aqui estão os potes com filtro, que eu uso.

A mulher sábia mostrou a Clara recipientes divididos em dois por um filtro; na parte de cima, as drogas sólidas, na de baixo, as líquidas.

— Ao aquecer — ela explicou — provocamos o vapor para dissolver as drogas sólidas que, então, se misturam às líquidas. Em alguns casos, não se devem aquecer e sim diluir as sólidas na água, usando um almofariz, e verter a solução obtida num recipiente. Quer que eu lhe ensine a minha ciência?

A fisionomia de Clara iluminou-se.

— Como posso agradecer...

— Trabalhando duro e em proveito da confraria. Saiba que os chefes de equipe não permitem que um operário doente trabalhe, e que este é livre para se tratar no povoado ou fora dele. Neste caso, ele pede ao médico um recibo dos honorários, e o escriba da Tumba reembolsa-o. Jamais se imponha, e deixe que cada um seja responsável pela escolha que fizer.

— Devo entender... que vou ser sua assistente?

— Só os superiores da confraria sabem minha idade. Vou contar-lhe esse pequeno segredo, Clara: na próxima semana farei cem anos. Segundo os sábios, ainda me restam alguns anos para meditar e consagrar-me exclusivamente a Maât. Já que você aceita ajudar-me, talvez eu consiga fazer isso.

— Cem anos... É incrível!

— Este povoado tem tesouros inestimáveis. Um deles consiste em saber que a mente não está irremediavelmente condenada à decadência. Podemos combater seu envelhecimento ao praticar uma ciência que consiste em regenerá-la. Dê provas da sua capacidade e, mais tarde, falaremos sobre isso.

48

Paneb, o Ardoroso, prosseguia sua aprendizagem, sob a direção implacável de Kenhir, mesquinho em elogios. O escriba da Tumba achava que um futuro desenhista do Lugar da Verdade devia ter um perfeito domínio da língua hieroglífica e jamais hesitar no signo a ser traçado. Quando o aluno tendia a se mostrar satisfeito consigo mesmo, o professor passava-lhe um exercício mais difícil.

Kenhir ainda ficava surpreso com o impressionante contraste entre a força física do rapaz e a fineza da execução de seus desenhos. Com uma infinita paciência, que seu caráter arrebatado e violento não deixava supor, ele desenvolvia o talento de um miniaturista. Como Paneb não conhecia a fadiga e jamais desistia enquanto o instrutor não ficasse satisfeito, Kenhir pedira uma bebida fortificante à mulher sábia para não sucumbir diante do aluno.

Naquela manhã, Kenhir não propusera nenhuma experiência nova a Paneb, que se satisfizera em traçar, de forma rápida, mais de seiscentos hieróglifos, do mais simples ao mais complexo.

— Você está satisfeito com a sua vida no povoado? — perguntou o escriba da Tumba.

— Estou aqui para aprender, e aprendo.

— Você não tem nenhum contato com os outros membros da sua equipe, é o que parece.

— Passo os dias na escola, as noites preparando os exercícios do dia seguinte e o tempo livre reformando minha casa. Para distrair-me, divirto-me desenhando retratos nos pedaços de calcário que cato no deserto. Portanto, não tenho tempo para ficar conversando com os outros.

— Retratos... Retratos de quem?

— Do senhor e dos outros alunos. Eles me parecem mais divertidos, mas eu os destruo, assim que termino.

— Melhor assim... A primeira fase da sua educação está terminada, Paneb. O chefe de equipe reclama por você e não posso mentir, dizendo que não está pronto. Chegou a sua hora de escolher.

— O quê?

— Tornar-se escriba em Tebas ou desenhista no Lugar da Verdade. Se optar pela primeira função, posso recomendá-lo a alguns colegas e você será engajado na administração. Sei que terá dificuldade em sujeitar-se aos regulamentos, mas esse ligeiro dissabor não conta, diante da brilhante carreira que o espera. Você receberá o benefício de um alojamento funcional e enriquecerá ano após ano; os outros servidores públicos facilitarão sua vida e inclinar-se-ão diante de você. Com a sua capacidade de trabalho e sua extraordinária memória, ocupará um cargo de alta responsabilidade. Em compensação, seu futuro como desenhista anuncia-se dos mais sombrios, porque seus colegas não têm a menor vontade de ajudá-lo, muito pelo contrário. Eles se conhecem há bastante tempo e não vêem com bons olhos a chegada de um novato que vai atrasá-los na obra.

— Pertencemos à mesma comunidade, não?

— Certamente, mas eles são profissionais dedicados e homens rudes, difíceis de agradar. Na minha opinião, independentemente dos seus esforços e dos seus dons, eles o rejeitarão e você será um simples operário, decepcionado por ter perdido uma bela carreira de escriba.

— Meus confrades serão cruéis a esse ponto?

— Para eles, você é uma ameaça. Eles se defenderão.

— Não é uma atitude muito fraternal...

— Os Servos do Lugar da Verdade são apenas homens, Paneb.

— Pelo que diz, meu caminho já está traçado.

— Se você seguir a voz da razão, não se arrependerá.

— Um detalhe deixa-me intrigado, professor... Por que um erudito com o seu talento aceitou o cargo de escriba da Tumba em vez de tornar-se um alto dignitário tebano? O Lugar da Verdade deve possuir alguns encantos para tê-lo atraído.

Kenhir permaneceu calado.

— Não se preocupe comigo: enfrentarei os desenhistas e provarei que meu lugar é entre eles.

Como combinara com o chefe de equipe Neb, o Realizado, Kenhir tentara desanimar o rapaz. E estava feliz por não ter conseguido.

Ao percorrer a rua principal do povoado, Paneb teve a impressão de sair de um longo sono. Desde a sua admissão na confraria ele só tivera dois objetivos: aprender a desenhar os hieróglifos e deixar sua casa habitável. O primeiro havia sido atingido, além das suas expectativas, a ponto de, muitas vezes, sobrepor-se ao segundo.

Saber ler e escrever dava ao rapaz uma colossal impressão de poder. Cada vez que desenhava uma pantera, um falcão ou um touro, tinha a impressão de que adquiria um pouco das qualidades do

animal; a escrita dava vida ao abstrato, a leitura oferecia o ensinamento dos sábios.

Dois anos haviam transcorrido como um sonho. Paneb só visitara Nefer e Clara, com os quais falava apenas de hieróglifos, e pas-
sara a maior parte do tempo junto a Kenhir, quer na escola com os
outros alunos, quer em aulas particulares. Agora, a estratégia do
professor ficara evidente: o escriba da Tumba tentara formar outro
escriba para enviá-lo para fora dos muros!

Paneb saberia aproveitar a lição desse combate dissimulado
que não fora travado com os punhos e sim com a cabeça. Kenhir
tentara enfeitiçá-lo, usando sua vocação e desviando-a, ao acenar
com as inúmeras vantagens gozadas por um burocrata.

Kenhir fracassara. Sem se desviar do caminho, Paneb apossara-
se do conhecimento dele e, agora, dominava os poderosos signos
indispensáveis a um desenhista do Lugar da Verdade. A magia deles
era tão intensa que absorvera sua energia e sua atenção a ponto de
fazê-lo esquecer a mais bela criação dos deuses: as mulheres.

Depois que se pusera a trabalhar, nem uma única vez Paneb
olhara para elas! Clara não contava, porque era muito diferente das
outras e, ao mesmo tempo, esposa de Nefer. Ele a considerava uma
irmã extraordinária que o tranqüilizava e só lhe dava bons conselhos.

Como pudera dispensar as mulheres por tanto tempo? A
magia do esperto Kenhir deve ter sido eficaz. No futuro, desconfia-
ria desse personagem astucioso que era um dos três chefes da confraria. Ao atrair Paneb para sua rede, não o privara do amor?

Era dia de descanso para a equipe da direita. Alguns artesãos
dormiam, outros embelezavam a casa, outros, ainda, fabricavam
móveis para vendê-los aos compradores de fora. Até o momento
presente, todos eles haviam ignorado Paneb, que retribuíra do mes-

mo jeito. Não tardaria a enfrentar os desenhistas. Porém, nesse fim de manhã, ele se permitia um prazer incomparável: olhar para as mulheres do povoado e seduzi-las.

Em vez de voltar para casa, apressado, para cuidar da sua moradia, andava lentamente na rua principal e olhava para todas as pessoas do belo sexo.

Antes de entrar para o Lugar da Verdade, Paneb acreditava que se tratava de um local austero onde as esposas dos artesãos permaneciam confinadas nas próprias casas ou nos oratórios; mas como em todos os povoados do Egito, a maioria das mulheres trabalhava ou deambulava com os seios nus, e o olhar de Paneb demorava-se sobre os peitos jovens. Infelizmente, elas não apreciavam em nada esse jogo; algumas atiravam-lhe olhares carrancudos, outras voltavam para casa furibundas.

Parecia que a caça não ia ser fácil, mas o jovem colosso não duvidava de que teria sucesso. Depois desse abominável período de abstinência, não se faria de difícil, quer fosse uma velha experiente ou uma jovem iniciante.

Ele pensou haver achado sua presa quando uma lourinha, do tipo miúdo, linda, observou-o com ternura. Porém, ele foi muito rápido na direção da moça; apavorada, ela entrou e bateu a porta.

— Podia jurar que você assusta as moças — murmurou uma voz agradável.

Paneb virou-se e deparou com uma magnífica ruiva de uns vinte anos, vestida com uma túnica verde de alças, que deixava os seios à mostra. Ela exibia peitos suntuosos, e todas as suas formas atiçavam o desejo.

— Meu nome é Paneb.

— Eu me chamo Turquesa e sou solteira.

Casada ou não, ele estava pouco ligando. O principal é que fosse mulher.

— Quer conversar um pouco?

— De jeito nenhum. Quero fazer amor com você, e logo.

Turquesa sorriu.

— Você é um verdadeiro colosso...

— E você uma bela flor! Faríamos uma maravilhosa combinação e poderíamos sentir muito prazer, tanto um quanto o outro.

— Você acha que é assim que se fala com as mulheres?

— Já falamos demais.

Ele subiu os poucos degraus que levavam à entrada da pequena casa de Turquesa, abraçou-a e brindou-a com um beijo fogoso. Não encontrando resistência, arrastou-a para dentro, onde reinava uma suave penumbra, e arrancou-lhe a frágil vestimenta.

O perfume de âmbar da jovem, sua pele branca e a maneira como se enroscava nele, enlouqueceram-no. Ela correspondia a todas as iniciativas tomadas por ele, e ambos partiram numa viagem maravilhosa, para a descoberta de seus corpos.

49

Plenamente satisfeitos, os amantes enfim descansaram.

— Seu nome é bem merecido, Paneb, o Ardoroso!

— Nunca conheci uma mulher tão excitante...

— Suas conquistas foram tão numerosas?

— No campo, as moças tornam tudo mais fácil, não há complicações.

— Você não se interessa pelos sentimentos.

— Os sentimentos são bons para os velhos. A mulher precisa do homem; o homem, da mulher... Por que complicar?

— Essa é a opinião do seu amigo Nefer?

— Você o conhece?

— Eu o vi com a mulher, Clara.

— Com eles é diferente. O amor é um milagre que vai uni-los até a morte, mas não os invejo. Ele não conhecerá outras mulheres, percebe? Pensando bem, é uma espécie de maldição.

Paneb vestiu-se e apoiou-se nos cotovelos.

— Você é realmente maravilhosa... Por que não se casou?

— Porque prefiro a liberdade, como você.

— Isso deve dar o que falar no povoado.

— Sim e não. Sou filha de um talhador de pedra, da equipe da esquerda, que ficou viúvo muito jovem. Fui criada por várias pessoas, até a sua morte, há três anos. Decidi ficar aqui, no meu povoado, e tornar-me sacerdotisa de Hathor. Não é ela a deusa do amor, de todos os amores?

— Você teve muitos amantes?

— Isso não lhe diz respeito.

— Tem razão, não tem importância! Agora, seu único amante sou eu.

— Está enganado, Paneb. Sou uma mulher livre e não me submeterei a nenhum homem. Talvez nunca mais durma com você.

— Você ficou louca!

Ele tentou deitar em cima dela, mas Turquesa esquivou-se.

— Saia da minha casa — ordenou.

— Poderia pegá-la à força!

— Você seria expulso do povoado esta noite e condenado a uma longa pena de prisão. Vá embora, Paneb.

Confuso, o jovem colosso eclipsou-se. Como as mulheres eram complicadas, principalmente quando se recusavam a obedecer! Ele perdera Turquesa, mas encontraria outras. Com o fogo sexual aplacado por algum tempo, a única preocupação de Paneb seria terminar a casa.

Como as outras moradias do Lugar da Verdade, ela lhe fora oficialmente cedida pelo vizir, e a modesta área de 50m² estava de acordo com a sua situação de solteiro. Os casais usufruíam de 80m², em média; os casais com filhos, de 120m². Medindo de três a sete metros, as fachadas que davam para a artéria principal eram estreitas e possuíam uma pequena porta de onde desciam alguns degraus.

As construções apoiavam-se numa base de pedras com a altura de um metro, sobre a qual haviam sido edificadas as paredes de tijolos crus, cobertas com um reboco e diversas camadas de leite de cal, acabamentos ausentes na casa de Paneb, que estava longe de ser tão sólida quanto as antigas moradias do povoado, construídas diretamente na rocha.

Como não podia ajudar o amigo que insistia em trabalhar sozinho, Nefer dera-lhe alguns conselhos para evitar erros fatais. Assim, Paneb gastou quase todas as suas forças para deixar as paredes externas mais espessas e separou os cômodos com paredes internas mais finas feitas de tijolos, unidos com uma simples argamassa de terra. Essas paredes seguravam o teto e o terraço. O madeiramento era formado por troncos de palmeiras que ele deixara meio quadrados e bem unidos. Situá-los corretamente não fora nada fácil; porém, graças à sua força e às claras indicações de Nefer, Paneb conseguira.

A disposição das janelas exigira toda a sua atenção porque elas deviam permitir uma boa circulação de ar, preservando o calor no inverno e o frescor no verão. Depois de um primeiro fracasso que o obrigara a refazer uma parte da pesada obra e a aumentar a espessura das paredes externas, Paneb obtivera um resultado satisfatório.

Como quase todos os outros habitantes, ele dispunha de três cômodos principais, de uma cozinha, de dois porões, de privada e de um terraço. Porém, todos estavam vazios e nus, nenhuma decoração os enfeitava. A mobília resumia-se numa simples esteira, e faltavam quadros e outros enfeites para dar vida à casa.

Paneb tinha mil idéias, mas não tinha capacidade para concretizá-las e não gostava de nada que não fosse perfeito. Por ora, contentar-se-ia com as flores diárias entregues às sacerdotisas de Hathor e que Clara distribuía aos habitantes do povoado para que as colocassem num altar em homenagem à deusa.

Paneb precisava aprender novas técnicas que lhe permitiriam

embelezar sua casa para que ela fosse a mais deslumbrante do Lugar da Verdade.

Um homem aproximou-se.

Embora fosse um pouco menor do que Paneb, tinha quase a mesma envergadura e, ao andar, tocava pesadamente o chão, como se tivesse dificuldade em locomover a massa muscular.

— É a mim que veio ver?

— É você mesmo Paneb, o Ardoroso?

— Qual o seu nome?

— Nakht, o Possante, talhador de pedra.

— Belo cognome... Que proezas andou realizando para merecê-lo?

— Mesmo que você começasse hoje a carregar blocos de pedra e não parasse nem um minuto até fazer cem anos, não transportaria a mesma quantidade que eu.

— Não pretendo ser talhador de pedra e sim desenhista e pintor.

— Nas suas fileiras, a confraria já conta com um pintor excepcional e três desenhistas experientes. São eles que decoram a morada eterna de Ramsés, o Grande, as dos membros da família real e as dos nobres. Para que um patife como você lhes serviria?

— Fui iniciado como eles e pertenço à mesma confraria.

— Você confunde teoria com prática, meu rapaz. É verdade, você teve a sorte de ser admitido por nós, mas quanto tempo vai ficar aqui?

— Quanto tempo eu quiser.

— Você acha que é dono do seu destino?

— No caminho de todos nós existem portas. Uns as olham,

outros batem nelas com a esperança de que alguém as abra. Eu as derrubo.

— Enquanto aguarda, deve-me obediência.

— Quais são as suas ordens, Nakht?

— Há uma parede na minha casa que precisa ser restaurada e não quero cansar-me. Já que você adquiriu experiência, deve consertá-la.

— A casa é sua e não minha. Resolva o problema você mesmo.

— Você foi contratado para servir, rapaz.

— Servir à obra, eu sirvo, mas não a exploradores da sua espécie.

— Você é muito insolente para o meu gosto... Um bom corretivo vai pô-lo no caminho certo.

O adversário era considerável, mas não assustava Paneb, certo de que seria mais rápido tanto na esquiva quanto no ataque.

— Cuidado, Nakht, você corre o risco de passar por maus momentos.

— Chegue mais perto, fanfarrão, chegue mais perto...

— Pensou bem? No seu lugar, eu voltaria para casa para ser acariciado pela minha esposa. Se o encontrar coberto de ferimentos, ela vai deixá-lo.

Enfurecido, Nakht, o Possante, tentou dar um soco na barriga de Paneb, que pulou para o lado, atingindo o adversário do lado esquerdo, quebrando-lhe uma costela e arrancando-lhe um grito de dor.

— Parem! — ordenou Nefer, que chegou correndo.

Ele vinha trazer para o amigo um bolo de figo preparado por Clara, quando se deparou com o aflitivo espetáculo.

Paneb obedeceu e baixou a guarda.

Mas não foi o que fez Nakht, o Possante, que avançou para o adversário, com violência.

50

Guiados por Karo, o Brusco, que ritmava a marcha com um longo bastão nodoso, os artesãos da equipe da direita se dirigiram para o local que lhes era reservado, ao pé da colina do norte, no limite da necrópole.

Nefer, o Silencioso, descobriu uma espécie de templo, pequeno, aonde se entrava passando por um pórtico. Na função de guarda da porta, o chefe de equipe Neb, o Realizado, pediu a cada artesão que se identificasse.

Terminado esse ritual, todos os membros da equipe da direita foram para um pequeno pátio a céu aberto e ajoelharam-se diante de um lago de purificação de forma retangular. O pintor Ched, o Salvador, encheu uma taça com água e derramou-a nas mãos estendidas dos confrades, com as palmas viradas para o céu.

Ched foi purificado por sua vez e, em seguida, os artesãos passaram para a sala de reunião, cujo teto, sustentado por duas colunas, era pintado de ocre amarelo. Ao longo das paredes havia estalas encastradas em bancos de pedra. Três janelas altas forneciam uma luz suave durante o dia; como a noite já estava caindo, tochas foram acesas.

Muretas separavam a sala de reunião de um santuário, num

plano superior, onde só o chefe de equipe podia entrar. No santuário havia um sacrário que abrigava uma estatueta da deusa Maât e dois pequenos cômodos onde eram conservados vasos de ungüento, altares portáteis e outros objetos rituais.

Neb, o Realizado, tomou lugar do lado oeste, no assento de madeira que, antes dele, havia sido ocupado por outros mestres-de-obras encarregados de dirigir a equipe da direita.

— Rendamos homenagem aos ancestrais — ordenou — e rezemos para que nos esclareçam. Que a estala de pedra mais próxima jamais seja ocupada por nenhuma presença humana e fique reservada para o *ka* do meu predecessor que vive entre as estrelas e que está sempre presente entre nós. Que seu exemplo preserve nossa união.

Os artesãos ficaram em silêncio. Todos perceberam que as palavras de Neb, o Realizado, não eram vãs e que os laços que os uniam eram mais fortes do que a morte.

— Dois de nós estão em conflito — declarou o chefe de equipe. — Devo consultá-los para saber se é possível acertar esse caso aqui mesmo, ou se devemos levá-lo ao tribunal do Lugar da Verdade.

Com a cabeça envolvida num pano umedecido em mirra para mitigar a dor, Nakht pediu a palavra.

— Fui agredido pelo aprendiz Paneb, o Ardoroso. Ele quase arrebentou-me a cabeça, e devo ficar muitos dias em repouso, o que vai atrasar o trabalho da equipe. Por essa razão, ele deve ser rigorosamente punido pelo tribunal.

— Não há outra solução — aprovou Karo, o Brusco.

Paneb ia protestar com vigor quando Nefer pôs a mão no seu ombro, impedindo-o de levantar-se.

— Testemunhei o confronto entre Nakht, o Possante, e Paneb

— disse Nefer com calma. — Era evidente que eles iam partir para a briga e eu intervim para interromper a disputa. Paneb atendeu-me, mas Nakht avançou para cima dele. Paneb derrubou-o só para defender-se.

— Você não está dizendo isso só porque Paneb é seu amigo? — perguntou o chefe de equipe.

— Se ele tivesse agido mal, eu não tentaria justificar seu comportamento. Na minha opinião só há um ponto a ser esclarecido: a causa dessa briga.

— Nada disso — objetou Nakht —, meus ferimentos provam que eu não fui o agressor.

— Argumento enganoso — avaliou Nefer. — Se me tivesse escutado, sairia ileso. Mas, o que você exigia de Paneb?

— Só estava discutindo, mas ele cobriu-me de insultos. É uma atitude indigna de um aprendiz!

— Um talhador de pedra tem o direito de exigir de um aprendiz que ele saia do caminho da retidão e traia o juramento?

Nakht, o Possante, empalideceu.

— Essa pergunta não tem sentido! Você estava muito longe, não podia ouvir nada e depois... Não exigi nada dele!

— Não ouvi nada, de fato, mas seu comportamento só pode ser explicado desse modo. Vivemos no Lugar da Verdade, Maât é nossa soberana. Como pode continuar a mentir?

O tom de Nefer não tinha nada de agressivo. Parecia mais um pai que tentava fazer com que o filho percebesse que estava cometendo um erro grave, mas que ainda podia ser remediado.

Os argumentos de Nefer giravam na cabeça de Nakht, o Possante, num ritmo enlouquecido. Os olhares dos colegas pareciam-lhe mais pesados do que as alcofas cheias de cascalho que tantas vezes erguera. As palavras do seu primeiro juramento, tão longínquas, voltaram-lhe à memória.

— Retiro a queixa contra Paneb — declarou, baixando a cabeça. — Uma pequena briga desse tipo não pode questionar a fraternidade... Pode ser que tenhamos sido um pouco arrebatados, mas isso não é grave. Entramos em choque porque queríamos medir forças. Seria melhor um confronto num torneio de lutas...

— Estou às ordens — disse Paneb.

— O incidente está encerrado — concluiu o chefe de equipe. — Outros assuntos a serem abordados?

— Não estou satisfeito com a qualidade dos últimos ungüentos que me foram entregues — lamentou-se Karo, o Brusco. — Tenho a pele delicada, e eles me causam manchas vermelhas. Se formos tratados como pessoas sem importância, acabará havendo um protesto!

— Levarei ao conhecimento do escriba da Tumba — prometeu Neb, o Realizado —, e a qualidade dos ungüentos será controlada de perto.

— Em breve não teremos mais pincéis finos — reclamou o pintor Ched. — Há meses que estou avisando, mas tem sido inútil.

— Vou cuidar disso. É tudo?

Ninguém pediu a palavra.

— Temos um programa de trabalho bem pesado — anunciou Neb, o Realizado. — Enquanto a equipe da esquerda termina a imensa morada eterna dos "filhos reais" de Ramsés, o Grande, no Vale dos Reis, recebemos ordens para restaurar inúmeras tumbas do Vale das Rainhas. Se houver necessidade de horas extras, vocês receberão sandálias de primeira qualidade e belas peças de tecido, como compensação.

— Temos, também, uma festa a preparar — queixou-se Karo.
— Quando teremos tempo de dormir? Com a chegada do calor, o trabalho será cada vez mais penoso. A água fresca não pode faltar!

— Não se esqueça da cerveja — acrescentou Nakht, o Possante. — Sem ela perdemos as forças.

— Como desenhista e diante da amplitude desse projeto — acrescentou Gau, o Preciso —, peço ao laboratório central que seja especialmente cuidadoso com a qualidade das cores que nos entregam. Precisamos respeitar os contornos e as cores originais.

Seus dois colegas, Unesh, o Chacal, e Paí, o Bondoso, fizeram as mesmas exigências.

Como nenhum outro artesão quis manifestar-se, o chefe de equipe levantou-se, mandou apagar as tochas e invocou uma última vez os ancestrais.

Embora o local estivesse mergulhado na escuridão, Paneb notou uma luz estranha que vinha do sacrário. Poderia jurar que havia uma lamparina acesa dentro do pequeno relicário e que a sua luz atravessava a porta de madeira dourada.

Acreditando ser vítima de uma alucinação, o rapaz fixou o olhar no incrível fenômeno, mas não pôde demorar-se porque precisou seguir os artesãos que deixavam a sala de reunião.

— Você viu aquela estranha claridade? — perguntou ao pintor Ched.

— Saia em silêncio.

A noite estava agradável, o povoado dormia. Ao chegarem do lado de fora, Paneb voltou a perguntar.

— Então, você viu?

— Só a vermelhidão das tochas morrediças.

— A luz que saía do sacrário!

— Está enganado, Paneb.

— Estou certo que não.

— Vá dormir, assim não será enganado por miragens.

Paneb interrogou Paí, o Bondoso, que também não havia observado nada de anormal. Em seguida, procurou Nefer, sem conseguir encontrá-lo. O amigo, que conseguira inocentá-lo e, assim, poupar-lhe qualquer sanção, provavelmente voltara para casa.

Não, impossível! Certamente, Nefer gostaria de falar-lhe.

A equipe dispersara-se, mas Paneb permanecia sozinho diante da porta fechada do local da confraria.

O que teria acontecido a Nefer?

51

Paneb esperou até a alvorada, na esperança de ver o amigo voltar. Com a chegada das sacerdotisas de Hathor que se dirigiam ao templo para despertar o poder divino, o jovem colosso, irritado, voltou para casa.

O povoado, aparentemente tão pacífico, pareceu-lhe inquietante e hostil. Quando acreditava ter percebido claramente suas leis, via-se brutalmente mergulhado no desconhecido. Será que seu amigo havia sido vítima de um complô fomentado por indivíduos perigosos, decididos a eliminar todos aqueles que não se adaptavam aos seus moldes? Paneb desafiara Nakht, o Possante, Nefer defendera Paneb... Irredutíveis, os dois amigos precisavam desaparecer.

Contudo, Paneb, o Ardoroso, não se deixaria matar como um animal no açougue. Sozinho, seria capaz de pôr aquele maldito povoado em pé de guerra!

Já se preparava para começar a guerra, quando ouviu baterem na porta.

Desconfiado, o rapaz armou-se com um bastão, pronto para arrebentar a cabeça dos artesãos que tentassem pegá-lo.

Com o braço direito levantado, abriu a porta e deparou com duas mulheres, Clara e uma loura pequena e assustada. A primeira segurava um busto de gesso, a segunda um buquê de lótus, narcisos e acianos.

— Proteção para você — disse ela, utilizando a fórmula tradicional para desejar um bom dia. — Uabet quis ajudar-me para começar a dar vida à sua casa.

— Você teve notícias de Nefer?

— Está preocupado?

— Ele desapareceu!

— Tranqüilize-se. Nefer viajou para visitar um estaleiro a fim de estudar as técnicas dos carpinteiros.

— Sozinho?

— Não, com o chefe de equipe e alguns artesãos.

— Tem certeza?

Intrigada, Clara encarou Paneb.

— Você parece perturbado!

— Pensei que o houvessem raptado, que o estivessem maltratando, que...

— Está tudo bem, fique tranqüilo; trata-se apenas de uma pequena viagem de caráter profissional. O que estava imaginando?

Paneb apoiou o bastão.

— Tive medo por ele, temi que toda a confraria o considerasse inimigo.

— Acalme-se — recomendou Clara. — Aqui está o busto de um ancestral que você deve venerar todos os dias, pensando nos Servos do Lugar da Verdade que o precederam.

— Devo colocá-lo no primeiro cômodo, como na sua casa?

— De fato, é esse o costume.

Tímida, Uabet, a Pura, entregou as flores para o jovem colosso.

— Elas têm um perfume que agrada ao *ka* dos ancestrais —

comentou Clara. — Se não estivéssemos ligados a eles, se eles não nos dessem força, não poderíamos sobreviver.

— Os ancestrais não me interessam... Só o futuro importa.

— Você não pode construir se não houver uma fundação, Paneb. Nossos predecessores construíram o espírito deste povoado, e a alma dele foi alimentada com suas criações. É a nossa vez de transmitir o que eles nos transmitiram. Se você negligenciar os ancestrais, ficará surdo e cego.

Ocupado a meditar nas palavras de Clara, Paneb não percebeu que Uabet, a Pura, olhava-o, enternecida.

O busto do ancestral foi displicentemente colocado num canto do primeiro cômodo da casa. Mais calmo, Paneb dirigiu-se à casa do pintor Ched, que ele considerava como o superior dos três desenhistas. Exigiria dele um programa de trabalho preciso e não se deixaria embalar por um vago discurso.

Equipado com um imponente material, Ched preparava-se para sair para o Vale das Rainhas. Dotado de uma elegância natural, cabelo e bigode bem-cuidados, olhos de um cinza-claro, nariz reto e lábios finos, ele parecia olhar desdenhosamente para o que estava à sua volta.

— Espere!

— Esperar... Por quê?

— Vou acompanhá-lo ao Vale das Rainhas, está bem?

Ched deu um sorriso mais afiado do que uma lâmina.

— Você perdeu a cabeça, meu jovem; vou fazer um trabalho de restauração de extrema delicadeza e não preciso de um despreparado.

— Sei ler e escrever, e desenho perfeitamente os hieróglifos.

— Como todos os habitantes do povoado... Mas, o que sabe sobre a arte do traçado, sobre as regras de proporção e sobre a natu-

reza secreta das cores? Você quer ser um desenhista, é o que parece, e até pintor! Não sabe que não é você que dita as regras da confraria? Deveria aprender a trabalhar com o gesso, e essa seria, sem
dúvida, a melhor ocupação para você até o fim da vida.

As palavras de Ched eram como facas que penetravam na carne do jovem colosso.

— Outro elemento essencial que você não percebeu — continuou o pintor — a casa que lhe foi destinada não é a moradia de
um camponês ou de um pequeno escriba, e sim um santuário. Você
só pensou no conforto material, mas, o que sabe do significado simbólico de cada cômodo, e onde estão as pinturas e os objetos que
lhe dão sentido? Você não passa de um homem que veio do outro
lado do muro, Paneb, e não estou certo de que possua o talento
necessário para ser um autêntico Servo do Lugar da Verdade. Siga,
ao menos, o exemplo do seu amigo Nefer, que já progrediu bastante. E não se esqueça de que a porta do povoado abre-se facilmente
para o lado de fora onde, sem dificuldade, poderá conseguir um trabalho sob medida para você.

Atordoado, Paneb viu o pintor afastar-se, sem conseguir fazer
nenhuma objeção. Invadido pela raiva, faltou pouco para atirar-se
sobre Ched, arrancar-lhe o material e pisoteá-lo. Porém, as críticas
do pintor continuavam a açoitá-lo como chicotadas, e com uma violência que parecia bem maior porque tinham fundamento.

Ched tinha razão: ele não passava de um camponês disfarçado
num escriba menor. Por que Nefer, seu único amigo, não o ajudara
a conscientizar-se? E que progresso era esse ao qual Ched aludira?
Para pôr tudo em pratos limpos, Paneb decidiu perguntar a Clara.

Na rua principal, cruzou com dois dos três desenhistas,
Unesh, o Chacal, e Gau, o Preciso, que se dirigiam ao Vale das

Rainhas. Mal os cumprimentou, pois sentia o peso da ironia do olhar que lhe lançavam.

A porta da casa de Clara e de Nefer estava fechada.

Ele bateu.

— Clara! Posso entrar?

— Um instante — ela respondeu.

Estranho... Habitualmente tão acolhedora, será que rejeitaria Paneb, tratando-o com desprezo, como o pintor? Ele não teve tempo de desenvolver suas idéias sombrias porque a porta não demorou a ser aberta.

— Nefer voltou?

— Ainda não.

— Quero vê-lo.

— Ele está trabalhando numa obra.

— Por que ele escolheu o bom caminho e eu não? Você deve saber!

— Entre, preciso terminar um trabalho.

Paneb deparou-se, espantado, com o terceiro desenhista, Paí, o Bondoso, um homem gorducho, de aparência jovial e maçãs do rosto saltadas. Seu punho direito estava enfaixado.

— Uma pequena entorse — explicou. — Graças aos cuidados de Clara poderei retomar minhas atividades em alguns dias.

A jovem assegurou-se de que a bandagem não estava muito apertada.

— Por ora, Paí, repouso completo. Não se preocupe, não ficará nenhuma seqüela.

Paneb examinou o primeiro cômodo com outros olhos: uma construção esquisita num canto, o busto do ancestral sobre um altar, um outro altar florido... Sem dúvida, Nefer transformara sua casa num santuário.

— O pintor Ched disse-me que sou despreparado, meu único amigo desapareceu, não entendo mais nada! O que está acontecendo, Clara?

— Você deve atravessar uma nova etapa, e cabe a você traçar o caminho.

— O único conselho que Ched me deu foi o de ser gesseiro!

— Conselho excelente — observou Paí, o Bondoso.

Paneb espumava.

— Você também está zombando de mim!

— Ainda quer ser desenhista?

— Mais do que nunca!

— Então, compreenda que sua primeira obra, onde você vai provar sua competência, é sua própria casa. Você mostrou que sabe virar-se sozinho no grosso da obra e numa reforma sumária, mas isso não é suficiente. Precisa aprender esse ofício para não cometer erros quando trabalhar na parede de alguma morada eterna.

— Você não foi gesseiro!

— Claro que fui. Como fazer um bom desenho sem um bom suporte? Saber fazer esse suporte é o primeiro segredo.

— Você aceitaria ensinar-me?

Paí, o Bondoso, contemplou o punho.

— Não gosto mesmo desse repouso forçado... Podemos tentar.

52

Grávida pela segunda vez, Serketa aguardava, angustiada, os resultados dos testes. Quando dera à luz uma menina, seu marido fora tomado de violenta cólera e recusara-se a ver a criança, que seria criada pelas amas e não deveria aparecer diante do pai. Oficialmente, o primogênito deveria ser menino. Mehy, às vezes, lamentava não ser grego ou hitita; nos países deles, a lei não proibia eliminar as meninas indesejadas.

Como seu corpo possuía excelente irrigação sangüínea e uma boa oxigenação, Serketa tinha a certeza de uma gravidez tranqüila e de um parto com sucesso; mas o importante era o sexo da criança. Há duas semanas ela urinava diariamente em dois sacos, um deles contendo trigo, tâmaras e areia, e o outro, areia, tâmaras e cevada. Se o trigo germinasse primeiro, Serketa daria à luz uma menina; se fosse a cevada, a um menino.

— O resultado não deixa dúvidas — anunciou-lhe o ginecologista.

— Você está com uma aparência magnífica, meu caro Mehy! — exclamou o prefeito de Tebas. — Os militares admiram-no muito, e as grandes manobras que você dirigiu foram muito apreciadas pela população. Ela sente-se protegida e resguardada de qualquer perigo.

— O mérito cabe aos oficiais e aos homens da tropa cuja disciplina é exemplar.

— Mas foi você quem deu as ordens!

— Inspirando-me nas suas recomendações — lembrou Mehy. O prefeito gostou da observação.

— Já se refez da morte do seu sogro?

— Será que algum dia vou conseguir refazer-me? Ele tinha tanta personalidade e tanta competência, que sua ausência deixa um enorme vazio. Minha mulher e eu evocamos sua memória todas as noites; sem dúvida, nunca nos consolaremos do desaparecimento dele.

— É claro, é claro... Contudo, é preciso pensar no futuro, e não há melhor remédio para uma grande dor do que o trabalho obstinado. Você é competente, consciencioso e metódico; todas essas qualidades farão de você um excelente tesoureiro-chefe da nossa aprazível cidade de Tebas.

Mehy pareceu surpreso.

— É uma função de importância capital! Não sei se...

— Cabe a mim decidir e sei que não estou errado. Tornando-se meu braço direito, você será responsável pela prosperidade da nossa querida cidade. Quanto a mim, vou afastar-me um pouco.

Mehy sabia que o prefeito precisava de todo o seu tempo para desmantelar as facções que procuravam enfraquecê-lo e para lutar contra os inúmeros candidatos dispostos a tomar seu lugar.

— O senhor propõe-me uma missão exaltante, mas um motivo de força maior impede-me de aceitar.

— Qual?

— É-me impossível suceder ao meu caro sogro. Seria um choque muito cruel para minha esposa.

— Tranqüilize-se, vou chamá-la à razão! Mehy, Tebas precisa de você. Em certas circunstâncias não é preciso sacrificar um sentimento pelo interesse geral?

Mehy sentia vontade de dançar. Depois de ser confirmado no controle das forças armadas, tinha nas mãos as finanças públicas. Doravante, seria o melhor apoio do prefeito que, como bom estrategista, delimitara claramente os respectivos territórios. Para Mehy, uma gestão profícua e irrepreensível; para o prefeito, o poder representativo. Provavelmente, ele não acreditara no afeto eterno de Mehy em relação ao sogro; porém, não tinha a menor suspeita da realidade. O fato de um assassino continuar impune e tomar o lugar da sua vítima provava ao tesoureiro-chefe de Tebas que a lei de Maât não passava de uma fábula inventada por falsos sábios encerrados nos templos, longe da realidade. O velho mundo dos faraós não tardaria a desaparecer, sendo substituído por um Estado conquistador, dotado de uma fé inabalável no progresso e capaz de impor-se às civilizações decadentes.

Para dominá-las, Mehy usaria o talento de seu amigo Dakter, que não seria impedido por nenhum escrúpulo moral. Graças a um clã de homens, novos no seu gênero, sem nenhum apego à tradição, o Egito transformar-se-ia rapidamente num país moderno, onde reinaria a única lei que Mehy respeitava: a lei do mais forte. Uma hábil maquiagem jurídica e algumas declarações públicas bem-concebidas acalmariam as consciências reticentes de alguns altos dignitários, sem demora conquistados pelas vantagens pessoais obtidas com a nova situação. Quanto ao povo, ele era feito para ser subjugado e ninguém se revoltaria diante de uma polícia e de um exército bem-organizados.

Restava um obstáculo considerável: Ramsés, o Grande. No entanto, o soberano era muito idoso, e sua saúde estava cada vez mais fraca. A despeito de sua robusta constituição e da excepcional longevidade, a morte acabaria chegando. A idéia de um atentado que apressasse o desaparecimento de Ramsés não devia ser excluída, mas seria necessário um número enorme de precauções para que uma investigação não chegasse até Mehy. Seria melhor corromper as pessoas à volta do futuro faraó Merneptah, com a esperança de abortar seu reinado e de pôr no lugar um testa-de-ferro, controlado por Mehy.

O tempo favorecia-o. Ele não podia, de forma alguma, ceder à impaciência, com o risco de dar um passo em falso, que lhe seria fatal. O objetivo maior continuava sendo o Lugar da Verdade. Graças aos segredos desse lugar, Mehy seria o único mestre das Duas Terras. Entretanto, atacá-lo seria chocar-se de frente com Ramsés; até que a relação de forças virasse a seu favor, Mehy deveria contentar-se com ofensivas indiretas, sem deixar de abalar as estruturas do edifício.

Com os seios nus, perfumada com olíbano, cabelos soltos, punhos e tornozelos enfeitados com enfiadas de cornalina e de turquesa, Serketa pulou no pescoço do marido.

— Está voltando muito tarde! Não agüentava mais esperá-lo...

— O prefeito reteve-me.

— Ele é um hipócrita e um homem sem coração... Desconfie dele!

— Acabou de nomear-me tesoureiro-chefe de Tebas.

Serketa afastou-se do comandante para contemplá-lo.

— O cargo de meu pai... Magnífico! Como estava certa ao desposá-lo, Mehy. Você é, realmente, um homem notável.

— Evidentemente, só manifestei um entusiasmo moderado e cantei louvores ao seu venerado pai, afirmando que, sem dúvida, você ficaria entristecida ao ver-me tomar o lugar dele. O prefeito vai intervir para que você reconheça que não se pode viver no passado e para que eu aceite a nomeação.

— Conte comigo, querido! Representarei o papel de moça chorosa e acabarei aceitando a dura realidade da vida, pondo flores todos os dias na tumba do meu pobre pai, prematuramente desaparecido. Mas, diga-me... Vamos ficar ainda mais ricos!

— Com certeza, mas tenho de ficar vigilante para que ninguém possa acusar-me por desvio de fundos.

— Papai não o considerava um extraordinário manipulador de números?

— A administração de Tebas é difícil e complicada... Precisarei de muitos anos para dominá-la, mas acabarei conseguindo.

— E... depois?

— O que quer dizer, Serketa?

— Não tem ambições maiores?

— Parece-me que essas perspectivas de carreira não são tão insignificantes!

Serketa abraçou o oficial superior.

— Espero mais de você, meu querido!

Mehy fez amor com a esposa, com a brutalidade habitual, e não lhe revelou seus verdadeiros projetos. Nem ela, nem qualquer outra mulher teriam inteligência suficiente para perceber sua amplidão; porém, a filha do ex-tesoureiro-chefe de Tebas seria uma aliada fiel e útil.

Com a cabeça pousada no torso robusto de Mehy, Serketa falou com voz emocionada.

— Fiz os testes de gravidez no ginecologista...

— E os resultados?

— O trigo germinou primeiro.

— Isso significa que...

— Infelizmente sim... Estou esperando outra menina.

Mehy esbofeteou a mulher por diversas vezes.

— Você me traiu, Serketa! Preciso de um filho e não de filhas. Esta terá a mesma sorte da primeira. Envie-a para onde quiser, desde que ela nunca apareça na minha frente.

— Perdão, Mehy, perdão!

— Não quero saber de desculpas. O que eu quero é um filho. E exijo que, amanhã mesmo, você assine em meu favor um ato de renúncia a todos os seus bens, dos quais serei o único administrador. Quem seria tão estúpido para confiar numa mulher que só procria meninas? Vou dar-lhe mais uma oportunidade, Serketa, e trate de não me decepcionar. Se fracassar de novo, vou repudiá-la.

Com o rosto em brasa, caída sobre as almofadas, a esposa de Mehy tentou lutar.

— A lei não permite... E se eu me recusar a renunciar à minha fortuna?

Sorrindo, o oficial superior segurou-a pelo queixo.

— Achei que já havia provado que ninguém me contraria, minha querida... Ou você obedece sem discutir, ou passará a ser minha inimiga.

— Você não ousaria...

— Dê à luz essa maldita filha, livre-se dela, volte a ser uma esposa atraente e dê-me um menino. Se conseguir, você será uma esposa satisfeita. Enquanto isso, execute minhas ordens.

53

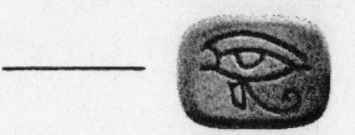

O calor era sufocante. Nas colinas que circundavam o Lugar da Verdade parecia que a vida fora interrompida. Até os escorpiões permaneciam imóveis, e nenhum sopro de vento percorria os vales pedregosos abrasados pelo sol.

Paneb, o Ardoroso, era o único ser vivo capaz de locomover-se nessa fornalha e de trabalhar com toda a tranqüilidade. Com a cabeça descoberta, bebia pouco, contentando-se com a água tépida de um pequeno odre. O rapaz tinha uma idéia fixa: recolher o máximo possível de gipso no pequeno vale afastado, designado por Paí, o Bondoso. Por causa das indicações muito vagas, Paneb perdera-se duas vezes, mas acabara encontrando o caminho certo.

Normalmente, seriam necessários, pelo menos, três operários de compleição robusta para fazer esse trabalho. Como não havia ninguém disponível, Paneb não esperou a diminuição do calor, nem as ordens do chefe de equipe.

Depois de encher as alcofas até a beirada, ergueu-as nos ombros e voltou ao povoado. Esvaziou-as diante do ateliê onde preparavam o gesso, em seguida retornou ao vale. Fez esse trabalho esfalfante até o pôr-do-sol.

Nefer, o Silencioso, acolheu-o na entrada do povoado.

— Você, finalmente — exclamou Paneb. — Onde estava?

— O chefe de equipe mandou-me trabalhar nas pedreiras, depois num estaleiro, para aprender novas técnicas de construção. Você está bem carregado...

— Parece que, para seguir meu caminho, preciso passar pelo gesso. O gipso é necessário para se obter o gesso... Então, fui procurá-lo! Como não especificaram a quantidade, esgotarei o vale, se houver necessidade.

— Aceita uma ajuda?

— Adquiri o hábito de fazer tudo sozinho.

Os dois amigos caminharam até o ateliê. Paneb esvaziou o conteúdo das suas alcofas e contemplou o monte de gipso.

— Amanhã, farei melhor; hoje de manhã perdi muito tempo procurando o lugar certo. Agora, estou com sede!

— Tenho certeza de que Clara guardou um pouco de cerveja fresca para você.

Paneb esvaziou um jarro de três litros e devorou uma suculenta refeição, cujo apogeu foi um pombo recheado.

— Você se arriscou muito — observou Clara. — O lugar onde esteve está infestado de cobras e escorpiões.

— Eles estavam com muito calor... Esses bichinhos só saem à noite.

— Posso dar-lhe um antídoto.

— Não é necessário, não tenho medo deles. Quando tenho um trabalho, ninguém me impede de cumpri-lo.

Paneb lançou um olhar enérgico ao amigo Nefer.

— Você viu a luz estranha que atravessava a porta do sacrário, na sala de reunião?

— Vi sim.

— Por que os outros se recusam a falar sobre isso?

— Não sei.

— E você nem procura saber!

— O chefe de equipe confiou-me uma tarefa tão importante que ela ocupa minha mente dia e noite.

— É segredo?

— Não para um artesão do Lugar da Verdade — respondeu Nefer, sorrindo. — O faraó pediu para reformar e aumentar o santuário que ele mandou edificar no povoado, no início do seu reinado. Neb, o Realizado, escolheu-me para pôr em ação o plano traçado por ele e pelo escriba Ramosé.

— Isso é uma grande honra!

— E, sobretudo, uma grande responsabilidade.

— Seja sincero, Silencioso... Você não subiu muitos escalões na hierarquia?

— É verdade, Ardoroso.

— Mas não pode falar sobre isso.

— Como todos nós, devo manter segredo.

— E eu estou ficando para trás!

— Você segue um outro caminho, com outras portas a serem atravessadas e de acordo com o seu ritmo. Não existe nenhuma competição entre nós, e nunca existirá.

O dia anunciava-se tão quente quanto o anterior. Paneb, o Ardoroso, preparava-se para dirigir-se ao vale do gipso, quando o chefe de equipe barrou-lhe a passagem.

— Aonde vai?

— Procurar gipso.

— Quem lhe deu essa ordem?

— Preciso aprender a fazer gesso para obter uma superfície onde possa desenhar. Portanto, preciso de gipso.

Pela primeira vez desde a sua admissão na confraria, Paneb olhou atentamente para o chefe de equipe: um homem grave, forte, de fala lenta e olhar severo. Único adepto do Lugar da Verdade que o jovem colosso não gostaria de enfrentar num duelo.

— Você ainda não entendeu que aqui ninguém age de acordo com a sua própria fantasia.

— Não se trata de uma fantasia, mas de uma necessidade!

Neb, o Realizado, cruzou os braços.

— Sou eu quem decide quais as necessidades, e uma delas acabou de surgir. Vá procurar gipso, Paneb, aprenda a fazer o gesso e, depois, reforme as fachadas de todas as casas do povoado. Quando houver terminado, voltaremos a falar sobre sua carreira de desenhista.

Alguns operários ficaram célebres na memória do povoado por terem sido capazes de produzir um número incrível de sacos de gesso, por dia: cento e quarenta, Luminoso da Manhã, e duzentos e cinco, o Homem do deus Amon! Paneb, o Ardoroso, depois que assimilou a técnica ensinada por Paí, o Bondoso, conseguiu despachar do ateliê a céu aberto, onde trabalhava o dia inteiro, duzentos e cinqüenta sacos.

A necessidade de gesso da comunidade variava muito e de acordo com a natureza da obra; mas, já que deveria dar às fachadas um branco cintilante, Paneb fabricaria, primeiro, uma enorme quantidade de matéria-prima antes de iniciar um trabalho que o ocuparia por vários meses e que não o entusiasmava. Entretanto, se desobedecesse ao chefe de equipe seria condenado à exclusão imediata do povoado. Por isso, Paneb tentava esquecer os ressentimentos ao aquecer o gipso bruto que ele próprio extraíra do solo. Depois da calcinação a uma temperatura de duzentos graus, ele o misturava com água para obter o gesso dos construtores que era aplicado na parede para eliminar as irregularidades e conseguir uma superfície plana.

— Seu gesso é melhor do que o meu — confessou Paí, o Bondoso. — Você domina a técnica da cocção de uma maneira incrível!

— Comecei a emboçar uma parede com várias camadas de água de cal e a passar o gesso na fachada mais estragada de todas as casas do povoado... O que acha?

— Bom trabalho, Paneb! Continue assim. Você sabia que um dos nossos confrades foi gesseiro durante toda a vida e que ele entregava para os desenhistas superfícies perfeitamente lisas?

— Melhor para ele, mas isso não me satisfaz. O gesso é apenas uma etapa.

— Você ainda não conhece todos os segredos... Ele também é usado para misturar os pigmentos aos quais talvez você tenha acesso, se o chefe de equipe julgar conveniente. Não se esqueça de que também podemos empregar o gesso como lubrificante, por ocasião do assentamento dos grandes blocos de pedra.

O jovem colosso prestava muita atenção ao que ele dizia.

— Antes de tudo, Paneb, procure verificar a qualidade do gesso do produto obtido.

— De que maneira?

Paí, o Bondoso, exibiu um cone de calcário.

— Isso é uma espécie de proveta que permite testar o gesso e avaliar sua consistência em função do uso a que é destinado. Se você for precipitado, poderá cometer erros graves e seria obrigado a recomeçar.

Paneb levou o aviso a sério. Só pensava em se livrar, o mais rápido possível, da pesada tarefa que lhe fora imposta e, finalmente, entrar para o mundo dos desenhistas.

— Quando você era aprendiz, Paí, deram-lhe ordens para refazer o gesso de todas as casas do povoado?

— Só da minha, mas eu não tenho a sua força de trabalho! Aqui, a experiência é feita de acordo com o mérito de cada um.

Repentinamente, Paneb achou Paí, o Bondoso, menos solícito do que parecia. Será que a ajuda que lhe dava era espontânea ou seria uma ordem do chefe de equipe?

— Procure as boas causas — recomendou Paí. — As más não dão frutos. E lembre-se da máxima que guiou todos os mestres-de-obras: trabalhe para aquele que trabalha.

54

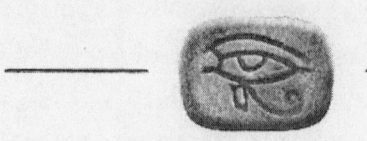

Espantados, os moradores do povoado viam Paneb progredir com uma regularidade que despertava a admiração até dos mais indiferentes. Ele trabalhava em cada uma das fachadas com a determinação de um guerreiro que luta pela própria vida, e não desistia enquanto não obtivesse uma superfície lisa, de um branco bonito e brilhante, que o sol deixava ainda mais luminoso. Graças a Paneb, o Ardoroso, as casas do povoado readquiriam vida.

Com olhar irônico, mãos nas cadeiras, o ombro negligentemente apoiado na guarnição da porta, a bela Turquesa olhava o jovem colosso.

— Finalmente, você chegou a minha casa... Temia que continuasse a evitar-me.

— Tenho de cuidar de todas as casas, mas a sua está em ótimo estado.

— É só impressão... Um gesso novo vai melhorar a aparência. Prefere que eu me queixe ao chefe de equipe?

Paneb, o Ardoroso, pulou sobre a jovem, passou-lhe o braço esquerdo em torno da cintura, ergueu-a e levou-a para dentro.

— Isso é chantagem?

— Há uma fissura no quarto, devido a um excesso de tensão

no revestimento no momento da secagem. Para evitar que ela aumente, é preciso acrescentar palha na argamassa.

— Só cuido das fachadas.

— Para mim, você pode fazer uma exceção.

Ela passou as pernas longas e delgadas em torno da cintura de Ardoroso e beijou-o com tanto ardor que ele não pôde resistir por mais tempo. Erguendo o delicioso fardo, ele subiu os três pequenos degraus que levavam a uma cama de alvenaria, construída num canto do primeiro cômodo. Com 1,80m de comprimento e 0,90m de largura, de acordo com as descobertas arqueológicas a cama era revestida de gesso e decorada com pinturas que representavam uma mulher nua no toucador e uma flautista semi-escondida em convolvuláceas, que não usava nada além de um colar. Resguardada e elevada, a cama era confortável, com lençóis pesados e almofadas, onde deitaram os amantes.

— Enganou-se de lugar, Paneb.

— Isto não é uma cama?

— Uma cama de ritual, sob a proteção de Hathor e destinada a fazer renascer, todas as manhãs, o jovem Horus, para que ele lute contra as forças do mal e preserve nossa comunidade da destruição.

— Faça-me nascer para novos prazeres, Turquesa.

A sacerdotisa de Hathor renunciou à teologia e deixou-se despir pelo amante, cujo entusiasmo encantava-a. Ocupado em acariciar o corpo perfeito da jovem, Paneb não notou a figura de Bes pintada na cabeceira da cama ritual. Bes era um anão barbudo e risonho, que tinha por função fazer nascer um Servo do Lugar da Verdade no seu novo universo.

Abry, o administrador-chefe da margem oeste, continuava a adquirir peso. Cada vez mais irritada, sua mulher deixava a atmosfera familiar irrespirável. Ela condenava sua falta de entusiasmo no trabalho, o modo como se vestia, o corte de cabelo, o gosto por vinhos encorpados... Em resumo, não existia entre eles nenhuma harmonia, e a mulher, grande e morena, pretextava dolorosas enxaquecas noturnas para dormirem em quartos separados. Para esquecer o infortúnio conjugal, Abry empanturrava-se de doces.

Muitas vezes pensara em divórcio; mas, como a fortuna pertencia à mulher, ele corria o risco de ir para a rua, sem recursos. Como não o enganava e geria muito bem o patrimônio deles e a casa, Abry não tinha nenhum argumento contra ela.

Impossível, como outrora, entregar-se à preguiça por longas horas à beira do rio, tirar longas sestas e deixar as horas correrem à sombra das palmeiras, pois a megera não lhe dava um minuto de paz. No entanto, ela deveria estar satisfeita! Como Mehy anunciara, Abry fora mantido nas suas funções e não perdera nenhuma das suas prerrogativas; mas o milagre não era suficiente para sua esposa, cujas exigências ele não compreendia.

E como se não bastasse essa louca, havia Mehy cem vezes mais temível, a despeito da aparência amável e das palavras calorosas! Há muitos anos Abry assistia à ascensão do novo tesoureiro-chefe de Tebas, com um misto de surpresa e medo. A princípio, acreditara que o pretensioso oficial seria rapidamente destruído por seus superiores ou por dignitários desconfiados; porém, Mehy soubera evitar as armadilhas e mostrara-se mais astucioso do que os adversários.

Atualmente, as tropas tebanas dedicavam-lhe uma grande admiração devido às inúmeras vantagens que lhes foram concedidas, consolidadas por ele depois da nomeação à frente das finanças públicas. Mehy era o homem forte de Tebas. Tecia sua teia, dia após dia, sem que ninguém se incomodasse, como se a conquista do poder fosse inevitável. O prefeito entregara-lhe a gestão da grande cidade, o que Mehy executava com tanta competência que lhe valera uma excelente reputação junto ao vizir.

Abry deveria rejubilar-se pelas relações privilegiadas com o comandante, mas eram exatamente elas que o deixavam preocupado.

Quando se comprometera a executar as delicadas incumbências, esperava que Mehy fosse eliminado. Ele teria sido beneficiado pelo seu apoio sem precisar prestar-lhe qualquer serviço. Mas a situação evoluíra num sentido inverso ao que ele esperava, e o comandante não tardaria a pedir-lhe uma prestação de contas. Como os poderes do seu incômodo aliado haviam aumentado consideravelmente, Abry não podia continuar a fingir que, apesar dos constantes esforços despendidos, não obtivera nenhum resultado.

Por isso, depois de mais de dois anos tentando enganá-lo, o administrador-chefe da margem oeste decidira satisfazer o temível protetor e atacar o Lugar da Verdade, segundo o desejo de Mehy.

Abry levantou-se cedo, com a esperança de tomar um desjejum tranqüilo. No entanto, nem bem começara a saborear o iogurte matinal quando a fúria surgira para repreendê-lo pelo baixo rendimento das plantações de trigo. Por isso, devorara gulosamente vários bolinhos redondos antes de sair de casa para se dirigir ao povoado dos artesãos.

Como aceitavam viver num ambiente assim? Não havia jardins luxuriantes, nem palmeirais repousantes, só desertos e colinas áridas onde o sol reinava como senhor absoluto. E mais a obra misteriosa sobre a qual os adeptos do Lugar da Verdade guardavam segredo, desde a sua fundação. Abry não lhes invejava a vida austera, ao mesmo tempo tão próxima e tão distante das margens do Nilo e dos prazeres da cidade.

Quando a liteira do administrador-chefe da margem oeste chegou ao primeiro fortim, o guarda núbio de serviço obedeceu rigorosamente às instruções do chefe Sobek. Pediu a Abry que se identificasse e intimou-o a aguardar que o superior fosse avisado da sua presença, antes de dar-lhe autorização para prosseguir caminho. Os protestos de Abry de nada adiantaram.

Essa atitude confirmava seus temores: Sobek endurecera as medidas de segurança e suprimira os privilégios. Abry havia estudado seu dossiê, desde os primeiros passos na polícia até a nomeação para o Lugar da Verdade, e chegara a uma conclusão inquietante: Sobek parecia ser um guarda honesto, preocupado exclusivamente com o trabalho. Nenhum indício de corrupção numa carreira irrepreensível. O alto funcionário não tinha, portanto, nenhum elemento favorável a oferecer a Mehy para se livrar do núbio íntegro, cuja eficácia era um obstáculo difícil de ser contornado. Nesse meio-tempo, Abry decidira comparecer in loco, com a esperança de encontrar alguma falha.

O chefe Sobek veio ao encontro de Abry.

— Algum problema? — perguntou o guarda.

— No âmbito das minhas funções, quero simplesmente certificar-me de que tudo está em ordem com os auxiliares.

— Vamos até lá.

Abry não tinha autorização para entrar no povoado e só podia passar pelos fortins acompanhado pelo chefe da segurança.

— Está satisfeito com o seu cargo, Sobek?

— O trabalho é árduo, mas atraente. Se não fosse esse crime inexplicável...

— Ainda sem nenhuma pista?

— Nenhuma.

— Passaram-se os anos, ninguém o culpou de nada... Você acabará esquecendo.

— Nunca. Um dos meus homens foi morto e, algum dia, saberei o que realmente aconteceu.

— E se o culpado fosse... alguém do povoado?

— Essa hipótese não está excluída, mas não possuo sequer o indício de alguma prova.

Abry fingiu interessar-se pelo trabalho dos auxiliares e visitou as modestas casas construídas do lado de fora do povoado; em seguida, foi convidado por Sobek para tomar uma cerveja fresca.

— Você não é casado, parece-me.

— Não — respondeu o grande núbio — e não tenho intenção, nem a possibilidade de sê-lo. Garantir a perfeita segurança da confraria toma todo o meu tempo.

— Com o passar dos anos, a vida corre o risco de tornar-se enfadonha — profetizou o administrador. — Você já demonstrou a extensão da sua capacidade; não gostaria de um outro posto, mais gratificante e menos trabalhoso?

— Não sou eu quem decide e sim o vizir.

— Por ocasião de uma audiência privada, poderia falar-lhe em seu favor. Ele deve compreender que suas qualidades merecem mais do que esse trabalho extenuante.

Sobek parecia interessado. Abry não acabara de mostrar uma abertura?

— Que tipo de promoção eu poderia esperar? — perguntou o núbio.

— A direção da segurança fluvial da região tebana, por exemplo. Você seria adjunto do atual titular, que não tardará a pedir sua reforma, e você assumiria o lugar dele.

— O que você exige em troca?

— Nada, por ora, meu caro Sobek. É evidente que com esse pequeno empurrão passaremos a ser amigos inseparáveis. Os amigos trocam informações e prestam serviços mútuos, não é?

O núbio concordou com a cabeça.

Finalmente, Abry daria excelentes notícias ao comandante Mehy.

55

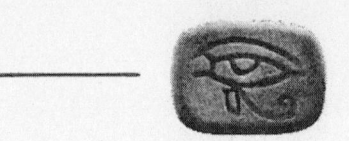

Paneb, o Ardoroso, vivia uma paixão devoradora com Turquesa, que o iniciava nos mais sutis e nos mais selvagens dos jogos amorosos. No fim do dia de trabalho, quando o sol descia na direção da montanha do Ocidente, o jovem colosso ia à casa da amante saborear a embriaguez de um prazer inesgotável.

Passavam-se os meses, e Paneb continuava a deixar as fachadas das casas do povoado deslumbrantes; porém, só desenhava pálidos esboços em pedaços de calcário e relegara a própria casa ao abandono. Passando todas as noites na casa de Turquesa, raramente via o amigo Nefer, que trabalhava no ateliê de projetos sob a direção do mestre-de-obras Neb, o Realizado.

Como a beleza do céu, ou a do Nilo, a de Turquesa também variava com as estações. Desabrochada no verão, delicada no outono, selvagem no inverno, picante na primavera, ela revelava a Paneb os caminhos infindos do desejo.

Logo, todo o povoado ostentaria um branco resplandecente. O gesseiro terminaria a missão que lhe havia sido confiada pelo chefe de equipe e exigiria ser admitido, enfim, no grupo dos desenhistas. Naquele dia, ao entrar na casa de Turquesa, ele já contava em festejar seu sucesso fazendo amor com a fogosidade de um carneiro

reprodutor, mas encontrou-a vestida com uma longa túnica vermelha e enfeitada com colares e pulseiras de malaquita. Uma peruca
usada nas cerimônias deixava quase sério o magnífico rosto.

— Vou participar de um ritual com as sacerdotisas de Hathor
e devo apresentar-me no templo — ela explicou.

— Vai deixar-me sozinho?

— Espero que você supere essa desgraça — disse ela sorrindo.

— Em geral, você só precisa ir ao templo de manhã cedo e no
fim da tarde...

— Sossegue, Paneb; amanhã à tarde você estará ainda mais
ardoroso.

Turquesa saiu de casa com um andar tão gracioso que o rapaz
teve vontade de atirar-se sobre ela e cobri-la de beijos. Mas sua postura de sacerdotisa, marcada pela dignidade, dissuadiu-o.

— Turquesa! Aceita casar comigo?

— Vou repetir: nunca me casarei.

Ela partiu, Paneb ficou sozinho, sentiu-se estúpido e inútil.
Com um andar arrastado, dirigiu-se para sua própria casa.

A alguns metros da porta, sentiu odores deliciosos, como se
houvessem espalhado no ar perfumes enfeitiçantes.

A porta estava aberta, uma voz feminina cantarolava uma suave
canção.

Paneb entrou e viu a esbelta e frágil Uabet, a Pura, que asper-
gia o chão com água nitrada depois de fumigar os cômodos com um
pó combustível composto de olíbano seco, junça, cânfora, de se-
mente de melão e de avelã. A fumaça ainda saía de um pequeno braseiro para matar os insetos.

— O que faz na minha casa?

Surpresa, a jovem parou.

— Ah, é você... Não entre agora, vai sujar tudo!

Apressada, ela trouxe uma bacia de cobre cheia de água para que Paneb lavasse os pés e as mãos.

— Você não precisa mais temer os demônios da noite — ela acrescentou. — E espalhei alho moído em pó com cerveja, em todos os cantos de cada um dos cômodos. A gordura de verdelhão que usei para pincelar as paredes afugentará as moscas. Pode esperar um instante? Ainda não acabei de arrumar o quarto.

Uabet, a Pura, pegou uma vassoura de longas e rígidas fibras de palmeira, dobradas e unidas por meadas, e correu para acabar a tarefa.

Com os braços pendentes, sem ação, Paneb não reconhecia o interior da sua casa. Nos dois primeiros cômodos, ainda no dia anterior mobiliados apenas com uma esteira, agora havia banquinhos, cadeiras dobráveis, pequenas mesas resistentes com cinqüenta centímetros de altura, setenta de comprimento e quarenta de largura, lamparinas com suportes, vasos de barro cozido, arcas com tampas achatadas e abauladas, cestos, canastras e sacos. A jovem pregara ganchos de madeira por toda parte e neles pendurara alcofas.

Paneb achou um quarto limpo e perfumado onde estavam instaladas duas camas de boa qualidade, uma de 1,95m de comprimento e a outra de 1,75m, ambas com sólidas traves para segurar um estrado de junco trançado com esteiras e lençóis novos. Com uma escova de caniços presos em uma argola, Uabet, a Pura, dava brilho no chão.

— Pode examinar a cozinha, não falta quase nada. Levei umas jarras de óleo e de cerveja para o primeiro porão e conservas de carne para o segundo. Você precisa instalar umas pranchas para mim na sala de banhos para o material de toalete e comprar uma ou duas panelas. Depois, vamos ver... Se você fizer um pequeno armário de madeira onde eu possa colocar o espelho, os pentes, as perucas e os grampos, serei a mais feliz das mulheres. E não podemos esquecer a latrina... Eu a desinfetei, mas as muretas de tijolo que apóiam o assento de madeira são baixas demais. Você podia arranjar um tempo para levantá-la e para verificar a saída dos canais de evacuação da água usada.

Paneb, o Ardoroso, sentou-se pesadamente sobre um sólido banquinho de três pernas, como se tivesse percorrido uma longa distância.

— Mas, o que é que você faz aqui...?

— Você está vendo: estou pondo um pouco de ordem.

— Todos esses móveis...

— É o meu dote. Eles me pertencem e utilizo-os da maneira que quiser. Você não podia continuar a viver só com uma esteira que, além do mais, está num estado lamentável! E tenho a impressão de que sua alimentação não é conveniente... Sem querer ofendê-lo, você até definhou um pouco. Não o censuro, pois você trabalha mais do que qualquer operário e embelezou todas as casas do povoado. Ninguém vai parabenizá-lo, mas os moradores estão satisfeitos, e a maior parte deles considera-o um gesseiro excepcional. Se você os escutasse, não mudaria de ofício.

Uabet, a Pura, era uma curiosa mistura de timidez e segurança. Sua voz parecia delicada; as atitudes, envergonhadas, mas não duvidava da legitimidade do seu procedimento.

As palavras dela fizeram Paneb compreender que havia caído em outra armadilha. Ao dominar a técnica do gesso e ao desafiar o povoado ao qual, certamente, mostrara sua força e perseverança, não negligenciara, outra vez, o seu ideal?

— Por causa da faxina — deplorou Uabet, a Pura — só preparei um jantar medíocre: pão torrado, purê de favas e peixe seco. Amanhã, farei melhor.

— Não lhe pedi nada! — exclamou Paneb.

— Sei disso muito bem; mas, e daí?

— Escute, Uabet, estou apaixonado por Turquesa e...

— Todo o povoado está a par... É o seu caso.

— Você compreende, então, que não estou livre!

— Como não está livre? Ela sempre proclamou que não se casará, e você se contenta em fazer amor com ela sem viver sob o mesmo teto. Portanto, você é livre.

— Conseguirei convencê-la a se casar comigo.

— Está enganado.

— Provarei o contrário!

— Você não sabe, mas ela fez um voto à deusa Hathor. Ao consagrar-lhe os pensamentos que animam seu coração, ela usufruirá, durante toda a vida, da beleza concedida pela deusa, desde que não se case. Uma sacerdotisa de Hathor não quebrará seus votos.

O jovem colosso estava arrasado. Uabet, a Pura, não manifestava nenhum triunfalismo.

— Você ama Turquesa, você lhe agrada, ela vai divertir-se com você enquanto sentir prazer. Comigo é diferente: eu o amo e ofereço-lhe tudo o que tenho. Viveremos sob o mesmo teto, seremos marido e mulher sem nenhum tipo de solenidade. Preciso confessar-lhe que minha família é formalmente contra essa união e se recusa a organizar até mesmo uma pequena festa para celebrá-la.

— Você não tem o direito de desprezar a opinião dela!

— Claro que tenho. Eu me caso com o homem da minha escolha, e esse homem é você.

— Amanhã já serei infiel.

— O prazer físico não me interessa muito. Em compensação, gostaria de dar-lhe um filho... Mas a decisão é sua.

— Você não vai impor a si mesma...

— Pense bem, Paneb. Prometo ser uma boa dona-de-casa, tornar agradável o seu cotidiano e não privá-lo de nenhuma liberdade. Você tem tudo a ganhar e nada a perder. E se bebêssemos cerveja forte para selar nossa união?

— Não é muito precipitado?

— É a melhor solução para nós dois. Qualquer que seja o seu destino, você precisa morar numa casa limpa e bem-cuidada. Serei sua serva, você nem notará minha presença.

Confuso, Paneb, o Ardoroso, aceitou beber, mas a bebida não lhe clareou o pensamento. Mesmo assim, comeu com grande apetite e teve de admitir que a cama preparada por Uabet, a Pura, era bem mais confortável do que a velha esteira.

Casado com uma mulher que não amava e apaixonado por outra com a qual nunca poderia casar-se... Sua cabeça rodava. Se não expulsasse, imediatamente, Uabet, a Pura, daquele quarto e daquela casa, ela apresentar-se-ia, no dia seguinte, como sua legítima esposa, e nem mesmo ele sabia se iria permanecer numa confraria que o reduziria ao estado de gesseiro.

Na esperança de estar sendo vítima de um pesadelo, mas consciente da sua covardia momentânea, Paneb adormeceu.

56

Quando Paneb acordou, Uabet, a Pura, havia desaparecido. Ela dobrara os lençóis e enrolara a esteira. Aliviado, o jovem colosso desceu a escada que levava ao terraço onde era agradável dormir nas noites quentes de verão.

Livre, o rapaz saboreou gulosamente os raios de sol a leste, antes de verificar a grande abertura feita ao norte, protegida por um telheiro de forma triangular. Ela servia de entrada de ar, garantindo sua boa circulação na casa, cujas paredes comportavam pequenos vãos, fáceis de serem tapados quando o sol dardejava.

Afinal, saíra-se bem. Uabet, a Pura, compreendera que esse casamento era impossível, mas deixara-lhe uma casa admiravelmente limpa e, doravante, dotada de uma bela mobília. Será que tinha o direito de conservá-la? Não, devolveria tudo. Era o dote dela, ele não poderia usá-lo.

As vozes de crianças deixaram-no intrigado. Do terraço, Paneb viu uns dez garotos diante da sua porta, com frágeis gaiolas de juncos recém-cortados, presos uns aos outros com medula de papiro. Dentro, havia grandes nozes de palmeira-doum.

O rapaz desceu as escadas para abrir-lhes a porta.

— O que querem?

— Viemos dar-lhe um presente para comemorar seu casamento — disse uma menina esperta, desencadeando uma cascata de risos.

— Meu casamento? Mas...

— Uabet é meiga, e todo o povoado sabe que vocês moram sob o mesmo teto.

— Estão enganados! Ela partiu esta manhã e...

Uabet, a Pura, apareceu, carregando na cabeça um cesto cheio de provisões. Radiosa, movia-se com agilidade, apesar do fardo.

— Já acordou, caro marido? Fui buscar legumes e frutas frescas. Não é comovente a delicadeza dessas crianças?

Desanimado, Paneb pensou no gesso e nas últimas fachadas que o esperavam.

Abry, o administrador-chefe da margem oeste, pegou a balsa reservada aos altos funcionários para ir a Tebas. No desembarcadouro, um carro funcional que ficava permanentemente à sua disposição levou-o até a suntuosa vila para onde o comandante Mehy e sua esposa Serketa se haviam mudado.

Abry apresentou-se ao porteiro, que ordenou a um servo que avisasse o patrão enquanto o mordomo convidava o visitante para lavar os pés e as mãos com água perfumada, antes de entrar numa sala de visitas, cujo teto, ornado com entrelaçados de vegetação vermelha e azul, era sustentado por duas colunas de pórfiro.

Abry teve tempo para apreciar o lago com lótus, o jardim plantado com palmeiras, sicômoros, figueiras, alfarrobeiras e acácias, a pérgula com o laguinho, o grande pátio dotado de silos e de estábulos, com um poço no centro. A grande e luxuosa moradia não devia ter menos do que vinte cômodos, sem contar os alojamentos dos empregados.

O sucesso de Mehy era notório, e sua ascensão estava longe de terminar. Diante de tanta riqueza, Abry ficou com medo; compreendeu que o homem que o escolhera como aliado era uma pessoa perigosa cuja importância só aumentava.

— O tesoureiro-chefe vai recebê-lo na sala de massagem — anunciou o mordomo.

Abry respirou melhor. Pelo menos, Mehy não se recusara a recebê-lo. Desta vez não o decepcionaria; ao contrário, forneceria a prova de uma sincera e completa colaboração.

Guiado pelo mordomo, o administrador atravessou uma esplêndida sala de quatro colunas cuja decoração era consagrada à pesca e à caça nos pântanos. Em seguida, foi introduzido na sala de unção, mobiliada com uma banqueta de maçonaria coberta de esteiras multicores de alta qualidade. Nas prateleiras, uma quantidade impressionante de frascos e recipientes para ungüentos, feitos de marfim, de vidro e de alabastro, em forma de lótus, de papiro, de romã, de cachos de uva e de banhistas nuas que instigavam patos de asas articuladas cujo corpo servia como recipiente.

Mehy estava deitado de barriga para baixo. Um massagista cuidava das suas costas enquanto um manicuro limpava-lhe as unhas com uma escova de "cabelos de amoreira", como eram chamados os filamentos na base das folhas dessa árvore.

— Sente-se, meu caro Abry, e perdoe-me por recebê-lo nesses trajes, mas estou com o horário sobrecarregado e não queria adiar essa entrevista. Tem boas notícias?

— Excelentes... mas confidenciais.

— O manicuro já terminou e meu massagista é surdo-mudo.

O manicuro eclipsou-se, o massagista continuou.

— Há muito tempo não temos oportunidade de fazer um balanço — observou Mehy. — Ambos estávamos ocupados com nossas respectivas carreiras, ao mesmo tempo diferentes e convergentes.

— Essa também é minha opinião... E parabenizo-o pelo modo como gere as finanças de nossa querida cidade. Seu sogro ficaria orgulhoso.

— O cumprimento toca-me o coração, Abry; penso sempre nesse homem querido e no seu fim prematuro.

— Suas responsabilidades são cada vez mais pesadas e maiores... Talvez elas o façam negligenciar, e até mesmo esquecer, os planos de que falamos.

— De maneira alguma — respondeu Mehy, com voz cortante.

— Ainda quer destruir o Lugar da Verdade?

— Minhas intenções não mudaram e nem nosso pacto. Contudo, não estou certo de que você o tenha respeitado.

A falta de rodeios fez Abry estremecer.

— Fiz o máximo, acredite-me, porém meus esforços não foram coroados de sucesso. Os segredos dessa confraria são mais bem guardados do que eu supunha. E uma falta de habilidade teria desencadeado a fúria do vizir e do próprio Faraó.

— Se há uma opinião que conta em Tebas, é a minha. Prometi que você conservaria seu cargo e mantive a palavra. Diante do seu pouco interesse em me satisfazer, eu poderia alterar minha posição e comunicar às altas autoridades do Estado que o administrador-chefe da margem oeste é incompetente.

Lívido, Abry balbuciava.

— Sabe bem que isso não é exato... Faço meu trabalho corretamente, ninguém se queixa, e eu...

— Preciso de aliados eficientes. Você não falou sobre excelentes notícias?

Ficando sem reação diante de Mehy, Abry quase havia esquecido que, enfim, dispunha de argumentos convincentes.

— Trata-se do chefe Sobek... estudei a fundo o dossiê dele.

— O que descobriu de interessante?

— Infelizmente nada... Confesso que fiquei desanimado, porque esse policial parecia-me incorruptível. Então, tomei uma iniciativa: fui ao povoado, com o pretexto de inspecionar as instalações dos auxiliares. Meu único objetivo era conhecer melhor Sobek.

— Excelente, meu caro Abry! Resultados?

— Ele é um policial muito conscencioso que realiza seu trabalho com extremo rigor.

— Isso nós já sabíamos. Qual a novidade?

— Sobek diz estar satisfeito com seu destino, mas é só na aparência. Na realidade, começa a se cansar de um trabalho penoso que lhe toma todo o tempo e o impede de fundar uma família.

Mehy levantou-se e, com um gesto enérgico, despachou o massagista.

— Isso me deixa entusiasmado, meu caro Abry — disse o comandante, olhando-se num espelho de cobre cujo cabo era uma jovem nua. — Você foi mais longe?

— Bem mais longe. Propus-lhe um cargo mais gratificante na direção da guarda fluvial de Tebas, com a certeza de que você não teria nenhuma dificuldade em conseguir-lhe.

— Exato... No entanto, você fez com que ele compreendesse que tamanha generosidade teria algum pagamento em troca?

— Evidentemente.

— Qual foi a reação dele?

— Acho que está pronto para ajudar-nos, da maneira mais conveniente.

— É, realmente, uma excelente notícia.

Mehy pousou o espelho e penteou o cabelo preto de que tinha muito orgulho. Constatando a satisfação do poderoso protetor, Abry começou a relaxar.

— Vou preparar essa nomeação — anunciou Mehy. — Depois de ele tomar posse, você vai interrogar Sobek, que nos contará tudo o que sabe sobre o Lugar da Verdade e sobre as medidas de segurança para protegê-lo. Porém, não se esqueça de que lhe confiei uma segunda missão.

— Não esqueci, pode ter certeza! Mas há muito tempo nenhum artesão sai do povoado para permanecer do lado de fora dos muros mesmo que por alguns instantes.

Mehy lançou um olhar enfurecido.

— É difícil de acreditar... Acho que você não estabeleceu nenhum sistema de vigilância, e os artesãos circulam livremente.

— Os homens que contratei não foram tão eficientes, confesso, mas é um trabalho muito delicado!

— Minha paciência esgotou-se, Abry. Agora, exijo resultados.

57

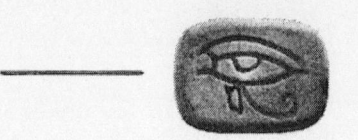

A partir do instante em que Nefer foi chamado pelo chefe de equipe para preparar o novo santuário do *ka* de Ramsés, o Grande, os momentos de intimidade de Clara com o marido passaram a ser raros. Depois da iniciação nos segredos do estaleiro, Nefer, o Silencioso, transpusera novos degraus na hierarquia dos construtores, à custa de um rigor que todos apreciavam.

Os outros adeptos achavam que o rapaz assimilava as técnicas com muita facilidade e que não precisava despender muitos esforços para dar provas de seu crescente domínio; só sua esposa sabia que não era assim e que a competência que ele demonstrava era devida a um intenso trabalho. No entanto, esse trabalho não lhe pesava, pois Nefer evoluía num mundo que estava em perfeita harmonia com seu modo de ser. Ele nascera para o Lugar da Verdade, havia sido feito pelos deuses para realizar-se nesse lugar e para servi-lo.

A despeito da extensão do trabalho e das exigências do cotidiano, os anos haviam transcorrido com doçura do mel. Enquanto Nefer se formava ao lado dos talhadores de pedra e dos escultores, Clara recebia os ensinamentos das sacerdotisas de Hathor e da mulher sábia. As primeiras apresentavam-lhe a dimensão dos ritos e dos símbolos; a segunda, a das ciências tradicionais e a percepção das forças invisíveis.

Como fazia todas as manhãs, do terraço da sua casa, Clara contemplava o povoado dos artesãos incrustado no fundo do vale, dominado por um contraforte rochoso considerado a base do santo cume, ao longo do qual haviam sido construídos pequenos santuários dedicados às divindades e à memória dos faraós mortos que haviam protegido o Lugar da Verdade, principalmente Amenhotep I, Tutmés III e Sethi, pai de Ramsés. A linha sinuosa desses oratórios abraçava a parte baixa da falésia, e todas as capelas estavam encostadas na montanha do Ocidente, onde, todas as noites, realizava-se o mistério da ressurreição, longe dos olhares humanos.

Nem por um instante Clara lamentara ter deixado a margem leste e a existência banal para a qual sua educação a preparara. Como Nefer, sua verdadeira pátria era o modesto povoado, diferente de qualquer outro. Ali, ela aprendera que a felicidade de uma comunidade repousava na troca e na qualidade das oferendas. O dar em vez de receber estabelecia uma solidariedade que vencia as divergências de opiniões, as inimizades e os egoísmos. E cabia às sacerdotisas garantir a presença constante de oferendas e lutar contra a tendência natural para a avidez.

Clara amava o dinamismo dos primeiros momentos do dia e o jorrar da luz pela montanha do Oriente; ela sentia que a vida se recriava de si mesma e que a criação, com a aurora, adquiria uma nova energia, portadora de maravilhas inesperadas.

Subitamente, uma silhueta chamou sua atenção.

Com sua magnífica juba de cabelos brancos movimentada pela brisa, a mulher sábia vinha com dificuldade pela rua principal do povoado. Parecia ter cada vez mais dificuldade para andar e ainda não usava bengala. Quando a percebeu, Clara desceu para abrir a porta e esperá-la na soleira.

A mulher sábia chegara antes. Como pudera vencer tão rapidamente a distância que a separava da casa?

— Está pronta, Clara?

— Eu ia buscar as flores na porta principal.

— Uma outra vai substituí-la. Siga-me.

Percebendo que a mulher sábia não lhe responderia, Clara evitou questioná-la e contentou-se em seguir-lhe os passos. Sua guia parecia haver reencontrado o vigor de outrora ao atravessar o povoado e tomar o caminho que levava ao Vale das Rainhas.

A mulher sábia parou diante de sete grutas escavadas na rocha e dispostas em arco, de frente para o norte.

— Aqui reinam Meresger, a deusa do silêncio, e Ptah, o deus dos construtores. Escolha uma das sete grutas, Clara; nela você ficará meditando até que venham buscá-la.

A esposa de Nefer, o Silencioso, entrou na primeira gruta à esquerda. Tratava-se de um pequeno oratório onde havia sido erguida uma estela dedicada a Ptah, que construíra o universo com o Verbo. Clara sentou-se no chão com as pernas cruzadas e desfrutou o frescor e o silêncio do lugar.

No meio da manhã, uma sacerdotisa mandou que ela passasse para a segunda gruta, onde reinava a deusa do pico do Ocidente, sob a forma de uma cobra benfazeja. Ao meio-dia, na terceira gruta, Clara tomou leite diante de um baixo-relevo que mostrava o aleitamento do faraó pela deusa-mãe. Na quarta, ela venerou o poder criador de Hathor, deusa das estrelas, e na quinta, seu *ba*, sua capacidade de sublimação que levava ao céu os pensamentos de seus fiéis. A noite já estava caindo quando Clara descobriu, na sexta gruta, uma representação do faraó oferecendo flores a Hathor; à luz de uma tocha, ela viu na sétima gruta o rei Amenhotep I e sua mãe Ahmés-Nefertari, cuja pele negra simbolizava o renascimento fora da morte; eles acolhiam uma nova adepta. As pinturas eram tão expressivas que eles pareciam estar vivos, os benfeitores do Lugar da Verdade.

Sob a luz prateada do sol da noite, Clara foi convidada a sair para o adro juncado de flores de lótus. Uma sacerdotisa ofereceu-lhe pão e vinho.

Como se brotasse da rocha, a mulher sábia apareceu-lhe na frente.

— Você está entre os dois leões, Clara, entre o ontem e o amanhã, entre o Ocidente e o Oriente. Até o momento presente, você recebeu meus ensinamentos; chegou a hora de criar seu próprio caminho, de comungar com os seres da luz presentes no invisível e de nascer para a sua verdadeira natureza. É isso que você quer?

— Se essa é a via certa para servir o Lugar da Verdade, que assim seja.

— Beba deste vinho e coma deste pão pensando que todos os seus gestos, mesmo os mais modestos, precisam ser conscientes. Senão sua existência será somente um jogo de sombras. Osíris foi morto pelas forças das trevas, mas a ciência de Ísis ressuscitou-o. Seu sangue se transformou em vinho; seu corpo, em pão. O ser humano não é deus, mas pode participar do divino, desde que atravesse as portas do mistério. Se tiver coragem, siga-me.

Clara não hesitou.

A mulher sábia escalou um caminho tão abrupto que a discípula sentiu dificuldade em segui-la. De repente, a noite ficou muito escura, como se a lua se recusasse a brilhar. Mas um estranho halo de luz nimbava a cabeleira da mulher sábia, permitindo que Clara não a perdesse de vista.

A subida parecia-lhe interminável e cada vez mais difícil, porém ela não desistiu. Nem uma só vez a guia, que andava por um caminho à beira do vazio, se virara para trás. Finalmente, a mulher sábia parou no cume de uma crista, e Clara alcançou-a.

— O povoado dorme, os sonhos atravessam os corpos e as divindades continuam a criar, sem lassidão e sem fadiga. É a obra delas que você deve perceber e não a dos homens que o tempo destruirá. Escute, Clara... Escute as palavras da montanha sagrada.

O silêncio era total. Nem mesmo um chacal emitia seu lamento, nem um pássaro noturno fazia ouvir seu canto, como se toda a natureza tivesse feito um pacto. Pela primeira vez, Clara viu o céu. Não o céu aparente com suas constelações, mas sua forma secreta, a de uma mulher imensa formando uma abóbada, dentro da qual fulgiam as estrelas, as portas da luz. As mãos e os pés de Nut, a deusa-Céu arcobotante, tocavam as extremidades do universo. Tudo o que Clara aprendera depois da sua admissão no Lugar da Verdade adquiria uma nova dimensão, em harmonia com esse cosmo feminino, onde, sem parar, a vida renascia de si mesma.

— Venha ao encontro de suas aliadas — recomendou a mulher sábia.

E ela deixou o promontório, desceu para um vale estreito cercado de falésias e sentou-se numa pedra redonda que os ventos e as tempestades haviam moldado. As trevas ficaram mais tênues, e parecia que a lua concentrava sua claridade nesse lugar desértico. Graças ao luar, Clara viu-as.

Serpentes.

Dezenas de serpentes de tamanhos e cores variados.

Uma vermelha com a barriga branca, outra vermelha de olhos amarelos, uma branca com a cauda grossa, uma branca com o dorso salpicado de manchas vermelhas, uma preta com a barriga clara, uma víbora que assobiava, outra que parecia ter uma haste de lótus desenhada na cabeça, uma víbora com chifre, e najas prontas para dar o bote.

Mesmo morta de medo, Clara não fugiu. Se a mulher sábia a trouxera àquele lugar, não seria para causar-lhe dano.

Clara fitou os répteis, um a um, enquanto eles formavam uma espécie de roda à sua volta. Nos pequenos olhos vigilantes, ela não discerniu nenhuma hostilidade.

A juba da mulher sábia brilhava na noite. Quando ela estendeu o braço para baixo, num gesto de apaziguamento, os répteis deslizaram para baixo da pedra redonda.

— Você não terá melhores aliadas — disse a Clara. — Elas não mentem, não trapaceiam e carregam o veneno que servirá para preparar os remédios contra as doenças. Comigo, na montanha, você aprenderá a falar com elas e a chamá-las, se houver necessidade. As serpentes são filhas do deus Terra, elas conhecem a energia que passa pela Terra porque estavam presentes quando os deuses primordiais a criaram. Elas farão com que você compreenda que o medo é uma etapa necessária e que um mal pode transformar-se em bem. Você aceita a dádiva das serpentes?

Clara pegou o bastão que a mulher sábia lhe estendia. Quando ele se transformou numa longa serpente dourada com uma boca que parecia sorrir, a jovem não o soltou.

58

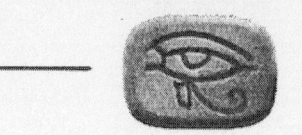

A taberna que funcionava perto do mercado principal de Tebas acolhia os comerciantes egípcios e estrangeiros que ali iam refrescar-se e parlamentar. O ambiente era alegre, falava-se de negócios e de lucros. A gordura e a barba de Dakter faziam-no passar por um comerciante sírio à procura de bons negócios. Ali, ele não corria o risco de encontrar um cientista do laboratório central ou um alto dignitário; foi por isso que marcou encontro naquela taberna com um dos auxiliares do Lugar da Verdade que ali trabalhava como lavadeiro.

O homem de ombros redondos sentou-se diante de Dakter. O vozerio era suficiente para que ninguém pudesse ouvi-los.

— Encomendei a melhor cerveja — disse o cientista.

— Você está com o meu pó para lavar roupa?

— Há um saco inteiro nas costas de um burro esperando-o lá fora. Eu o aperfeiçoei, ele está mais eficaz.

— Melhor assim — avaliou o lavadeiro. — Se você soubesse como meu trabalho é penoso... O pior é a roupa de baixo manchada pelas regras das mulheres. Elas são muito exigentes e as recusam se não tiverem um branco resplandecente! Vê-se que nunca precisaram lavá-la. Graças ao seu produto, ganho tempo e posso cuidar da minha horta.

— É o nosso pequeno segredo...

— Nenhuma palavra para os meus superiores! Precisam continuar acreditando que trabalho como meus colegas, mas que sou o melhor.

— Evidentemente, mas preciso de um pequeno serviço.

— Qual? — perguntou o lavadeiro, subitamente inquieto. — Sou um homem pobre e não posso dar-lhe somas exorbitantes!

— Só quero algumas informações.

O lavadeiro olhou para baixo.

— Vamos ver o quê... Não sei muita coisa...

— Você já entrou no povoado?

— Não tenho permissão.

— Outros auxiliares já conseguiram?

— Não, os guardas são inflexíveis. Como o chefe Sobek reforçou as medidas de segurança, nenhum homem de fora dos muros pensaria em arriscar-se e forçar a passagem. Todas as pessoas do povoado se conhecem... Um intruso seria imediatamente notado, expulso e condenado.

— A curiosidade não seria mais forte?

— De jeito nenhum! Cada um no seu lugar. Nós, os auxiliares, estamos satisfeitos com o nosso.

— De acordo com a quantidade de roupa que você e seus colegas lavam, vocês devem ter uma idéia bem precisa do número de habitantes e da proporção de homens e de mulheres.

O lavadeiro olhou bem para Dakter.

— É possível... Mas recomendam-nos para segurar a língua.

— O que quer pela informação?

— Três sacos gratuitos de pó para lavar roupa.

— É muito caro.

— A informação que você deseja é confidencial... Estou assumindo grandes riscos. Se souberem que falei, perderei o emprego. Pensando bem, ela vale quatro sacos.

— É o máximo que posso dar.

— Fica combinado assim.

Os dois homens chegaram a um acordo, como honestos comerciantes.

— Na minha opinião, são uns trinta artesãos, e como alguns são solteiros, podemos contar entre vinte e vinte e cinco mulheres.

— Muitas crianças?

— Pelo que se diz, a média é de dois filhos por casal, mas algumas sacerdotisas de Hathor não querem filhos.

"Uma comunidade pequena", pensou Dakter; "não deve ser difícil destruí-la."

A reforma das fachadas do povoado estava terminada e sua brancura fulgurava sob o sol. Com orgulho, Paneb, o Ardoroso, adquirira o domínio do gesso, mesmo sentindo o tédio apoderar-se dele. Os gestos eram repetitivos, sem paixão e sem alma, pois essa técnica não lhe oferecia mais nada de novo.

O jovem colosso acostumara-se com a presença de Uabet, a Pura, que cuidava da casa e da cozinha, com perfeição, e não o repreendia pelos momentos de amor com Turquesa. A esposa oficial de Paneb era a discrição em pessoa e sabia como não incomodar o marido. Quando conversava com as outras mulheres, nunca criticava o jovem esposo e desejava que todas fossem tão felizes quanto ela.

No dia seguinte, Paneb pretendia enfrentar os desenhistas e até o chefe de equipe, se necessário fosse. Considerando-se vencedor da prova que lhe havia sido imposta, revelaria suas exigências e não mais aceitaria discursos vagos. Uma boa refeição ajudaria a manter suas convicções.

Contudo, uma nova surpresa aguardava-o: vestida com uma túnica branca, no pescoço um colar de cornalina, e a fronte cingida por uma tira de flores, Uabet, a Pura, não aparentava uma simples dona-de-casa.

— Entre em silêncio — ela recomendou.

Irritado, Paneb empurrou a porta de sua casa e descobriu Clara e Nefer, que meditavam diante de dois bustos de calcário colocados num nicho da parede do primeiro cômodo. Um deles evocava o deus Ptah, e o outro a deusa Hathor. Cortados na horizontal, bem debaixo do tórax, sem braços, o peito coberto por um grande colar, os bustos dos ancestrais tinham um olhar grave e profundo.

Clara queimou pastilhas de incenso num pequeno braseiro portátil e entregou-o a Paneb.

— Honre nossos ancestrais com o fogo — ela pediu. — Graças à presença deles em nossas casas, os deuses podem manifestar-se. Você deve viver com o poder deles e não na sua dependência. Eles se manifestam de mil e uma formas, podem deixar-nos cegos ou abrir-nos os olhos. Que a chama que arde em você não cause destruições.

Enquanto Paneb incensava os ancestrais, Clara derramou um pouco d'água sobre as flores e as frutas que colocara sobre um altar.

— Já era tempo de sacramentar essa morada — observou Nefer. — Venha para o outro cômodo, deixei lá um presente.

O silencioso havia encastrado na parede uma estela retangular de calcário com a parte superior abobadada. Com uns trinta centímetros de altura, ela representava um ancestral com o nome de "espírito eficaz e luminoso de Ra". Além da morte, ele navegava eternamente na barca do sol, identificando-se com ele e derramando seus raios sobre os habitantes do povoado.

— Foi você quem esculpiu essa estela? — perguntou Paneb.

— Gosta dela?

— É uma verdadeira maravilha! O ancestral segura o símbolo da vida na mão direita, não é?

— Ele nos transmite a vida se soubermos ouvir sua voz. O importante é ouvir — dizia o sábio Ptah-hotep — e é o coração que nos dá essa capacidade. Se seguirmos as diretrizes dele, seremos pessoas direitas. E se não separarmos o coração da nossa língua, conseguiremos atingir nossas metas.

— As minhas também?

— O conhecimento existe, graças ao coração, e é graças a ele que percebemos a luz dos ancestrais e o perfume de lótus que eles respiram: foi isso o que me ensinou o chefe de equipe. Essa estela é um dos muitos pontos de contato entre o outro mundo e o povoado, entre os deuses e os vivos. O rosto de um ancestral é o raio de sol que ilumina nossa jornada, nas piores dificuldades.

— Mas, seria preciso que o coração nos obedecesse e não fosse nosso inimigo — objetou Paneb, impressionado com o caráter solene das palavras de Nefer. — O meu é muito volúvel e não estou certo de poder controlá-lo.

— E se jantássemos? — propôs sua esposa.

Os dois casais partilharam os alimentos que Uabet, a Pura, havia preparado, radiante por receber os amigos do marido. Eles riram ao relembrar as excentricidades dos habitantes do povoado, sem esquecer que também tinham as suas e, em seguida, terminada a refeição, Clara dispôs os candeeiros nos quatro ângulos do quarto para que nenhum demônio perturbasse o sono do casal.

E a sacralização da moradia estava terminada.

Os convidados agradeceram a Uabet, a Pura, pela acolhida; porém, na hora de sair, Nefer notou que Paneb estava contrariado.

— Não tenho intenção de passar a minha vida escutando — confessou ele. — Quero desenhar, e eles precisam escutar-me!

— As costas não se quebram quando se inclinam — respondeu Nefer.

59

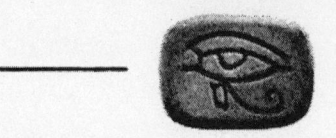

A mulher sábia acordou Clara e Nefer no meio da noite.

— A mulher do escriba Ramosé está muito mal — anunciou. — Não tenho mais esperanças, mas podemos atenuar-lhe o sofrimento.

Clara vestiu-se rapidamente.

— Venha conosco, Nefer — pediu a mulher sábia, que demonstrava o peso do cansaço. — Ramosé quer lhe falar.

O trio caminhou em silêncio até a bela casa do povoado, cujo interior estava iluminado por candeias a óleo. A mulher sábia e Clara foram para o quarto, o escriba Ramosé pediu que Nefer se sentasse diante dele.

— Minha mulher vai morrer — disse ele com a voz triste e ao mesmo tempo serena. — Passamos toda a vida juntos e encontramos a felicidade aqui, neste povoado. Não deixarei que ela faça a grande viagem sozinha, por isso não sobreviverei à morte dela por muito tempo. A velhice é malvada, Nefer; o coração afunda no torpor, a boca torna-se hesitante, os olhos ficam limitados, os ouvidos são atingidos pela surdez, e os membros perdem o vigor. A memória falha, os ossos doem, o fôlego diminui. Quer estejamos de pé, sentados ou deitados, somos vítimas do sofrimento, e o gosto pelas maravilhas da existência desaparece. Até hoje, cada nova alvorada trouxe-me alegria porque eu via o sagrado viver no Lugar da Verdade. Mas, sem minha esposa, não terei forças nem mesmo para ver você e seus irmãos espirituais saírem para o trabalho. Ser mantido longe da morte é ruim para os homens; ela é uma passagem estreita que nos leva ao tribunal de Osíris, e é ele quem julga a qualidade do nosso coração. Embora você ainda seja jovem, comece a pensar em preparar sua morada eterna na necrópole do povoado, porque a morada da morte é destinada à vida. Ainda me resta uma obra para realizar na companhia de Neb, uma obra na qual ele e eu decidimos incluí-lo: a reforma da edificação destinada ao *ka* real. Gostaria de que Ramsés, o Grande, a visse terminada antes de ir ao encontro de seus antecessores no Vale dos Reis... Prometa-me trabalhar nela sem descanso.

— Eu me comprometo.

— É na retidão e no amor de Maât que está a verdadeira felicidade, Nefer; Maât é amada por Deus e pelo Faraó; é a verdade do ato criador. Maât é grande, durável e eficaz; ela não foi mudada desde sua origem e, quando tudo houver desaparecido, ela subsistirá. Por isso é que o principal dever de um faraó é pôr Maât no lugar da desordem e da injustiça. Cumpra suas obrigações com Maât e ela lhe será revelada; ela que é o alimento dos deuses com gosto de mel. A luz divina vive de Maât, a verdade que o fará distinguir o bem do mal. Construa seu caminho com a luz do Lugar da Verdade, Nefer, e não se esqueça do sorriso do Maât.

Com o rosto sério, a mulher sábia e Clara saíram do quarto da esposa do escriba de Maât.

— Ela não sofre mais — disse a mulher sábia — e chama pelo marido.

Paneb, o Ardoroso, caminhou com um passo decidido na direção da casa do pintor Ched. Ele era o chefe dos desenhistas; era ele quem precisava ser convencido a finalmente abrir-lhe as portas do ofício. Desde que entrara para a confraria, o jovem colosso aceitara passar por duras provas e mostrara-se à altura das tarefas que lhe haviam sido confiadas. Os anos haviam passado e ele não progredira na arte que lhe era mais importante. Ardendo de paixão, não suportaria mais prorrogações.

De repente, ele parou.

Alguma coisa estava errada. Normalmente, com os primeiros raios de sol, o povoado animava-se, enchiam-se as cisternas, tomava-se o desjejum nos terraços... Mas, naquela manhã, tudo estava morto. Nenhum barulho, nenhum riso de criança, ninguém na rua principal.

Paneb correu até a casa de Nefer e de Clara, mas eles não estavam lá. Todas as casas estavam vazias.

Ardoroso saiu do povoado pela pequena porta a oeste e viu os moradores reunidos diante das tumbas da necrópole.

— Finalmente você chegou! — murmurou Uabet, a Pura.

— Acordei mais tarde do que de hábito, e isso não é o fim do mundo!

— Fique quieto, estamos de luto.

— Quem morreu?

— O escriba de Maât, Ramosé, e a esposa. Eles foram encontrados lado a lado, de mãos dadas, tranqüilos.

Cabia a Kenhir, sucessor e filho adotivo de Ramosé, dirigir os funerais. Assim que soube da morte do casal, o escriba da Tumba enviara um artesão para buscar os mumificadores que transformariam os despojos mortais em corpos de Osíris.

Em homenagem a Ramosé e a sua mulher, amados por todos, o Lugar da Verdade ficaria de luto fechado. Durante um mês lunar, os homens não fariam a barba, e as mulheres não se penteariam. Todos os dias, tanto nos templos quanto nas casas, os moradores do Lugar da Verdade implorariam aos ancestrais para acolherem os defuntos no paraíso celeste onde navegava a barca da luz e onde a mesa do banquete ficava eternamente posta.

Os artesãos interromperam o trabalho para terminar a mobília funerária do escriba de Maât, e o pintor Ched, o Salvador, terminou o papiro do "Livro de sair para a luz" que seria depositado na múmia para permitir-lhe responder aos guardiães das portas do outro mundo e dizer as fórmulas de conhecimento indispensáveis à ressurreição.

Sob a direção de Didia, o carpinteiro, um homem de grande estatura e gestos lentos, Paneb terminou as duas camas funerárias. Ajustou os quatro pés quadrados de madeira, atados por sólidos tirantes, e a sustentação vertical na extremidade do pé da cama, enquanto Didia confeccionava as cabeceiras de acácia onde repousariam as cabeças das múmias.

— Todos vocês parecem deprimidos — notou Paneb. — Ramosé era uma pessoa tão importante?

— O Faraó atribuíra-lhe o título de "escriba de Maât"; provavelmente nenhum outro escriba da Tumba terá o direito de usá-lo.

— Vocês não confiam em Kenhir, o Rabugento?

— Kenhir é Kenhir, e já é muito.

— Sua resposta não me esclarece nada!

— Trabalhe bem, meu rapaz, e a luz virá... se ela quiser.

No dia do enterro, os artesãos e suas esposas foram os sacerdotes e as sacerdotisas, sem que ninguém precisasse vir de fora. Kenhir e os dois chefes de equipe salmodiaram as fórmulas rituais diante das duas múmias já preparadas, com a boca, as orelhas e os olhos abertos.

Em seguida, os artesãos depositaram os corpos de Osíris nos sarcófagos de madeira enfeitados com figuras das divindades protetoras e com símbolos, como a chave da vida, o nó mágico de Ísis e o pilar "estabilidade" que encarnava Osíris ressuscitado.

Iniciou-se uma lenta procissão de portadoras e portadores de oferendas que equipariam a morada eterna com bengalas, paletas de escribas, ferramentas de construtor, vestimentas para rituais, camas, cadeiras, banquetas, arcas contendo jóias e ungüentos, mesas de oferendas e pequenas imagens de madeira, "os acólitos", que continuariam a carregar os materiais de construção no outro mundo, a pedido do ressuscitado.

As vísceras do defunto haviam sido colocadas em quatro vasos à imagem dos filhos de Horus, um homem que protegia o fígado, um falcão protetor dos intestinos, um babuíno, dos pulmões, e um chacal, do estômago. Do outro lado da morte seria reconstituído um corpo de luz ao qual não faltaria nenhum elemento.

A emoção de Nefer era perceptível. Clara sentiu que alguma coisa o incomodava.

— O que o incomoda? — ela perguntou.

— Por que Ramosé dirigiu a mim suas últimas palavras e não ao seu filho adotivo Kenhir ou então ao chefe de equipe?

— Ramosé era a bondade personificada, mas exercia a função de escriba de Maât e não agia ao acaso. Ele sabia a hora da sua morte e foi você quem ele escolheu, e nenhum outro, para entregar sua última mensagem.

— Não entendo a decisão dele.

— Ele não lhe especificou um trabalho?

— Já falei sobre isso com Neb, o Realizado.

— Como ele reagiu?

— Quando acabar o período de luto, começarei a trabalhar, sem descanso.

Depois da noite passada na montanha em companhia da mulher sábia, Clara decifrava parcelas do futuro. Para ela, o comportamento do escriba Ramosé não tinha nada de obscuro.

Os funerais estavam encerrados. Embora todos estivessem convencidos de que o tribunal de Osíris reconheceria o escriba de Maât e sua esposa como justos, a tristeza era enorme. Não poder mais falar-lhes, pedir seus conselhos, não ter mais a sabedoria deles como guia, seria uma grande desvantagem.

Só Paneb, o Ardoroso, não ligava para isso. O período de luto parecera-lhe interminável, ainda mais porque Turquesa se recusara a fazer amor. Os que estavam mortos, estavam mortos, e não voltariam mais do reino de Osíris; a vida continuava, e as lamentações não resolveriam nenhuma dificuldade.

Paneb bateu no ombro de Nefer.

— Não há outra cerimônia depois desta?

— Todos os dias, um sacerdote e uma sacerdotisa honrarão o *ka* dos defuntos.

— Então, amanhã, a vida retomará o curso normal?

— De certa maneira...

— Você concorda que tenho reivindicações legítimas a fazer?

— De que tipo?

— Aprender, enfim, os segredos do desenho!

— Por ora, eu o contrato.

— Não sou talhador de pedra.

— Tenho de terminar o mais rápido possível um trabalho importante e preciso de toda a força disponível.

60

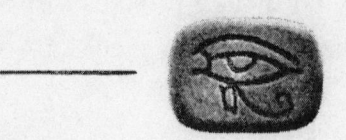

No dia seguinte à morte de Ramosé, Kenhir lavou três vezes o cabelo, seu prazer favorito. Como a esposa do escriba de Maât também estava morta, ele herdara todos os bens do seu protetor e, notadamente, a fabulosa biblioteca que reunia os maiores autores, como Imhotep, o arquiteto da pirâmide escalonada de Saqqara, o sábio Hordedef do tempo das grandes pirâmides, o vizir Ptah-hotep de quem se copiava constantemente o célebre ensinamento, o profeta Neferti e o erudito Khety, que redigira uma "sátira das profissões" para louvar as vantagens da profissão de escriba.

Ao se instalar na bela morada de Ramosé, Kenhir sentiu-se repentinamente envelhecido. Ele, que passara a marca dos cinqüenta sem perder o vigor, sentia subitamente o peso da solidão. É fato que Ramosé já lhe havia delegado inúmeras responsabilidades e ele exercia plenamente a função de escriba da Tumba; mas Kenhir consultava com freqüência o antecessor e, embora deplorasse a bondade excessiva de Ramosé e sua enorme compreensão das fraquezas humanas, tirava um grande proveito das opiniões dele. De agora em diante, dirigiria sozinho o povoado, e as discussões com os dois chefes de equipe, que nem sempre partilhavam suas idéias, prometiam ser rudes.

Uma jovem de quinze anos, Niut, a Vigorosa, cuidaria da sua casa e cozinharia para ele. Kenhir contava em pagar-lhe o menos possível, mas ela exigira um salário adequado, com tamanha força de caráter, que o escriba da Tumba acabara cedendo. Num primeiro momento, ele pensara em despedir a pequena peste, mas ela desempenhava tão bem as tarefas da casa, sem esquecer de espanar os inúmeros papiros, que ele se decidira por mantê-la.

Kenhir tinha muitos projetos. Primeiro, firmar sua autoridade de maneira indiscutível, fazendo os dois chefes de equipe compreenderem que ele era o escriba da Tumba e que nenhuma decisão poderia ser tomada sem a sua anuência; em seguida, não mais autorizaria aos artesãos certos deslizes indignos do Lugar da Verdade. Responsável diante do vizir pela qualidade do trabalho realizado pela confraria, Kenhir mantinha cotidianamente o diário da Tumba onde anotava, com sua escrita feia e quase ilegível, as atividades de todos, os motivos da ausência, a natureza e a quantidade de material e de ferramentas entregues no povoado. Só ele sabia, realmente, tudo o que se passava, e não se mostraria tão tolerante quanto Ramosé, diante das pequenas infrações. Com ele, disciplina não seria uma palavra em vão.

Kenhir sabia o que a maioria dos artesãos pensava dele; julgavam-no vaidoso, brusco, egoísta e por demais imbuído de seus poderes, mas ninguém contestava sua competência. Muitos ignoravam que ele possuía autocrítica e sabia reconhecer os próprios erros, desde que ele próprio os detectasse.

Kenhir recebeu os dois chefes de equipe na sala de recepção da nova casa. Sentindo o constrangimento deles, Kenhir cortou o mal pela raiz.

— Essa casa era de Ramosé, meu antecessor. Agora, com o

consentimento da confraria, ela me pertence. Portanto, é aqui que ocorrerão as entrevistas e as sessões de trabalho. O fato de venerarmos a memória do escriba de Maât não deve impedir-nos de prosseguir com a obra do Lugar da Verdade.

Os dois chefes concordaram.

— Como é normal, minha primeira decisão consiste em pedir-lhes para escavar minha morada eterna, na parte sul da necrópole. Que ela seja grande e suntuosa para celebrar a função pela qual sou responsável.

— A equipe da esquerda vai encarregar-se disso — disse Neb, o Realizado. — Meus talhadores de pedra estão ocupados em construir o santuário do *ka* de Ramsés.

— Está bem — resmungou Kenhir — mas serei impiedoso com os preguiçosos. Ser admitido no povoado implica ter deveres e nenhum privilégio. Para qual trabalho Paneb, o Ardoroso, foi indicado depois de terminada a reforma das fachadas das casas?

— Nefer, o Silencioso, contratou-o como assistente.

— Paneb desistiu de ser desenhista?

— Ele se submete às exigências do momento.

— Excelente! Que continue nesse caminho.

Depois de ser recebido pelo vizir a quem afirmara que o desaparecimento de Ramosé não mudaria em nada a vida do Lugar da Verdade, Kenhir recebeu calorosas felicitações de Abry, o administrador-chefe da margem oeste, que o convidou para almoçar. Eles se instalaram sob um caramanchão sombreado, e os servos trouxeram-lhes vinho tinto do Delta, salada com óleo de oliva e codornas recheadas.

— Todos lamentamos o caro Ramosé — declarou Abry.

— Com três tumbas na necrópole do povoado — lembrou Kenhir — ele não será esquecido.

— Mas é preciso pensar no futuro... E o futuro... é você! Há muitos anos que você vivia à sombra de Ramosé sem poder manifestar plenamente sua rica personalidade. Apesar da dor que lhe causa a morte dele, é preciso admitir que essa morte lhe abre novas perspectivas.

Kenhir comia com muito apetite.

— Quais, exatamente?

— Não duvido um só instante do seu pleno e completo sucesso, ainda mais que você conta com o apoio das autoridades. Porém, a vida nesse povoado fechado não deve ser muito divertida, no dia-a-dia...

— Isso é verdade!

Abry quase não conseguiu esconder o assombro. Esperava uma forte negativa da parte do escriba da Tumba e protestos indignados.

— Não desejo meu cargo para ninguém — continuou Kenhir.

— Nenhum escriba trabalha mais do que eu, por umas poucas vantagens.

O administrador estava radiante. Ramosé, o incorruptível, nunca teria pronunciado palavras como essas! Com sua corpulência, andar pesadão e olhos maldosos, Kenhir, sem dúvida, era um arrivista que não seria inacessível a certas propostas.

— Esse trabalho... Não pode falar sobre ele?

— Tenho de manter segredo, mas posso assegurar-lhe que não é nada interessante! Se conhece jovens escribas ambiciosos, aconselhe-os a evitar o Lugar da Verdade.

— Por que aceitou esse posto?

— Uma infeliz sucessão de circunstâncias — explicou Kenhir. — Fiz longos e difíceis estudos e esperava que me levassem longe, talvez até a gestão de uma parte das terras de Karnak. Quando encontrei Ramosé, fui seduzido pela sua inteligência e pelo seu saber que, generosamente, ele me transmitiu. Como ele e a esposa não podiam ter filhos, adotaram-me, com a condição de que eu assumisse a função de escriba da Tumba. No início fiquei feliz e lisonjeado; depois, desencantado. E dizer que esse cargo é um dos mais cobiçados do Egito!

— Se eu puder ser-lhe útil...

— Preciso resolver os problemas sozinho sem falar sobre eles com ninguém, a não ser com o vizir.

— Esse segredo é um grande peso... Não seria melhor aboli-lo?

— Somos um país de tradições e não é fácil modificá-las.

Abry sentia que o escriba da Tumba estava pronto a fazer concessões, até mesmo confidências, mas não se devia apressá-lo. Quem, melhor do que Kenhir, para dar informações essenciais sobre o Lugar da Verdade? Se Abry se tornasse seu amigo, teria uma vantagem imprevista sobre o comandante Mehy, e a pressão diminuiria.

— Você é um homem extremamente simpático, Kenhir, e não gosto de vê-lo mergulhado nesses aborrecimentos.

— É a lei do povoado! Um aborrecimento depois do outro, e nunca acaba.

— Aborrecimentos... de que tipo?

— Não posso falar sobre isso.

— Que solidão você deve sentir!

— Tomaria um pouco mais de vinho... Você deve ter uma adega excelente.

— Posso oferecer-lhe algumas ânforas de tinto de Athribis?

— Seria um prazer, Abry; elas me possibilitarão variar do vinho comum.

— Diante de tantas dificuldades, quais são seus projetos?

Kenhir refletiu por um longo tempo.

— No que diz respeito ao Lugar da Verdade não posso falar. Mas, tenho planos pessoais.

O administrador exultou interiormente. Com a morte de Ramosé, o povoado dos artesãos perdera sua alma. E o escriba de Maât escolhera muito mal seu herdeiro, um funcionário mal-humorado e resmungão que não seria difícil corromper.

— Esses planos também são secretos?

— Mais ou menos. Espero até que um deles chegue a adquirir uma certa notoriedade!

— Poderia contar-me?

Kenhir ficou rígido.

— Promete total discrição?

— Evidentemente!

— Pretendo escrever — confessou Kenhir. — Os nomes dos grandes autores perduram depois da morte, mesmo não tendo construído pirâmides. Seus filhos são os textos, sua esposa é a paleta do escriba. Os monumentos mais sólidos desabam, mas os livros são sempre lembrados. Um bom livro edifica uma pirâmide no coração do leitor; ele é mais durável do que uma sepultura no Ocidente. O que os grandes autores formulam realiza-se, o que sai dos lábios deles fica nas memórias. Eles dissimulam o poder mágico que possuem, mas somos beneficiados quando os lemos.

Kenhir levantou-se.

— Não posso demorar-me mais. Não repita essas confidências para ninguém — recomendou o escriba da Tumba para um Abry atingido pelo estupor — e não se esqueça de entregar-me o vinho tinto.

61

Na caserna principal de Tebas, onde o comandante Mehy experimentava um novo carro cuja caixa havia sido reforçada, Abry foi prestar-lhe contas da entrevista com o escriba da Tumba.

— Não consegui arrancar-lhe nenhuma informação, mas não há razão para desesperos.

Nervoso, Mehy estava com humor execrável.

— Ele se parece com Ramosé?

— De jeito nenhum, fique tranqüilo.

— Mas ele se agarra a seus segredos como um macaco no tronco de uma palmeira!

— Pura aparência... Kenhir não pára de se queixar do peso que carrega nos ombros e dos perpétuos aborrecimentos que os moradores do povoado lhe causam.

— Quais são as ambições dele?

Abry pareceu constrangido.

— Ele só me revelou uma...

— Qual?

— Escrever.

Furioso, Mehy deu um forte murro na anca de um cavalo, que relinchou de dor.

— Você está zombando de mim!

— Não, comandante! Kenhir fez a apologia dos escritores cuja obra lhe parecia mais durável do que as construções de pedra.

— Esse homem está completamente louco.

— De qualquer jeito, a insatisfação dele precisa ser explorada.

— Esperemos que essa pista não esteja tão errada quanto a do chefe Sobek!

— O que aconteceu?

— Muito simples, meu caro Abry. Propus ao vizir a mudança de Sobek e uma promoção como adjunto na direção da segurança fluvial de Tebas. O primeiro fiasco da minha carreira, por causa da sua idéia estúpida! Só o Faraó e o vizir podem decidir a mudança de uma função do chefe da guarda do Lugar da Verdade, e eles não precisam de nenhum conselho, ainda mais que Sobek os satisfaz plenamente. Você fez com que eu desse um passo em falso, Abry, e não é com os delírios de Kenhir que você vai se redimir do erro. Trate de repará-lo, e rápido.

— Sua vez — disse Nefer, o Silencioso, a Paneb, o Ardoroso.

Antes da colocação de um grande bloco que terminava a fiada superior da parede, o jovem colosso usou um fio de prumo para verificar, uma última vez, a verticalidade da obra. Depois, Nakht, o Possante, e Karo, o Brusco, fizeram deslizar o bloco sobre uma camada de leite de cal bem gorduroso; Fened, o Nariz, serviu-se de um encaixe de madeira para alisar a junta; e Casá, o Cordame, fiel ao método ensinado por Imhotep quando construiu a primeira pirâmide, passou entre as pedras uma lâmina de cobre recoberta por um abrasivo para melhorar a aderência.

Desde que começara a trabalhar na construção do santuário de Ramsés, o Grande, sob a direção do amigo, Paneb vivenciava momentos exultantes. Sua extraordinária capacidade de não sentir fadiga era incrível e, como não sabia quase nada sobre a arte da construção, aceitava, sem reclamar, as ordens dos talhadores de pedra.

Paneb apreciava o método usado por Nefer para organizar o canteiro de obras. Fiel ao cognome, ele falava pouco e nunca elevava a voz, mesmo quando estava descontente. Dava indicações precisas, seguindo o plano do chefe de equipe, deixando aos artesãos uma grande liberdade para aplicá-las. De manhã e à noite, reunia os colegas e pedia-lhes que dessem sua opinião sincera sobre a qualidade do trabalho realizado. Aberto às críticas, Nefer refutava-as com calma quando lhe pareciam infundadas, sem se zangar com quem a emitira. Gostava de que a pequena comunidade tivesse um tempo para reflexão antes de agir e, depois de tomada a decisão, todos se desdobravam em força e talento, sem restrições.

Neb, o Realizado, inspecionava diariamente a obra, acompanhado de Kenhir. Meticuloso, não distribuía elogios, e assinalava, sem condescendência, as imperfeições que deviam ser imediatamente corrigidas.

Paneb mantinha os olhos bem abertos: observava a técnica usada por um e por outro para corrigir o erro, e gravava-as na memória. Aprender era o mais saboroso dos alimentos, e ele se regalava no contato com esses homens rudes, que não hesitavam em criticá-lo e em zombar dele. O rapaz punha a susceptibilidade de lado para absorver melhor a ciência dos colegas.

Quando Nefer lhe permitira usar um magnífico fio de prumo preso a um suporte de madeira, cuja extremidade era um coração de pedra, Paneb sentira um imenso orgulho. Foi uma demonstração de que confiavam verdadeiramente nele, um aprendiz. E ele contemplou a parede pronta, com o sentimento de que ali estava uma parte do seu ser.

Nefer pôs a mão no ombro do amigo.

— Você trabalhou bem.

— Sentir a ferramenta na minha mão... É maravilhoso!

— Todas as condutas deviam ser como o fio de prumo, Paneb, porque um modo de agir incorreto não traz bons resultados. Quem não anda no bom caminho não é admitido na balsa que atravessa o rio na direção do país dos justos, mas o homem que age com retidão atraca na outra margem. As ferramentas ensinam-nos a agir direito, elas não se preocupam com nossas fraquezas, nem com nosso estado de espírito. Graças a elas, nasceu este santuário.

A porta principal dava para um vestíbulo, prolongado por uma passagem lajeada que levava a uma sala com pinturas policromáticas representando uma parreira com pesados cachos de uvas e textos hieroglíficos em azul. Ched, o Salvador, realizara uma obra-prima de delicadeza e graça, coroada por uma cena ritual que mostrava Ramsés, o Grande, oferecendo perfumes a Hathor. Em seguida abria-se uma sala abobadada com uma escada de três degraus no fundo, que permitia chegar à capela. À esquerda dessa escada, uma sala de purificação e altares onde seriam colocadas as oferendas. Os apartamentos privados do faraó compreendiam um quarto, um escritório, privadas e um terraço; ficavam ao lado do conjunto sagrado, e o pequeno palácio real comunicava-se com o pátio do templo de Hathor por uma "janela de aparição" encimada por uma fileira de cabeças de líbios, núbios e asiáticos, encarnação da desordem e das trevas que só Maât conseguia vencer.

— Terminamos — constatou Paneb — mas Ramses reside na capital do Delta e nunca virá aqui.

— Este prédio chama-se *khenu*, "o interior", e somos exatamente homens que vivem fechados num interior, destinados a proteger o *ka* real que nos faz viver. Quer o Faraó esteja presente ou não, o seu *ka* continua brilhando, desde que as pedras colocadas estejam realmente vivas. Por isso, a cerimônia de inauguração é essencial.

— Suas palavras são estranhas, Nefer... Poder-se-ia jurar que foi você quem concebeu a morada de Ramsés!

— Está enganado, contentei-me em seguir as diretrizes de Ramosé e concretizar o planejamento ditado pelo mestre-de-obras Neb, o Realizado.

— Mesmo assim você dirigiu artesãos mais experientes!

— O único patrão é o chefe de equipe, você mesmo constatou.

— Fened, o Nariz, contou-me que você fez uma escultura para a capela deste palácio...

— É verdade.

— Posso vê-la?

Nefer levou Paneb até a soleira da capela, onde, em breve, o *ka* real seria posto em ação. Lentamente, ele tirou a lona que cobria um lintel de calcário.

Na frente de um grande cartucho, a elipse do cosmo onde estava inscrito o nome do faraó; um Ramsés de pequeno porte, protegido por uma enorme vaca Hathor que saía de um bosque de papiro. O animal tinha um colar da ressurreição cuja energia preservava o faraó do mal.

— Fabuloso! — julgou Paneb. — Foi você quem escolheu o motivo?

— Claro que não. O chefe de equipe deu-me a épura, e eu a segui ao pé da letra.

— E esse rei pequeno...

— Conversei com Neb, o Realizado, a esse respeito. Ele me respondeu que, nesta capela, a deusa-mãe faria renascer todos os dias o *ka* real que apareceria como uma criança, permanecendo adulto. Aqui, realizar-se-á o milagre da regeneração permanente cujo segredo só as divindades conhecem.

— Não tenho tanta certeza...

— O que quer dizer, Paneb?

— Essa luz que pode atravessar uma porta... Os homens viram-na neste povoado, e eles não são deuses! Olhe esse monumento: foi você quem o construiu, mas não lhe deram as chaves da porta.

— Cada coisa virá na sua hora, se tomarmos o caminho certo.

— Não compartilho do seu fatalismo, Nefer! Eu quero descobrir tudo e conhecer tudo, desvendar os mistérios deste povoado, compreender por que tão poucos artesãos são considerados dignos de trabalhar aqui, saber como se escava uma morada eterna, e ver, com meus próprios olhos, o momento da ressurreição. E estou convencido de que o caminho certo passa por aí.

62

Para festejar o fim da obra, os talhadores de pedra reuniram-se diante do novo santuário de Ramsés, o Grande. Com uma certa dificuldade, o chefe de equipe conseguiu com Kenhir um jarro de vinho do ano vinte e oito do faraó, um vinho excelente do qual ainda sobrariam alguns litros na adega do escriba da Tumba.

Como aprendiz, Paneb, o Ardoroso, havia sido encarregado de limpar as ferramentas, arrumá-las nas caixas de madeira e devolvê-las a Kenhir que, como de costume, procedera a uma longa e minuciosa verificação antes de anotar, no Diário da Tumba, que tudo estava em ordem.

— Você daria um bom talhador de pedra — disse Fened, o Nariz, a Paneb.

— Meu caminho é o desenho e a pintura.

— Você é um sujeito obstinado!

— E por que você tem esse nome?

— Você não sabe que não há nada mais importante do que o nariz? Quando o mestre-de-obras julga um postulante, a primeira coisa que ele olha é o nariz, porque é o santuário secreto do corpo. Para trabalhar nessa confraria, meu rapaz, é preciso ter nariz, um bom nariz, e uma respiração melhor ainda! Não é só a inspiração que passa pelo nariz de todos os seres vivos e permite-lhes respirar, mas a inspiração da criação, aquela que anima as pirâmides, os templos e as moradas eternas, a que expulsa a mediocridade, como o vento dissipa a neblina. Como você aprendeu a ler, sabe que escrevemos a palavra "alegria" com um nariz; e sem ela, acredite-me, não se constrói nada durável. A mais pura fonte de alegria é o exercício da profissão, a serviço de Maât.

— Pare com essa lição — recomendou Nakht, o Possante. — Não está vendo que ele não entende uma só palavra?

— A potência está, obrigatoriamente, associada à idiotice? — perguntou Paneb.

Nakht levantou-se, com os punhos fechados.

— Vou fazê-lo engolir o que disse, moleque!

Fened, o Nariz, e Karo, o Brusco, interpuseram-se.

— Basta, os dois! Não estraguem um momento agradável. Vamos beber esse vinho excelente e nos preparar para a grande festa do novo ano.

Nakht, o Possante, apontou o dedo vingador na direção de Paneb.

— Não perde por esperar!

— Estou às ordens. Você fala, mas não age.

O talhador de pedra deu um sorriso irônico.

— E você fala rápido demais.

As festas irritavam Paneb, e essa mais do que as outras. Ela o impedia de tomar uma atitude junto ao clã dos desenhistas e de interpelar o chefe de equipe para obter o que lhe era devido. Por essa razão, apesar da gentileza da esposa, ele demonstrou um humor

massacrante durante o jantar. Uabet, a Pura, não reagiu, contentando-se em cumprir os deveres de perfeita dona-de-casa.

Enfurecido com a idéia de que o povoado entregar-se-ia aos
festejos do primeiro dia do ano, enquanto ele ardia de impaciência,
Paneb levantou-se no meio da noite, saiu pela pequena porta do
lado oeste e pegou o caminho que levava ao cume que dominava o
Vale dos Reis. Sabendo que seria observado pelas sentinelas de
Sobek, desviou pelos pedregulhos para escapar dos olhares e sentou-se num rochedo.

Segundo as previsões dos especialistas, a cheia seria excelente
e, uma vez mais, Hapy, o dinamismo fertilizador do Nilo, daria prosperidade ao Egito. Mas Paneb estava pouco ligando para o lodo,
para as plantações e para a riqueza do país; queria desenhar e pintar,
havia sido iniciado na confraria que possuía os segredos da sua vocação e obstinavam-se em lhe fechar as portas!

Nefer, o Silencioso, progredira a passos de gigante. Em poucos
anos, ultrapassara diversas etapas e já era considerado o patrão dos
talhadores de pedra, embora contra a sua vontade. Paneb não era
ciumento nem invejoso, mas sentia-se humilhado e, sobretudo,
frustrado. Todas as vezes que acreditava estar-se aproximando do
objetivo, um trabalho imperativo afastava-o. Certamente aprendera
bastante, mas nada daquilo que desejava!

Mãos finas, doces e perfumadas taparam-lhe os olhos.

— Esperava por você, Paneb.

— Turquesa! Como sabia que eu viria até aqui?

— Uma sacerdotisa de Hathor é, necessariamente, meio
vidente...

Com um gesto imperioso, abraçou-a.

— Você se esqueceu de que é casado? O adultério é uma falta grave.

Entre as maravilhas que os deuses haviam criado, Turquesa era uma das mais sedutoras. Paneb tirou a tanga e a túnica da jovem para estendê-las sobre as pedras e improvisar uma cama. Foi ele quem deitou de costas, esquecendo-se dos seixos pontudos quando o corpo leve de Turquesa se confundiu com o céu.

Sob o céu estrelado do último dia do ano, eles se amaram até a alvorada.

Quando Paneb acordou, a amante havia desaparecido. Ele fechou os olhos por alguns minutos para reviver em pensamento os jogos deliciosos, depois retomou o caminho do povoado.

Como na manhã da morte de Ramosé e da esposa, ele ficou surpreso com o silêncio, ainda mais estranho, num dia de festa. Sem dúvida alguém mais morrera, e as festividades haviam sido suspensas. De acordo com o lugar ocupado pelo defunto na hierarquia, teriam outro luto mais ou menos comprido, o que obrigaria Paneb a ficar em silêncio e a respeitar a dor da comunidade.

Não, ele não aceitaria, mesmo que tivesse de quebrar o costume! Ninguém, nem mesmo um chefe de equipe, poderia opor-se a uma legítima exigência. Enquanto os outros se lamentavam, Ardoroso trabalharia a técnica com um dos desenhistas, por bem ou por mal. A pequena porta a oeste, à qual só os moradores tinham acesso, estava fechada.

Intrigado, Paneb foi até a porta principal cujas imediações estavam desertas, pois os auxiliares haviam sido dispensados.

Agachado e mastigando um pedaço de papiro açucarado, o guarda divisou o artesão e saudou-o, fazendo um sinal com a cabeça.

Paneb passou pela porta e fechou-a atrás de si.

Ninguém à vista.

Os habitantes do Lugar da Verdade não estavam na necrópole, nem no povoado. Onde poderiam estar, senão no templo?

O jovem colosso avançou pela rua principal e ouviu um barulho de passos. Virou-se e viu Casá, o Cordame; Fened, o Nariz; Karo, o Brusco; e Nakht, o Possante, todos em fila, imóveis e armados de clavas.

— Bela surpresa, não? — perguntou Nakht, divertido. — Venha, menino, você está sendo esperado.

Userhat, o Leão, e Ipuy, o Examinador, juntaram-se aos quatro talhadores de pedra.

Um grupo de seis homens armados, alguns bem corpulentos... O enfrentamento ia ser duro, mas Paneb não estava com medo. Mesmo que levasse alguns socos, distribuiria bem mais.

— Você não tem como fugir — preveniu Nakht, o Possante. — Olhe à sua frente.

Na outra extremidade da rua principal estavam Renupê, o Jovial; Ched, o Salvador; Gau, o Preciso; Thuty, o Sábio; e até Paí, o Bondoso, também armados de clavas e visivelmente decididos a lutar.

Só o chefe de equipe e Nefer não participavam da carnificina.

O grupo de desenhistas parecia menos robusto do que o dos talhadores de pedra. Paneb quebraria primeiro a cabeça de Paí, pegaria sua clava e aniquilaria seus comparsas. E, se sucumbisse, por eles serem em maior número, não o faria sem lutar até o esgotamento.

Então, haviam tramado para se livrarem dele! Enojado com tanta falsidade, Paneb sentiu a raiva aumentar suas forças e avançou, ameaçador, na direção dos desenhistas.

O grupo separou-se para deixar passar a mulher sábia, vestida com uma incrível túnica vermelho-vivo que valorizava sua cabeleira branca, cuidadosamente penteada.

— Pare por aí, Paneb! Para você, tudo é conflito e discórdia. Você não está errado, porque é bem assim que conduzimos nossa existência. Mas a vida no Lugar da Verdade exige mais de nós do que a simples existência. Ela nos chama para a realização e para a serenidade... Antes, precisamos vencer os inimigos, e sobretudo o ardor, o excesso e o ódio que nos roem o coração. E você foi o escolhido para personificá-los para que não causem prejuízos e para que o ano que está para nascer seja um tempo de felicidade para a confraria.

Os membros da equipe da direita jogaram as clavas para o alto, gritaram de alegria e lançaram-se em cima de Paneb, que não esboçou nenhuma resistência. Com dificuldade, levantaram o jovem colosso e carregaram-no até a frente do templo de Hathor. Lá, amarraram-no solidamente a um pilar.

Do mais moço ao mais velho, todos o cumularam de injúrias, ordenando-lhe que não interviesse na vida do povoado, sob pena de ser abatido a socos.

Do seu lugar pouco invejável, Paneb, o Ardoroso, assistiu aos preparativos do banquete, durante o qual os talhadores de pedra e algumas esposas exageraram um pouco no vinho. Turquesa não lhe concedeu um só olhar; Uabet, a Pura, lançou-lhe olhadelas compassivas; Clara e Nefer fizeram sinais de amizade. Aliás, foi Nefer quem, por várias vezes, lhe trouxe água fresca, o único alimento adequado ao ardoroso.

— Você poderia ter dito que eu havia sido escolhido... Quase massacrei metade da equipe! Por acaso foi você quem teve essa idéia estúpida?

Com o olhar indecifrável, Silencioso não respondeu.

Condenado a suportar a posição de bode expiatório, Paneb transformou o tormento em paciência, se bem que a fome, atiçada pela visão dos pratos suculentos, sacudia-lhe o estômago. Aqueles que contavam enfraquecê-lo, impondo-lhe mais essa provação, perdiam tempo.

Quando a aparição da estrela Sothis permitiu à mulher sábia proclamar o nascimento do ano novo, marcado pelas lágrimas de Ísis que desencadeavam a cheia, o chefe de equipe desamarrou Paneb.

Enquanto Ardoroso esfregava os punhos, Neb, o Realizado, premiou-o com um violento soco nas costas, entre as omoplatas.

— O ouvido da sua consciência está aberto, Ardoroso. O trabalho sério vai começar.

63

Desde que começara a procurar, em vão, o autor do assassinato do guarda núbio, o chefe Sobek praticamente perdera o sono. As poções prescritas pela mulher sábia acalmavam-lhe os nervos, mas nenhuma delas eliminava sua obsessão. Um homem sob suas ordens tivera uma morte atroz, e um criminoso continuava em liberdade, certo de escapar da justiça.

Sobek não conseguia cruzar com um artesão sem achar que ele era culpado, e essa desconfiança permanente envenenava-lhe a existência porque nenhum indício reforçava a terrível hipótese. E por que haviam cometido esse homicídio?

Um fato inesperado fizera com que ele considerasse uma pista, mas tão inacreditável que ele achou que devia consultar o escriba da Tumba.

Instalado no escritório do quinto fortim, Kenhir escrevia o relatório diário, com uma letra cada vez mais ilegível. Praguejava contra as exigências de uma administração com mania de papéis que insistia em saber com exatidão o número de cinzéis de cobre usados pelos artesãos do Lugar da Verdade. Cabia a ele, evidentemente, verificar e chamar a atenção daqueles que esqueciam de restituí-los depois do trabalho.

— Chegou em má hora, Sobek!

"Para ele", pensou o núbio, "sempre se chega em má hora; exatamente o contrário de Ramosé."

— Sei o motivo da sua queixa: os auxiliares pedem uma mudança no horário de trabalho na estação quente. Entendo o ponto de vista deles, mas preciso assegurar o bem-estar do povoado. Além do mais, esse tipo de problema não faz parte de suas atribuições!

— Eu sei, Kenhir, mas vim consultá-lo sobre um caso bem mais grave.

O escriba da Tumba ficou intrigado.

— Sente-se.

Sobek sentou-se num banquinho.

— Sabe que continuo a investigar o assassinato de um dos meus homens.

— Um caso bem atrapalhado — julgou Kenhir. — Pensou-se em acidente, depois levantou-se a hipótese de um crime, e o esquecimento sobrepôs-se às interrogações.

— Não às minhas.

— Tem alguma pista?

— O destino talvez me tenha dado uma, mas preciso da sua opinião.

— Não sou policial!

— Se eu não estiver enganado, é o futuro da confraria que está em jogo.

— Não está exagerando um pouco?

— Esperemos que sim.

Kenhir, o Rabugento, resmungou. O chefe Sobek não tinha o hábito de fazer mexericos, nem de se entusiasmar com idéias tolas.

Por isso, o escriba decidiu consagrar uma parte do seu tempo a ouvi-lo.

— Então, sobre quem recaem as suspeitas?

O chefe Sobek olhava para a frente como se dialogasse com uma pessoa invisível.

— Abry, o administrador-chefe da margem oeste, propôs-me uma mudança de cargo. Eu seria responsável pela segurança fluvial de Tebas.

— Uma bela promoção...

— Existem muitos candidatos mais qualificados do que eu para exercer essa função, e a oferta de Abry incluía uma contra-partida.

A curiosidade de Kenhir intensificou-se.

— Uma tentativa de corrupção?

— Do meu ponto de vista, sim. Em troca do favor que Abry me fazia, eu deveria comprometer-me a dizer tudo o que sabia sobre o Lugar da Verdade.

O escriba da Tumba mastigou alguns caroços de melancia, enquanto rememorava a entrevista que tivera com esse mesmo Abry. À luz das revelações de Sobek, ela adquiria um significado inquietante.

— Como você reagiu, Sobek?

— Fingi estar interessado e acho que Abry mordeu a isca. No entanto, ele foi inteligente o bastante para não insistir, mas, sem dúvida, voltará ao ataque.

— Desista.

— Por que é tão categórico?

— Porque conheço a posição do vizir: ele está plenamente satisfeito com você, e o próprio faraó também. Se Abry o propôs para um novo posto, forçosamente recebeu um não seco e definitivo. Normalmente, eu não lhe daria essa informação confidencial, mas diante das circunstâncias...

— Sou um policial e gosto da minha profissão — afirmou Sobek solenemente. — Garantir a proteção do Lugar da Verdade não é um fardo e sim uma honra, e não pense que a proposta de Abry encontrou em mim qualquer eco.

Sentindo que o núbio estava a ponto de humilhar-se, Kenhir fez questão de tranqüilizá-lo.

— A segurança do povoado nunca esteve tão garantida, chefe Sobek, e você tem toda a minha confiança. Mas, por que liga a tentativa de corrupção feita por Abry ao homicídio do seu subordinado?

— Porque um alto funcionário não tem nenhuma razão para interessar-se por mim, a não ser pelo fato de eu ser o chefe da guarda do Lugar da Verdade. Se ele queria minha transferência, não seria para afastar-me desse caso e vê-lo afundar definitivamente no esquecimento?

O raciocínio de Sobek deixou o escriba da Tumba abalado.

— Não consigo ver Abry insinuando-se pela montanha em plena noite para assassinar um guarda...

— Nem eu; porém, ele não poderia ser o mandante do crime?

— Qual a razão?

— Enviar um emissário com a missão de fazer um levantamento do lugar.

— Você está pensando... numa tentativa de pilhagem das tumbas reais?

— Esse é o perigo que nos ameaça constantemente. Muitos pensam que elas contêm fantásticas riquezas e sonham em se apoderar delas. Se estiverem protegidas, os riscos serão mínimos. Mas, suponha que os habitantes do povoado sejam considerados suspeitos e desonestos, e que se ponha fim às suas atividades...

— Impossível, Sobek!

— Gostaria de convencer-me disso. No entanto, não se deve pensar no pior?

Pessimista por natureza, Kenhir, o Rabugento, ficou impressionado com os argumentos do policial.

— Então, você acha que um perigoso complô está sendo tramado contra o Lugar da Verdade e que o administrador-chefe da margem oeste é um dos instigadores...

— Não vejo outra razão para a tentativa de corrupção.

Kenhir lamentou o desaparecimento de Ramosé. O escriba de Maât saberia como defender a confraria.

Com uma pequena defasagem, Paneb, o Ardoroso, teve direito à refeição da festa, com uma longa e deliciosa massagem feita por Uabet, a Pura, preocupada com a musculatura dolorida do marido.

Finalmente, as palavras do chefe de equipe abriam-lhe o caminho! Ele não iria desarmado para o combate e sim fortemente equipado com a autorização de Neb, o Realizado.

Precavido a ponto de ficar surpreso consigo mesmo, o jovem colosso solicitara a opinião do amigo Nefer, que não tergiversara: o soco nas costas, desferido pelo mestre-de-obras, significava que Paneb estava autorizado a entrar para o clã dos desenhistas.

Quantos anos difíceis para conseguir chegar lá... E era só o começo! O entusiasmo de Ardoroso não diminuíra; pelo contrário, aumentara, com a oportunidade de submeter-se às provas.

Com o coração acelerado, Paneb foi ao ateliê das épuras onde trabalhava Ched, o Salvador, chefe dos desenhistas.

Cabelo fino, um pequeno bigode bem cuidado e olhos de um cinza-claro, desdenhosos, penetrantes, Ched era visto pelo rapaz como um adversário temível. O pintor estava preparando as cores, e passaram-se minutos difíceis antes de ele se dispor a notar a presença de Paneb.

— O que faz aqui? Pensei que você pertencesse à equipe dos talhadores de pedra.

— Era só um trabalho provisório... Agora que ele está terminado, vim colocar-me à sua disposição.

— Não preciso de ninguém, meu jovem. Já não lhe disse?

— O chefe de equipe bateu nas minhas costas para dizer-me que eu estava pronto.

— Ah... Isso é surpreendente. Neb, o Realizado, em pessoa?

— Ele mesmo.

— O que você sabe fazer, exatamente?

— Preparar uma superfície com o gesso.

— Bem, bem... Por que não continua nesse caminho? Um bom gesseiro tem futuro no povoado.

— Quero ir mais longe.

— Você tem capacidade para isso?

— Você verá.

— Ninguém pode desobedecer às ordens do chefe de equipe — reconheceu Ched, o Salvador — e eu deveria colocá-lo nas mãos dos desenhistas para que lhe ensinassem os rudimentos da técnica e você constatasse, como tantos outros antes de você, que não tem nenhum dom para a profissão. Porém, isso não é possível.

Paneb ferveu.

— Por quê?

— Um caso de força maior. Em alguns dias, o povoado viverá um evento fora do comum, e fomos requisitados para terminar alguns trabalhos. Portanto, não temos tempo para cuidar dos ensinamentos de um aprendiz.

Paneb estava convencido de que o pintor zombava dele.

— Que evento é esse?

— Ramsés, o Grande, virá, pessoalmente, inaugurar o santuário.

64

E se o velho rei sofresse um acidente? O pensamento sedutor não abandonou Mehy, depois que ele foi informado, como todos os outros altos dignitários tebanos, da chegada do faraó. Era ele, e ninguém mais, quem mantinha o chefe Sobek no posto e quem zelava pelo Lugar da Verdade com uma diligência nunca questionada. Se Ramsés desaparecesse, o povoado ficaria sem o seu principal protetor.

As forças de segurança não se deixariam ludibriar facilmente, e Mehy não encontraria nenhum demente para tentar eliminar Ramsés, o Grande, que se tornara uma lenda viva, tanto no seu país quanto no exterior.

Enquanto escutava, distraído, a tagarelice da esposa, submissa e sorridente, o ex-capitão da divisão de carros de guerra teve uma idéia.

Com um pouco de sorte, o rei não continuaria, por muito mais tempo, atrapalhando o seu caminho.

A visita de Ramsés suscitava um entusiasmo enorme na margem oeste de Tebas, onde todos os habitantes queriam ver passar o soberano que estabelecera uma paz durável no Oriente Médio, enriquecendo as Duas Terras.

A guarda de elite velava pelo chefe de Estado, mas quem pensaria em agredi-lo? Acompanhado do fiel secretário particular, Ameni, quase tão idoso quanto ele, Ramsés seguia num carro conduzido por um oficial experiente, puxado por dois cavalos possantes e, ao mesmo tempo, tranqüilos. Um guarda-sol protegia o ilustre viajante, que contemplava, emocionado, o cume do Ocidente e os templos de milhões de anos.

Quando saiu da zona cultivada, depois de passar ao lado do imenso santuário de Amenhotep III, cujo estilo lembrava o de Luxor, que Ramsés aumentara ao acrescentar-lhe um pátio circundado de colossos, um pilone e dois obeliscos, o faraó saboreou o ar do deserto, onde, muitas vezes, buscara a força necessária para exercer a opressiva função.

Em uniforme de gala, os policiais de Sobek formaram uma ala de honra quando o monarca atravessou os cinco fortins, seguido de uma legião de dignitários, entre os quais figuravam o prefeito de Tebas, o administrador-chefe da margem oeste e o tesoureiro Mehy.

Todos ficaram surpresos com a atitude de Sobek, que os obrigou a parar no quinto fortim.

Furibundo, Abry desceu do carro.

— O que está pensando? Fazemos parte do cortejo oficial.

— Ordens do faraó: ninguém pode passar.

— Isso é inacreditável! Vamos assistir a uma cerimônia e...

— A inauguração do templo será num local sagrado, o Lugar da Verdade, e vocês não têm autorização para entrar.

Os protestos diminuíram rapidamente. Aparentando perfeita calma, o comandante Mehy sentiu-se profundamente insultado pela maldita confraria; mais uma vez suas portas lhe eram fechadas. Mas essa afronta não seria eterna.

Os moradores do povoado, liderados por Kenhir e pelos dois chefes de equipe, envergavam suas roupas de festa, de linho real de primeira qualidade, e usavam perucas e jóias confeccionadas pelo ourives da comunidade.

Quando Ramsés passou pela rua principal, homens, mulheres e crianças prosternaram-se. Paneb, o Ardoroso, ficou assombrado com a força que emanava do importante ancião.

Emocionada, mas sorridente, uma menina, encantadora com a sua túnica azul de franjas, correu na direção do soberano para ofe-recer-lhe um buquê de lótus brancos.

— Para o vosso *ka*, majestade — disse ela sem gaguejar, depois de ter ensaiado a frase pelo menos mil vezes.

Ramsés beijou-a com a ternura de um pai e de um avô que pas-sara por tantos lutos e que via nessa criança o futuro do povoado.

Com as faces rosadas, a menina refugiou-se nos braços da mãe, esposa de um jovem talhador de pedra da equipe da esquerda. A inacreditável mercê que Ramsés lhe concedera recairia sobre todas as famílias, protegidas pelo amor do rei.

Neb, o Realizado, e seu colega Kaha acompanharam o faraó até o santuário recém-terminado. Apoiado numa bengala, o monarca andava com dificuldade, mas não titubeava no caminho que devia seguir. Ele sabia tudo sobre o Lugar da Verdade, alma secreta do Egito, lugar onde se criava a luz para dar vida à matéria, qualquer que fosse sua natureza e forma.

Como superiora das sacerdotisas, a mulher sábia, que dirigia o ofício, recebeu o rei na entrada do prédio.

— As portas desse templo estão abertas — ela disse. — A fumaça do incenso alcança o céu, mil pães, mil cântaros de cerveja e tudo o que Deus ama lhe é oferecido. Que Deus proteja o Faraó e que o Faraó dê vida a esse santuário.

Ramsés, o Grande, pôs-se de frente para a confraria. Longe de ser a voz de um velho doente, a dele era marcada por uma autoridade tão grande que, no mesmo instante, deixou Paneb, o Ardoroso, imobilizado.

— Conheço o valor de vocês e a qualidade das mãos que trabalham desde a pedra mais dura até o ouro mais fino. A tarefa é exigente e rude, mas vocês comungam com os materiais dos quais fazem surgir a beleza oculta. A obra que realizam é primordial para a felicidade do país, e dela vocês extraem uma alegria intensa, uma alegria que não é deste mundo. Continuem a respeitar a regra de Maât, a ser firmes e eficientes, ajam de acordo com o projeto do mestre-de-obras, e o apoio do Faraó nunca lhes faltará. Sou o protetor do ofício de vocês e terão tudo o que é necessário para que possam praticá-lo. Os alimentos serão como a onda da inundação, e os auxiliares mostrar-se-ão zelosos ao servir-lhes. Se trabalharem com o coração cheio de amor pela obra que executam, nunca se deixarão abater pela desgraça. E é de todo o coração que atuarei ao seu lado, porque vocês são meus filhos e os companheiros do meu templo.

Kenhir, que havia recebido a ordem de fornecimento dos donativos reais, sabia que Ramsés não se vangloriava ao falar de uma onda que inundaria o povoado nos próximos dias: potes com trinta e um mil pães cozidos, trinta e dois mil peixes secos, sessenta pedaços grandes de carne-seca e marinada, trinta e três animais de corte, duzentos pedaços de carne em filé, quarenta e três mil cestos de legumes, duzentas e cinqüenta sacas de feijão, cento e trinta e duas de grãos diversos, cerveja e vinho de qualidade superior. Os banquetes seriam suntuosos, à altura do *ka* de Ramsés!

Usando uma grande machadinha de madeira dourada, os dois chefes de equipe pronunciaram as fórmulas do rito de abertura da boca, dos olhos e dos ouvidos do templo, ao qual Ramsés deu o nome de *khenu*, "o Interior". E na sala abobadada onde estavam reunidos os artesãos e as sacerdotisas de Hathor, o monarca encontrou a estátua do seu *ka*, uma reprodução de pedra, feita por Neb, o Realizado.

— O Faraó nasce com o *ka*, sua força criadora — disse Ramsés —, e cresce com ela, que recria o mundo sem cessar e nos une aos deuses e aos ancestrais. Um ser só existe de fato quando se une ao seu *ka*, que se alimenta de Maât, e é aqui, no Lugar da Verdade, que é vivificado o *ka* real.

Paneb, o Ardoroso, estava estupefato. Em algumas palavras, Ramsés, o Grande, revelara a natureza da chama que ardia nele.

Recebendo a vida pelo verbo do Faraó, a estátua do *ka* foi instalada na capela, onde levaria uma vida autônoma. Os talhadores de pedra subiriam uma parede para nela fazer uma fenda estreita por onde o olhar da estátua contemplaria o mundo dos humanos e sobre ele irradiaria sua energia.

— Quando um monumento é posto no mundo desse modo — concluiu Ramsés — a força permanece nele para sempre.

Paneb gostaria de fazer pelo menos umas mil perguntas ao verdadeiro mestre da confraria, cujas palavras ficaram gravadas na sua memória. Ele se conscientizou de que seus futuros desenhos só teriam sentido se fossem motivados por essa misteriosa energia, cujo segredo era conhecido pela confraria.

Sob a ordem de Neb, o Realizado, os artesãos colocaram a última pedra do santuário, o lintel da porta talhado por Nefer, o Silencioso, e decorado com cores cintilantes por Ched, o Salvador.

— Quem é o autor desta obra? — perguntou o rei.

— Nefer, Majestade — respondeu o chefe de equipe.

Silencioso inclinou-se.

— Eu só executei, Majestade. O escriba Ramosé ditou-me o tema e a composição, e foi o pintor Ched que...

— Eu sei.

"Desta vez", pensou Paneb, "Silencioso falou demais."

— Você sabe o que significa o termo *hem*, Nefer?

— "Servir" e... "Majestade".

— Somos todos servos da Grande Obra que se realiza no Lugar da Verdade e é a ela que nos devemos consagrar. Porém, servir não exclui dirigir; e sem uma boa direção não há um serviço verdadeiro. Agora, quero recolher-me nesse templo.

Paí, o Bondoso, precisou puxar Paneb pela manga para obrigá-lo a sair com os outros; fascinado por Ramsés, o jovem colosso queria ouvir o diálogo do rei com o *ka*.

65

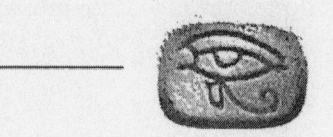

Ramsés, o Grande, preparava-se para se dirigir ao Vale dos Reis e inspecionar sua morada eterna que Ched, o Salvador, e seus assistentes haviam terminado antes da chegada do soberano.

Paneb foi encarregado de levar água fresca para os cavalos do faraó, instalados à sombra de um telheiro. Ao aproximar-se do carro, guardado por seu condutor, o rapaz deu uma olhada nas rodas. Um trabalho magnífico, de uma solidez a toda prova, que maravilhou o ex-carpinteiro.

Os cavalos beberam tranqüilamente, e Paneb já ia afastar-se, quando um detalhe insólito intrigou-o. Os raios das rodas eram pintados de amarelo-ouro, mas a tinta mais clara de um deles chamou a atenção do futuro desenhista.

— Esse carro passou por um conserto recente? — perguntou ao condutor.

— Não sei de nada, isso não é meu trabalho.

— De onde vem esse carro?

— Da caserna principal de Tebas, onde foi verificado pelos técnicos.

— Seria melhor verificar mais uma vez.

— E se você se preocupasse com seu trabalho, meu jovem?

Paneb poderia ter atormentado o soldado até conseguir examinar a roda, mas achou melhor seguir o caminho da hierarquia e alertou o chefe de equipe, que, imediatamente, convocou Didia, o carpinteiro.

O diagnóstico foi categórico: um dos raios havia sido substituído e pintado às pressas. O conserto negligente vinha acompanhado de uma colocação duvidosa da própria roda, que se soltaria progressivamente e acabaria provocando um acidente. O veículo poderia virar e, mesmo em velocidade moderada, o velho monarca poderia sofrer um choque mortal.

Um outro carro, devidamente examinado por Didia, foi designado para Ramsés, que partiu em companhia dos dois chefes de equipe, de Ched, o Salvador, e de alguns artesãos, entre eles Nefer, o Silencioso.

Paneb compreendeu que o amigo escalara um novo degrau na hierarquia e que teria a enorme sorte de entrar na tumba real. Ardoroso nem sonhava que sua diligência acabara de salvar o faraó do Egito e, ao mesmo tempo, o Lugar da Verdade.

Fechado no escritório da sua luxuosa vila, Mehy rasgava, furioso, velhos papiros. Agora, não tinha mais dúvidas: uma sorte quase sobrenatural protegia Ramsés. A sabotagem havia sido feita, com grande cuidado, por um bom especialista generosamente pago e que, evidentemente, ignorava por que fizera o trabalho. A roda havia sido entregue na caserna e fora montada por um soldado que nada percebera de anormal, como esperava Mehy.

Inevitavelmente o acidente teria acontecido, se um artesão do

Lugar da Verdade não tivesse sido tão curioso. O encarregado da administração da caserna seria repreendido, e o serviço técnico, sancionado. Mehy deveria agir rápido para cortar o fio que poderia levar até ele.

Finalmente, a noite caía.

— Vai sair a esta hora? — surpreendeu-se a esposa.

— Vou buscar um documento no escritório.

— Não pode esperar até amanhã de manhã?

— Cuide do jantar, Serketa. Espero que o cozinheiro se mostre mais hábil do que ontem.

Se Ramsés tivesse morrido num acidente, todo o Egito iria restringir-se ao ritual do luto, e ninguém teria se preocupado com a roda do carro. Entretanto, como a anomalia havia sido constatada, uma investigação seria, forçosamente, instalada.

O comandante pulou sobre o cavalo e galopou até um pequeno bosque de tamargueiras, onde o amarrou. Depois, a passos nervosos, foi até o ateliê do marceneiro, um viúvo que, por sorte, acabara de perder o cachorro.

O homem estava sozinho, comendo favas quentes.

Mehy aproximou-se por trás e em silêncio. Com um gesto rápido e preciso, cobriu a cabeça da vítima com um saco de pano grosso, mantendo-o assim, até que o marceneiro parou de respirar.

A conclusão seria uma parada cardíaca, e o comandante não precisaria ter medo de nenhum falatório.

Como tesoureiro-chefe de Tebas, Mehy recebeu Dakter, oficialmente, para examinar a previsão do orçamento do setor de pesquisas. Agora, não precisavam mais esconder-se.

Muito agitado, o gordo homenzinho não parava de mexer na barba.

— Minha situação está insustentável — lamentava-se —, há dois anos que trabalho com afinco para aperfeiçoar uma máquina hidráulica que substituiria o *shaduf** e todos os aparelhos arcaicos e, enfim, consegui!

— Deveria estar satisfeito — surpreendeu-se Mehy.

— E estou, mas o diretor do laboratório mandou-me esquecer essa fantástica invenção!

— Qual o motivo?

— Ela seria eficaz demais e aumentaria a irrigação em proporções que ele julga desastrosas. Para ele, só as coisas naturais e as tradições têm valor. Desse jeito é impossível fazer a ciência progredir! Só há um caminho: submeter a natureza ao homem. Enquanto este país não compreender isso, será um país retrógrado.

— Não perca a confiança, Dakter, e espere que eu assuma o meu posto. Prometi que, um dia, você se movimentaria livremente, e tenho o hábito de cumprir os meus compromissos.

— Quanto mais cedo melhor... ainda mais que consegui descobrir duas pistas interessantes.

— Têm ligação com o Lugar da Verdade?

— O diretor do laboratório mantém uma vigilância especial em relação a certos dossiês. Astuciosamente, consegui algumas informações confiáveis. Algumas expedições são organizadas na maior discrição para obter dois produtos: a galena e o betume.

— Para que servem?

— Oficialmente para simples usos domésticos ou rituais. Se

---

* Contrapeso usado no Egito para tirar água do rio Nilo e dos canais. (N. da T.)

isso fosse verdade, por que tantas precauções? E por que os artesãos do Lugar da Verdade foram, por várias vezes, aos locais de exploração?

— Você pode descobrir mais?

— Sem assumir riscos consideráveis, não. Sou apenas o adjunto do diretor, e a cada dia ele gosta menos de mim. No entanto, estou convencido de que estamos próximos do objetivo. A galena e o betume devem ser entregues em segredo aos artesãos. Se soubéssemos onde são obtidos esses produtos, eu conseguiria definir sua natureza exata e os possíveis usos.

Mehy sonhava com a fabricação de novas armas, e Dakter talvez houvesse descoberto o caminho decisivo. Bastava afastar o velho sacerdote de Amon que dirigia o laboratório, nomear Dakter e associá-lo às expedições.

Mehy teve de renunciar às suas pretensões.

O diretor do laboratório central era um sacerdote de Karnak que pertencia a uma hierarquia muito antiga, dirigida pelo sumo sacerdote de Amon, e fora nomeado com a aprovação do faraó e colocado à frente de um setor de fabulosa riqueza. Nem o prefeito de Tebas, nem os outros dirigentes profanos podiam intervir para exigir uma mudança.

O comandante não desistiu e reuniu o máximo de informações possíveis sobre esse sacerdote tão incômodo. Ele tinha setenta anos, era casado, pai de duas filhas, sem nenhuma preocupação de ordem material, sem nenhum vício conhecido. Formado na escola do templo, passava por um sábio experiente e prudente, cujas opiniões eram acatadas.

Uma das armas preferidas de Mehy, a calúnia, poderia ser ineficaz. Quem acreditaria que esse sacerdote de moral intransigente e com uma carreira retilínea poderia manter amantes ou aceitar subornos? O homem era íntegro demais para ser alvo de ataques que surtissem efeito.

Um novo assassinato não assustava o comandante Mehy, mas o sacerdote levava uma vida regrada e só freqüentava três lugares: sua própria casa, o templo e o laboratório. Eliminá-lo não seria fácil, e uma morte suspeita provocaria uma investigação minuciosa.

Restava criticar sua gestão e demonstrar que o laboratório estava deficitário e que custava muito caro, tanto para o templo como para a cidade. Porém, esse argumento poderia prejudicar o futuro diretor, cujo orçamento seria reduzido.

Mehy estava desesperado para encontrar uma solução, quando a sorte lhe sorriu de múltiplas maneiras. Primeiro, o velho sacerdote morreu de morte natural; depois, a hierarquia de Karnak, preocupada com problemas internos, não propôs um sucessor; finalmente, o tesoureiro-chefe de Tebas e o cúmplice Dakter tiveram tempo de falsificar o dossiê do sacerdote, no qual, graças à intervenção dos dois, o morto recomendava, acaloradamente, o adjunto como futuro diretor do laboratório.

Considerado competente e perfeitamente integrado à sociedade tebana, Dakter conseguiu o posto, há muito tempo cobiçado. Aconselhado por Mehy, só manifestou um discreto contentamento e, ao comparecer diante do vizir, frisou as dificuldades da sua tarefa e a sua vontade de seguir os passos do sábio antecessor.

Estimulado por esse sucesso, Mehy deu um golpe de mestre: a transferência do laboratório para um novo local, perto do Ramesseum, com o pretexto de desobstruir a administração tebana e realizar economias no funcionamento.

Dakter trabalharia, assim, próximo ao Lugar da Verdade e debaixo do controle teórico de Abry, o fiel aliado de Mehy. A proximidade do inimigo a ser abatido e a perspectiva dos tesouros a serem conseguidos estimulariam o ardor de conquista do cientista e sua sede de descobertas.

O comandante estava convencido de que, para desenvolver um poder fortalecido, precisaria do apoio incondicional da ciência e da técnica. No seu processo irreversível de conquista, acabara de vencer uma etapa decisiva.

66

Paneb, o Ardoroso, andava de um lado para o outro como um leão enjaulado na sua própria casa.

— Você devia sentar-se e comer — recomendou Uabet, a Pura. — Os bolos vão esfriar.

— Não estou com fome.

— Por que se atormenta desse jeito?

— Ramsés, o Grande, foi embora, o chefe de equipe também, o pintor e os desenhistas não podem ser encontrados! E Nefer desapareceu!

— É claro que não.

Paneb deu de ombros.

— Talvez você saiba onde ele está escondido!

— Seu amigo não está escondido, ele foi admitido na Morada do Ouro.

O jovem colosso arregalou os olhos, embasbacado.

— A Morada do Ouro... o que é isso?

— A parte mais secreta do povoado.

— O que se faz lá?

— Não tenho a menor idéia.

— Como ficou sabendo que essas portas se abriram para Nefer?

— Você se esquece de que sou uma sacerdotisa de Hathor... Ela é uma deusa benevolente que faz confidências aos seus fiéis.

Paneb levantou Uabet, a Pura, como se ela tivesse o peso de uma pluma, e colou o rosto dela ao seu.

— Diga-me o que sabe.

— Sou uma boa esposa e não escondo nada do meu marido.

Com os seios nus, Uabet, a Pura, usava apenas uma tanga de linho grosseiro que ela desamarrou para deixar a peça cair ao longo das pernas. Enroscada no marido, ela lhe ofereceu o calor de seu corpo gracioso.

Paneb jurara a si próprio que resistiria, mas não percebera que a jovem era tão bonita.

Quando sentiu brotar o desejo do marido, Uabet enrolou as pernas em torno da cintura de Paneb e saboreou o intenso prazer de tornar-se, enfim, sua mulher.

Batidas violentas na porta acordaram Uabet. Ainda embrenha-da nas delícias do leito conjugal, ela se cobriu com uma capa leve e foi abrir a porta.

Os três estavam ali: Gau, o Preciso; Unesh, o Chacal; e Paí, o Bondoso. Com a fisionomia séria, não tinham nada de amistoso.

— Viemos buscar Paneb — disse Gau secamente.

— O que querem com ele?

— Ordens do chefe de equipe; que ele se apresse.

Paneb levantou-se imediatamente. Já deixara de lado o olhar amoroso e fitava os três homens.

— Siga-nos — exigiu Gau, cuja carcaça grande e meio mole terminava num rosto austero e mais para o feio, desajeitadamente ornamentado por um nariz comprido demais.

— Aonde vamos?

— Você verá.

— E se eu me recusar?

— Saia do Lugar da Verdade. A porta está bem aberta para quem quiser sair, só é difícil passar por ela na entrada.

Paneb esperou por um olhar de encorajamento da parte de Paí, o Bondoso, mas ele continuou tão sério quanto os dois companheiros.

— Vamos, mas estou avisando: se for preciso, saberei defender-me.

Gau, o Preciso, foi na frente, seguido de Paneb, que estava cercado por Uanesh, o Chacal, e Paí, o Bondoso. Ele ia no seu ritmo, lento mas regular, e dirigiu-se para o local de reunião da equipe da direita.

Na porta estava Didia, o carpinteiro.

— Qual é seu nome?

— Paneb, o Ardoroso.

— Deseja conhecer os mistérios do estaleiro?

"O estaleiro"... Nefer estivera lá! Era mais um nome de lugar da confraria que Paneb já conhecia.

— Desejo.

— O estaleiro* que representamos nas paredes de algumas moradas eternas — especificou Didia — na realidade é o ateliê onde nascem os carpinteiros, os escultores, os desenhistas e as obras

---

* *Oulcher*, em egípcio.

que eles próprios põem no mundo. No nosso caminho, tudo é feito em conjunto. O barco comunitário está em pedaços no estaleiro, e cabe aos artesãos do Lugar da Verdade reunir as peças esparsas para lhes dar uma coerência. Preste atenção, Paneb: Se você for um indivíduo incoerente, esse lugar só lhe trará desilusões. Ainda persiste?

— Vou continuar.

Didia e os três desenhistas fizeram Paneb entrar na sala de purificação, onde Gau, o Preciso, mediu-o com um cordel.

— Deus criou o mundo com números e de acordo com as proporções — ele especificou. — Entre no jogo de relações harmônicas.

Paí, o Bondoso, mandou Paneb ajoelhar-se diante de uma pedra cúbica na qual ele pôs as mãos, lavadas com a água purificadora que saía de um vaso num formato que simbolizava *ânkh,* "a vida", que Uanesh, o Chacal, segurava.

Paneb levantou-se; Paí, o Bondoso, untou-lhe as mãos com um ungüento, em seguida desenhou um olho em cada uma das palmas.

— Graças a este ungüento, suas mãos começam a funcionar de verdade; graças a este olho, elas veêm.

Num canto da sala, havia um grande buraco retangular cheio de água. Unesh, o Chacal, despiu Paneb e ordenou-lhe que entrasse na água.

— Só a água primordial pode livrá-lo dos entraves — disselhe. — Que ela o purifique como purifica sem cessar as forças criadoras; que ela o faça perceber a energia da origem sem a qual nossos corações e nossas mãos ficariam inertes.

Paneb experimentou estranhas sensações. Tratava-se apenas de água fresca, mas ela o envolvia como uma roupa protetora e dava-lhe a sensação de uma leveza agradável e ao mesmo tempo inquietante.

Ele precisou sair da cuba matriz e, impulsionado pelos três desenhistas, atravessou o umbral do local de reunião.

Dos dois lados da porta estavam Userhat, o Leão, escultor-chefe, e o pintor Ched, o Salvador. Userhat usava uma máscara de falcão, e Ched, de íbis. Horus segurava a pluma de Maât, e Thot, o símbolo da vida.

Paneb ajoelhou-se sobre uma depressão em forma de cesta, hieróglifo que significava "domínio", e disse seu nome.

O chefe de equipe saiu da penumbra e passou em torno do pescoço de Ardoroso um cordão com um coração pendurado.

Da ponta e da base da pluma, do oval e da base transversal da cruz ansada, brotaram ondas invisíveis em forma de linhas quebradas.

Quando tocaram o corpo de Paneb, ele sentiu um impulso descomunal, sem nenhuma dor. Era um fogo suave, penetrante, semelhante a um raio de sol depois de uma noite fria.

A luz clareou a sala de reunião. Paneb percebeu que todos os membros da equipe, inclusive Nefer, estavam presentes.

O chefe de equipe sentou-se na sua cadeira.

— Nossa confraria é um barco que tem por função atravessar as águas celestes e confraternizar com as estrelas. Você foi chamado para esse barco e viu a luz no santuário; que a capacidade de viajar lhe seja dada. Que você possa pegar a corda na proa do barco da noite e a corda da popa no barco do dia; que lhe sejam dadas a iluminação no céu, a força criadora na terra e a exatidão da voz no reino do outro mundo.

Diante do olhar atento de Paneb, Nefer, o Silencioso, Casá, o Cordame, e Didia, o Generoso, juntaram lentamente as diversas partes do modelo reduzido de um barco de madeira equipado com uma cabine em forma de capela.

— Grave esse mistério na sua mente, Paneb; mais além, durante o seu caminho, talvez você descubra o seu significado.

Sobre o ombro direito de Ardoroso, Gau, o Preciso, desenhou um vaso simbolizando o coração-consciência; Unesh, o Chacal, desenhou o cetro "Poder"; e Paí, o Bondoso, o pão da oferenda com o significado "dar".

— Na minha função de mestre-de-obras e de chefe de equipagem — declarou Neb, o Realizado — conheço o segredo das palavras divinas. Aqui se adquire o domínio das fórmulas mágicas para que os artesãos do Lugar da Verdade sejam excelentes na sua arte, saibam usar as justas proporções, tragam para a pintura a postura de um homem, a graça de uma mulher, o vôo de um pássaro, o movimento de um leão, a expressão de medo e de alegria. Para que consiga isso, Paneb, você precisará trabalhar sem descanso, aprender a fabricar os pigmentos que, fundidos sem que o fogo os queime, são insolúveis na água e inalteráveis no ar. Esses são os segredos do ofício que nunca foram revelados a nenhum leigo. Você se compromete a preservá-los, aconteça o que acontecer?

— Pela vida do Faraó e pela vida da confraria, eu juro.

— Ched, o Salvador, e os desenhistas da equipe da direita aceitaram instruí-lo. A partir de hoje, você pertence ao clã e só executará as tarefas confiadas por eles.

67

Depois da iniciação de Paneb, o Ardoroso, no estaleiro, e do banquete que veio em seguida, Gau, o Preciso, bem que teria descansado um pouco. Sentia-se sempre cansado, sobretudo depois das festas. A mulher sábia já o salvara por duas vezes de uma congestão do fígado, cujos canais se haviam fechado.

No entanto, o aprendiz veio bater à porta do ateliê na manhã seguinte, com a firme vontade de não perder nem mais um minuto, e Paí, o Bondoso, acordado com os chamados de Ardoroso, havia sido obrigado a procurar por Gau.

— Estou pronto — afirmou Paneb. — Por onde começaremos?

— Nossos segredos de ofício só são transmitidos no nosso clã de desenhistas. Se você tiver um comportamento indigno ou se suas aptidões se mostrarem insuficientes, nós o excluiremos definitivamente. Antes da sua chegada, muitos jovens fracassaram porque nosso trabalho é muito árduo. Ele exige que se conheçam os hieróglifos, palavras dos deuses, a arte do Traçado e a ciência de Thot. Se você está contando em agir segundo a sua fantasia, saia imediatamente deste ateliê.

— Mostre-me o material que poderei usar.

Como se o pedido de Paneb o incomodasse, Gau, o Preciso,

foi arrastando os pés até um cesto retangular, abriu-o e tirou uma paleta de escriba, argamassa, pilões, pincéis, broxas e um cutelo.

— Esta paleta passa a ser sua, não a empreste para ninguém. Nas cavidades, redondas ou quadradas, você deverá colocar os pigmentos que for usar.

— Como prepará-los?

— Veremos isso bem mais tarde. Por ora, deve contentar-se com as barras de cores que vamos fornecer-lhe. Você deverá diluílas usando a tigela de água, e triturá-las com a argamassa e os pilões. Vamos tentar.

Gau estava convencido de que o jovem colosso estragaria muitas barras antes de conseguir um resultado satisfatório. No entanto, Paneb não se precipitou; avaliou o conteúdo da tigela, apalpou a barra de cor vermelha para verificar se era bem friável, diluiu-a com a quantidade certa de água e manejou o pilão com a força adequada.

Gau não manifestou sua surpresa e retomou a aula no mesmo tom glacial.

— Você precisa munir-se de pedaços de cerâmica ou de conchas para preparar as tonalidades e misturá-las, e deverá espalhar as cores de maneira uniforme, sem nenhuma sombra. Pincéis e broxas não são fáceis de serem manejados, e a maioria dos jovens desiste.

A variedade de material oferecida deixava Paneb maravilhado. Havia caniços muito finos com as pontas desbastadas e cortadas, outros mais grossos, uma grande broxa de fibras de palmeira dobradas e amarradas, uma de nervuras de palma amassadas numa extremidade e com as fibras separadas para formar filamentos bem longos, outra bem comprida e estreita, e outra ainda mais larga, espátulas... Com tantos diâmetros e tipos de pontas diferentes, poder-se-ia desenhar o universo e seus segredos!

Desta vez não era mais um sonho. Paneb tinha diante de si as ferramentas que queria e manipulou-as, uma a uma, com delicadeza e respeito. A intensa felicidade, já pressentida por Paneb, levou-o à beira das lágrimas.

A voz rouca de Gau arrancou Paneb do êxtase.

— Cate seu material e siga Paí, o Bondoso. Ele o levará à sua primeira obra.

Ainda em estado de choque, Paneb seguiu o desenhista meio adormecido.

— Abusei um pouco da cerveja do Faraó — confessou Paí.

— Aonde vamos?

— Como suas primeiras tentativas serão obrigatoriamente medíocres e como Gau detesta ver estragada uma superfície bem preparada, ele escolheu, para sua experiência, um lugar que só prejudicará a você mesmo: sua própria casa.

Não foi sem orgulho que Paneb dispôs suas broxas e pincéis numa mesa baixa, no primeiro cômodo de sua casa, sob o olhar inquieto de Uabet, a Pura.

— É mesmo necessário imaginar algum tipo de decoração? Essa austeridade me convém e...

— Estou aprendendo meu ofício — cortou Paneb.

— Que cores você quer? — perguntou Paí, o Bondoso.

— Vermelho, amarelo e verde. Vou pintar longas faixas horizontais e sobrepostas.

— Tem certeza de que a parede está bem preparada?

— Não tenho dúvidas, fui eu quem a fez! Tapei os buracos

com argila e, para deixá-la resistente, amassei-a com palha picada; depois, fiz um revestimento com gesso à base de cal.

Paí pareceu cético.

— Como é só uma casa, o erro que você cometeu não é grave... Mas seria inaceitável num templo ou numa morada eterna.

— Que erro?

— A superfície está morta.

— Morta... O que quer dizer?

— Está lisa demais, portanto está sem vida. Qualquer parede precisa ser ligeiramente ondulada para ilustrar e registrar as vibrações que atravessam constantemente o espaço. Simetria absoluta e rigidez são outras formas de morte que sua mão precisa vencer.

Paneb contemplou a parede com outros olhos. Ele sabia que havia mil coisas para aprender, mas, realmente, a iniciação no estaleiro abria-lhe as portas de um outro mundo onde tudo tinha um sentido.

O neófito preparou as cores e, por instinto, traçou largas faixas na parte de baixo.

A segurança na execução demonstrada por Paneb deixou Paí, o Bondoso, estupefato, porém ele não demonstrou surpresa. O jovem desenhista escolhera o pincel certo, e sua horizontal era praticamente reta. Até Uabet, a Pura, ficara fascinada e observava o marido trabalhar. Ele pegava, com a extremidade das fibras, a quantidade exata de tinta e conseguia dar vida a uma parede até então inerte. Depois, usou uma broxa para terminar uma faixa verde e parou quando faltava um terço da superfície a ser pintada.

— Mais do que isso — avaliou — vai ficar muito carregado O que acha, Paí?

— Existe uma técnica específica para traçar a correspondência das linhas.

— Por que não me ensinou?

— Queria ter certeza de que você seria capaz de assimilá-la.

— E então?

— Serão necessárias outras tentativas...

Paneb percebeu que seu caminho seria repleto de armadilhas e de engodos, mas não estava preocupado e continuaria a ir em frente. Uma vez que lhe deram os instrumentos, ele não estava mais desarmado; com esses aliados, não temia ninguém.

— Quer experimentar algumas formas específicas? — propôs Paí.

— Mostre-me!

O desenhista subiu num sólido banco de três pés e, com um pincel bem fino, fez o esboço de um feixe de junco no alto da parede.

— Este símbolo garante a proteção mágica da parede — especificou ele — mas é preciso fazer todo um friso com ele, e isso não é fácil.

Paneb tentou, em seguida, reproduzir o modelo e não faltou habilidade na sua tentativa. Havia algumas imperfeições no traçado das curvas, que Paí corrigiu sem dizer uma só palavra. Ardoroso observou e não repetiu os mesmos erros.

— O que fica bem numa casa? — perguntou ele ao professor.

— Motivos florais e geométricos que evocam a alegria tranqüila de um lar e um bom equilíbrio do cotidiano.

Mil figuras atropelavam-se na mente de Paneb. Ele já as reproduzira na areia ou em pedaços de calcário, mas, na verdade, não conseguira dar-lhes vida.

— Você me faria um favor, Paí? — O desenhista mostrou-se reticente.

— Depende...

— Poderia hospedar minha esposa até amanhã de manhã? Preciso tentar decorar essa casa e tenho de ficar sozinho.

— Mas... Você vai precisar de várias semanas!

— Quero preparar um projeto completo e pedir sua opinião.

— Como quiser... Então, até amanhã.

Uabet, a Pura, não gostou de ser afastada de casa, mesmo que por um breve período, mas foi muito bem acolhida pela esposa de Paí, o Bondoso. No entanto, desde que o sol nascera, ela não teve sossego enquanto não voltou para casa.

Quando Uabet e Paí entraram na casa, ficaram deslumbrados.

Paneb havia pintado um friso com os juncos protetores, no alto de todas as paredes, com uma precisão e uma regularidade surpreendentes, e não parara por aí. Todos os cômodos receberam uma pintura encantadora, composta de pequenas rosas, de flores de lótus estilizadas, de cachos de uva, de folhas de parreira, de flores amarelas de perséia, de papoulas vermelhas amarronzadas, de losangos e de quadriculados.

Uabet, a Pura, fechou os olhos, temendo ser vítima de uma miragem. Quando os abriu, as maravilhas não haviam desaparecido.

— Minha casa é a mais bonita do povoado... Mas, onde está Paneb?

Ela correu até o quarto e jogou-se em cima do marido, que acabara de deitar depois da noite de trabalho.

— Está deslumbrante, querido, deslumbrante! Graças a você vamos morar num verdadeiro palácio!

Embasbacado, Paí, o Bondoso, procurava, em vão, alguma coisa para criticar. Antes de ter acesso à ciência secreta dos desenhistas e pintores, Paneb já realizara uma espécie de obra-prima. Ele tinha um sentido inato de proporção e de cores.

Se o destino ou a vaidade não reduzissem seus dons a zero, Paneb, o Ardoroso, seria um dos mais brilhantes servos do Lugar da Verdade.

68

Depois da sua nomeação para o cargo de diretor do laboratório central a oeste de Tebas, Dakter mandava que os criados alisassem e perfumassem sua barba, todos os dias. Como prometera, ele anunciou à equipe de técnicos que prosseguiria com o programa de pesquisas tradicionais do antecessor morto, que fixara sabiamente os limites da ciência. Ele, um estrangeiro, agora reconhecido como uma pessoa ilustre, concedera a si próprio um período de descanso para usufruir da sua vila funcional, dos empregados e da consideração que, enfim, lhe dedicavam.

Esse doce conforto quase arrefecera seu entusiasmo, mas a excitação intelectual acabara dominando, e Dakter voltara a se interessar pela galena e pelo betume, dois produtos sobre os quais não havia nenhuma indicação precisa nos dossiês à sua disposição.

Entretanto, encontrara uma informação preciosa: a cada dois anos, mais ou menos, uma expedição era enviada para recolher esses produtos e entregá-los no Lugar da Verdade. Como o novo diretor, Dakter seria encarregado de organizar essa expedição. Ainda seis meses de espera, no mínimo, antes da próxima... Apesar da sua exasperação, ele não devia atropelar seus atos. Em breve, desvendaria um dos segredos da confraria.

A proximidade do povoado permitira-lhe contratar como lavadeiro particular o homem a quem fornecia o pó para lavagem da roupa. Naquela tarde, o informante exibia um sorriso satisfeito.

— Acho que tenho novidades... A comunidade dos artesãos recebe a correspondência trazida por um carteiro chamado Uputy, e entrega-lhe as cartas destinadas às pessoas que não vivem intramuros. Uputy é consciencioso, mas, às vezes, fala demais e gosta de discutir com qualquer um. Como é observador, notou que um dos artesãos escreveu demais nos últimos tempos.

— A quem eram destinadas as correspondências?

— Uputy precisa guardar segredo sobre a correspondência. O que sei, também, é que o artesão em questão foi para a outra margem todos os dias de folga, nos dois últimos meses. Pouco habitual, como comportamento. Talvez se trate apenas de um cliente para quem ele fabrica objetos de luxo, mas, em geral, as coisas não acontecem assim... Há somente pedido e entrega.

— Evidentemente, você sabe o nome desse artesão.

— Tenho essa sorte.

— Quanto?

— O pó para lavar roupa não será suficiente... Quero lingotes de cobre.

— Está ficando muito caro, amigo.

— Uma informação como essa tem seu preço.

— Os outros auxiliares também estão a par?

— Não, só eu. Uputy arrependeu-se por ter deixado escapar esse nome e não voltará a dizê-lo. Se quiser saber, pague-me.

Dakter fez uma cara enfezada.

— Dois lingotes?

— Quatro.

— Três?

— Quatro... Esta é a oportunidade da minha vida, não vou perdê-la.

— Três amanhã, e o quarto em uma semana, se a informação for interessante.

— Então, três e dois.

— Negócio feito.

O lavadeiro deu a Dakter o nome e a descrição do artesão, um homem da equipe da direita.

Dakter precisou esperar o fim da recepção dada por Mehy e Serketa em homenagem ao prefeito, confirmado no cargo pelo vizir, para comunicar a informação que acabara de obter. Imediatamente, o tesoureiro-chefe de Tebas percebeu que seguia por um caminho muito interessante; além de obter diretamente as informações sobre as atividades secretas dos artesãos, teria algo ainda melhor: um espião no Lugar da Verdade.

Diante da idéia de ficar rico, as pernas do lavadeiro tremeram. É verdade que violava o compromisso assumido como auxiliar, mas como recusar uma oportunidade dessas? Com a fortuna feita, abandonaria a profissão que execrava e compraria uma fazenda no Meio Egito, onde os terrenos eram mais baratos do que em Tebas, e, nela, desfrutaria dias tranqüilos.

Como a informação se revelara interessante, Dakter aceitou entregar os cinco lingotes de cobre ao informante, sem mais demora. O lavadeiro só lamentava não ter exigido mais.

Quando estivesse de posse de seu pagamento, o auxiliar desapareceria, para nunca mais voltar às paragens do Lugar da Verdade.

"Embaixo da palmeira mais alta, em frente ao poço abandonado", dissera Dakter; "os lingotes estarão num saco, enterrado num buraco não muito fundo."

O lavadeiro assegurou-se de que aquela parte do palmeiral estava deserta. Ninguém aparecia por aqueles lados à noite e nenhum olhar indiscreto poderia vê-lo desenterrar o pagamento.

Dakter não mentira; o saco estava bem embaixo de uma majestosa palmeira, e o lavadeiro não precisou despender muitos esforços para trazê-lo à superfície.

Quando se preparava para desamarrar o cordel, uma voz grave fez seu sangue gelar nas veias.

— Polícia! De pé, encostado na palmeira, e não tente reagir.

Em pânico, o lavadeiro apertou o tesouro contra o peito e fugiu.

— Pare!

Sua única chance seria correr bem depressa e escapar dos perseguidores. Mas tropeçou num cérbero que brandia uma clava.

O lavadeiro tentou agredi-lo com o saco, mas a clava acertou-lhe a cabeça, ao mesmo tempo em que era atingido no pescoço por uma flecha.

Então caiu, morto.

Os dez policiais que haviam preparado a emboscada para o lavadeiro reuniram-se em torno do cadáver, que foi examinado pelo chefe.

— Curioso... Disseram-nos que esse sujeito era um ladrão perigoso e que estava bem armado.

— O que tem no saco?

O chefe abriu-o e derrubou o conteúdo no chão.

— Pedras... Nada além de pedras.

— Bem manejado, um saco tão pesado é uma arma temível. Tivemos razão em nos defender.

Parecendo não dar muita importância ao fato, Mehy foi informado de que um malfeitor fora abatido no palmeiral, ao norte de Tebas. Os policiais haviam-no interpelado de acordo com a lei, mas o homem mostrara-se tão agressivo que eles haviam sido obrigados a abatê-lo, em legítima defesa.

A investigação possibilitou identificá-lo como um dos lavadeiros que trabalhava como auxiliar do Lugar da Verdade. Seus colegas não o apreciavam, e ninguém fez seu panegírico. Suspeitavam até que ele cometia pequenos furtos, e os outros lavadeiros enfatizaram sua arrogância e agressividade.

O chefe Sobek confirmou os testemunhos. Com esse epílogo tão trágico quanto definitivo, só restava arquivar o caso.

Mehy não se surpreendia com a sorte, que continuava a ajudá-lo tão constantemente; ele tomava as iniciativas certas, nos momentos adequados, e é por isso que todos os seus empreendimentos eram coroados de sucesso e reforçavam a sua posição. Estava convencido de que aquele lavadeiro reagiria como um imbecil e acabaria condenando a si próprio. Com o desaparecimento dele, Dakter estava fora do alcance, e o comandante exploraria a informação na maior tranqüilidade.

Contudo, não poderia cometer nenhuma imprudência: não seria possível, dessa vez, usar a polícia. Por isso, dirigiu-se à esposa, Serketa.

— Vou descrever-lhe um homem, e você deve identificá-lo, assim que ele descer da balsa que vem da margem oeste. Em seguida, deverá segui-lo e marcar o lugar aonde ele for.

— Mas há inúmeras balsas, todos os dias!

— Basta verificar as primeiras da manhã.

— Tenho horror de levantar cedo, querido!

— Você não vai recusar-me esse pequeno favor, Serketa, vai?

— E se essa amolação durar muitos meses?

— É uma missão importante, pombinha, e só posso confiá-la a você.

— O que me dá em troca?

— Quer uma jóia nova?

— Não posso dizer não... Estou começando a me cansar das antigas. Parece que um ourives de Mênfis cria magníficos colares de turquesas, mas, infelizmente, está sobrecarregado de trabalho.

— Fique tranqüila, para você ele não o estará.

No décimo oitavo dia de vigilância, Serketa identificou o artesão que tomara a segunda balsa da manhã.

Ela não teve nenhuma dificuldade em segui-lo e viu-o entrar num entreposto onde estavam amontoados móveis de diversas qualidades. Satisfeita, Serketa passou suavemente o indicador no pescoço que, em breve, seria ornado com um excepcional colar de turquesas.

69

Quando Paneb entrou no ateliê do Traço, próximo à sala de reuniões da equipe da direita, surpreendeu-se ao encontrar Nefer, o Silencioso, na companhia de Gau, o Preciso. Os dois homens estudavam um papiro intitulado: "Exemplo de cálculo para sondar a realidade e conhecer o que é obscuro." Ele estava coberto de símbolos matemáticos que o rapaz via pela primeira vez.

— Esse papiro me interessa?

— O arquiteto dos mundos pôs em ordem os elementos da vida segundo a proporção e a medida — respondeu Gau — e nosso mundo pode ser considerado como um jogo de números. Considere-os como fontes de energia, e seu pensamento nunca será estático. Na nossa tradição, o pensamento geométrico preside a expressão matemática. Ela é fundamentada no Um que se desenvolve, se multiplica e retorna a si mesmo. A arte do Traço é a evidenciação da presença da unidade em qualquer forma viva.

— Seu próprio corpo existe porque é um conjunto de proporções — observou Neb —, e você precisará dessa ciência para uma execução inteligente. Mas não pratique a geometria pela geometria ou a matemática pela matemática; aqueles que caíram nesse erro foram pegos na armadilha de um saber estéril.

— Trace um triângulo — ordenou Gau.

Com um pincel bem fino, Paneb obedeceu.

— Eis uma das formas mais simples de representar a luz solar de forma abstrata — especificou o professor — e nós colocaremos sua aprendizagem do traço sob a proteção dessa luz. Os antigos afirmam que o sol nos permite perceber os segredos do céu, da terra e das águas, compreender a linguagem dos pássaros e dos peixes, e apoderar-nos de todas as formas que quisermos.

— Então, ao trabalho!

Nefer constatou que o amigo tinha uma sede de saber inextinguível e que agira certo ao vir dar uma mão a Gau, o Preciso, que não tinha energia suficiente para ensinar durante horas a fio.

Paneb fez rapidamente as quatro operações básicas, descobriu as potências e as raízes, resolveu as equações sem dificuldade e sem nunca se afastar da aplicação prática, como a fabricação de um par de sandálias ou de uma vela de barco. Desse modo, ele tomou consciência de que nenhuma das obras produzidas pelos artesãos do Lugar da Verdade era por acaso.

Quer se tratasse de divisões, de multiplicações ou de extração de raízes, Ardoroso era convidado a trazê-las para o processo primeiro da adição. No sistema decimal, ele usava as frações unitárias, com um numerador igual à unidade, com a exceção de 2/3, e ele se virava com as tabelas que lhe foram entregues para verificar o resultado de seus exercícios.

— O hieróglifo da boca simboliza a fração primordial — revelou Gau — porque todas as formas saíram da boca do nosso protetor, o deus Ptah, que criou o mundo pelo Verbo. Agora, trace um círculo.

A mão de Paneb não tremeu.

— Veja como calcular a superfície desse círculo: tire $1/9^e$ do seu diâmetro; o que restar, eleve ao quadrado e assim está determinada a superfície,* o que é indispensável para avaliar, por exemplo, o volume de um celeiro de trigo de forma cilíndrica. Tudo isso lhe será útil quando você estiver diante de uma parede, porque precisará organizar o espaço em função das leis da harmonia.

Nefer, o Silencioso, desenrolou outro papiro que deixou Paneb mudo de espanto.

Nele estava desenhado um quadriculado com tinta vermelha no qual fora incluído um homem de pé, desenhado em preto. Cada parte do seu corpo correspondia a um número específico de quadrados.

— Essa representação é fundamentada no módulo de dezoito unidades: seis quadrados da planta do pé até o joelho, nove até as nádegas, doze até o cotovelo, quatorze e meio até as axilas, dezesseis até o pescoço, dezoito até o cabelo. Assim é decifrada a harmonia de um corpo humano; assim você pode desenhá-lo, sem trair essa harmonia. Isso é só um exemplo e não um sistema fixo; o mestre-de-obras tem capacidade para adotar outros quadriculados que revelem outras formas de proporção.

Paneb, o Ardoroso, e Nefer, o Silencioso, estavam sentados lado a lado, sob a abóbada estrelada.

— Não sabia que seria tudo tão extraordinário... Ou melhor, sim, o meu instinto sempre soube e agi certo quando resolvi segui-lo! Por que perdi tanto tempo?

---

* O Egito conhecia o número pi. Assimilando o círculo a um quadrado cujo lado representaria, então, 8/9e do seu diâmetro, pi tem um valor de 3,16.

— Tranqüilize-se, Paneb, você não perdeu nem um segundo. As provas preparam-no para viver intensamente momentos como este e para aprender, com a fulgurância que lhe é característica. E isso é só um começo; quando for possível, você estudará as pirâmides. Será uma nova etapa do seu caminho.

— Você virá comigo?

— Se o chefe de equipe autorizar.

— Você foi admitido na Morada do Ouro, não é?

Nefer hesitou em responder.

— Foi Uabet, a Pura, quem me disse.

— E ela disse certo.

— Sei que você não pode falar, mas diga-me ao menos se viu novamente a luz que atravessa a matéria.

— Ela existe, Paneb. Você também vai descobri-la se cumprir suas obrigações na disciplina que escolheu.

— Quando abrimos uma porta neste povoado, ainda restam dez outras a serem abertas... E isso me agrada. Você entrou na morada de Ramsés, o Grande?

— O Vale dos Reis não vai decepcioná-lo.

— Eu também vou trabalhar lá?

— Não é esse o destino de um desenhista do Lugar da Verdade?

— Estou pronto.

— Ainda não, Paneb. Você não tranqüilizou o olho.

— Não estou entendendo...

— O universo é um olho gigantesco cujas partes estão dispersas pelo nosso olhar. Mesmo assim, é ele quem guia nossa mão e inspira nossas obras. Temos o dever de reconstituir esse olho, mas, antes, é preciso tranqüilizá-lo para que ele não se afaste de nós.

Paneb ainda não compreendia, mas sentiu que o amigo lhe abrira uma nova porta. Ao contemplar a abóbada estrelada, sentiu a presença do olho completo que saberia, algum dia, reconstituir através do desenho.

Atarracado, cabelo preto grudado na cabeça redonda, busto largo, dedos dos pés e das mãos rechonchudos como os de um bebê, Tran-Bel bebia e comia com avidez e prazer. De origem líbia, não conseguira fazer fortuna no país de origem e estabelecera-se em Tebas, onde a sorte lhe sorrira. Com alma de comerciante, desprovido de qualquer moral, só queria ganhar e ganhar mais ainda, apesar de usar métodos pouco recomendáveis. Prudente e astuto, Tran-Bel não despertara as suspeitas das autoridades e até gozava de boa reputação.

— O senhor está sendo chamado, patrão, avisou um dos operários.

— Não tenho tempo.

— Mesmo assim o senhor devia ver do que se trata... Parece-me que o homem é importante.

"Mais um intermediário lamentável", pensou Tran-Bel, que contava livrar-se do intruso, com algumas palavras bem ríspidas.

Ele teve uma bela surpresa.

A fisionomia do homem que estava na porta do entreposto era parecida com a sua. Não era um sósia, mas possuía traços semelhantes que o fariam passar por irmão.

— O que me propõe, amigo?

— Você vai bem, Tran-Bel?

— Aqui, sou o patrão e estou muito ocupado.

— Vamos conversar num lugar tranqüilo.

— Acha que pode dar-me ordens?

— Acho que sim, na qualidade de tesoureiro-chefe de Tebas e de comandante das forças armadas.

Tran-Bel engoliu em seco.

Como quase todo mundo, ele ouvira falar desse Mehy, que era pintado como um administrador impiedoso a quem não era bom resistir. Mas por que um dignitário de tão alto escalão interessava-se por ele?

— Venha por aqui... Tenho um canto onde guardo meus arquivos.

Tran-Bel sentiu que as coisas estavam mudando. Teria cometido algum erro para provocar o aparecimento desse temível personagem? O reduto entulhado de tábuas de escrituração era sombrio e afastado da agitação da oficina.

— Você quer ver minhas contas, não é?

— Se você é um pequeno escroque que rouba a clientela e o fisco, não me interessa; mas, se utiliza ilegalmente os serviços de um artesão do Lugar da Verdade, é um grave delito, passível de uma pesada condenação.

Desnorteado, Tran-Bel nem pensou em negar.

— Eu nem percebi... Encontramo-nos no mercado, ele criticou uma das minhas banquetas que não estava muito firme, discutimos, e ele me propôs fabricar uma melhor, com a condição de partilharmos os lucros. Desde então, ele vem aqui e produz belas peças.

— E você as vende bem caro sem declarar à administração.

— Um simples esquecimento que prometo reparar!

— Nem pense nisso.

Tran-Bel não acreditava no que ouvia.

— Provavelmente foi você quem fez propostas desonestas ao artesão, mas o que vale é o resultado. Posso esquecer seu tráfico, com a condição de que me ponha a par das idas e vindas do seu cúmplice, a natureza do trabalho clandestino que ele faz para você e o montante dos ganhos ocultos.

— Às ordens — disse o líbio, menos tenso. — O senhor também quer... uma parte dos meus lucros?

O olhar gelado de Mehy aterrorizou-o.

— Quando pego — especificou o comandante — pego tudo. Trate de não esquecer e de dar-me informações exatas. Além disso, silêncio absoluto sobre o nosso pacto. Ao menor passo em falso, você será aniquilado.

70

Uabet, a Pura, não dava a menor oportunidade a sua inimiga mortal: a poeira. Todos os dias realizava uma grande limpeza, não poupando nenhum recanto da casa, totalmente desinfetada uma vez por semana. Como qualquer dona-de-casa, a jovem sabia que a higiene absoluta era a base da boa saúde. A isso acrescentava-se um agudo senso de arrumação, que Paneb julgava excessivo, mas contra o qual já desistira de lutar.

Por isso ficou surpreso ao voltar do ateliê do Traço, onde se aperfeiçoara em geometria, e constatar que uma cadeira não estava no seu lugar habitual e que uma das túnicas da esposa jazia negligentemente numa banqueta. Evidentemente, algum acontecimento de grande importância transtornara Uabet, a Pura.

— Onde você está?

— No quarto — respondeu uma voz fluida.

Paneb encontrou a esposa deitada de costas, com uma almofada sob a cabeça.

— Está doente?

— Você sabia que do coração saem canais que chegam a todos os órgãos? Clara explicou-me quando fui consultá-la. No coração formam-se sementes vitais, entre elas o esperma; e ela também ensinou-me que a procriação é o encontro de dois corações.

— Você está tentando fazer-me compreender que...

— Espero um filho seu, Paneb. Turquesa usa produtos contraceptivos; eu não.

O jovem colosso estava atordoado. Com essa experiência ele não contava.

— Não fique angustiado, cuidarei dele tão bem quanto da casa. Você não tem vontade de ver o quanto ele se parece com você?

Ardoroso sorriu e tomou delicadamente as mãos da esposa entre as suas.

— Confesso que você despertou a minha curiosidade... Vai precisar de repouso.

— Quando estiver muito cansada, pedirei a ajuda de uma ou duas sacerdotisas de Hathor. Entre colegas, temos o hábito de nos ajudar mutuamente.

Uabet, a Pura, temera uma atitude de recusa por parte de Paneb, mas o futuro pai parecia estar em estado de choque. Desse mal ela saberia curá-lo.

Mehy detestava o direito egípcio. Na quase-totalidade dos países, ele poderia facilmente repudiar uma mulher que só punha filhas no mundo; na terra dos faraós, impossível. Apesar de urdir tramas jurídicas no extremo limite da legalidade, o tesoureiro-chefe de Tebas não conseguiria espoliar a fortuna de Serketa. Como Mehy não suportava perder nem uma pequena parcela do que conquistara, precisaria suportar a esposa até a morte. Um divórcio representaria uma catástrofe financeira, e uma morte súbita despertaria suspeitas, trazendo-lhe amolações que prejudicariam sua reputação.

Além disso, Serketa partilhava dos seus grandes segredos e, num momento de exaltação, poderia ter a lamentável idéia de falar demais. Portanto, só restava a Mehy uma única solução: torná-la sua cúmplice ideal.

Depois de lhe dar o oneroso colar com o qual ela sonhava, convidou-a para um longo passeio no Nilo, como namorados. Doces e sucos de frutas foram-lhes servidos por uma pequena serva núbia, radiante por haver sido contratada por pessoas tão importantes.

— Há muito tempo que você não se preocupa comigo e me dá tanta atenção — surpreendeu-se ela.

— Gostou do colar?

— Não é feio... O que quer propor-me?

— Vamos trabalhar juntos.

— De igual para igual?

— Eu sou homem, você é mulher, sou eu quem dirige. Mas preciso de uma associada ativa.

Serketa fez um muxoxo interessado. Enfim, livrar-se-ia do tédio que começava a sufocá-la! E o marido encantador nunca ficaria sabendo do perigo de que escapara.

Depois de um certo medo, Serketa decidira livrar-se dele. Enquanto procurava a melhor maneira de fazê-lo, ele lhe oferecia uma aliança que prometia ser apaixonante.

— Por que não? Com a condição de que você não me esconda nada.

— Nem precisa dizer, querida.

— Vamos começar pela noite em que você saiu para buscar um dossiê.

— O que isso tinha de estranho?

— Você voltou sem o dossiê que queria tanto consultar.

— Você tem um notável senso de observação, Serketa.

— Aonde foi naquela noite?

— Quer realmente saber?

— É o que mais desejo!

— Preste bem atenção, pombinha. Você será minha aliada e, também, cúmplice, e não vou suportar a menor indiscrição.

À idéia de levar uma vida perigosa, Serketa sentiu-se deliciosamente excitada.

— Aceito as regras do jogo.

Mehy falou longamente e não omitiu nenhum detalhe. No olhar da mulher, ele discerniu admiração e inveja.

— Primeiro, precisaremos agir furtivamente — concluiu ela — depois o sucesso será estrondoso. Você acha que pode contar com esse Dakter?

— Ele é fraco, dissimulado, competente, ávido por riquezas e poder. Qualidades úteis... Abry não me dá tanta segurança, mas será uma conexão temporária. Você está pronta para cumprir sua primeira missão?

Serketa pulou no pescoço de Mehy.

— Fale, depressa!

— Estou lhe avisando, é muito importante.

— Tanto melhor, não vou decepcioná-lo.

Mehy explicou a Serketa o que esperava dela e depois eles se retiraram para a cabine central do barco, onde ele a possuiu com a habitual violência.

Depois dos ritos da manhã, Clara auxiliou a mulher sábia, que recebia os habitantes do povoado, tratando-lhes do físico e do psiquismo. A esposa de Nefer aprendera a ouvir os pacientes, a acalmar as crianças que choravam, a expulsar as angústias e a incutir o otimismo naqueles que não o tinham.

Dotada de um forte magnetismo, a mulher sábia punha as mãos sobre as partes doloridas, que ficavam curadas. Clara cuidava para que a enfermaria não ficasse sem remédios; a maior parte ela fabricava, e o resto era fornecido ao Lugar da Verdade pelo departamento de Saúde Pública, ao qual os faraós sempre deram grande importância.

A mulher sábia falava pouco, mas, todos os dias, fazia Clara progredir, transmitindo-lhe sua experiência e destacando mais os fracassos do que os sucessos, para que servissem de lição para o futuro.

Desde que fora recebido na Morada do Ouro, Nefer passou a trabalhar sem descanso na obra que lhe haviam confiado, e estava ainda mais silencioso do que de costume. Clara percebia cada uma das vibrações da alma de Nefer e contentava-se em lançar-lhe um olhar cúmplice para que ele compreendesse que a mulher juntava suas forças às dele.

O dia havia sido extenuante. Nenhuma doença grave para tratar, a não ser uma série ininterrupta de pequenas preocupações e um cotidiano mais cansativo do que o normal. Clara queria voltar logo para casa e dormir.

— Venha comigo — exigiu a mulher sábia.

Clara mobilizou suas últimas energias para seguir a guia, que saiu do povoado e pegou o caminho do topo, enquanto o sol se punha.

Era a hora de as serpentes e ôs escorpiões saírem do esconderijo, mas as duas mulheres não os temiam.

Todas as vezes que subia o caminho sinuoso da montanha, a
mulher sábia parecia reencontrar a juventude perdida. Apesar do
cansaço, Clara encontrou menos dificuldade para segui-la do que de
costume. A bela cabeleira branca brilhava como um sol e iluminava
a subida, cada vez mais escarpada, que levava a um oratório escavado na rocha.

Desse promontório viam-se o território do Lugar da Verdade,
os vales secretos onde os faraós e as esposas ressuscitariam, e os
templos de milhões de anos onde vivia eternamente o *ka* de todos
eles.

A mulher sábia elevou as mãos em sinal de prece, diante do
oratório.

— Os homens são lágrimas de Deus — ela disse — e só os
deuses nasceram do seu sorriso. Bem-aquinhoados, no entanto,
foram os homens, rebanho de Deus, porque Ele criou o céu e a terra para os corações e o ar para as narinas. Para eles, que são imagens
dos deuses, também criou os alimentos. Mas os homens revoltaram-
se contra Ele e preferiram a desordem à harmonia. Quando a raça
humana se apagar, o tumulto cessará, e o silêncio recairá sobre a
Terra. E você, que é a sua deusa, recriará a beleza das origens.

Do oratório saiu uma enorme cobra-real, orgulhosamente
ereta. Seus olhos eram vermelhos e pareciam lançar raios de fogo.

— Venere Meresger, a que ama o silêncio, a deusa do cume e
a protetora do Lugar da Verdade — disse a mulher sábia a Clara. —
Quando eu for ao encontro do Ocidente, ela será seu guia e sua
visão.

71

Nefer, o Silencioso, precisava expressar o que vira na Morada do Ouro. Vivera o ritual mais sagrado do Lugar da Verdade e descobrira os mistérios essenciais transmitidos por ele Mas seria realmente digno desses mistérios?

Para sabê-lo, a confraria exigia que ele fizesse uma obra que provasse sua capacidade técnica e, ao mesmo tempo, a extensão de sua sensibilidade. Nenhuma recomendação lhe fora dada, nenhum critério lhe fora imposto. Cabia a Nefer fazer um balanço dos anos passados no povoado, tirar daí os ensinamentos mais importantes e fabricar um objeto que obtivesse a aprovação dos chefes de equipe e de outros iniciados do alto escalão.

Como de costume, Silencioso refletira por muito tempo. Diversos objetos atropelavam-se em sua mente, mas foi o coração que escolheu. Depois da aprovação de Clara, ele se apresentou a Neb, o Realizado, que, na mesma noite, levou-o à capela de Hathor, construída pelo faraó Sethi, pai de Ramsés.

Nefer subiu a escada que levava ao pilone da entrada, ultrapassou o umbral, atravessou um pátio a céu aberto, depois seguiu por um caminho lajeado que levava a um segundo pátio. Lá, ele foi purificado e ficou recolhido diante do altar de sacrifício.

Em seguida, recebeu ordens para entrar numa sala de teto reto sustentado por duas colunas e de piso lajeado. Ao longo das paredes, bancos de pedra estavam ocupados por juízes. No fundo da sala, uma porta emoldurada por estelas, que mostravam o faraó diante de Hathor, dava acesso ao santuário onde a divindade brilhava em segredo.

Nefer sabia que esse tribunal não seria indulgente, e temia o veredicto. Se estivesse errado, arruinaria todos os esforços realizados desde que fora admitido.

— O que lhe ensinaram as divindades? — perguntou o chefe de equipe da esquerda.

— Tentei perceber o brilho de Ra, a criação de Ptah e o amor de Hathor.

— Quais são as qualidades necessárias para se terminar uma obra com sucesso? — perguntou o chefe de equipe da direita.

— A conscientização da vida sob todas as formas, a liberalidade do coração, a coerência do ser, a capacidade de domínio e o poder da concretização. No entanto, elas só têm valor se nos levarem à plenitude e à paz, e nunca um artesão atingiu os limites da arte.

— Mostre-nos seu trabalho.

Nefer, o Silencioso, tirou o véu que cobria uma estatueta de madeira dourada. Ela media apenas um côvado* e representava a deusa Maât sentada, segurando o símbolo da vida.

---

* Distância do cotovelo até a extremidade do dedo médio. No Brasil, 0,68m. (N. da T.)

Unesh, o Chacal, não se apoderara injustamente do seu nome. Seu rosto alongado e fino lembrava o do animal protetor, e o desenhista movia-se com a leveza e a rapidez do predador cuja tarefa mais importante consistia em desembaraçar o deserto dos cadáveres. Dissimulado, eternamente alerta, com olho inquisidor, Unesh parecia ser portador de uma violência difícil de conter.

Paneb não gostava dele e não esperava nada de bom da sua parte. Por isso, quando o encontrou, de braços cruzados, diante da porta fechada do ateliê do Traço, preparou-se para um conflito inevitável.

— Está-me barrando a passagem, Unesh?

— Acha que sou capaz de fazer isso?

— Agora, faço parte do seu clã! Tem de deixar-me passar.

— Não quer saber mais sobre os segredos do ofício?

Paneb considerou Unesh com interesse e desconfiança.

— Alguns aprendem o ofício nos ateliês; eu prefiro os lugares mais perigosos. Siga-me se tiver coragem.

Ardoroso não hesitou. Sem correr, Unesh movimentava-se com uma rapidez assustadora. Ele atravessou a zona desértica, entrou por um campo de trigo e penetrou num bosque de juncos, à beira de um canal.

— Deite-se de barriga para baixo — ordenou.

Importunado pelos mosquitos, Paneb untou-se de lama. Deitado à direita do desenhista, viu passar uma cobra-d'água.

— Olhe bem — recomendou Unesh.

Paneb admirou um íbis que se movia com elegância, como se executasse uma dança com passos marcados de forma irrepreensível.

— O que está notando?

— A regularidade do andar... O passo é sempre o mesmo.

— O passo do íbis equivale a um côvado. Ele é a encarnação de Thot e nos revela a medida fundamental, que também é encontrada no antebraço desse deus. O nome do côvado, *meh*, é sinônimo de termos que significam "pensar", "meditar", "completar", "estar completo, cheio", e o conhecimento do côvado vai permitir que você perceba a regra do Universo. Agora, pode voltar ao ateliê.

Para Ardoroso, a descoberta do côvado que o deus Thot usava para medir a Terra seria um momento inesquecível. Ele assimilou rapidamente a divisão em sete palmas e vinte e oito dedos, e quando recebeu do mestre-de-obras um pequeno côvado dobrável que usaria durante o trabalho, Paneb teve a sensação de ser o depositário de um tesouro de valor inestimável.

Assim, um dos segredos essenciais da obra estava presente no corpo do íbis que o jovem colosso tantas vezes olhara, sem vê-lo. Ele compreendeu que as divindades se manifestavam sempre através da natureza e que precisaria manter os olhos e os ouvidos mais abertos para perceber suas mensagens.

A atitude dos desenhistas modificara-se. Gau, o Preciso, ensinava com um pouco menos de frieza; Paí, o Bondoso, guiava espontaneamente a mão do novo colega; Unesh, o Chacal, insistia no jogo de cores. Guiado pelos três artesãos experientes, Paneb assimilava facilmente os imperativos técnicos que sua natureza efervescente rejeitaria por princípio.

Todas as tardes, ele limpava o ateliê, sem haver recebido nenhuma ordem. Antes de voltar para casa, desenhava, num pedaço de calcário, carros, cachorros ou um homem em marcha; em seguida quebrava suas tentativas em mil pedaços. Sabia que, algum dia, sua mão saberia criar figuras, sem o menor arrependimento.

Num fim de tarde, quando já começava a escurecer, ele saiu do ateliê e se deparou com o chefe Sobek.

— Você está se tornando um verdadeiro profissional, Paneb.

— E isso lhe agrada?

— Continua agressivo, meu jovem. Essa atitude ainda vai-lhe trazer problemas!

— O que quer de mim o chefe da segurança?

Paneb enfrentou o núbio. Era inevitável.

— Não gostamos muito um do outro — constatou o guarda. — Mas tenho certeza de que você não é um mentiroso.

— Se me acusar de mentiroso, vai arrepender-se.

— Então, diga-me a verdade: você assassinou um dos meus homens, na montanha?

— Você ficou louco!

— Então, afirma ser inocente?

— Claro que sim!

— Suspeitei de você, mas estou propenso a acreditar no que diz.

— Ter a ousadia de suspeitar de mim... Vou arrebentar sua cara, Sobek.

— Você seria preso e condenado... É melhor continuar dando duro no trabalho.

"Não foi ele", pensou Sobek, afastando-se. O chefe da segurança não lamentava sua atitude. Ela o esclarecera em relação a Paneb e o levava de volta à pista que tentara esquecer: a de Abry, administrador-chefe da margem oeste.

Se continuasse nessa direção, o núbio corria o risco de ter a carreira interrompida. Contudo, sua consciência não permitia que se comportasse como um fraco.

Nefer e Clara permaneceram enlaçados no terraço até o calor do sol ficar insuportável. Depois de se terem amado, haviam dormido nos braços um do outro, sonhando com a noite memorável em que Silencioso soubera, pela boca do próprio mestre-de-obras, que sua estatueta de Maât fora reconhecida como "digna de voto", pelo tribunal do Lugar da Verdade. Em razão da qualidade de execução, ela passaria a fazer parte dos tesouros do templo.

Mestre escultor na Morada do Ouro, a partir de agora Nefer deveria consagrar-se a confeccionar as estátuas que serviriam de receptáculo ao poder criador difundido no Universo. Ao tornar viva a pedra, aplicaria os ensinamentos recebidos e participaria da transmissão da luz misteriosa, que nenhum material poderia impedir. Começaria pondo no mundo uma estátua do escriba Ramosé, na postura de escriba, para servir de exemplo aos escolares que aprendiam os hieróglifos.

A mulher sábia estava sentada na frente de sua casa, em pleno sol. Essa atitude nada habitual deixou Clara preocupada, com medo de que ela estivesse doente. Mas a mulher sábia dirigiu-se a ela com voz tranqüila.

— Hoje não vou tratar de ninguém. Está preparada para substituir-me?

— Farei o melhor possível... Sente alguma dor?

— Preciso passar o dia no templo para tentar acalmar Sekhmet, a implacável deusa-leoa.

— O povoado está ameaçado de algum perigo?

— Está, Clara. Um grande perigo.

72

Nefer estava abalado.

— "Um grande perigo"... A mulher sábia não disse nada mais?

— Não — respondeu Clara. — Ela foi para o templo.

— A mulher sábia não tem o hábito de falar à toa... Como ela evocou a aterradora deusa-leoa, a ameaça é das mais sérias.

— O que acha que poderia ser?

— Não sei... Realmente, não sei. O povoado está sob a proteção de Ramsés, o Grande, e ninguém ousaria contestar sua autoridade.

Clara não tinha nenhuma hipótese válida para sugerir, mas já constatara que a mulher sábia era uma autêntica vidente. Sua previsão não devia ser levada na brincadeira. Entretanto, como lutar contra um perigo cuja natureza não se conhecia?

Karo, o Brusco, bateu na porta.

— O chefe de equipe quer ver Nefer... É urgente.

Vários membros da equipe da direita estavam reunidos diante da residência de Neb, o Realizado. Silencioso entrou no momento em que a mulher sábia saía do quarto do mestre-de-obras.

— São seus últimos momentos — ela revelou. — Apresse-se.

A realidade que a equipe da direita não queria ver saltava-lhe aos olhos: Neb, o Realizado, era um homem idoso, e a velhice, de repente, não mais o poupava. Sua robustez parecia infinda, mas as defesas haviam cedido de uma vez, a ponto de torná-lo quase irre-conhecível.

O mestre-de-obras estava sentado numa poltrona cujos pés tinham a forma de patas de leão. Usava uma túnica de gala, que des-tacava sua dignidade. A respiração estava difícil; a vista, cansada.

— Para mim os anos correram com alegria no coração — dis-se ele a Nefer. — Não agi contra o regulamento da nossa confraria e não cometi nenhum ato indigno. Você se tornou um escultor completo, admirado por todos, mas precisará aprender a dirigir. Em todas as ocasiões procure ser eficiente, de sorte que sua maneira de governar seja irrepreensível. Que você seja respeitado pela sua com-petência e pela calma da sua linguagem; só dê ordens quando as cir-cunstâncias exigirem. Não deixe um medíocre indicar as diretrizes ou distribuir as instruções, porque ele estragaria a obra e semearia confusão. Lembre-se de que grande é aquele cujos grandes são grandes, e venerável é aquele que é rodeado de pessoas nobres de espírito. Sua tarefa não será fácil, mas morro tranqüilo, porque sei que nenhum peso será demais para os seus ombros.

A cabeça de Neb, o Realizado, inclinou-se lentamente, como se cumprimentasse o sucessor.

— Eu me recuso — disse Nefer a Kenhir. — Neb, o Reali-zado, era para mim um mestre e um modelo. Por isso, recuso-me a sucedê-lo. Meu único objetivo é servir à confraria e à equipe da direita, e não dirigi-la. A confiança de Neb, o Realizado, tocou-me no íntimo do meu ser, mas ele superestimou minha capacidade.

— Não cabe a você julgar a si mesmo — retorquiu o escriba da Tumba. — E Neb, o Realizado, muito experiente e lúcido, só ratificou a decisão de Ramosé. Foi o escriba de Maât quem o reconheceu como futuro chefe da equipe da direita e mestre-de-obras da confraria. O Lugar da Verdade transmitiu-lhe sua ciência, e você viu a luz na Morada do Ouro. Se quiser manter-se fiel à palavra dada e respeitar Maât, exerça a função para a qual é destinado.

Nefer procurou argumentos para convencer Kenhir a modificar seu ponto de vista. Mas, como se opor a Ramosé, elevado ao grau de "ancestral de espírito luminoso e eficaz"? Havia, entretanto, uma última porta de saída.

— Minha nomeação não deveria ser aprovada por unanimidade pelos membros da equipe da direita?

— De fato, isso é indispensável, porque ninguém poderia dirigir sem ser amado e reconhecido pelo coração daqueles que dirige. Eles serão consultados hoje.

Paneb, o Ardoroso, detestava funerais. Turquesa recusar-se-ia a fazer amor. Uabet, a Pura, passaria longas horas no templo com as sacerdotisas de Hathor; o trabalho seria interrompido; os ateliês, fechados... E como se tratava da morte de um chefe de equipe, os funerais seriam grandiosos, e o período de luto, interminável! Pretendia distrair-se desenhando caricaturas de todos para continuar a exercitar sua mão, que começava a assimilar o Traço e as proporções.

Para Ardoroso, Neb, o Realizado, tinha sido um homem misterioso e afastado, com o qual só tivera alguns contatos; por isso não ia derramar-se em lamentações hipócritas. No entanto, tinha um verdadeiro respeito pelo mestre-de-obras morto que, depois de o haver sobrecarregado com provas, abrira-lhe a porta do clã dos desenhistas.

Paneb mordiscava um peixe seco quando, na sua casa, entrou um Nefer visivelmente perturbado.

— Sente-se e vamos beber... Você está precisando.

— Considero-o meu amigo, Paneb, e espero que esse sentimento seja recíproco.

— Diga-me quem lhe está causando problemas; vou dar um jeito nisso agora.

— Você já salvou a minha vida... Aceitaria fazê-lo novamente?

— Por todos os demônios do deserto! O que está acontecendo?

Nefer sentou-se numa esteira.

— O escriba de Maât, Ramosé, o mestre-de-obras, Neb, o Realizado, e o escriba da Tumba, Kenhir, escolheram-me como novo chefe de equipe.

Um grande sorriso iluminou o rosto de Paneb.

— Isso devia acontecer e ninguém ficará surpreso! Que notícia maravilhosa... Olhe, com sua severidade inata e gosto pelo trabalho perfeito, não vamos nos divertir todo o tempo. Mas, pensando bem, não estamos aqui para isso. Levante-se, quero abraçá-lo!

— Você precisa votar contra mim, Paneb.

— O que está dizendo?

— Não quero exercer essa função. Acontece que o último obstáculo a vencer é o reconhecimento de coração, unânime, dos membros da equipe. Se você é verdadeiramente meu amigo..

— Eu aprovo sua nomeação dez vezes! E se algum de nós cometer o erro de contestar, teremos uma discussão breve, mas intensa. Você nasceu para viver no Lugar da Verdade, Silencioso; esse lugar deu tudo a você. Hoje, você vai dar provas da sua gratidão, dirigindo-o.

Com palavras diferentes, Clara fez o mesmo discurso que Paneb e aprovou a decisão de Ramosé, de Neb, o Realizado, e de Kenhir. Ela acrescentou que o defunto escriba de Maât havia consultado a mulher sábia, cuja visão era igual à dele.

Nem mesmo junto à esposa, Nefer encontrou apoio. Ele tinha a esperança de que os membros mais velhos da equipe da direita dessem um voto negativo, criticassem sua inexperiência e seu caráter, e provocassem uma deliberação que obrigaria Kenhir a propor outro nome.

Porém, ninguém contestou a designação de Nefer, o Silencioso, como sucessor de Neb, o Realizado. Ao contrário, todos ficaram alegres. O novo chefe de equipe escalara todos os degraus da hierarquia, sem nunca se vangloriar; não manifestava nenhum pendor para o autoritarismo e dispunha das qualidades necessárias para a realização da obra.

Em menos de uma hora teria lugar a cerimônia de posse, à qual Nefer não tinha possibilidade de escapar, a não ser que fugisse e deixasse para sempre o povoado.

Clara apoiou ternamente a cabeça no ombro do marido.

— Algumas vezes idéias loucas atravessam nossa mente, mas não passam de miragens... Algumas lutas não têm valor, e não se deve desperdiçar energia nesses embates. Dedique-se ao verdadeiro combate, que é a preservação e a transmissão de nossos tesouros.

— Eu queria simplesmente viver em paz com você no povoado.

— Um dia, você escutou o chamado e respondeu a ele. Achava que ele não seria renovado? Você não é mais convidado a ser somente você mesmo, e sim a exercer uma função a serviço do próximo e do espírito da confraria. Assim é, e não poderia ser de outro modo.

Passado o período de luto que viu a justificação terrestre e celeste de Neb, o Realizado, Nefer, o Silencioso, foi elevado à dignidade de chefe da equipe da direita do Lugar da Verdade, no sigilo do templo dedicado às deusas Maât e Hathor.

Com a idade de trinta e seis anos, tinha a missão de garantir a sucessão dos mestres-de-obras que haviam criado as moradas eternas de ilustres faraós no Vale dos Reis e concebido inúmeras outras obras-primas, nascidas graças ao talento da confraria.

Quando apareceu na porta do templo, Nefer, o Silencioso, recebeu uma tripla ovação de todos os habitantes reunidos.

Emocionado até as lágrimas, percebeu a extensão das suas responsabilidades e sentiu saudades do tempo de aprendizagem, onde sempre era possível pedir a ajuda de um artesão mais qualificado. Desse dia em diante, ele é quem seria consultado, e caberia a ele dar as diretrizes, evitando os erros que trouxessem grandes conseqüências.

Kenhir, o escriba da Tumba, entregou a Nefer o côvado de ouro que passava de chefe de equipe para chefe de equipe. Cada uma das suas vinte e oito divisões continha o nome de uma divindade e o da província que ela protegia, e a inscrição hieroglífica dizia: "Côvado útil para se tornar um ser da luz, poderoso, justo, marcado pela chancela da vida e da estabilidade."

De acordo com a palavra de Ra, a luz criadora, o côvado do mestre-de-obras personificava o regulamento do universo ao qual ele devia submeter-se.

Clara foi a primeira a abraçar o novo chefe da equipe, e ele estreitou-a por um longo tempo.

73

Quando o artesão do Lugar da Verdade chegou ao entreposto de Tran-Bel, pensou que, afinal, a vida era uma boa menina. No povoado, ele recebeu uma educação excepcional e adquiriu um saber que agora lhe permitia vender seu talento a quem oferecesse mais.

Ao entrar em contato com o comerciante, realizava seu sonho secreto: enriquecer. E tinha o direito de usar o tempo como bem lhe aprouvesse.

Durante o período de luto que se seguira à morte de Neb, o Realizado, o artesão permanecera no povoado e escrevera uma carta a Tran-Bel para marcar um encontro. O comerciante devia estar impaciente por novos objetos luxuosos destinados a uma clientela de apreciadores e bons pagadores.

— Vim falar com o seu patrão — disse o artesão para o empregado.

— Ele está no escritório.

O artesão atravessou o entreposto para chegar à sala isolada e tranqüila, onde Tran-Bel guardava os arquivos. Empurrou a porta e ficou atônito diante de uma mulher com uma pesada peruca negra e olhos muito maquilados.

— Desculpe, enganei-me.

— Você está no lugar certo — disse Serketa. — Sei quem você é e o que veio fazer aqui. Feche a porta e vamos conversar.

— Eu não a conheço, eu...

— O seu modo de cooperar com Tran-Bel não é nada recomendável. Você é cúmplice de um escroque e passível de uma pesada condenação, que seria acompanhada da exclusão definitiva do Lugar da Verdade.

O artesão empalideceu.

— Sabe que...

— Sei de todos os detalhes. Ou você me obedece ou sua carreira está acabada.

O homem encostou-se num canto da sala. Serketa bateu a porta.

— O que... O que quer?

— Concordo em manter silêncio sobre o tráfico, que você poderá continuar à vontade, com uma condição: quero saber tudo o que se passa no povoado.

— Impossível! Sou obrigado a manter segredo.

— Então, pior para você. Amanhã, será denunciado ao vizir.

— Não faça isso, eu lhe suplico!

— Se quiser evitar sérias amolações, só lhe resta uma solução: falar.

Obedecer a essa mulher demoníaca seria trair o regulamento da confraria, quebrar um juramento e perder a alma...

— Quem é você?

Serketa deu um sorriso perverso.

— Não lhe cabe fazer perguntas, mas vou responder mesmo assim, para mostrar que você não tem escolha... Sou esposa de um homem importante cuja influência não pára de crescer e que saberá recompensar aqueles que o ajudarem na sua ascensão.

Para o artesão, esse detalhe não podia ser negligenciado. Era ele quem deveria ter sido designado chefe da equipe, e não Nefer. Ao servir um mestre com extensos poderes, poderia obter riqueza e, ao mesmo tempo, o posto que cobiçava.

— Posso ter um tempo para pensar?

— Exijo sua resposta aqui e agora.

O artesão servira Maât, o Lugar da Verdade e a confraria, por lucros bem magros... Não seria essa a ocasião para servir, enfim, a sua própria causa e sair ganhando de todos os lados?

O comandante Mehy atirava de arco e flecha no jardim da sua luxuosa propriedade. Atirava flecha sobre flecha num tronco de palmeira, sem conseguir acalmar os nervos.

Por que sua mulher demorava? Talvez o artesão não tenha ido ao encontro marcado com Tran-Bel... Pior ainda, Serketa fracassara e não ousava comparecer diante do marido, com medo de apanhar.

Mehy atirou outra flecha e errou o alvo. Com raiva, pisoteou o arco.

— Esse não era digno de você — sussurrou uma voz melosa. — Poderá comprar um melhor.

— Serketa! E então?

Ela se ajoelhou para abraçar as pernas do seu senhor e mestre.

— Sucesso total!

— Ele aceitou colaborar?

— Tivemos muita sorte: ele é um homem ranzinza, cúpido, astuto e hipócrita. Não poderíamos desenterrar melhor aliado. Está contente comigo?

Mehy levantou Serketa com brutalidade, arrancou-lhe a peruca e acertou-lhe um tapa no rosto.

— Brindo a nós dois, minha codorna; conseguiremos grandes vitórias! Quantos artesãos tem esse maldito povoado?

— Uns trinta. As condições de admissão são muito rigorosas, e eles precisam respeitar a regra de Maât.

Serketa contou os principais aspectos relatados pelo artesão.

— Sem interesse — avaliou Mehy. — Velhos princípios de moral que, em breve, não serão mais aceitos. Quem dirige a confraria?

— O chefe supremo é o faraó, que zela pela prosperidade do povoado e não tolera nenhum ataque contra ele.

— Eu sei, eu sei... Mas Ramsés não vive no povoado!

— Três pessoas dividem o poder: o escriba da Tumba, o chefe da equipe da direita e o da equipe da esquerda. Os artesãos comparam a confraria a um barco; daí a divisão em estibordo e bombordo. O escriba da Tumba, Kenhir, é o representante do poder central e o administrador do povoado; ele não é tão amado quanto o antecessor Ramosé, porque tem um caráter difícil e áspero.

— Que idade ele tem?

— Sessenta e dois anos.

— Esse Kenhir está, portanto, no fim da carreira. Em pouco tempo estará morto ou será substituído. Ele é corrupto?

— Segundo nosso informante, é provável. Mas não há certeza de que Kenhir conheça todos os segredos do Lugar da Verdade.

— Certamente os chefes de equipe conhecem!

— Conhecem porque foram admitidos na Morada do Ouro.

A excitação de Mehy aumentava.

— O que acontece lá?

— Nosso informante não sabe.

— Ele mentiu!

— Não creio — disse Serketa, recuando para evitar o tapa que ela temia. — A antigüidade não é suficiente para ser admitido na Morada do Ouro, e ele ainda não encontrou um meio para forçar a porta desse lugar misterioso. Mas, por que desesperar?

— O que ele disse sobre os chefes de equipe?

— Kaha, o chefe da equipe da esquerda, é um homem idoso, muito austero, especializado em escavar a rocha e em talhar a pedra. Nunca sai do território do Lugar da Verdade e está fora de alcance. O chefe da equipe da direita, Neb, o Realizado, acabou de morrer e foi substituído por Nefer, o Silencioso, um homem jovem e inexperiente.

— Por que o escolheram?

— O escriba Ramosé já o havia designado, e os responsáveis pela confraria não se opuseram a essa decisão.

— Um capricho de velho... O que nosso informante acha desse Nefer?

— Um bom escultor, um artesão preso à espiritualidade, muito ligado ao Lugar da Verdade onde foi criado, mas que terá grandes dificuldades para exercer sua função. Não conseguirá dirigir nem dar ordens e, sem dúvida, será rebaixado.

— A decepção poderá torná-lo um indivíduo frágil, movido pelo desejo de vingança... Você conseguiu uma lista precisa dos artesãos?

— Aqui está.

Serketa exibiu um pedaço de papiro. Ela e o marido possuíam, agora. um segredo de Estado.

O comandante leu o documento e só parou num dos nomes, já que os outros lhe eram desconhecidos.

— Paneb, o Ardoroso...

— Nosso informante acha que ele nunca se integrará na confraria e será excluído por indisciplina.

— Esse também cairá nas nossas mãos! Graças a você, Serketa, progredimos a passos de gigante. E essa só foi a sua primeira missão.

A esposa de Mehy arrulhou. A avidez e o desejo de destruir haviam expulsado sua infelicidade.

74

O fim da estação de seca e o começo da inundação estavam próximos, o calor era menos intenso do que o normal, e do céu uma
tormenta ameaçava cair há uma semana. A mulher sábia interrom-
pera as consultas, deixando para Clara o trabalho de substituí-la.

O novo chefe de equipe, Nefer, de acordo com o escriba da
Tumba, concedera vários dias de descanso aos artesãos que haviam
festejado alegremente sua nomeação. O período de festividades terminava, e Silencioso preparava-se para lançar um programa de
reforma das tumbas mais antigas do povoado, quando, logo depois
da alvorada, Nakht, o Possante, veio dar-lhe um aviso.

— Um mensageiro do vizir está na porta principal... Ele quer
ver um responsável o mais rápido possível.

Kenhir ainda dormia; Kaha, o chefe da equipe da esquerda,
estava doente. Preocupado, Nefer apressou o passo. Nakht abriu a
porta em que estava o mensageiro, detido pelo guarda.

— Você é o mestre-de-obras?

— Dirijo a equipe da direita.

— Trago uma mensagem que você deve comunicar aos habitantes do povoado: o falcão voou para o céu, um outro voou para o
seu lugar, para o trono da luz divina.

O homem pulou sobre o dorso do cavalo e partiu a galope.

Lívido, Nefer estava à beira de uma crise.

— O que aconteceu? — perguntou Nakht, o Possante.

— Acorde todos os moradores, do mais novo ao mais velho, que ajudem os doentes a se levantar e a andar, e que todos se reúnam no átrio do templo.

Nefer foi buscar a esposa, que se apressou em sair.

— A mulher sábia não se enganou. Nosso protetor acabou de desaparecer; corremos um grande perigo.

Em alguns minutos, a pequena comunidade estava reunida. Com os olhos inchados de sono, Kenhir estava pronto a distribuir sanções se o tivessem acordado por nada.

Com um gesto, Nefer impôs silêncio.

— Depois de sessenta e sete anos de reinado — ele declarou com uma voz enfraquecida pela emoção — Ramsés, o Grande, deixou esta Terra para ir ao encontro do Sol de onde saiu.

Os moradores do povoado estavam atordoados.

Não, Ramsés, o Grande, não podia desaparecer. Ele vivera por tanto tempo que a morte se esquecera dele e estava proibida de tirá-lo da afeição de todo um povo que, sem ele, sentir-se-ia abandonado e perdido.

Kenhir arrastou Nefer para o lado.

— Durante o período de mumificação de setenta dias, você e os desenhistas trabalharão na morada eterna de Ramsés para terminar os últimos trabalhos, de acordo com a vontade do monarca consignada no papiro lacrado que vou entregar-lhe e que você é o único habilitado a ler.

— Por que meu colega Kaha não me acompanhará?

— Seu estado de saúde não permite, e você deverá assumir as

funções dele além das suas. Você é o mestre-de-obras da confraria, Nefer; e, como conhece o segredo da Morada do Ouro, é capaz de transformar uma tumba em morada da ressurreição.

Como Silencioso poderia imaginar que lhe caberia a maior responsabilidade que poderia cair sobre os ombros de um artesão? Por mais aterrorizadora que fosse a angústia que lhe mortificava as entranhas e apertava-lhe a garganta, cabia a ele, e só a ele, colocar a última pedra da obra destinada a tornar imortal Ramsés, o Grande.

A maioria dos altos dignitários tebanos estava reunida na casa de Mehy, que os convidara para um lanche, enquanto aguardavam as últimas notícias vindas da capital, Pi-Ramsés.

Finalmente, o comandante apareceu.

— Nosso novo faraó é Merneptah, "o amado do deus Ptah", ele declarou. — Ele subiu ao trono dos vivos e foi reconhecido como mestre das Duas Terras por aclamação. É ele quem celebrará o ofício religioso, como sacerdote, nos funerais de Ramsés e, depois de terminado, assumirá o poder supremo.

— Longa vida ao nosso novo faraó! — clamou Abry, imitado, em seguida, por toda a assistência.

"Como Merneptah tem sessenta e cinco anos", pensou o comandante, "seu reinado terá curta duração."

Mehy reunira o máximo de informações sobre o sucessor de Ramsés: diziam que era autoritário, exigente, nada acessível, intransigente nos princípios espirituais que haviam construído o Egito, nostil às inovações, solitário por natureza, indiferente às solicitações dos cortesãos. Em resumo, exatamente o oposto do chefe de Estado que o tesoureiro-chefe de Tebas desejava.

No entanto, esse retrato era o de um grande personagem que vivera à sombra de Ramsés; o exercício do poder iria modificá-lo, as falhas apareceriam. O mais aborrecido era a sua devoção a Ptah, o deus dos construtores e do Lugar da Verdade... Será que Merneptah continuaria com a mesma política de Ramsés em relação ao povoado?

Se assim fosse, a luta prometia ser acirrada. Mas Mehy sentia-se mais forte do que nunca: não tinha aliados eficientes e um espião junto aos adversários? Além disso, Merneptah estava longe de ser tão popular quanto Ramsés. Fomentar um complô contra ele talvez não fosse impossível.

Depois de um reinado tão longo e tão intenso quanto o de Ramsés, o Grande, o Egito sofreria uma espécie de depressão, e Merneptah não teria o dinamismo necessário para remediá-la. Sobrecarregado por preocupações maiores, obrigado a aparar os golpes que surgiriam de todos os lados, o novo soberano passaria a maior parte do tempo em Pi-Ramsés, no Delta, longe do Lugar da Verdade que, progressivamente, seria abandonado à própria sorte.

Por que o faraó não poderia depositar sua confiança nas autoridades tebanas, já que ignorava que elas eram submissas a Mehy?

Ramsés construíra a capital ao norte para melhor defender o Egito dos invasores; Mehy estava convencido de que a conquista do país começaria por Tebas e pela apropriação dos segredos bem guardados do Lugar da Verdade.

Os artesãos não esperavam encontrar pela frente um inimigo poderoso e determinado, nem estavam preparados para o combate.

A hora de Mehy aproximava-se.

— Não tenho certeza de que essa decisão seja a melhor — disse o pintor Ched, o Salvador, com uma irritação contida. — Para trabalhar com eficácia e rapidez na morada eterna de Ramsés, precisamos de um desenhista experiente, e esse não é o caso de Paneb.

— Segundo os relatórios dos instrutores — objetou Nefer — ele está preparado para ajudá-los.

— Sem querer ofendê-lo, os laços de amizade que os unem não deveriam obstruir sua mente.

O rosto de Nefer mostrou uma expressão que o pintor não conhecia.

— Meu papel de chefe de equipe impede-me de ser parcial, e nenhuma das minhas decisões será tomada em função das minhas amizades, ou inimizades. Se eu achasse que Paneb era incompetente, eu o afastaria dessa obra. Acho que nenhum de nós tem uma posição definitivamente adquirida.

Ched, o Salvador, deu um sorriso enigmático.

— Ao contrário do que alguns supunham, você parece ter um temperamento de chefe... Melhor para a confraria. Já que ordena, eu obedeço. Paneb nos ajudará.

— Vá dar-lhe a notícia. Partiremos para o Vale dos Reis esta tarde, com o equipamento necessário.

— Eu me ocupo disso; nada nos faltará.

Com seu porte altivo, Ched, o Salvador, afastou-se.

De repente, Nefer conscientizou-se de que não mais olhava para o pintor com os mesmos olhos. E essa mudança não se referia só a Ched, mas também aos outros artesãos. Ainda ontem, eram seus colegas; hoje, precisava orientar o trabalho de todos e mostrar-se capaz de resolver mil e um problemas que continuariam a surgir.

A preocupação tomou conta do povoado, que acabara de saber

que Merneptah era o novo faraó. Alguns achavam que ele não teria o mesmo pulso de Ramsés, outros que ele necessariamente adotaria uma política diferente, outros ainda que uma crise econômica e problemas sociais seriam inevitáveis. Mas Nefer trouxera a calma de volta ao povoado, ao anunciar que, para a confraria, nada havia mudado, e que, como de costume, ela deveria preparar a última morada do soberano para os funerais.

Entretanto, como poderia saber o que aconteceria no angustiante período que se seguiria à morte de Ramsés, o Grande, ao seu enterro, até o momento em que o novo rei assumisse efetivamente o poder? Precisava dominar o medo e concluir a tarefa essencial que lhe havia sido confiada, tranqüilizando o povoado.

Antes de partir para o Vale dos Reis, Nefer foi ver a mulher sábia.

— A morte de Ramsés deixa-nos desamparados — ele falou — mas procurarei manter nossa união.

— O perigo não desapareceu; muito pelo contrário.

— Vão tentar atacar-nos, talvez até destruir-nos, não é?

— Você também está começando a fazer previsões, Nefer. Os demônios estão rondando, e você vai precisar de muita coragem e lucidez para vencê-los. Não se esqueça de que o Lugar da Verdade só sobreviverá se seguir por um único caminho: o caminho da luz.

FIM DO VOLUME 1.

EM PRIMEIRA MÃO

PRÉ-ESTRÉIA ESPECIAL
A MULHER SÁBIA
Vol. 2

O perigo rondava, assustador.

Desde a morte de Ramsés, o Grande, após sessenta e sete anos de reinado, o Lugar da Verdade vivia em suspense. Situado na margem ocidental, do outro lado de Tebas, o povoado secreto e exclusivo dos artesãos, cuja função principal consistia em escavar e decorar as tumbas dos reis e das rainhas, interrogava-se sobre o seu destino.

Que decisões tomaria o novo faraó, Merneptah, de sessenta e cinco anos, depois dos setenta dias de mumificação do morto ilustre? O filho de Ramsés parecia ser um homem autoritário, justo e severo; contudo, saberia desbaratar os inevitáveis complôs e resguardar-se dos intrigantes que desejavam ocupar "o trono dos vivos" e apoderar-se das Duas Terras, o Alto e o Baixo Egito?

Ramsés, o Grande, fora o generoso protetor do Lugar da Verdade e da confraria dos artesãos, diretamente subordinada ao rei e ao primeiro-ministro, o vizir, com tribunal próprio e o privilégio da entrega cotidiana de alimentos. Livre de preocupações materiais, podia consagrar-se à obra, vital para a sobrevivência espiritual do país.

Encarregado da segurança do povoado, onde não tinha o direito de entrar, o chefe Sobek não conseguia mais dormir. Armado de uma espada, uma lança e um arco, percorria continuamente o território sob sua responsabilidade, verificando, muitas vezes por dia, o dispositivo de vigilância que estabelecera.

Os dois guardas da grande porta do povoado exerciam a vigilância habitual, um deles das quatro horas da manhã às quatro da tarde, e o outro das quatro horas da tarde às quatro da manhã. Corpulentos, eficientes no manejo das clavas, impediam os profanos de entrarem no povoado cercado, onde viviam os artesãos do Lugar da Verdade e suas famílias. Além disso, havia os "cinco muros", ou seja, os fortins localizados no caminho que levava ao povoado.

Essas medidas comuns, porém, não pareciam suficientes para Sobek, um núbio grande e atlético com o rosto marcado por uma cicatriz sob o olho esquerdo; ele ordenara aos seus homens que ficassem permanentemente atentos às colinas em volta, que vigiassem o caminho que levava ao Ramesseum, o templo de milhões de anos de Ramsés, o Grande, e as vias que conduziam aos Vales dos Reis e das Rainhas.

Quando surgiam problemas graves, os perturbadores eram julgados no Lugar da Verdade, onde, segundo os boatos, os artesãos eram capazes de produzir fabulosas riquezas e até mesmo transformar a cevada em ouro. Sem a proteção do faraó, o que seria da modesta comunidade onde trabalhavam trinta e dois artesãos, divididos em "equipagem da direita" e "equipagem da esquerda" no barco ao qual o povoado era comparado? Sobek provavelmente seria seu derradeiro protetor e jamais fugiria, resistindo até o fim.

Mesmo sendo "do lado de fora", o policial acabara por afeiçoar-se à maioria dos habitantes que tinha a obrigação de proteger; embora não fosse um artesão e não conhecesse os seus segredos, tinha o sentimento de participar da mesma aventura e não conseguia imaginar a vida longe deles.

Por isso, um outro tormento perseguia-o: será que a confraria não estava servindo de esconderijo para um assassino que ameaçava a vida do mestre-de-obras Nefer, o Silencioso, injustamente acusado no passado por uma carta anônima e posteriormente inocentado do crime cometido contra um policial? O chefe Sobek não conseguira identificar o culpado nem o autor da missiva, e perguntava a si mesmo se não poderia ser um dos companheiros de Nefer, invejoso da sua ascensão. O policial tinha uma outra pista. Suspeitava que Abry, o administrador-chefe da margem oeste, estivesse envolvido num complô que ameaçava destruir o Lugar da Verdade. Infelizmente, o desaparecimento de Ramsés, o Grande, poderia trazer mudanças, deixando a situação incontrolável.

Como chefe da equipe da direita, Nefer tinha o dever de "fazer o que é luminoso no lugar da luz", traçar os planos e dividir o trabalho de acordo com a competência de cada um. Além disso, pesadas responsabilidades recaíam sobre seus ombros depois da morte recente de Kaha, chefe da equipe da esquerda, sucedido por seu filho espiritual, Hay, sem nenhuma experiência e grande admirador de Nefer, considerado o verdadeiro chefe da confraria. Até Kenhir, o velho escriba da Tumba, representante do poder central, tratava Nefer com deferência; o alto funcionário, encarregado de gerir com acerto a confraria, que carregava o nome simbólico de "Grande e Nobre Tumba de Milhões de Anos a Oeste de Tebas", reconhecera em Nefer um mestre-de-obras excepcional, possuidor de uma autoridade natural e incontestável.

Porém, será que Nefer, o Silencioso, seria capaz de lutar contra as forças das trevas que ameaçavam o Lugar da Verdade? O capitão da equipagem dos "homens de dentro" estaria consciente da gravidade do perigo e teria meios para enfrentá-lo? Empenhado na realização da obra segundo a regra aplicada por seus antecessores, Nefer talvez houvesse esquecido a crueldade e a avidez do mundo exterior. Será que sua magia pessoal seria suficiente para afastar a desgraça?

O guarda parou diante de um nicho escavado no muro. Nele fora colocada uma estatueta de Maât, a soberana do povoado. Representada com uma retriz na cabeça, a pena que orienta o vôo das aves, a frágil deusa encarnava o ideal da confraria, a aspiração à harmonia e à retidão, elementos indispensáveis à criação artística. Não se dizia que "sujeitar-se a Maât era fazer o que Deus gosta"?

Sobek respirava com dificuldade. O ar quente tornava-se cada vez mais opressivo, o perigo aproximava-se. Tentando acalmar-se, contemplou o pico do Ocidente, ponto culminante da montanha tebana em forma de pirâmide. Segundo a lenda, foram os primeiros talhadores de pedra da confraria que assim haviam modelado a rocha para, no sul, fazer eco às pirâmides do norte.

Como qualquer pessoa, o policial sabia que o pico sagrado abrigava uma temível serpente fêmea, "Aquela que ama o silêncio", e que uma barreira, cada vez mais intransponível, impedia os profanos de perturbarem o seu sossego. As moradas eternas dos faraós estavam sob a sua proteção, e os habitantes do povoado haviam-lhe confiado suas esperanças.

Com quatrocentos e cinqüenta metros de altura, o pico estava situado no eixo dos templos construídos pelos faraós para irradiar o *ka,* a energia inesgotável propagada no universo. Dispostos em leque, os templos prestavam-lhe permanente homenagem.

Sobek gostava de contemplá-lo ao pôr-do-sol, quando a penumbra cobria o deserto, as culturas e o Nilo. Somente o pico permanecia iluminado, como se a noite não tivesse nenhum poder de ação sobre ele.

Uma sentinela agitou os braços, outra gritou.

Imediatamente, Sobek correu na direção do primeiro fortim, onde a confusão estava armada; os policiais cercavam uma dezena de tropeiros tomados pelo pânico, que protegiam as próprias cabeças com as mãos para evitar as bastonadas, enquanto os animais se dispersavam em todas as direções.

— Parem! — ordenou Sobek. — Eles são auxiliares!

Percebendo o erro, os policiais pararam com as agressões.

— Ficamos com medo, chefe — desculpou-se um deles. — Achamos que eles queriam forçar a barragem.

Como acontecia diariamente, os auxiliares traziam água, peixe, legumes frescos, azeite e outros víveres necessários aos habitantes do povoado. Os mais arrojados recapturaram seus burros, os outros gemiam e protestavam. O chefe Sobek teria de redigir um enorme relatório para explicar o incidente e justificar o comportamento dos subordinados.

— Cuidem dos feridos — ordenou ele — e mandem descarregar os burros.

Quando o cortejo chegou diante da porta principal do povoado, ela foi entreaberta para deixar passar as esposas dos artesãos. Sacerdotisas de Hathor e donas de casa, ao mesmo tempo, elas recolheram os alimentos em silêncio.

Antes da morte de Ramsés, o Grande, esse era um momento de

discussões, de acusações mútuas, de risos por qualquer motivo, de brigas, ao menos aparentes, para se obter a melhor carne, as melhores frutas e o melhor queijo. Depois do desaparecimento do grande monarca, até as crianças ficavam caladas e as mães não queriam mais brincar com elas. Agachadas, realizavam o trabalho cotidiano por excelência, como a preparação da massa que serviria para fazer o pão e a cerveja. Por quanto tempo ainda realizariam esses gestos simples que preludiavam a ventura de uma refeição em família?

Um jovem policial correu na direção de Sobek.

— Chefe! Chefe! Estão chegando outros!

— Mais auxiliares?

— Não... Soldados com arcos e lanças!